替身律師

THE KILLING KIND

JANE CASEY

珍・凱西——著 李麗珉——譯

我經常想到死亡；那是我的工作。說得明確一點，我所想的是死亡是如何發生的。死亡的真相是什麼，謊言又是什麼。我所想的是什麼時候你能夠絕對肯定，什麼時候又看不清楚細節，而記憶或誤解又會導致什麼遺漏。

我會想到我的工作，我的工作需要把某個案例的事實都蒐集起來，然後組合成一個故事——不加以複雜化，也不誇大化——以及那個故事要如何才能夠說服陪審團相信我所描述的事件版本。我很有說服力，總是能說得一口好故事。

不過，我得努力思考要從哪裡開始述說這個故事，因為一切並不是從這個事故開始的，即便在我看來就是從這裡開始的。當我毫無察覺地走在森林中時，野狼已經來到了我的腳邊，計畫著他的下一步。

他已經等了很長一段時間，而現在他已經準備就緒了。

2019

1

我經常想到死亡，但是，當死亡找上我的那天，我並沒有想到它。我忙著跑上路德蓋特山丘，一邊跑一邊閃躲路人的傘，才不至於在彼此的雨傘碰撞時，讓十月冷冽的雨水濺得我一身濕。這場雨之所以是個詛咒有兩個原因：一是我最討厭把腳弄濕，再則是若非下雨，我就可以戴上我最大的一副太陽眼鏡把自己的臉遮起來。

我不只淋濕了，我還遲到了；對出庭律師來說，遲到是最大的罪惡。我的師父曾經在我實習第一天就告訴過我，你也許必須在還未準備好之下，或者生病、宿醉、蒙受極大的壓力，甚至極度不爽的情況下上法庭，但是，老天爺，無論如何，你都得準時到。這整個情況讓我對自己感到很生氣。我知道自己之所以遲到，純粹是因為前一天晚上睡得太晚了。

我沒有穿越中央刑事法院蒙上一層霧氣的旋轉門——中央刑事法院也就是眾所周知的老貝利——而是快步走到對街一間高朋滿座的小咖啡館。一名禿頭的健壯男子坐在靠近後面的位置，他把眼光從眼前的報紙移到我身上，吹了一聲口哨。

「親愛的，噢，老天，路易斯小姐。你這是怎麼了？」

「熬夜了。」我把我的拖輪袋靠在桌邊，專心收折起我的雨傘，這樣，我就不用和他四目相對。

「這不是今天最好的準備狀態，對麼，英格麗？」純正的格拉斯哥口音加重了每個字裡所透露的不滿。即便住在倫敦已經三十年了，他仍然帶著一口純正的格拉斯哥腔。由於他是一名事務律師，也是我接案子的來源，因此，我沒辦法把他的口音拿來開玩笑。

「我不會有問題的。」

「你當然不會有問題。」他咧嘴笑說。「我只是在和你開玩笑。來杯咖啡，喘口氣吧。」

「要幫你點一杯嗎？」

「加奶，兩顆糖。」說完，他埋頭繼續看他的報紙，隱約的一絲笑意，讓他的嘴角看起來柔和許多。我轉身走到櫃檯去點咖啡，同時對他讓我為他買單的策略感到佩服。透過一個小動作，奈爾．海德就可以讓我在那個月付了房租，上個月也一樣。尤有甚者，我知道如果我惹惱了他，那些書記員會怎麼說。對我好就是對律師事務所好，如果我和最成功的事務律師之一為敵的話，無異是打算和我同儕中至少二十個人為敵。

出庭律師工作的方式讓圈外人摸不著頭腦，不過，那可是基於數世紀以來的傳統。我們受雇於自己，理論上各自獨立，但是我們大部分人會在事務所中資源共享，比起共享辦公室來說，事務所更像是個俱樂部。這種工作方式的缺點就是，如果事務所裡一個人受到影響，其他所有人也可能會受到牽連。每間事務所都有幾名書記員，他們像親切又自大的黑幫老大一樣管理著大律師們，按照他們覺得合適的方式分配案子和工作。如果激怒書記的話，我的下場就會是永無止境地在一大早跑到東南部的推事法庭，而非像現在這樣，可以在週二早上出現在貝利街處理一些小事。在拿到法律文憑、又上了一年的律師學院，並且當學徒實習一年之後，我在這行已經做了七年了，我也終於開始覺得自己慢慢掌握到了訣竅。我的收入還是起伏很大，我算了一下，大部分的時候，我所賺的比起基本工資還差得很遠。但是我很喜歡我的工作。這份工作很值得，也很具挑戰性，有時候甚至還很激勵人心。

我很喜歡打贏官司的感覺。

「發生什麼事，分手了？」

我把他的咖啡推過桌面給他，然後坐下來。「對，但是不是我。我最好的朋友被她交往三年的男朋友拋棄了。」

「是嗎？」話裡包藏著諷刺。「而解決的方法就是紅酒？」

「不只紅酒。」

「你不知道酒不能混著喝嗎？」

「你說得沒錯，」我懊惱地說。「不過，我在法庭上真的不會有問題的。」

「你當然不會有問題。」他對我眨眨眼，眼神裡透露著揶揄之意。「試過解宿醉的酒了嗎？」

「沒有，我也不打算試。我再也不喝酒了。」

我的話讓他輕笑出來，然後，我們在極度和睦的氣氛下品嚐著咖啡。每天早上到這家咖啡館來是海德的例行公事，而且總是會有一堆律師來這裡向他獻殷勤。在被前來打招呼的人一次又一次的打斷之間，我確定我很清楚地知道海德那天早上想要幫他的客戶達到什麼。那是一場審判前的例行聽證會，一名男子要在聽證會中，對其蓄意謀殺的指控申訴無罪。根據他的說法，那是一場出了錯的性遊戲；而根據控方律師的說法，他的行為是長時間的勒頸，控方律師還握有瘀青和血管破裂的醫學證據來支持這個論點。我見過他本人，注視過他一雙誠實的大眼睛，聽過他充滿誠摯的聲音，我們也有來自約會網站的證明，他的女友在該網站上宣稱的性偏好就包含「呼吸遊戲」和捆綁式性行為。這是一種性行為之後的爭論，誣告對方使用暴力以進行報復；這種事不是沒有發生過。

「但是，這個案子是這種情況嗎？」聽到我最好的朋友艾黛兒在凌晨兩點時口齒含糊地這麼說時，我聳了聳肩。

「他的說法就是這樣。證據和他的說法並沒有抵觸。」

「但是他傷害到她了。」

「他說那是她同意的。」

「你不知道他說的是不是真的。」

「重點是，控方律師也無法證明那不是真的。」

艾黛兒往自己的酒杯裡再倒了一點酒，不慎也灑了一些在杯緣上。「哎呀。我不知道你怎麼受得了自己，讓自己幫這些混蛋說謊。」

不是出庭律師的人會比我們更關心無辜還是有罪。我們會把自己杜絕於道德問題之外，因為我們不得不如此。每個人都值得受到認真的辯護，否則的話，正義就無法被實現。我們對指派給我們的工作毫無異議，因為這就是驛站原則；我們不會去挑選合乎我們個人胃口和道德觀的案子。我們既專業又有禮貌，而且會盡我們所能，絕大部分的律師都能很快地就適應這種情況。這套體制適用在所有的律師身上，若否，就誰也不適用。

「我不知道那是不是謊話，」我耐心地說。「那得由陪審團來決定。除非他真的告訴我他對她施暴，否則，我會假設他是無罪的，而如果他真的這麼說的話，我就會建議他認罪。在那之前，他都可以得到他應得的最好的辯護。如果他還是被判有罪的話，至少我知道我已經試過了。」

「如果他確實有施暴，但你卻說服了陪審團他沒有呢？」

「那就是陪審團沒有盡到他們的責任，而我做到了我應該做的。」

「有時候，」艾黛兒口齒不清地說。「你說的話真不像是你自己。」

哎喲。「這只是我工作的一部分，」我說。「你得讓自己和工作保持一點距離，不然是會瘋掉的。」

「我不是指工作，」艾黛兒說。「我是說……所有的事。」她含糊地在自己周圍做了做手勢。

你不認為我有很正當的理由這樣嗎？

不過，這句話我沒有大聲說出來。

「我想吐。」艾黛兒這個聲明讓我以為她是在對我提出進一步的評價，結果只見她翻身過去，發出了噁心的聲音。

老貝利是碩果僅存仍然對辯護人更衣室採取男女有別的幾間法院之一，而其中的女更衣室不管從哪一方面來看，都是很安全的地方。我把更衣室的房門在身後關上，環顧室內看看有沒有認識的人，結果認出了過去曾經交手過的幾名出庭律師。角落裡的那名年輕女子，是我那間律師事務所的一名實習生學徒。此刻，她的臉色就像她手中顫動的紙一樣蒼白。我估計這是第一次上法庭的緊張感，於是，我朝她笑了笑。她也試著擠出一絲無力的笑容。

我自己也需要換上法庭的裝束：這是流傳已久的傳統，不過並不太實際。我把漿過的帶子圍在脖子上繫緊，然後在我沉穩的黑色西裝和白色襯衫上，套上一件黑色長袍。最後是戴上馬毛做的假髮，戴這樣的假髮需要把底下的真髮梳理得極其服貼，如此一來，別人就只能看到在白色捲髮的假髮下，隱約有幾絲的淺金色頭髮。我的淺色頭髮和藍灰色眼睛遺傳自我的丹麥父親傑恩斯，而我的顴骨、拱形眉和姓氏，則來自於我的母親。在我父母離婚後，基於忠誠，我就改姓了母親的姓氏，加上我和她住在一起，因此，改為母姓也會讓生活單純一些。

當一名女子踩著高跟鞋衝進更衣室時，我正在專心地把頭髮別成一個很緊的髮髻，嘴巴裡啣滿了髮夾。三十五歲的柏琳達・葛瑞正在邁向她職涯的高峰，也是我認識的女子中最敏銳的其中之一。四年前，我曾經在一宗強暴案件中和她共事，當時的我還很資淺，那是個既恐怖又讓人興奮的經驗。這個圈子很小，我們經常會碰到彼此，也因而慢慢發展出友誼，不過，我一直都還是把她當成偶像一樣崇拜。她像惠比特犬一樣苗條又優雅，自帶一股富裕和自信的光芒。她的套裝十分合身，彷彿是特別為她訂製的一般，事實上，這也並非不可能。我總是選擇平底鞋，因為這樣才可以快速移動；至於工作服，則是單調到接近過時的樣式。我不再喜歡吸引別人的注意力。不過，柏琳達無疑深愛此道。

她一如往常地在講電話。

「不，他需要他的運動用品才能打球。放學後。」語氣中帶著不耐。「氣象預報說午餐前雨就會停了，所以——事實上，我寫在冰箱上了，麥可，如果你沒看到的話——」她停了一下和我揮揮手，嘴型無聲地說了句哈囉。我也對她報以一笑。「對，在那裡。沒錯，就是那裡。你有看過了嗎？你有——」她看了一眼手機，搖了搖頭。「他掛斷了，他掛我電話。」

「麥可好嗎？」我問。

「煩死了。我們正處在換保姆的空窗期，所以他就用他的年假在當家庭主夫。」

「他不喜歡嗎？」

「他做得糟透了。亞契把他搞得團團轉，也只有五歲的小孩才做得出來。而廣告界沒有麥可似乎也活得下去。」

我咧嘴笑了笑。「真讓人失望。」

「沒錯。你以為他們會好心地假裝很想念他。」她看了一眼手錶。「我需要同時間出現在兩個地方。即便我十一點得在事務所開會，法官還是堅持要我出席今天這場主要的聽證會，這樣他就可以把我臭罵一頓。還有這場雨，如果雨沒停的話，我看起來就會像是貓的嘔吐物一樣。」

我知道她的事務所——加特爾大樓——距離老貝利走路至少要十分鐘，因為它就位於我的事務所對面。「你沒帶雨傘？」

「我出門時沒找到。」她翻了個白眼。「清潔工上週不幹了，真是走得好，因為我確定她每次不爽我們的時候，就會故意打破東西，而且已經不止一次了。總之，我家現在簡直就是一片狼藉。我還能找到適合搭配的鞋子真是不可思議。」

我終於把盤在脖子後面的髮髻別好了。「如果你需要的話，可以拿我的傘去用。」

她的眼睛瞬間亮了一下，但隨即又搖搖頭。「我不能這樣做。」

「拿去吧。我不需要去什麼重要的地方，而我的聽證會也不會很快就結束。不過，如果你所說的氣象預報不準的話，我可就不會太高興了。」

「英格麗，你真是太棒了。」她拿起雨傘。「我不會忘記你的大恩大德。」

我可不敢幻想；如果我們在同一個案子的審判中站在對立面的話，她還是會用盡一切機會讓我好看的。不過，如果能有像柏琳達．葛瑞這樣的人和我站在同一邊的話，那絕對不是件壞事。儘管她嘴巴有點刻薄、名聲也不是很好，加上嚇死人高的家政人員更換率，我還是滿喜歡她的。

柏琳達走了之後，我繼續看著鏡子裡的自己，檢查所有的細節：頭髮梳得很滑順整齊。臉上的妝也足以掩飾早上醒來就一直伴隨著我的宿醉雙眼，不過我的妝也只有這個功能而已。脖子上的頸圍平整服貼，長袍一塵不染，露出底下不算太白的襯衫。我深深吸了一口氣，再緩緩吐氣。誠如我所說過的，這場聽證會會很直接，不過，每次出庭前，我的胃都會湧出一股緊張感。你不能把一切都視為理所當然，哪天當你這樣做的時候，就是你出錯的時候。

當我回到更衣室的時候，既不見柏琳達的身影，也沒看到我的雨傘，不過，雨已經停了。我的聽證會進行得很順利，事後，奈爾．海德還很高興地拍了拍我的肩膀。

「幹得好，小姑娘。下次見。」

在得意的心情下，我臉上最後一點宿醉的痕跡甚至都消失無蹤了。我腳步輕快地踏出法院大樓，或者試著走出大樓。只見大樓的老警衛傾身探出大門，看著街上擁堵的車流。

「怎麼了？」

「路德蓋特交叉路口發生了意外事件。有行人被壓在卡車下面了。」

「噢，天啊，」我弱弱地問。「他們還……」

「我覺得應該很致命。事情發生有好一會兒了，從那時候開始，交通就一直堵塞成這樣。我聽說一路堵到了霍本和奧德維奇了。」

我聽了不寒而慄。「我從來不冒險橫越那個路口。」

「是啊，你不會想冒這個險的。這種事每年都會發生，別期待下雨天就會好一點。」他搖了搖頭，眼裡噙著淚水。「現在每個人都太匆忙了，就是這樣。」

我點點頭，對他的話沒什麼能補充的，而且我自己也很忙，還要準備明天的一個案子。我走過擁堵的交通，一邊想著工作，一邊從老貝利往路德蓋特山丘的方向走去。我瞧了一眼聖保羅大教堂氣勢磅礴的廊柱，如果你經過聖保羅大教堂而對其古典宏偉的建築完全無感的話，那就失去住在倫敦的意義了。接著，我匆匆走向路德蓋特交叉路口，心裡估算著如果道路還繼續封閉的話，我得要怎麼繞道才好。人行道上擠滿圍觀的群眾。拜陡峭的山丘路之賜，我可以居高臨下看到停在交叉路口中間的那輛肇事卡車，以及架在卡車前面不知道為了擋住什麼的帳篷。我曾經起訴過一起因為危險駕駛致死的案件，因而知道事故現場得保持完整，才能了解事故的來龍去脈。面色鐵青的倫敦市警拉了一條警戒線，把整個交叉路口都圍了起來；身穿螢光外套的警官則忙著測量距離和拍照。車道上明顯可見好幾個噴漆的圓圈標誌，示意著每一件證物掉落的位置。誠如法院大樓的警衛所想的，這是一場致命的意外。某人今晚沒辦法回家了，他們永遠都回不了家了。

現實活生生地摧毀了我原本愉快的心情。我繞著警戒線而行，往黑衣修士區的方向走，我應該可以從那裡穿越——

我突然停下了腳步。

在毫不自覺的情況下，一個噴漆的圓圈記號吸引了我的注意。那個記號在卡車前面大約二十呎的地方，就在路中間。圓圈中間是一只側躺的鞋子。雖然鞋子的漆皮上滿是刮痕，但是仍然可以看出它和柏琳達稍早穿的那雙鞋子一模一樣。高跟的尖頭鞋。

沒錯。

2

「所以你是事故發生前，最後一個和她說過話的人之一，對嗎？」

「我想是吧，我不確定。」我想，事故這個字眼對警官來說真是太好用了。絕對不是意外，卻又沒有暗示是蓄意的。眼前這名倫敦市警似乎是那種用字遣詞都小心翼翼的女人。她年約五十，有一雙藍色的大眼睛，腦後和兩側覆蓋著一縷白髮，看起來就像天鵝絨般柔軟。

專注點。

我嚥了嚥口水，把雙手夾在兩膝之間；我知道自己只要一逮到機會，就想從這個對話中分神，因為我不想去想到可憐的柏琳達和她大受打擊的丈夫，以及他們那無法了解媽咪為什麼不回家的幼子。她走了兩天了，而我還在奮力掙扎著不去想起她。現在，在我確實應該要想起她的時候，我反而找盡各種理由讓自己不去想起她。

我覺得那是我的錯。這句話卡在我的喉嚨裡，我無法大聲說出來，我甚至無法對自己承認。

書記員讓我用事務所的一間會議室來進行我和員警的會談。除了牆上那座古老的火爐，以及透露出這棟建築物時代背景的鉛框凸窗之外，這間會議室毫無吸引力，是一個中性而舒適的空間。我所屬的事務所位於內殿律師學院，座落在一棟老舊又擁擠不堪的建築裡。這間會議室既乾淨又整齊。其他房間則堆滿了雜物，舉凡出庭律師工作的空間都凌亂不堪——陳年簡報、堆積如山的檔案箱子、袋子、保存機密文件的櫃子、吊在門後的長袍、脫在桌底下的鞋子、某人上週沒吃完的午餐，還有幾個月前就故障了的印表機。不過，比起會議室裡米黃色的傢俱和高品味的大麥色地毯，我還是比較喜歡既不雅觀又亂七八糟的律師工作區。我的目光把周圍掃了一圈，實在找不出什麼有意思的東西，除了我對面那張和善又專注的臉孔。

「你會覺得自己很了解她嗎？」員警又問。

「我只和她共事過一次，不過，我們還滿友好的。」我吞了吞口水。「在那次審判接近尾聲的時候，我去她家吃過一次晚餐。」

在他們位於里奇蒙的挑高住宅裡，高瘦的麥可用他的大手倒著香檳。那棟房子是麥可在賣掉他的代理商之後，用現金購入的。當晚，還在蹣跚學步的亞契穿著睡衣，露出小蝦般的粉紅色腳趾頭，蜷縮在他母親的膝上不肯上床睡覺，即便他已經累到頭都抬不起來了。當晚，柏琳達不時發出開心的笑聲，因為她打贏了那場訴訟。

「你有沒有注意到週一那天她是不是心情不好呢？」

「有。」我想了一下。「她有點煩躁，不過她是想在同時間內做很多件事。她做事的速度向來都很快。」

「可是她看起來很正常。」

「她那天過得不太順，」我猶豫著說。「不過看起來也沒什麼不尋常的。我的意思是，我不想讓你誤會。」

「你只要告訴我你的感覺就好。」員警理解地笑笑。她是負責找出柏琳達死因主要調查小組的警員艾莉森．巴斯維爾。如果卡車司機在事故現場已經通過酒測的話，那他就會以危險駕駛或不慎駕駛的罪名遭到起訴。危險駕駛會被判處重刑。這件案子很嚴重，儘管巴斯維爾警員看起來一派輕鬆，但是我可以感覺到她在等我說出任何對案情可能有幫助的訊息。

「我不覺得她有自殺傾向，」我最終說道。「不過，她……有點心煩意亂，而且又在趕時間。她在過馬路的時候，有可能分神了。」如果這是場意外的話。

「她還有說什麼嗎？」

「她說，她會遭到一位法官刁難，還有，她得回事務所去參加十一點鐘的會議。」我不自覺地望向窗外，看著矗立在內殿律師學院對面一座維多利亞式平台上、左右對稱宛如書架上的書籍一般的加特爾樓群。

「她對那個法官感到沮喪嗎？」

「沒有。」

「真的嗎？」

我聳聳肩。「那是工作的一部分。你所代表的是控方或者辯護方的每一個人。如果有人搞砸了，法官就會把矛頭指向你。沒有人喜歡惹上麻煩，不過，你的經驗會讓你知道怎麼處理這種事。你可以發現她是個什麼樣的人——」

「我和他談過了。」巴斯維爾又笑了笑，這次的笑帶有一絲得意；不過我覺得她是應該得意。「他說，他們達成了一個各方都能接受的解決方案，而他也沒有責怪她。那個案子裡的其他出庭律師也證實了這個說法。她離開的時候，心情還不錯。」

「她離開的時候還在下雨嗎？」

「你為什麼問這個問題？」

「我只是想弄清她發生了什麼事。」我嚥了嚥口水。「她忘了帶傘，是我把傘借給她的。」

「啊，是的，當時是在下雨。她有帶了一把傘。」

我想像著她走下山丘，低著頭行色匆匆，我那把色彩明亮、與眾不同的傘為她擋住了大雨。那把傘應該擋住了她的臉，但是卻暗示著之前撐著那把傘匆匆走進法院的那個女人，現在又從法院出來了。

「我能看監視器嗎？」

巴斯維爾警員聞言似乎有點驚訝，不過當她開口時，她的聲音卻沒有任何起伏。「我覺得這麼做不太合適。」

「我想看發生了什麼事。」

「為什麼？」

「我只是……」我拉長了聲音。「你剛才問我的那些問題，其實都是在問我，她有沒有可能是故意走進車流裡的，只不過你換了一種方式來問，不是嗎？一定有什麼理由，讓你認為司機並沒有做錯什麼。比起司機是否闖紅燈，你更聚焦在她的行為上面。我想要知道當時的情況。人行道上很擁擠嗎？她是用跑的嗎？還是因為被什麼事分神而不小心的呢？是不是有什麼原因讓你質疑這究竟是意外還是蓄意的？」

巴斯維爾警員闔上她的筆記本，然後彷彿下定決心似地把手中的筆放在本子上。「問得好。但是這些不是你應該問的問題。」

「我知道，不過——」

「你幫了很大的忙。你是一個很好的證人，和我預期的一樣。我也預期你會把你的專業經驗運用在這件事上面——這很自然。不過，事實上，就算這起事件需要上法庭，也不會由你來起訴。你不需要知道更多有關於這件事故的事，我也建議你不要企圖去挖掘什麼我沒有對你提過的細節。看監視器或者現場的照片只會讓你更痛苦。她的狀況很慘，身體上的。」

「我了解。」不管你信不信，我都可以想像一名行人被一輛聯結卡車撞到是什麼模樣。

巴斯維爾警員把身體往後靠，雙臂交叉在胸前。「你們其實並不親近，對嗎？幾年前的一宗判決、在她家吃過一次晚飯。然而，你似乎對她的死感到很難過。」

「因為這是悲劇。」我覺得嘴唇發僵。

「當然。但是那並不是發生在你身上的悲劇，不是嗎？」

這次不是。我忍住沒說出來，因為悲劇二字是一個大膽的聲明，而她會想要知道我是否可以證明這是個悲劇，不過，我還沒準備好。

「這很難解釋，不過，我有點擔心，也許——如果是蓄意的話——也許她並不是預定的目標。也許我才是那個目標。」

巴斯維爾挑高了眉毛。「你為什麼會這麼想？」

「那把雨傘。那把雨傘既鮮豔又獨特——它也許讓某人以為撐傘的人是我。我們在法庭裡穿的都差不多，有人可能認錯人了。」

「有人？」她看起來有點困惑。「誰？」

「幾年前，我有個客戶，他……越線了，結果變成了一個麻煩人物。」

「他做了什麼？」

「他騷擾了我一陣子，直到他開始覺得無趣。」從那時候起，我就在等他再度出現。

她重新打開筆記本，很明顯地有點不情願。「他叫什麼名字？」

「約翰・韋伯斯特。」我半期待著牆壁崩塌，或者窗戶破掉，但是除了巴斯維爾警員的筆在紙上寫字的聲音，整間會議室裡靜悄悄地沒有半點聲響。

「他想要什麼——和你交往嗎？」

「不是你想像的那樣。他做事的動機和尋常人不一樣。就我所了解的，性對他來說並沒有那麼重要。」我吞了吞口水。「他喜歡恐懼。他喜歡操控他的目標。他對我感到興趣，是因為他想要看到怎麼樣才能把我擊潰。我想，我很有自信，而且……快樂。他把我視為一個挑戰。」

「那他最近有和你聯絡嗎？」

「他一直都被關在牢裡，不過和我無關就是了。他因為詐欺入獄——我猜那是他謀生的方式，不過這次他被逮著了。他被關了九個月。他的保釋官告訴我說他出獄了。」我又嚥了一下口水。「我有一份限制令，只是九月就過期了。」

「限制令可以聲請延長。他有威脅你嗎？」

「最近沒有。不過——」我停了下來。我想說的是，對我而言，他一直都是躲藏在暗處和門後的一個威脅。然而，這種說法聽起來很荒唐。

「他以前威脅過你嗎？」

「是的。」

「你覺得他敢殺人嗎？」

我幾乎要笑出來。「我知道他敢。」

「你知道他住在哪裡嗎？」

「現在不知道了。」

「我會看看是否能追蹤到他。」

「也許，他的保釋官可以幫你找到他。」

「我會試試看。」她再次把筆記本闔上。

「那我能看監視器的內容嗎？」

「我覺得不妥。你這是在要求我讓你看一名女子的死亡紀錄，就因為你借了她一把傘，而你又曾經招來過非你所願的注意。那會對她的家庭隱私造成無可原諒的侵犯。」

「我明白。」我的臉漲得通紅；眼前這名警員把話講得再直接不過了。「不過，你不會把這件事當成是個簡單的事故吧？」

我希望她說不會，不過她卻板起臉來。「我不確定。我承認，目前還有一些事情並不清楚。對於週一發生的事，我不認為我們已經掌握了全貌。」她再一次傾身靠向我，和我緊緊地四目相對。她這麼做是想產生催眠的效果，讓我進入冷靜的狀態。「而在我對調查感到滿意以前，我是不會放棄的。」

From: 4102@freeinternetmail.com
To: Durbs, IATL
我以為你說會很容易。你說我們不會弄錯。

From: Durbs@mailmeforfree.com
To: 4102, IATL
那不是個錯誤。

From: 4102@freeinternetmail.com
To: Durbs, IATL
但是我們計畫的不是那樣，不是嗎？

From: Durbs@mailmeforfree.com
To: 4102, IATL
也許不是你計畫的。但是，你不需要知道每一個細節，不是嗎？結果都是一樣的。你會得到你想要的，我也是。

From: 4102@freeinternetmail.com

To: Durbs, IATL

如果我早知道的話，我就不幹了。那女人有個孩子。

From: Durbs@mailmeforfree.com

To: 4102, IATL

你現在良心發現已經太晚了。

聽著，不要把你的眼淚浪費在她身上。她沒比其他人好到哪裡去。

From: 4102@freeinternetmail.com

To: Durbs, IATL

我不喜歡被騙。而且你保證過的結果並非這樣。

From: IATL@internetforyou.com

To: Durbs, 4102

放輕鬆，你們兩個，讓它去吧。

要不了多久了。

2016

3

「還有幾個問題就好了，西頓小姐。」

我朝著在證人席上發抖的女子、好奇地看著我的陪審團，以及我在被告席上的客戶笑了笑。

你們不用替我操心，我知道自己在做什麼。

我確實知道自己在做什麼，不過，事實上，在接下來的幾分鐘裡，我得要非常幸運才行，否則，根據一九九七年制定的騷擾防制法中的4A章節，我的客戶就會被判犯了跟蹤罪。法官看起來好像只是在等一個理由，好把他送進監獄，服上十年上限的有期徒刑。不過，一切都在我的掌控之中。

我不用看被告席就知道被告正在看著我。約翰．韋伯斯特在他的審判中，分分秒秒都很仔細在聽。根據控方的說法，那是真正的迷戀者所具有的緊張而危險的注意力；然而，根據我的說法，那是一名遭到嚴重犯罪指控的無辜男子所具有的謹慎專注力。陪審團可以親眼看到的是一名五官英俊、穿著品味奢侈、看起來和哈羅刑事法院破舊的環境格格不入的男子，而且在審判的頭兩天裡，他對在法院大樓裡遇到的每個人都彬彬有禮、態度友好。這種人的注意力是你會想要得到、而非害怕的。

相較之下，艾瑪．西頓的狀況就糟多了。她看起來就像沒有色彩一樣，彷彿她的生命力已經從她的雙眼、頭髮和皮膚流失殆盡，留下的只是一片灰色和褪去的顏色。她的嘴唇乾裂。那一身淺藍色的衣服實在是很糟糕的選擇；她腋下那兩塊深色的半月形汗漬，讓她內心的緊張顯而易見。她看起來很勉強，也很喪氣。我已經讓她承認，她在念書的時候就認識了我的客戶，也和他交往了好幾年，並且還為了和當時在牛津的他在一起而從大學輟學……跟著他去了牛津。

「你會如何形容你們那時候的關係？」我的話在安靜的法庭裡迴盪，這種現象總是讓我想起電影院裡的那種安靜。公眾旁聽席上的人並不多，但是，每個人都很仔細在聆聽我所說的每一個字。我的假髮和長袍讓我看起來氣勢非凡。我看起來很得體，我說的話聽起來也很得體，我所需要做的，就是希望每個人都知道自己要說什麼。

「我愛上他了。」艾瑪的聲音小到幾乎聽不見。法官稍早已經提醒她要大聲一點了。「我會為他做任何事。這不是很正常的關係——他很早以前就對和我上床失去興趣了。不過我還是很喜歡他。我們分手過幾次。當我拒絕做他要我做的事情時，他就用分手來控制我。他會拋棄我讓我得到教訓，而我也乞求他不要和我分手。」

「你會做什麼來贏取他的歡心？」

「一些難以啟齒的事情、一些蠢事。我會偷東西、說謊。有一次，他叫我只穿胸罩和內褲站在大學公園正中央。當時是二月，我就凍個半死地那樣站在那裡好幾個小時。」

「為什麼？」

「我不知道。我猜，因為他想要看我會不會照做。」

我皺了皺眉。「那就是你住在約翰．拉德克利夫醫院奧林匹亞部門的時候嗎？二〇〇九年二月的時候？」

「我——是的。」

「奧林匹亞部門是什麼？」

「那是一個封閉的病房區域，是一個女性精神病房。」

我並沒有看向陪審團，只是任她的話飄蕩在空氣裡。雖然我沒什麼必要這麼做，不過，我還是慢慢地把眼前的資料翻頁，彷彿在尋找下一個要問的問題。我只是在演戲罷了。我很清楚我在交叉詢問中的目的是什麼，也很清楚我要怎樣才能達到我的目的。

「為了你自身的安全，你是被強制入院的，對嗎？」

「我很掙扎，我沒有辦法睡覺，不能聯絡我的家人。我相信他一直都在監視我。我相信，他甚至可以聽得到我在想什麼。」她舔了舔嘴唇。「是他害我變成那樣的，他擊垮了我。」

「西頓小姐，如果你在那個事件發生期間正處於一種精神危機的狀態，那麼，我的客戶要你做出不穿衣服站在大學公園裡的怪異行為，有沒有可能是你自己想像出來的？」

「不可能。」

「儘管極度偏執讓你飽受痛苦，儘管，用你自己的話說，你被擊垮了。」

「是他讓我那麼做的。」

「你在醫院住了多久？」

「兩個月。」

「你有接受診斷嗎？」

她喃喃地說了什麼，阿肯尼亞法官冷靜地看著她，每當有人惹她不高興的時候，她就會出現這種神情。「麻煩你，大聲一點，西頓小姐。」

「我被診斷出有嚴重的憂鬱症。」

「你還在接受治療嗎？」

「我有服用思樂康。」

「思樂康是什麼藥物？」

她抬起下巴，語氣中帶有一絲不服氣。「那是一種抗精神病的藥物。」

「你是不是從二〇〇九年開始就在服用這種藥？」

「斷斷續續。我最好要持續服用。」

「如果你不服用的話，會造成什麼結果？」

「我會對事情判斷不清。」

「你會自己想像事情嗎？」

「會。」

「會有幻覺嗎？」

「有時候有。」

「會聽到有人說話嗎？」

「有時候會。」

「你會出現妄想嗎？」

「是的。」

「你會傷害自己嗎？」

「有時候會。」她拉了拉洋裝的袖子，蓋住手腕上交叉的淺色疤痕。

「所以，服用這個藥物很重要。」

「是的。」

「你最近一次停止用藥是什麼時候？」

「去年。」

「去年什麼時候？」

「四月。」

「麻煩你告訴我，你是什麼時候去警察局指控我的客戶跟蹤你？」

她點點頭，要笑不笑的詭異表情讓她的半邊臉往下扯。我發現她是在忍住不哭。「四月底的時候。但是，這和那個藥無關，也和我有沒有吃藥沒有關係。他出現在我家、出現在我工作的地方、說一些關於我的謊話，這些都不是藥物造成的。」

被告席上的約翰．韋伯斯特動了一下，坐直了身體，這個動作雖然比搖頭還要不明顯，不過對陪審團而言卻是一個信號。不要相信她，她瘋了。

「回到二〇〇九年，你離開醫院之後去了哪裡？」

「我待在牛津。」

「牛津的哪裡？」

「我待在約翰家。他住在傑里科的一間分租房。」

「你不能回家嗎？」

「他要我留在那裡，我就照做了。」她摸了摸額頭，抹去幾滴汗水。

「你在那裡住了多久？」

「房子的租約在八月到期。」

「後來呢？」

「他要我把我的存款給他——那是我祖父給我的遺產。兩萬英鎊。」

她在主詢問中已經提過這件事，當時，陪審團也做出了反應：給任何人那樣一筆錢都是一筆大錢，何況還是給一個虐待狂男友。

「他要那筆錢做什麼？」

「他說他要做生意，需要一筆錢。」

「他有償還給你嗎？」

「幾年以後還了，還加了一點點利息。」她怒視著他，而他也毫不迴避地回視她，臉上的表情並未改變。

「這不就是所謂的投資嗎？」我輕聲地問。

「他拿走了我所有的錢，然後把我掃地出門。我沒有地方可去，結果只能流浪街頭，為了活下去，只要能做的，我什麼都得做。我偷東西，賣盡我一切所有，包括我自己。」

「你是妓女？」

「對。」

「你因為性交易被逮捕過嗎？」

「好幾次。」

「有被關過嗎？」

「一次，因為偷東西。」

「然後呢？」

「又回到街頭。」

我流露出同情，我確實同情她；艾瑪吃過很多苦。「聽起來那是段很辛苦的日子。你後來怎麼回到正軌的？」

「約翰找到了我。他把我帶去我父母家。當時，我有兩年半沒見到他們了。我沒有和他們聯絡，他們以為我死了。」

「所以，他救了你？」我用問句的方式來陳述。我有誤解嗎？這和你所描述的脅迫和恐懼怎麼兜得起來呢？

「他喜歡施予，也喜歡接受。重點在於都由他來控制。等到我又開始依賴他的時候，他就走人了，我已經好幾年沒有見到他了。好幾年啊。」

「西頓小姐，你對於他出現和不出現在你的生活裡，似乎都感到很生氣。所以你是對哪一種感到生氣？」

「我——很難解釋。」

「你對我客戶的問題，是否並不在於他騷擾了你，而是他並沒有騷擾你？」

「不是這樣的，完全不是。他一次又一次地威脅我，偷我的東西，毀了我的生活，只為了他自己高興。他讓我害怕走出家裡。因為他的關係，我辭職了好幾次。」她開始失去冷靜，聲音變得不穩定了起來。「我很努力很努力地嘗試，但是仍然無法擺脫他。而且再也沒有人要聽我說話，那讓我覺得自己既渺小又沒用。當我以為我在講話時，我卻覺得自己好像發不出聲音，好像沒有人能聽到我說話——」她的話和盤托出，而且越說越快。然後她戛然而止，在接下來的一片靜默裡，只聽到她大聲在呼吸。

「你有刺青嗎？」

話題的轉變讓她眨了眨眼睛。

「有一個。」

「在哪裡？」

「在我的手臂上。」

「能讓我們看看嗎？」

我以為她會憂心忡忡——甚至恐慌——但是她卻對我笑了笑。「當然可以。」

如果你不知道問題的答案，千萬不要問那個問題。這是交叉詢問的基本法則，是要在法庭上順風順水的基礎。你不是要到法庭上去尋找答案。而是根據你所在的那一邊，在法庭上誘導你的證人提出有利於你的證據，或者刺激證人說出能夠推翻控方訴訟的陳述。

你不會想看到一名證人自得其樂般地把右手的衣袖慢慢捲起來。

她的前臂內側有一隻狼的刺青，還有好幾百條刀割的疤痕，看起來就像圍繞在狼周圍的長草一樣。她張開手臂，好讓法庭上的每個人都看得到她的刺青。

「你是什麼時候刺的？」

「幾個月前。」

「那個刺青遮住了什麼？」

她臉上那抹勝利的笑容消失了。「另一個寫著『約翰．韋伯斯特的財產』的刺青。」

「你第一個刺青是什麼時候刺的？」我旁邊的控方律師停下手中的筆。尼德．艾德里吉是位優秀的律師，而他感到了一絲危險。

「我住在牛津的時候刺的。」

「在你和韋伯斯特的關係惡化成虐待之前。」

「沒錯。」

我打開一份檔案夾。「你在二〇〇九和二〇一〇無家可歸期間，曾經被逮捕過幾次。警方對你的描述並沒有提到刺青。」

「他們一定是漏掉了。」

我往阿肯尼亞法官看去。「法官大人，我想讓證人看一張照片。」

「艾德里吉先生看過嗎？」法官問道。

「沒有，法官大人，不過我有備份可以給他。」我把照片交給臉色不太好看的尼德。另一份備份則給了一臉冷靜的扁平足法庭傳達員巴布絲。她接過照片走到對面，交給在證人席上等待著的艾瑪。

「你能為我們描述一下這張照片的影像嗎，西頓小姐？」我一邊說，一邊把一捆備份照片遞給巴布絲，其中一張要給法官，其餘的要給陪審團。

「那是我和我的幾個朋友。」照片裡的艾瑪在一小群人中間。她穿了一件長袖洋裝，握著飲料杯的右手臂高舉在空中，衣袖因而滑到手臂上端。照片的背景是一幅寫著新年快樂的橫幅。她旁邊的一名女子戴了一副亮閃閃的裝飾眼鏡，眼鏡的形狀是一串連在一起的數字二〇一五。

「西頓小姐，這張照片是二〇一四年十二月三十一日拍的，你同意這個說法嗎？」

「同意。」

「你當時手臂上並沒有刺青，不是嗎？」

「我有時候會用妝把它遮起來。」

「照片裡的光線很好，不是嗎？你手臂上的疤痕都可以看得到。如果你會用重妝遮掉那麼大的刺青，你怎麼不把這個疤痕也一起遮掉呢？」

「我——」她的目光越過我，看向尼德後方警察所坐的位置。警察和控方律師都幫不上忙，她只能靠自己。

「那個『約翰・韋伯斯特的財產』的刺青，你是什麼時候刺的？」

她雙肩一垂。「去年。」

「去年什麼時候？」

「我不記得了。三月吧，我想。對，是三月。」

我揚了揚眉。「你確定嗎？二〇一五年三月？」

「對。」

「不急，你可以慢慢想。」

「我確定。」

我再度翻了翻我的筆記。「去年四月二十三日，你到警局去指控我的客戶跟蹤你。」

「對。」

「五月二日，你到劉易舍姆區的彩繪女士刺青店，在你的前臂上刺青。」

「為了蓋住那些字，我去刺了那個狼的圖案，也提醒我他是個威脅。」

「那是另一個謊言，不是嗎？」我和氣地說。「為了釐清一切，好讓陪審團了解到底發生了什麼事，我們知道在過去幾分鐘裡，關於你什麼時候刺了第一個刺青，你說了好幾個謊。我現在要再給你一次說實話的機會。」

「是去年三月，當他再度回到我生活裡的時候。」

「不，不是。」我拿出一個檔案夾，遞給了控方律師，然後也給了巴布絲一疊，讓她拿給證人、法官和陪審團。她踏出沉重的腳步把檔案交給他們，每一步走得都像腳受傷了一樣。我隱忍著逐漸醞釀出來的不耐煩，等著她把檔案夾發完，如果我不需要表現出專業模樣的話，我可能早就已經坐立難安了。「我給你的檔案夾裡有兩個東西。那是彩繪女士刺青店提供的。第一個刺青是在五月二日刺的。六週之後，你回到店裡，刺了第二個刺青。收據上都有日期。第一個刺青是什麼？」

艾瑪．西頓瞪著檔案夾，表情看似受到了打擊。

她把注意力完全都放在了約翰・韋伯斯特身上，以至於她沒有發現他其實並非法庭裡最危險的人。我才是。

她夠聰明，知道不能再說謊了。

「第一個刺青是那個說我是他財……財產的那個。」

「那第二個呢？」

「就是那匹狼。」

「第一個刺青看起來很糟糕，是嗎？所以你才說謊。看來你好像還迷戀著一個你永遠無法擁有的男人，從一開始，你就一直迷戀著他。」

「不，我——」

「你之所以說謊，是因為你知道那會不利於你的案子。如果你怕我的客戶怕得要死的話，怕到你要去警局嚴重地指控他——指控說你擔心自己的生命安危、說他對你精神虐待，還威脅你——那你究竟為什麼還要把他的名字刺在你的手臂上呢？」

她搖搖頭，淚水沿著雙頰流下。

法官動了一下。「我認為我們應該先休息一下。」

傳達員立即付諸行動，以超高的效率讓陪審團和艾瑪・西頓離席。我們幾個還留在法庭的人很清楚接下來會發生什麼事。約翰・韋伯斯特在被告席上看著我。當我看向他時，他緩緩地對我露出一抹感激的笑容。

法官清了清喉嚨。「看你了，艾德里吉先生，不過，這個節骨眼上，你可能需要接受一些指示。」

控方律師從位子上跳了起來。「是的，法官大人。」

「對我來說，要建議刑事法院接下來選擇怎麼做並不是問題，」阿肯尼亞法官小心翼翼地說。「但是，我知道在這個案子結束時，有人會要求我對裁決提出建議。不是嗎，路易斯小姐？」

在我繼續站著時，尼德卻坐了下來。「確實如此，法官大人。」我說。

法官點了點頭。「我會的。」

她走出法庭，門才在她身後關上，旁聽席上就響起了一陣竊竊私語。尼德．艾德里吉轉向我。「完蛋了。」

「很遺憾。」我聽起來一點也不覺得遺憾，而他也知道我不是真心的。

「我打算不提證供起訴，除非皇家檢控署瘋了，要讓我們等到中場休息。」

「這是個好決定。」我表示支持。

「不管怎樣，法官都會拒絕受理這個案子的。這就意味著我得要決定何時喊停。」

「我們都會遇到這種情況。」我拾起我的文件。「我最好去和我的客戶說一下，讓他知道發生了什麼事。」

「你應該為自己感到驕傲。你讓她一步步踏入圈套，而沒有催促她。」尼德看起來很懊惱。「我眼看著事情發生，卻無能為力。」

「算了，還有下一次。」

如果他能有一點點像我的話，那麼，某部分的尼德．艾德里吉就會相信，他剛才應該做點什麼來挽救這個案子。打輸官司是這份工作的一部分，但是，能打贏總是更好。

4

大部分的客戶上法庭時，都會有家人或朋友陪同支持，然而，約翰·韋伯斯特除了他的事務律師之外，只有自己隻身一人。他的律師是一名中年男子，總是一副剛記起在別的地方還有其他重要約會的模樣。

「幹得好。」他的事務律師點點頭。「你確實做得很漂亮。」

「謝謝。」我轉向韋伯斯特。「他們會撤銷訴訟。控方律師需要先得到皇家檢控署的同意，才能不提證供起訴，不過，就算皇家檢控署不同意，法官也會拒絕受理的。」

「我想也是。」

「我很高興結果是個好消息。」我有點手足無措地說。雖然我並未期待聽到什麼讚美，但是，通常當被告不想被判入獄好幾年的話，他們聽到這樣的結果都會很興奮。

「你覺得——」他停了一下，搖搖頭。「是這樣的，這其實不關我的事，不過，你覺得艾瑪有人照顧嗎？那實在是——讓人看了滿痛心的。我無法想像她的感覺。」

「會有人照顧她的。」負責這個案子的警官是一名具有數十年經驗、像母親般的警員。她會知道讓艾瑪·西頓安心的重要性，讓艾瑪相信她自己已經盡力了、案子沒有起訴成功並不是她的錯。

「這個案子讓人感覺好像不是一場公平的比賽。」

「確實不是。我知道我要問她什麼，也知道為什麼要問她那些問題，但是她不知道。她所能做的就是說出實話，警方應該事先也告訴過她的——即便實話會讓她看起來很不堪。但是她沒有說實話。」

「她的話聽起來滿有說服力的。如果我不知道刺青的事，我們可能就會有麻煩了。」

「那已經足以讓陪審團懷疑她的故事版本了。宣誓後還說謊，只會讓案子無法起訴。」

「他們不會用偽證的名義起訴她吧？」

「不會，絕對不會。那樣起訴她不符合公共利益。」我笑了笑。「不要擔心她了。」

「我向來都會擔心她。」他嚴肅地說。

「我想，我們很快就要回法庭了。」那名事務律師坐立不安地說。「讓我們把這件事做個了結吧。」

在我回應他之前，廣播喇叭傳出了一陣劈哩啪啦的聲響。「韋伯斯特案件的各方請回到三號法庭。」

「我們走吧。」事務律師說完，便引導約翰．韋伯斯特回到法庭。那是韋伯斯特那天在完全沒有留下不良紀錄而遭到釋放之前，最後一次回到被告席。

我快步離開法院大樓。我已經換掉了法庭長袍，也解開了髮髻，這些裝束基本上就像是偽裝一樣。大部分人看到的只是假髮和長袍，不會注意到太多其他的細節。出庭律師是不允許接受記者訪問的，所以，我不用擔心媒體，不過，對於搭訕，我總是很謹慎。你不會知道一個氣憤的家人什麼時候會把你在法庭上講的話或做的事當作是一種冒犯。

「路易斯小姐？」

聲音來自於我的身後。我轉身發現約翰．韋伯斯特跟在我後面，他跟得有點近，不是我喜歡的那種距離。

「你可以幫我一個忙嗎？」

「我不覺得——」

「是艾瑪。」他的面色蒼白。「我需要有人去看看她的情況。」

艾瑪。我原本完全打算拒絕，然後趕快走人，不過現在我猶豫了。

「拜託你。」他的眼睛緊緊注視著我的雙眼。

「我得走了。」我的話聽起來沒什麼力量。我讓我的工作拖袋立在地上，然後嘆了口氣。

「她在哪裡？」

我推開大廳通往外面洗手間的門。大廳和洗手間之間有兩道門，一道在裡面、一道在外面，兩道門之間有個空間，有點類似氣密室那樣。我推開裡面那扇門之前遲疑了一下，讓自己下定決心。來吧。我靠在門上，一股濁氣和工業用消毒劑的味道讓我畏縮了一下。我在幹嘛？這不是我分內之事。

「西頓小姐？艾瑪？」

什麼聲音都沒有。看來，約翰．韋伯斯特弄錯了，她不在那裡。我站在門口，下不了決定地咬著嘴唇。我可以直接走出去，然後告訴他他弄錯了。但要是我並沒有真的去查看，我覺得他會知道。我讓門在我身後關上。

「艾瑪？」

我沿著一排陰暗的小隔間走過去，試著推一推每一扇門，確保每一個隔間裡都是空的。洗手間裡有一股惡臭，混合了尿液、體臭和隱隱約約的菸味。最後一個隔間上了鎖，即便我從門底下瞄進去，視線所及之處並沒有看到腳。「艾瑪？你在裡面嗎？」

「你是誰？」

我跳了起來，雖然我應該知道她在裡面。「英格麗．路易斯。」

她花了點時間擤了擤鼻涕。「約翰的出庭律師？」

「是的。」

「那個無情的賤人。」

我不自覺地笑了笑。「我從來沒聽過有人這樣稱呼我。」

「我在我的腦子裡是這麼叫你的。」我猜她很生氣，這種幼稚的憤怒會讓他們忘記自我，這種憤怒會讓他們想要傷害任何靠近他們的人。我退後一步，這樣就不會太靠近她。她肯定會選最裡面的一間……我估量著自己和洗手間大門的距離。

「艾瑪，我只是想確認你沒事。我相信你今天很不好受，不過，事情已經結束了。你已經盡力了。」

「你比我更盡力。」

「這對我來說比較沒那麼困難，你得記得，那是我的工作。」我覺得筋疲力盡。這原本應該是很單純的：你進到法庭、提供證據，法庭相信或者不相信你，然後你就回家了。艾瑪沒有按照遊戲規則來，這種幾近混亂的結果讓人覺得很不舒服。此外，這真的不干我的事。「聽著，我去找辛哈警探，讓她送你回家，好嗎？」

「你怎麼知道我在這裡？」

「我猜的。」

「你撒謊。」

沒錯，不過我又沒宣誓。「我只是擔心而已，」我說。「我不想拖太久。我要走了，好嗎？」

「等等，我要和你談談。」

為什麼？我猜不出她會想要和我說什麼我會樂意聽到的事。我小心翼翼地朝洗手間的門靠近了一點。這是個錯誤，我幹嘛答應要來找她？就只因為韋伯斯特要求我嗎？我早該知道的。我應該躲得遠遠的才對。

小隔間裡面發出了喀噠一聲，讓我退縮了一下。金屬，我想。在佈滿塗鴉和鑿孔層板上的金屬。那是什麼樣的金屬？

隔間的門打開了，她往前探了出來，讓我可以看到她，雖然她並沒有真的走出來。她成串的頭髮散落在臉上，盯著我看了一會兒。

「你看起來不一樣。比較正常了。」

「因為我現在不是在法庭上。」

「所以，你現在不會再叫我怎麼做了。你不會再問問題，也不會要求我做任何事了。這裡不歸你管，混蛋。」

「如果我有權表達意見的話，我覺得無情的賤人還好一點。」

「你沒有。」

「好吧。」我對她笑笑，試著讓自己看起來不具威脅而且友善。我曾經和非常憤怒又暴力的犯人同處在小囚室裡，對他們解釋他們會被關在監獄裡很長一段時間，但是，當時的我都沒有現在這麼害怕。眼前的狀況似乎超出我的掌控範圍，而我也看不到有什麼救兵。我用大拇指指了指洗手間大門的方向。「這樣吧，我覺得我還是去看看辛哈警探有沒有在大廳裡。我很快就回來。」

「我不要她來。」艾瑪走出廁所。她瞪大了眼睛。「我要他。」

「另一個警官？」我稍微離開她遠一點，一邊試著記起那個警員的名字。我內心不停地在吶喊，告訴我應該要轉身跑走，但是，我想，如果我這麼做的話，她一定會來追我。讓她繼續說。

「是納許嗎？」

「約翰。我要約翰。你得讓他進來這裡。」

「他不會聽我的話，」我反駁道。「我無法主宰他。」

「如果他覺得你有危險的話，他就會來。還有，你現在確實有危險。我不喜歡你，一點都不喜歡。而且我會傷害我不喜歡的人。」她手裡有個發光的東西，不過被她藏在了裙子的摺層裡。

「艾瑪。」我的背撞到身後的牆。我的腿也在發抖。我曾經看過因為自衛而被刀攻擊的傷者照片——我看過那些疤痕……

我擅長什麼？我不會打架，不懂得對抗握有某種刀刃的人。但是，我比我所認識的任何人都會說話。

「聽我說，艾瑪。你不需要這樣。約翰要我來這裡，因為他擔心你。他就在門外等著，你無須需說服他進來。你能讓我出去告訴他，說你在等他嗎？」

「我想，如果你尖叫的話，他就會進來。」

「艾瑪——」

「你說的最好是真的。」她向我靠近，揚起了右手，露出握在她指節之間那把一英寸長的小刀。那是一把嵌在木柄上的楔形小刀，看起來足以致命。我應該有尖叫，但是聲音卡在喉嚨裡，以至於我只能發出沒人聽得到的嗚咽聲。我盲目地推開門、衝進洗手間外面的小走廊，結果立刻就撞進了那名年輕警官的懷裡——亞當．納許，就是他——當時他已經穿過外面那道門、朝著裡面這扇門而來了。他把我撥到旁邊，一邊持續走向艾瑪，一邊高喊著叫人來幫忙。

「她有刀。」我提醒他，然後雙腿一軟，跪在了兩道門之間那個恐怖的小空間裡，畏縮在一旁看著一個個經過我的人：辛哈警探、兩名法院的保全，還有一名穿著制服、正好來法院為另一個案子作證的警員。我聽到洗手間裡傳來尖叫的聲音，就像動物掉進陷阱時發出的那種聲音。我很慶幸自己看不到他們是怎麼壓制她的，不過，一定很痛；那個尖叫聲來到了最高點，然後是一串從喉嚨深處發出的詛咒，混雜在警員們冷靜的話語聲裡。最後出現了一片寂靜，什麼聲音都消失了。這似乎比打鬥更可怕。

通往洗手間的門打開了，辛哈警探一身狼狽地走了出來。她扶我起身，把我帶到大廳裡。

「你現在沒事了，安全了。你有受傷嗎？試著冷靜下來，你沒事的。」

我甚至沒有發現到自己在哭。我掙開她的手臂。「她還好嗎？艾瑪還好嗎？」

「她沒事。」

「她有一把刀。」

「現在沒有了。」辛哈警探把我轉過身來，好看著我的眼睛。她和善的臉上透露著擔憂，加深了她前額和嘴邊的皺紋線條。「你確定她沒有傷害到你嗎？」

「她沒有碰我。」我瞪著通往洗手間的門。「她在哪裡？我能見她嗎？」

「最好不要。」

「她會被怎麼處理？」

「她需要到醫院去。」

「你們不打算逮捕她？」

「她已經被逮捕了，但是她不會被監禁。她需要適切的照顧。」辛哈警探一直在我身上拍上拍下，確定我沒有受傷。「我會需要你的聲明。你介意稍等一下嗎？我會叫人來記錄。我們得先把艾瑪處理好。」

「沒關係。」我說。「當然。我需要打電話給我的男友，不過我可以等。」

「乖女孩。那就先在那邊坐一下吧。」說著，她就步履匆匆地回到洗手間去了，絲毫不介意自己必須掌控剛才一度完全失控的局面。如果納許警員晚到兩分鐘的話……如果我說錯什麼的話……不過，我沒有受傷。

我坐在大廳裡，成了進出法院的每一個人的焦點。我笑著對人說我很好，次數多到我都數不清。其實我一點都不好，我花了很長一段時間，才注意到有一個特定的人完全不見蹤影；這就足以證明我一點都不好。

「路易斯小姐？」納許警員站在我面前。我的思緒混亂，彷彿塵埃般飄浮在我的腦子裡；然後，我發現自己正在思考為什麼會以為他還很年輕，他明明就和我的年紀相當，大約是二十五、六歲左右——但是，他身上還有一種男孩的感覺。也許是他的那股誠摯吧。不過，他正在講話，我應該要認真聽才是。

「黛莉亞——辛哈警探——要我告訴你可以回家了。我們還在等車子來把艾瑪送走，所以，她不想讓你再等下去。」

「已經過了多久了？」

「一個小時多一點。」

「真的嗎？」我揉揉額頭。「我以為才過了十分鐘而已。」

「驚嚇是很奇怪的事。」

「約翰·韋伯斯特去哪裡了？」

「他走了。」

「什麼時候走的？」

「我叫他走的時候。」

我驚訝地看著他。他也一樣有著一種銳利感——我想到他完全不知道有什麼狀況在等著他，只知道情況可能很糟，但他還是全速衝進了洗手間……

如果我已經開始逐漸對他萌生讚賞的話，這份讚賞也因為他接下來的話而煙消雲散了。

「你知道，約翰．韋伯斯特是一個很危險的人。那是我們能把他關起來最好的機會。我們不會再有第二次機會了。」

「我只是在履行我的工作而已。」

「對，沒錯。」他低頭看著我，眼神裡充滿擔憂的陰影。「我只希望你不會後悔。」

2017

5

四月

第一頁　共一頁

證人聲明

刑事訴訟規則，r 16.2;
刑事審判法　1967, s.9

聲明來自：英格麗．路易斯

年齡是否低於18歲（如果大於18歲，則填入「大於18」）：大於18　　職業：出庭律師

就我所知和所信，本份聲明（共1頁　每頁都由我本人簽名）為真，我也知道，如果我在聲明中故意陳述任何我認為是假的，或者任何我相信並非為真的事，一旦它被提交作為證據，我將

M

會被起訴。

簽名：　日期：【21/04/17】

以上的簽名是我本人，關於那些提及我並且已被上傳到YouTube和其他社交媒體的視頻，以及被上傳到無數留言板和其他網路論壇的照片，我在此做出聲明。

我在二〇一七年四月開始注意到，一名叫做「影子912」的用戶在沒有知會我的情況下，上傳了一些視頻。我相信這是約翰·韋伯斯特的用戶名。

我之所以知道韋伯斯特，是因為二〇一六年的時候，我在一場審判中幫他辯護過。審判後，韋伯斯特透過電子郵件和簡訊對我展開了一連串的騷擾。後來，韋伯斯特被逮捕過兩次，但是都沒有遭到起訴就被釋放了。

自從韋伯斯特在二〇一七年二月第二度被逮捕之後，我就沒有再收到過韋伯斯特的糾纏或聯絡。

二〇一七年四月二十日星期四，我接到一通自稱為傑瑞的男子來電。他不願告訴我他姓什麼，而我也認不出他的聲音。他為了拉皮條而要求和我約見，他說他是在幾個提供性服務的廣告網站上看到我的名字、照片和電話號碼。在這通電話之後，我在一個小時之內接到了七通其他男人打來的電話，都是為了性服務而要求安排見面。沒有人對我表明他們的身分。

在上網搜尋過我的名字和影像之後，我發現好幾個提供性服務的網址都列有我的名字、年齡、電話號碼和地址。我相信那是約翰．韋伯斯特上傳的。此外，還捏造了一些評價，用一些不雅又猥褻的字眼評價據稱是我所提供的性服務。（「奶子夠正，話多，但是我搧了她一耳光讓她閉嘴」，還有「喜歡被粗暴對待、有被強暴幻想、說不要卻口是心非」）我相信這是在煽動對我的性攻擊，而我也很擔心自己的安全。我立即要求那些網站撤除相關的資訊，而他們也照做了。在這些信息被撤除之前，我已經有截圖保留下來了。

我也在好幾個色情視頻網站上，發現以「英格麗賣力工作XXX」和「英格麗學到教訓XXX」為題的色情視頻。而我的聯繫方式都詳細列在那些視頻下方。那些視頻裡的女子都是淺金色頭髮、但是臉孔被模糊化了的女性。我相信這名女子所代表的應該就是我。這些都讓我感到很不舒服。我也要求網站業者把這些視頻全都下架。

我相信上述這些內容都是韋伯斯特創造出來的，因為他復仇的天性使然，他要對二〇一七年二月因為騷擾我而被捕做出報復。我相信韋伯斯特所用的方法就是透過第三方來騷擾我。

在看過這些內容之後，我非常擔心韋伯斯特或那些他所煽動的人可能採取的行動。我已經換過了電話號碼。我覺得韋伯斯特的行為帶有仇恨和惡意，我也擔心我的名字和影像在這樣被使用過以後，很容易就可以從網路上直接搜索到。

我很樂意支援警方的調查，如果警方要求的話，我也願意上法庭出席。我在二〇一七年四月二十一日星期五19點04分，於薰衣草山丘警局做此聲明。

簽名：

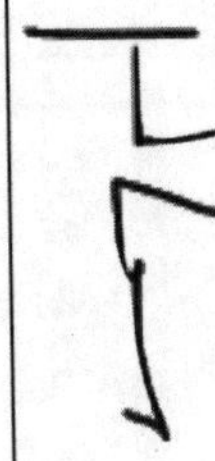

簽名見證人：警員 637 WW 帕門斯頓

From: Elizabeth. Rowley@metpolice.co.uk
日期：2017年6月1日　10:39:51 格林威治標準時間
To: 'Ingrid Lewis' <IL@3tw.co.uk.cism.net>
主題：騷擾聲明 21/04/17

親愛的英格麗，

謹在此通知你，根據你在證人聲明中所提供給我們的資訊，我已經採取了一次詳細的調查。我收到了你列舉的那些視頻網站以及性交易網站所提供的使用者身分訊息。但是，我找不出「影子912」這個使用者名稱和約翰．韋伯斯特之間的任何關聯。我試著追蹤上傳那些內容的人，但是他們的身分都是加密的；截至目前為止，我們都無法找到任何有關他們或他們所在之地的資料。不過，我可以向你保證，關於你的所有訊息都已經被撤除，而且那些網站也知道，那些惡意偽造的資訊以後還是可能把你當成目標。他們也承諾會避免讓這類資訊張貼在他們的網站上。希望這個痛苦的經驗就到此為止。

我已經親自和約翰．韋伯斯特談過，儘管你過去和他有過不愉快的經驗，不過，我很高興他和這次的惡意行為沒有關係。對於那些網路上的資訊，他毫無所知。我不再認為他有嫌疑，所以，你也可以不用再對他感到擔心。

很顯然地，這意味著我們沒有現成的嫌疑犯。如果你覺得有其他人可能做出這樣的事，請盡快讓我知道。未來，如果有任何讓你擔心的事情，你可以把相關的資料都記錄下來，包括日期、時間和所有你覺得警方調查可以派得上用場的資訊。

同時，誠如我們之前討論過的，請小心你個人的安全。如果還有什麼我可以幫忙的，請儘管和我聯絡。

謹致問候

麗茲

伊莉莎白・羅利警探

翡翠分隊

薰衣草山丘警局

176 薰衣草山丘，巴特西，倫敦 SW11 1JX

6 六月

至少今早是個美好的早晨。我望向窗外安靜的街道，除了路的另一端有一名早起慢跑的人之外，街上空無人影，只有小鳥吱吱啾啾地從這棵樹跳到另一棵樹上。這條街道的住戶似乎都還沒起床，不過這也很正常。如果不是為了要趕搭火車去萊斯特參加一場聽證會的話，我也不會這麼早起床。

我告訴自己，一切看起來都很正常。一切都很好。今天會是很美好的一天。

貓咪在我腳邊磨蹭，發出咕嚕嚕的聲音，我俯身摸了摸他。「我知道，傑夫。你想要吃東西，不過，你得等我先換好衣服。」

麗茲．羅利在四天前發給我的那封電子郵件一直盤旋在我的腦子裡。約翰．韋伯斯特說服了警方，他和網站事件沒有關聯。也許沒有。也許是有人覺得這樣做很好玩。

我轉身離開窗邊走向浴室，準備沖個戰鬥澡讓自己清醒。早晨的例行公事總是讓人感到很平靜，我不需要動腦子思考，就可以熟練地換好衣服、化好妝、梳好頭髮。我帶著倦意、瞇著眼、打著呵欠走進浴室；不過，走出浴室時，我看起來已經很冷靜，像是一切都在掌控之中，我已經準備好要上法庭或者接招任何接下來會發生的事了。

我們的臥室裡很暖和，百葉窗上的閃光預告著今天將會是高溫的一天。百葉窗被微風吹得輕輕撞在了窗框上。這也許是今天最後一絲的涼風。馬克四肢張開地趴在床上，他的臉埋在床單裡，淡棕色的頭髮凌亂地披在腦後，一隻手臂壓在我稍早躺過的地方，彷彿他曾經找過我。由於天氣炎熱，我們已經把被子減少到只剩一件棉布床單，而這件床單現在就皺巴巴地裹在他的臀上，讓他赤裸裸的身體暴露在我眼前。我好想把手放在他曬成棕褐色的皮膚上，沿著他的脊椎撫觸他的背。

不行，要專注。

我像竊賊一樣小心翼翼地挪動，從床頭櫃上拿起我的手錶、耳環和訂婚戒指。然後拿起手機，很快地開機查看了一下：沒有來電、沒有留言，沒有什麼意外的消息。

我應該要和他吻別嗎？我不想吵醒他。我把鞋子拎在手裡，站在床邊猶豫著。就在我決定要出門的時候，他突然出聲。

「幾點了？」

「五點四十五分。」

「天哪。」

「繼續睡吧。」他翻過身來，睜開一隻眼睛，用掌根揉了揉另一隻眼睛。「你幾點會回來？」

「我不知道。我會再傳簡訊給你。這場聽證會應該很快，不過，你永遠無法預期會怎樣。」

床單往下滑落更多，我發現自己的眼光停留在馬克赤裸的身上。噢……

他腦袋裡想的應該也和我一樣。他睜開另一隻眼睛，用一種毫無睡意的眼神看著我。他用一隻手肘撐起身，然後伸出另一隻手碰到了我的腿，手指在我膝蓋上方的大腿內側輕輕地畫著圓圈。「你在趕時間嗎？」

「我得走了。」但是我卻動也不動。

「你要搭幾點的火車？」他的手緩緩地往上游移，他手上的溫度透過這樣的撫觸傳遍了我的全身。

「我——」我得重新準備，重新梳理頭髮、重新把妝化好。我真的沒有這麼多時間，因此，我只能拉下臉。「我現在沒辦法。晚點，等我回來吧。」

他咧嘴笑了笑，讓自己滾回枕頭上。「我可以等。值得一試。」

「向來如此。」我吻了他一下，和他說再見，然後跟著翹高尾巴、跑在我前面的傑夫下了樓。我覺得很幸運，也感到被愛，我覺得我不用太掙扎，就會願意放棄萊斯特之行，只為了和我英俊的未婚夫花一整天時間在床上瞎混。

當我踏出家門，一腳踩在門前的台階時，才發現外面已經很熱了。送牛奶的人已經來過了，因此我把牛奶瓶放進走廊裡。即便在六月的熱浪之下，鋪著磁磚的地板還是很涼；馬克可能會在大約半小時後起床，到時候他就可以把牛奶放到冰箱裡。我走在花園的小徑上，聞著纏繞在隔壁鄰居家陽台上的茉莉花飄散出的香味，以及——由於這裡是倫敦——某一隻城市狐狸在我們牆上留下的臭味。即便時間久了，這個味道也不會散去。等我晚一點在花園裡澆水時，再用水管直接噴水把它洗掉吧。我一邊想，一邊走下人行道過馬路，想像著自己在涼爽的傍晚，穿著短褲和吊帶衫，而非現在這身套裝，廚房裡有一杯美酒在等著我——

突然，我的腳踩到了什麼細碎的東西，我低頭一看，只見一些鏡子的碎片在地上閃閃發亮。我回頭看了一眼，想要知道這些鏡子碎片是從哪裡來的。

「噢，不會吧。」

馬克的車停在街上，就在我們的屋外。停車一直都是本地的一個問題，因為我們的房子都沒有車道或車庫；這裡的房子全是維多利亞式的，而且都有陽台，加上街道又很狹窄，因此，如果你停好車就得把側後視鏡折起來，然後希望自己運氣夠好。現在看起來，他一定是忘了把靠馬路那邊的側後視鏡折起來（這不像是他的作風），然後有人開車經過，車速快到足以把那面側後視鏡撞掉（就是會有人這樣）。側後視鏡的鏡框還懸吊在車側，佈滿刮痕且支離破碎，看來撞到它的東西速度肯定飛快，而且駕駛座的車門上還有一道和車門同寬的刮痕。我想，當他發現自己的車子變成這副模樣，一定會很不高興。

我在心裡嘆了口氣，然後跑回屋裡去告訴他這個壞消息。

我原本相信今天會是很順利的一天，但是事實卻不然。我沒趕上火車，到法庭時已經遲到了，然後回家的時間也延誤了。我下火車的時候，正好是交通的尖峰時間。我想，這都是因為汽車後視鏡的事故造成的。我拖著袋子擠過擁擠的人群，我的頭髮黏在脖子後面，濕答答的汗水沿著背脊滑落，讓我的尾椎幾乎濕透。經過一整天熱浪的洗禮，我的衣服已經濕漉漉地貼在了身上。早上馬克的心情很不好，這是可想而知的，他一口咬定他有把側後視鏡折起來。我們的對話吸引了鄰居的注意，先是一個鄰居走了出來，然後是兩個，然後越來越多人圍繞在車子旁邊，其中不乏以各種方式打赤膊的人，眾人議論紛紛地聊著其他和車子有關的事件，以及議會是否應該對此採取什麼作為。

「這種事就是會發生在倫敦。」我說。馬克微微皺著額頭，隔著一群鄰居看著我，因為他和我一樣很清楚，如果有人確定要讓這種事經常發生的話，那麼這種事就會頻頻發生。

「你不看路的嗎？」

我回過神來，發現一名老先生一邊摸著他的小腿，一邊對著我在吼。我在擁擠的火車站大廳裡一路拖行的袋子正是罪魁禍首，我得小心點才是。基於理虧，我向他表示歉意，然後試著聚焦在我所在之地以及我在幹什麼。火車站人滿為患，我只想要去搭地鐵回家。我面前的人群空出了一個空間，我立刻往前邁開大步，結果卻因我口袋裡的手機開始嗡嗡作響而不得不停下腳步。手機的螢幕顯示著未知號碼來電。

「哈囉？」我用手遮住另一隻耳朵。「哈囉？」

沒有回應。

我掛斷電話，看著手機，感到有點疑惑。如果是警察、皇家檢察署的律師，或其他想要找我的出庭律師，他們就會再打過來。

我沒有理由覺得那是約翰．韋伯斯特打來的，我也沒有理由認為車子的側後視鏡事件是他的傑作——雖然，我真的這麼想。

在這之後，回家的路上，我不由得頻頻回頭察看。

半夜兩點二十分的時候，家裡的室內話機開始鈴聲大作，讓我從不安的睡眠中醒來。馬克在我完全清醒前就先下了床，一邊詛咒一邊跑下樓去接電話。我擰開床頭燈，坐起身來傾聽樓下的動靜，擔心是不是他的父母，或者我父母——是否發生了什麼無法等到天亮才通知的災難。

「哈囉？」

我聽到他掛斷電話，又按了幾個按鍵，然後不發一語地聽了一會兒才又掛斷。樓下傳來電線摩擦地板的嘎嘎聲，然後，他開始爬上樓梯。

「你剛才在幹嘛？誰打來的？」他一走進房間，我就問道。

「我在檢查。那通電話是從一個拒絕被透露的號碼打來的。」他站在門邊，高大的身影帶著憤怒，那樣的氣場讓人感到害怕。「我把電話線拔掉了，以防萬一。」

以防萬一。他不需要說出對什麼事情以防萬一。以防在接下來的四個小時裡，會不停地有沉默來電響起，或者接通之後只聽得到對方呼吸聲、微弱的音樂聲、尖叫聲、狗吠，或任何其他約翰．韋伯斯特上次折磨過我們的花招。

「是他，對嗎？」我發現自己在發抖，那是發自內心深處的顫抖。

「關燈吧。」他在床上躺下，轉身面對著我，在黑暗中把我拉進他的懷裡。「也可能不是。而且就算是的話，我們也會面對。」

「馬克，我好怕。」

「我知道。」他把前額貼在我的額頭上。「不過我們在一起，我們會一起度過的。」

隔天早上是週六。我在廚房門口一邊吃著一碗麥片，一邊看著他把電話線重新插上。

「好了。我在想我們也許應該要停用室內話機。我們根本不需要。」

我聳聳肩，開始聊起其他話題，但是卻被高分貝的電話鈴響給打斷。我跳了起來，麥片碗似乎從我手上滑了出去，在空中轉了一圈，然後掉落在地板上。牛奶和麥片濺得牆壁和我的腳到處都是，而我卻幾乎沒有感覺到。

我們四目相對，不發一語地讓電話就那樣一直響。

那天早上，電話響了十八次，直到馬克咕噥詛咒著把電話線再度從牆上拔出來，我們才終於獲得平靜。這樣的平靜一直維持到一名大受震驚的鄰居來敲門——因為她認為我們應該要知道——她告訴我們，有人在我們的牆壁上畫了「很恐怖的東西」。

結果，那個很恐怖的東西是一個字「賤人」。當我試圖要把它沖洗掉時，才發現它不是被畫上去的。它是被燒上去的，用噴燈燒在了磚牆上，一旦在磚牆上留下痕跡，就再也洗不掉了。

週日那天沒有發生什麼事。電話沒有響，沒有人來敲門，也沒有犯罪性的破壞。馬克繃著一張臉在研究家裡的警報系統，而我則試著準備隔天的案子。不過，大部分的時間，我都雙眼放空地在發呆，只要有一點聲音突然響起，就足以讓我畏縮起來。

兩天後，我搭乘維多利亞線去上班，在牛津圓環站和瓦倫街站之間朝北走。一陣熱風從車廂最後面的一扇窗戶吹了進來，把我的頭髮吹散在臉上。我把臉轉向車廂前方，如此一來，我的頭髮就只會在腦後飛散，而不會飄進我的眼睛裡。然後我漫無目的地透過打開的車窗看向前面一節車廂，一名男子就站在那節車廂裡的最後一扇車門旁邊。

約翰．韋伯斯特，穿著一身黑色的T恤和牛仔褲，身上揹了一個袋子。一頭短髮、皮膚曬成深棕色。他看起來很結實、很健康，一手握著一副太陽眼鏡輕拍著腿，好像沉浸在自己的思緒裡。

我怒視著他，希望他能轉過頭來看到我。我用力握緊了拳頭，力道之大，讓我後來發現自己的指甲竟然在手掌裡留下了半月形的掐痕。他似乎並沒有察覺到我的存在，但是我知道他其實是知道的。

當列車駛進瓦倫街站的時候，我試圖猜想他打算幹什麼，以及我應該往哪裡走——我應該下車嗎？換一節車廂？還是求助？

「抱歉——」一名年輕女子從我身邊經過，我往後稍微退了一步讓她過去，視線在那一瞬間因而離開了韋伯斯特。當我再度朝著車門看過去時，那裡已經沒有了他的蹤影。他不在另一節車廂裡。一股慌張湧上我的喉嚨，讓我覺得呼吸困難。我衝到車門邊，在警鈴響起時往外察看，然而，月台上卻空無一人。

他走了。

車門關上之後，我靠在車廂牆上，努力地想要恢復平靜。這是個巧合，不過，約翰．韋伯斯特不會做出巧合的事情。你無法提供什麼給警方。奇怪的是，就算他無意和我說話，我也感到渾身顫抖。那些電話搞得我們很煩；車子的維修費很貴，不過，車子終究只是車子。然而這次卻不一樣。他在我沒有察覺之下跟蹤我，他證明了他可以接近我。

這是我第一次感到很不安全。

「英格麗……」御用大律師馬丁．豪斯沃斯是一名魁梧自信的男子，是一個讓人害怕的對手，但是身為我所屬的事務所負責人，他卻又像父執輩般地慈祥慷慨。他有一張紅通通的臉，總是很愉快的模樣，經常在週五下午開一兩瓶酒，然後在他位於事務所的辦公室裡來場即興派對。

他通常不會露出一副怯生生的模樣，因此，當他捧著一個打開的紙盒站在我辦公室的門口，看似恨不得自己是在其他地方時，著實讓我感到十分驚訝。

「需要我幫忙嗎，馬丁？」

「這是給你的。」他小心翼翼地把盒子捧在那雙鏟子般的手裡，指尖輕輕摸著盒子。「這是寄給我的，不過我不太能理解，因為我絕對不會向這種特定的——呃——賣家購買東西。我把它打開了，然後——嗯，收據上是你的名字，所以我就以為……」

「那是什麼？」我站直了走向他。

「呃，我真的不……」

會這樣說不出話來還真不像馬丁，他的神情看起來似乎有點憂慮。他尷尬地把紙盒塞進我的手裡，隨即喃喃自語地走開。以這麼大的塊頭來說，他很快地就走遠了。

「你買了什麼啊？」亨利——和我共用一間辦公室的另一名出庭律師——在我打開盒子的時候走到了我的桌邊。「我從來沒見過馬丁這麼——噢。」

盒子裡的物品上面放著一張收據：愛！性！好好玩！收據最上面印著這幾個字，還有馬丁的名字、事務所的地址，購買人的地方則是我的名字。我把收據拿起來。

「噢，真糟糕。」亨利把頭探過來好看得清楚一點。「喔，實在太噁心了。那是什麼，十二吋嗎？」

盒子裡是一支巨大無比的假陽具，還有一個皮製馬具和一副手銬。我瞪著這些東西，想吐的感覺油然而生。「我顯然並沒有買這些東西。」

「很顯然，」亨利諷刺地說著，然後伸手從盒子裡拿出一個我沒有注意到的瓶子。「潤滑油。真體貼。馬克真是個幸運的傢伙。」

我把瓶子從他手裡搶回來丟進盒子裡，然後蓋上盒子，這樣我就不用再看到它。「我沒買這些東西！如果是我買的話，我幹嘛把它們快遞給我該死的事務所老闆，亨利？」

他看起來有點糊塗了。「你是真的很不爽，對嗎？」

「我當然很不爽。」

「聽著。」他放軟了聲音說。「很顯然是有人在開玩笑。你可以對馬丁解釋。不要聽他那一套噢－天－噢－不會吧的老套──他會說那種我聽過最骯髒的笑話，而且他在這行夠久了，也處理過上千起的性案件。這沒什麼，事實上，我敢打賭，這件事他也有一份。」

「我懷疑。」我看著手裡的收據，心裡的恐懼隨著大腦開始運轉而逐漸消散。「我想我知道是誰幹的。不過，我想他犯了個錯誤。」

「什麼錯誤？」

「收據上有信用卡號碼。」我用收據幫自己搧了搧風。「我要把它交給警方。也許他們現在會相信我了。」

7

九月

騷擾律師未判入獄

一名男子連續騷擾一位曾經幫他辯護的出庭律師，該男子已在南華克刑事法庭被判緩刑。二十九歲的約翰．韋伯斯特因為連續數月發送一系列的威脅簡訊和電子郵件給來自倫敦的二十八歲出庭律師英格麗．路易斯而被定罪。法庭被告知約翰．韋伯斯特在二〇一六年跟蹤一名年輕女性的案子裡被無罪釋放，當時，路易斯小姐曾任他的法律代表。審判結束之後，韋伯斯特送了路易斯小姐一些她不想要的禮物和訊息，包括在一個週末內發了八十多封簡訊。他承認幫她在性工作者的網站上註冊，結果招致一些滋擾的電話和訊息。韋伯斯特的出庭律師丹．諾里斯表示，被告在審判後蒙受壓力和憂鬱所影響，才對路易斯小姐產生了暫時的迷戀。「他對自己的行為深感抱歉，他現在最擔心的是路易斯小姐的身心狀態。他的那些行為並不符合他的性格，而且他也對此感到慚愧。」韋伯斯特在上月的審判中，遭到其他七項起訴的定罪，其中包括犯罪傷害和騷擾。法官哈羅德．葛瑞對被告表示，他是一個聰明有才華並且擁有光明未來的人，他不需要因為他的行為而被判處監禁。法官形容他的行為是「一時的瘋狂」，並且判處韋伯斯特六個月的緩刑，以及一百個小時的社區服務。法官同時也對他下了限制令，不准他在兩百公尺的範圍內接近路易斯小姐，也不准用任何方式聯繫路易斯小姐。法官宣布這項限制令的有效期限為兩年，直到二〇一九年九月為止。

十月

取自英格麗·路易斯筆記裡的事件紀錄

2.10.17	16:07	無聲來電	我的手機接到未知號碼的來電。
2.10.17	16:09	無聲來電	我的手機接到未知號碼的來電。
2.10.17	16:20	無聲來電	我的手機接到未知號碼的來電。
2.10.17	16:23	無聲來電	我的手機接到未知號碼的來電。

2.10.17	16:31	無聲來電	我的手機接到未知號碼的來電。
2.10.17	16:33	無聲來電	我的手機接到未知號碼的來電。
2.10.17	16:35	無聲來電	我的手機接到未知號碼的來電，之後，我就關機了。
3.10.17	6:05	無聲來電	我一開機，就接到了未知號碼的來電。
10.10.17	8:15	約翰．韋伯斯特違反限制令的條件	我在地鐵同一節車廂裡看到約翰．韋伯斯特（中央線往東的方向）。他沒有和我接觸，他在銀行站下車，也就是我注意到他之後的第一站。
15.10.17	01:00-05:00之間，不確定確切的時間	車子遭到毀損	後擋風玻璃在屋外破掉。

17.10.17	9:03	無聲來電	馬克一出門，我的手機就接到未知號碼來電。
18.10.17	14:24	無聲來電	馬克一出門，我的手機就接到未知號碼來電。
19.10.17	?‧02:00	監視器的攝影機遭到刑事損壞	19.6.17架設在屋外的監視器攝影機被砸碎了。
21.10.17	?‧03:00	監視器的攝影機遭到刑事損壞	新裝的監視器攝影機被砸碎。
24.10.17	6:28	約翰．韋伯斯特違反限制令的條件	我在尤斯頓站等月台廣播的時候看到了約翰．韋伯斯特。他經過我身邊，還帶著一個看似空無一物的袋子。
26.10.17	13:42	約翰．韋伯斯特違反限制令的條件	我因為工作到艾爾斯伯里刑事法庭，然後去了一家咖啡館吃午餐。約翰．韋伯斯特走進來，點了一杯咖啡。
27.10.17	大約21:00	手提包被偷	我在南岸的伊卡提吃晚餐，坐在戶外的座位。我得因此而換鎖、取消信用卡、清除手機資料。可能不是約翰．韋伯斯特。

8

十一月

「沒人會在十一月去威尼斯。」馬克笑著對我說，然後靠過來用他的香檳酒杯碰了一下我的杯子。

「是沒人。」我同意。當他告訴他母親黛安娜說，他要給我一個驚喜、帶我離開幾天的時候，他母親在說完這句話就掛了他的電話。打從他在前往機場的計程車裡告訴我這件事，一直到我們坐在陽台俯瞰大運河的此刻，只要一提起這件事，我們還是覺得好笑。「不過，好像還是有些遊客。」

「魚與熊掌不可兼得。」

「是啊。」我用肩胛骨磨蹭了一下椅背。「這真是不可思議。我實在不敢相信你居然這麼做了。這家飯店簡直令我難以置信。」

他小心翼翼地放下酒杯。「能看到你再度高興起來就值得了。」

「是嗎？」我傷感地說。「我覺得你好像得花很多錢來讓我高興。」

「錢如果不能拿來花的話，那要錢幹嘛。」

那倒是真的，不過，我之所以愛馬克的其中一點就是，他沒有花錢的欲望；就算下著傾盆大雨，他也可以在帳篷裡怡然自得，或者就像我們去年度假時租過的那間沒有電力設施、只能在戶外洗澡的希臘小木屋，他也可以住得很高興。

「我知道你喜歡威尼斯，所以……」

那是真的；我確實喜歡威尼斯。我以前就到過威尼斯，不過這卻是他首度造訪。過去兩天，我們都在狹窄的街道裡穿梭；就在我們以為我們知道自己要去哪裡時，那些街道就突然通到了水裡。十一月的早晨，這裡總是霧濛濛的，既灰暗又冰冷，以至於我們得不時躲進小咖啡館和餐廳裡去取暖。每個街角都隱藏著一間充滿無價藝術品的教堂，或者販售玻璃製品的藝廊，那些玻璃製品彷如氣泡般輕薄、設計複雜又令人驚豔。

這家飯店曾經是一座宮殿，距離著名的格瑞提皇宮飯店不遠，不過規模比較小，也比較私密。我們的房間有一張四柱床，還有能夠看到大運河的視野。我多少有點置身天堂的感覺。

「你知道嗎，我會不想回去的。」

「要對這裡感到厭倦還真不容易，」馬克認同我的話。「不過，你會討厭到哪裡都得步行。」

「有汽艇啊。」

「是啊。」不管禮賓處如何哄誘，馬克就是斷然拒絕搭乘貢多拉，不過，他倒是搭過本地人常用的水上巴士。他不想看觀光客版本的威尼斯；他想看的是真實的生活。那天早上，我好不容易把他拖去聖馬可廣場拍照（為了給他母親看），然後說服他走進廣場裡。他帶著痛苦的表情穿梭在觀光團裡（即便是十一月），直到我們看到了四匹銅馬的羅馬雕塑，也就是曾經傲視廣場的知名銅雕四馬雙輪戰車。

「我覺得你會喜歡他們。」我小聲地說。「十四世紀的時候，佩脫拉克也是。威尼斯人實在太愛他們了，所以就把他們從君士坦丁堡那裡偷走，然後拿破崙又來把他們帶去了巴黎。不過，他們最終還是回到了這裡。」

馬克沒有回應我，只是拉住我的手，沉默地站在圍繞著銅雕的遊客人潮裡，我們就那樣站在那裡足足致敬了三十分鐘。那實在太讓人著迷了。

「奧彭先生？」禮賓人員在傍晚時來到馬克身邊，手上拿了一只信封。「有封您的信。」

「謝謝你。」馬克等他離開了才打開信封。「一定是我媽寄來的。除了她，沒人知道我們在這裡。」

在他讀信的時候，我看到他的臉色從微微的惱怒轉為僵硬，讓我心跳不由得加速起來。「怎麼了？」

「沒什麼。」他把信折起來，塞到口袋裡。「沒什麼你需要擔心的事。」

「是他寫來的？」

「英格麗，別說了。」他看著我，但是卻沒有迎向我的目光。「沒什麼。」

假裝相信他要比和他爭辯來得容易。我把酒杯裡的酒一飲而盡，然後翻開旅遊指南，因為旅行的時候，在手機上找資訊，怎麼都比不上翻閱一本實體的旅遊書來得浪漫，何況你還可以在書上做記號。「所以，明天我們要去潟湖的小島——穆拉諾島、布拉諾島，還有托爾切洛島。」

「穆拉諾島就是那個蕾絲島，是嗎？」馬克心不在焉地問。

「不是，那是布拉諾。穆拉諾是玻璃島。」

「對喔。」

我繼續聊著隔天的行程，包括我們將會看到什麼，我們幾點得準備好出發，佯裝沒有看到馬克的嘴因為緊繃已經抿成了一條線，也假裝不知道這個傍晚已經被毀了。

在其他情況下，小島之旅都會是我們這次旅行的高潮。事實上，我們還是努力度過了這一天，讚賞著擠在運河邊、色彩繽紛的建築，客氣地評論著藝術家們的作品，漫遊在平坦而古老的托爾切洛小島上的葡萄園裡。我們在當地人推薦的一家靠近魔鬼橋的餐廳共進午餐。我在我的旅遊指南書裡讀到關於這座橋的神話，不過，我決定不告訴馬克；我們倆都受夠了死亡和惡魔。回程途中，即便在船上看到了威尼斯的圓頂建築和鐘樓在逐漸暗去的天光下反射出銀色的光芒，如此令人心神嚮往的美景，也驅散不了馬克低落的情緒，而我的心情也和他不相上下。我們在這一整天裡甚少交談，兩個人都心事重重。我不知道那封信裡寫了些什麼，但是我可以想像得到，那絕對不會是什麼好事，而我也知道，馬克白天裡不時地回頭察看，那也不是我的想像。那些狹窄的街道和意外中乍現的小廣場已經失去了它們的魔力。此刻，這個城市在某種程度上讓人感到威脅，那種陰暗憂鬱的感覺撼動著我，也在鹹濕的空氣裡增添了一絲腐朽的味道。一天下來，濕氣讓我全身都濕透了，而我又無法取暖。我們並肩而行，馬克試探性地牽著我的手，彷彿那是一個很脆弱的舉動。

「我們明天就回家了。」我們走進飯店櫃檯區時，我試著用積極的語氣說道。禮賓人員看見我們卻沒有像平常那樣快步向我們走過來，反而躲進他桌子後面的房間裡。他當然不可能是在躲避我們。也許只是因為他知道我們就要離開了，再也沒機會幫我們預訂音樂會或者什麼行程了。

「我想，我會很高興回家的。」

「聽著，英格麗——」馬克才開口，櫃檯小姐就抬起頭來看著我們。她是個二十多歲、總是笑臉迎人的女孩，但是今晚，她看起來似乎很冷淡。這是她第一次不帶笑臉。

「啊，奧彭先生、路易斯小姐。有你們的留言。」她伸手從我們房間的信件格裡拿出一張折疊起來的紙。「就是這個。」

馬克從她手中接過那張紙。「這是快遞到飯店的嗎？」

「是電話留言。」她低頭看看她的登記簿。「是我把他說的寫下來。他還讓我唸了兩次給他聽。」

「謝謝你。」馬克瞄了那張紙一眼，咕噥地詛咒了一聲。我伸出手，在他來得及阻止之前，把紙張從他手裡抽了出來。「英格麗，不要看。」

我發現櫃檯小姐的字跡很清楚；在馬克扶住我的肩膀前，我設法讓自己讀完全部的留言。

「放下來。你不需要知道留言寫了些什麼。」

> 馬克英格麗對你不忠她同時和好幾百個男人交往她是個蕩婦，如果你有點大腦的話，你就應該拋棄她她有性病，你應該去做愛滋病檢測她根本不在乎你也不在乎任何人。

「那就是昨天那封信的內容嗎？」我幾乎是口齒不清地說。我的臉因為震驚而僵硬。「是嗎？」

馬克點點頭。「我原本不想告訴你。」

「你應該要讓我知道。你不應該不告訴我。我們得一起處理這些事情，這是你說過的。」我轉向櫃檯小姐。「這都是謊話。有人一直在騷擾我們——那個打電話來的人。他企圖要讓我們難堪，企圖要毀了我們在這裡的假期。」還有我的生活。

「你們預訂的晚餐還要保留嗎，奧彭先生？」櫃檯小姐看著她的電腦螢幕問道，這樣她就不用看著我們了。

我轉身走開。

「我想，」馬克平靜地說。「我們已經沒有胃口了。」

我們的回程被嚴重延誤，真是多虧了濃霧和法國飛航管制員的罷工。我們在呵欠連連和冷得瑟瑟發抖中回到家的時候，已經是半夜兩點了，比預定時間晚了六個小時。屋子裡像冰庫一樣，我趕緊把中央空調打開。

「我知道已經很晚了，我們應該要上床睡覺去，」我在馬克走進廚房時對他說。「但是實在太冷了，而且我也太激動了。」我把水壺裝滿水。「我想要泡杯茶。」

「沒有牛奶了。」

「那就喝花草茶。」

「嗯。」他一邊翻著郵件一邊說。「英格麗，這裡有一張便箋。」

我身上的每一吋肌肉都緊繃了起來。「他寄來的嗎？」

「是警察留的。」他皺了皺眉。「隔壁的茱蒂絲前幾天聽到這裡有些聲響。警察來過，但是沒有發現有被盜入的跡象，而且房子也很安全。」

「警報沒響。」

「沒有。」

「可憐的茱蒂絲，」我說。「有時候，我會懷疑她是不是得了阿茲海默症。」

「是啊，你說得沒錯。可能沒什麼事。」馬克搓著手。「事實上，來點熱茶也好。我發誓我都可以看到自己呼出的熱氣了。」

「沒問題。」我忙著幫他找馬克杯和茶包，我們誰都沒有承認——我們都很清楚茱蒂絲敏銳得像根圖釘一樣，如果她說她聽到了什麼聲音，那她就一定聽到了。

我知道約翰・韋伯斯特來過我們家裡了。

我只是不知道為什麼。

二〇一七年十一月三十日 22:23
馬克‧奧彭撥打 999 的電話紀錄

總機：你好，這裡是消防局。

馬克：我他媽的房子失火了。我真是不敢相信。

總機：冷靜一點，先生。麻煩你冷靜下來。地址在哪裡？

馬克：亨利森路十七號。那個混帳，那個他媽的混帳東西。

總機：先生，可以麻煩你聽我說一下嗎，是亨利森路十七號，一、七。

馬克：對的，對的。

總機：你在哪一個城鎮？

馬克：倫敦，你——倫敦。在貝特海。你能盡快派人來嗎？整棟房子都要燒起來了。

總機：你在屋裡嗎，先生？

馬克：沒有，我剛回來。我在外面的人行道上。【玻璃碎掉的聲音】

總機：你在外面的人行道上。好的。有人在屋子裡嗎？

馬克：沒有，我未婚妻在電影院。喔，我的天啊。喔，天啊。【低沉的抽泣聲】

總機：聽我說，先生，你需要冷靜下來。我們已經出動了。

馬克：屋頂都燒起來了。屋頂，整間房子。喔，天啊，還有鄰居。如果火勢蔓延的話怎麼辦？

總機：我們會處理的，先生，不用擔心。如果你的鄰居還不知情的話，你可以去敲門示警。辦？

馬克：已經有人這麼做了。這裡還有其他人，很多人都在這裡。我不知道這些人都是哪裡來的。

總機：你叫什麼名字，先生？

馬克：馬克。

總機：馬克，我是蘇珊。不要掛斷電話。

馬克：好的。

總機：再和你確認一下，你現在在房子外面，就你所知，沒有人在屋裡。

馬克：我想房子裡是空的。如果英格麗還在外面的話……【聽不見聲音】噢，天啊，如果她提早回來了呢？

總機：馬克，我們現在已經在去你家的路上了。你應該可以聽到警笛的聲音。

馬克：我需要……【聽不見聲音】

總機：馬克？馬克，請待在屋外。

馬克：【聽不見聲音，咳嗽聲】

總機：馬克，不要進屋裡去。麻煩你等我們到場。我們再兩分鐘就會抵達了。

馬克：【咳嗽】我不能……呼吸……

總機：馬克？馬克，你聽得到我說話嗎？

總機：馬克？【警笛聲越來越近】

總機：馬克，你在嗎？

總機：馬克？

2019

9

巴斯維爾警員離開後，我決定回家。以我現在的精神狀態，我不太可能做好任何工作。我現在還在幾近恐慌當中，這種狀態過去曾經持續了好幾年。警察並未能讓我安心；如果真要說的話，在和警方談過之後，我反而覺得更糟了。試著告訴警方有關約翰・韋伯斯特以及輕易就遭到巴斯維爾警員所排除的那種「不想要的注意」，這套流程我都已經太熟悉了。除非你死了，不然沒有人會對你認真以待，只是，從你的立場來看，如果死了，一切就太遲了。

事務所裡籠罩著下午的能量，這時候，出庭律師們都已經從法院回來了，或者準備回家，或者準備去吃晚餐，又或者正埋頭在準備隔天的資料。不是所有的人在法庭結束後都會回到事務所，只有那些想要分享奇聞軼事的人才會。

「——陪審團上週五沒有達成結論，今天也是，他們給了法官一張紙條問說，如果他們不認為他還會再犯的話，他們是不是可以當他無罪。我的意思是，天啊——」

「——我等了四個小時等他們把我的客戶帶來，結果他們承認，她今早沒有被帶上車，他們今天其實無法移送她，那表示整場聽證會根本就沒有意義——」

「審判在我無法參加的那天開始，這是典型的惡夢。我敢打賭，在經過這些事情之後，他第一天就會中辯了。」

「樓下冰箱裡的起司是誰的？巴尼？已經發臭了。它聞起來像是用地獄來的牛擠出來的牛奶做的。如果你要吃那種東西的話，可千萬別強加給我們啊。」

我辦公室的房門突然被打開，站在門口的是事務所裡資歷最淺的書記員喬登，其實他也不過才剛結束青春期而已。「路易斯小姐，你今天傍晚會在這裡喝幾杯嗎？」

我都忘了有酒。「有誰要來嗎？」

「小姐，是薛伯頓．伍德森。」

他們是一家很大的事務律師公司，表現也很出色，在現今這種法律援助預算遭到刪減的時代，大公司已經很少見了。我應該要參加，我知道我應該要參加。但是，花幾個小時閒聊法律的話題，對我來說根本是不可能的事。

「我還有很多工作要做。這次我就跳過了。」

「好的，小姐。」他回到書記員的房間，把我的名字從名單上刪掉。我坐在我的辦公桌前，雙手緊扣在膝蓋之間，試著不要再顫抖。

如果韋伯斯特回來的話該怎麼辦？

如果他決定那樣耍我已經不好玩了的話怎麼辦？

如果他決定要結束他對我的幻想，最好的方法就是和我同歸於盡呢？他用這種方式來解決問題已經不是第一次了。

我不想變成約翰．韋伯斯特的問題，但是，在這件事情上，我從來就沒有選擇。

我走出事務所，穿過聖殿區狹窄的巷弄和廣場，我低著頭走路，這樣就不用和任何我認識的人交談。巴士站擠滿了人，長長的人龍排成了一支混亂無章的隊伍。我得等上二十分鐘，才能等到一班容納得下我和我的工作袋的巴士。我把袋子放置在司機旁邊的行李架，稍稍鬆了一口氣。

雖然巴士又慢又擠，不過，當我不趕時間的時候，我還是喜歡搭巴士勝於地鐵。理由之一是我喜歡看得到我要去的地方。另一個理由是，地鐵讓我覺得受困。搭巴士隨時都可以在街邊或者人多的地方下車。但是，一旦卡在隧道裡的話，你就哪裡都去不了。我看著每一張在我之後上車的臉孔，沒有一個是我認識的。

在巴士搖晃地開往國王十字區的同時，我把警察告訴我的事情在腦子裡過了一遍。很顯然地，某件事困擾著她，以她這麼優秀的調查能力，她不可能輕易放過的。不過，這並不代表那是我應該要擔心的事。常常有人死於意外。在一座擁有八百萬人口的城市，沒有人死於交通事故就太不尋常了。

恐懼就像一股我永遠不想再聽到、已經半被遺忘的音頻，在我的腦子裡嗡嗡作響。如果……如果……

按照我的邏輯推斷，如果司機沒有任何失誤的話，那就是柏琳達的問題。她不是那種會自殺的人，雖然我並不知道是不是真的如此。不過，如果她過得很不開心的話，那麼，她也隱藏得太好了。此外，我知道她在趕時間。街上的紅綠燈交替的速度奇慢無比。如果十字路口的車子都在排隊等著前進的話，她可能覺得自己有可能閃過車流。

我真希望我能夠看到監視器的影像。這樣我就會知道了。

「抱歉，親愛的，抱歉。」

一名身材碩大的婦人從我旁邊擠過，她手上塞滿雜貨的網袋看似隨時都會破掉。我試著縮了縮身體，騰出一點點空間，這個舉動讓她對我露出一絲微笑，然而我臉上嚴肅的神情，卻讓她的笑容立刻褪去。雖然為時已晚，不過，我還是對她擠出一點笑意。

振作點。

那是一場意外。

對於週一發生的事，我們所掌握到的故事版本讓我並不滿意，巴斯維爾警員的咕噥聲在我的腦子裡響起。

她在匆忙之間沒有看清楚就踏進了馬路。

那場雨或者她手中那把擋住視線的雨傘都沒有幫到忙。

我的雨傘。

不過，總是有意外發生。

我在國王十字站下了巴士，在通勤的人潮中離開車站，拖著我的袋子穿過繁忙的街道，朝著運河走去，時不時本能地往後察看。氣動鑽的聲音劃破空氣，這個來自建築物方位的噪音，似乎是我居住區域那一帶終年不散的特色。有時候，我會後悔在這麼繁忙的地區租屋，即便比起十年或十五年以前，這裡已經改善很多了，當時這一帶只是倫敦體面生活圈的邊緣而已。這裡曾經是犯罪的代名詞。都市仕紳化改造了這裡，或者毀了這裡，端視你的觀點而定。我當然可以租一個更方便而且更實際的地方，而不是我口中現在這個由工業建築改造而成的家，但是，在住過幾間除了安全之外毫無特色的現代一房公寓之後，這間房子是我給自己的禮物。當我了解到我正在慢慢地扼殺掉我之所以為我的特色，而只為了生存而存在時，那一天，我正好找到這間房子。讓我選的話，每一次我都會選擇個性勝過舒適，所以我就選了這間房子。

除此之外，它那一扇很大的大門也是原因之一。

一想到這些，我的心情就愉快了起來，也讓我加快了腳步。人行道的前方搭了鷹架，讓原本的路變成了一條兩邊都被膠合板遮住的狹窄小徑。雖然小徑上沒有照明，不過，看起來只有大約三十公尺長，而且我也可以看到小徑上空無一人。我才剛走進這個膠合板隧道幾步，一股熟悉的、刺痛的噁心感就從我的胃裡油然而生：不明所以也無法忽視的幽閉恐懼症。我猶豫著，然後再度看看身後。靠近我這端的隧道出口並沒有人。我可以轉身再走出去，然後過馬路，選擇走在空曠的道路上，沒有人會知道我這麼膽小、不理性，而且愚蠢……

如果你開始屈服於自己的感覺，是不是就沒完沒了了？你還打算對什麼屈服？

我挺起肩膀，重新拾起步伐，只是加快了速度。我的腳步聲反彈在臨時搭建的膠合板牆壁之間，詭異地迴盪在空氣裡。我有點迷失了，不過我已經走過了一半，因此，我應該很快就可以走出去了，我所要做的只是繼續往前走……

「英格麗。」

有人大叫了一聲，但是我無法分辨聲音來自何方。我甚至不確定是我真的聽到了，還是我想像著有人在喊我的名字。我轉身朝身後看去，試著弄清楚是不是有人在那裡——不過，聲音有可能來自任何地方，也許是對街，或者根本是出自我自己的幻想——

一股鏗鏘聲讓我迅速地抬起頭。那個鏗鏘聲轉變為刺耳的嘎嘎聲，像是金屬加速往下掉落，一路撞擊著鷹架桿子的聲音。那個東西最終掉落在隧道外面的人行道上，如果我沒有停下腳步的話，我現在就會剛好在那個位置上。

事情發生的下一秒，四周一片死寂。隨即不知道從哪裡鑽出來的人開始出現，像鐵屑被磁鐵吸引一般地聚集前來。

「噢，我的天——」兩名年輕女子擠在一起，幾近歇斯底里地叫道。「是鷹架的一部分，你看。」

映入我眼簾的是一根碩大的金屬連接器，那種用來把好幾根鷹架管連接在一起的東西。

「那是從上面不知道哪裡掉下來的。那有可能砸死人啊。」一名把車子停在雙黃線上、有著啤酒肚的計程車司機說道。

「我看到事情發生，我確實看到了。」

「他們就讓這種東西到處亂放。只要刮一陣風就會像現在這樣。太危險了，實在太危險了。」

我擠出聚集的人群，直到離開了鷹架範圍，才用手遮在眼睛上方往上看。我沒看到有人在走動，不過，這棟建築物一直都是空的，窗戶也都只是一個個沒有窗框的洞而已。任何人都可能走進去，躲在裡面。我想像著他們小心地穿梭在一間間空蕩的房間裡。他們可能就在牆的另一邊，和我只相隔了幾呎的距離。

「有人在那裡嗎？」一名深色頭髮的男子問我，不過，一個穿著薄襯衫的女子在我來得及開口前回答了他。

「今天沒人在那裡施工。這裡已經關閉了一星期左右。我就在對街工作。」

「是喔。」那個男子站在我旁邊，瞇起眼睛往上看著建築——一名圓頭的矮壯男子，除了明顯地氣喘吁吁、彷彿是盡快跑到我身邊的模樣之外，他身上沒什麼特別引人注意的地方。

我以前從來沒見過他，不過，等我再看到他時，我會記得他的。我一邊想，一邊從他身邊挪開，走到聚集的人群裡。

「有人受傷嗎？」

「打電話報警。」計程車司機語氣堅定地說。

「救護車。有人叫救護車嗎？」

「沒人受傷吧，有嗎？太幸運了，時間點還真幸運。」

眾人認同地竊竊私語，不過卻也夾雜了類似失望的感覺。群眾擠在隧道的入口處，那名深色頭髮的男子不經意地瞄著我，讓我再退後了一步。如果叫我名字的那個人是為了讓我加快腳步呢？

如果是韋伯斯特在引我走上受傷之路呢？

還是他的同謀？

「你還好嗎？」

我回過神來，發現有人在問我。一名和善的女子對我眨了眨眼，她臉上那副厚重的眼鏡讓她的眼睛看起來很細小。縱使她的肩上沒有揹著重重的帆布袋，我也猜到她應該是位於這條路上的英國圖書館的常客。

「我沒事。」

「你剛才距離得好近，真嚇人。」

「其實沒那麼近。只是一起意外吧。」

當我把目光從她身上轉開時，那名深色頭髮的男子已經不見了。街道兩端都沒有什麼人影。他就那樣消失了，就像他突然出現那樣。

我轉身走開，對於自己在警方抵達之前離開現場感到一股不理性的罪惡感，如果警方會出現的話。但是我什麼也沒看到。我唯一能說的就是，如果我朝著原本行進的方向繼續往前走的話，那麼，當鷹架掉落時，我就會不偏不倚剛好走到了它的正下方。

10

我繞遠路回到了家，途中時不時改變方向，我滿腦子都是約翰．韋伯斯特，以及他是如何在三年前把他自己融入了我的生活，而那又把我拖進了怎樣的黑暗道路上。我覺得好累，等我走到住處大門，輸入密碼走進被八棟公寓圍繞著的庭院時，我的眼淚幾乎就要流了下來。幾年前，這些運河邊的工廠彷彿絕緣體一樣，低調地被改造成現在的公寓模樣。我住的那個單位座落在上層的一個角落，只要爬上一道金屬樓梯就可以通到前門。

在隨機事件裡找到特殊的意義是人類的特性，我提醒自己——找到一種順序、一種模式。雲朵的形狀、木紋裡的臉孔，以及茶葉裡的秘密。空想性錯視：那就是為什麼我會在柏琳達的死裡看到一絲威脅，鷹架事件也是。我太了解暴力，然後我就預期暴力會如影隨形地跟著我，然而，那根本不代表什麼。

我很好。

我沒有發生什麼事。

我讓自己走進公寓裡，打開電燈，環顧室內，看到一切都和我出門時一樣。這間公寓本質上是一個附有一間浴室的大空間。室內有一張沙發，沙發上方有一個睡覺的平台，而不是一間真正的臥室，還有一張桌子和三張椅子，除此之外就沒什麼太多其他東西了。

回到家五分鐘後，我已經換上了牛仔褲和一件破爛的運動衫，耐心地等待著暖氣發揮功效，並且幫自己倒了一杯酒，然後打開冰箱好決定晚餐要煮什麼。如果我表現得像是一切都很正常的話，那麼，一切就都會很正常。

但是，一股陰暗的感覺壓在了我的肩上。隨著屋外的天光暗去，這股感覺變得越來越沉重。太荒謬了，我告訴自己。

我已經不止一遍地檢查過大門以及公寓裡的那兩扇窗戶，確定它們都已經上鎖。兩扇窗戶俯視著座落在樓下那扇厚重大門裡的庭院。我很安全；能威脅我的只有我自己的想像。

我看著我的手機。

別想了。鷹架事件可能只是巧合。

有人叫你的名字。

或者只是我自己的想像。

也許是你的想像，我腦子裡那個擔憂的聲音小聲地說，也或許並不是你的想像。而且，柏琳達是真的死了。

我可以一整個晚上反覆地想著這些事，而直到我打這通電話以前，我是不可能得到任何平靜的。

我花了一分鐘的時間，在我的聯絡人名單裡找到亞當・納許警員的電話號碼；花了三十秒的時間在他的語音信箱裡留下了語無倫次的訊息，然後花了三個小時等他回電給我。就在他回電給我之前，我幾乎就要相信當他告訴我，如果需要的話我可以打電話給他，這只是隨口說說而已。

我瞪大眼睛躺在黑暗之中，以為我的心跳聲是有人走上樓梯來到我家門口的腳步聲；當我的手機在我耳畔震動時，我第一時間就接了起來。

「英格麗．路易斯。」

「我是亞當．納許。」即便我們上次交談已經是很長一段時間以前的事了，但是我立刻就認出了他的聲音。認真、不慌不忙，並且慎重。「抱歉回電給你晚了。我剛才關機了，因為在審訊。」

「沒關係。」我坐起身，把床頭燈擰亮。「我很高興你回電。我不確定你還會記得——」

「我記得。」

「是啊。」我把一隻手放在額頭上。為什麼我覺得想哭呢？因為我發現有人可能了解我的感覺——有人可以告訴我，我是否快要瘋了。韋伯斯特在我幫他辯護的那場審判結束之後，把注意力轉向了我，在那期間，曾經有過一場審判，還引起了媒體的注意。在他被定罪之後，納許聯繫了我，表示如果我需要的話，他可以提供協助。我覺得亞當．納許對約翰．韋伯斯特有一點執著，這份執著讓我欣賞，那和韋伯斯特對我的執著所帶給我的感覺完全相反。對他來說，韋伯斯特是得逞逃走的那個人。

「是這樣的——呃，我不確定你是不是聽懂了我的留言。」

「聽懂了一部分，」他謹慎的回答讓我幾乎笑了出來；我沒有發揮我的好口才。「也許你可以從頭說起。」

我結結巴巴地說出發生在柏琳達身上的事，以及我覺得我並沒有從調查該事件的警察身上獲得事件的全貌。「還有，我在回家的路上，聽到有人叫我的名字——然後有根鷹架就掉落下來，就在我的面前。」

「鷹架。」他聽起來有點懷疑，讓我不由得困難地吞了吞口水。

「一根鷹架。一根連接器。就是那種很大的金屬，可以把一根根管子連接在一起的。我當時就走在下面——停在那裡。然後它就掉落在我原本應該要走到的那個位置。」

「你很幸運。」

「非常幸運。」

「你認為那不是意外。」

「對。」我猶豫了一下。「我不確定。」

「那是你下班習慣走的路線嗎？」

「對。」

「也是你平時下班的時間？」

「對。」

電話那頭沉默了一會兒。然後，納許以一種不帶判斷的語氣說：「我們不是說過要改變路線嗎？」

我心想，你不能一直改變路線。如果你住的地方是固定的A點，而你工作的地方是固定的B點，世界上哪有那麼多路線可以改變。

「我試過換路線走。」我最後只能這麼說。不過即便我自己聽起來也覺得有點瞎。

「這個鷹架在哪一條街上？」

「費爾德街，靠近車站。」

「地址呢？」

「我不知道，」我老實回答。「我也不知道那些鷹架是誰搭的，而我也完全不想再回到那裡查看。」

「我可以查得到。」我聽到他在電腦上敲擊的聲音。現在已經是半夜了；他大可告訴我明早再打電話給他或者不要再打給他，然而，他此刻卻完全專注於我告訴他的事。照理說，我應該從他的態度上感到安心，但是，某種程度上，我卻希望他打發我、對我的恐懼不加理會，而非認真以待。

我不希望自己還得要再次經歷這些。

有目擊者嗎？亞當問我。「很多，不過我不知道他們的名字。」

「應急部門有回應嗎？」

「我在那裡的時候沒有。沒有人受傷。」

「你沒有看到行動可疑的人。你只是聽到有人叫你的名字。」

「也許吧。」我咬了咬嘴唇。「當時我正想到他。你知道那種情況的。有可能是我自己的想像。」當我說他的時候，我根本不用特別指出來我說的是誰。

「他有可能從你上班的地方就一路跟蹤你嗎？」

「我猜有可能。」

「你是怎麼到國王十字區的？」他聽著我描述我回家的過程。「你是用你的牡蠣卡付車資的嗎？」

「我是用我的銀行卡付的。」

「給我你的銀行卡號碼。我可以用它來追蹤你搭的是哪一輛巴士，然後讓英國交通警察局查一下車上的監視器，這樣我們就可以知道他有沒有在車上或者附近了。」

「所以，你認為是他幹的。」

「你不認為嗎？」他的聲音轉為柔和。「聽著，這不就是你打電話給我的原因嗎？」

「是的，沒錯。」

「我對他回來找你並不感到驚訝。我知道他會回來的。」

我什麼都沒說。畢竟，我也心知肚明。我只是希望亞當．納許會說我錯了。

我很早就起床了，因為我得替代另一個人去盧頓做保釋申請。這不是什麼有趣的差事，只不過是為了工作罷了。我換上前一天晚上挑好的西裝和襯衫，出於習慣，我又檢查了一遍我的長袍和假髮盒——一個黑色和金色交錯的橢圓形舊盒子，盒子上面有個鉸鏈蓋，並且印有我姓名的第一個字母——還有我的筆記型電腦、充電器，以及我需要處理的文件。出門之前，我環顧了一下室內，確定一切都很正常，這麼做很合理，這也是任何正常人都會做的事。

你確實了解到，我的諮詢師在我們最後一次諮詢時說過，有意識地避免和倖存創傷有關的行為，並不代表你沒有經歷過創傷，或者該創傷對你沒有長期性的影響。

我知道。

我想，你不喜歡當個受害者。你習慣在法庭上擁有權力和掌控力。你不喜歡變成弱勢那一邊的那個人。

沒有人想看到自己變成受害者，我當時這麼說過，而她只是笑笑。

你很聰明，可以控制你自己的行為，但是你無法超越你的感情。有一天，它們終究會把你壓垮。

我告訴她，我覺得我已經從諮詢裡得到了很多。

我們都還沒有完成全程的諮詢呢。

你可能還沒有，但我已經完成了。

我並不喜歡那個諮詢師，而她也不喜歡我。她覺得我很傲慢。我沒有讓她知道的是——我甚至無法說出口——我的恐懼像一具轟隆作響又吞噬一切的高爐，為了活下去，我只能把通往恐懼的那扇門關上。

所以，我沒有刻意去仔細檢查是否有人闖進了我家，我也沒有一天把所有的抽屜和櫃子打開十次，或者幫我放內衣褲的抽屜做一張清單，詳細列出抽屜裡都放了什麼東西，雖然我很想這麼做。

我走出公寓，在下樓前把門鎖上，然後盡可能地小聲走下樓梯，因為時間還很早。

在花了一個晚上的時間擔心約翰．韋伯斯特之後，我很高興有工作上的事佔據了我的心思。納許同意等我從盧頓回來之後和我見面聊聊，不過那也應該是下午三、四點左右了。我不確定他能幫上什麼忙，不過至少讓我覺得自己有在做什麼來掌控狀況——雖然，當你甚至連自己處在什麼狀況都不知道時，你怎麼可能控制那個情況——

「嗨。」

我走過了庭院的一半，正沿著庭院中間的矩形池塘邊往大門口走去，完全沒有注意到還有其他人在那裡。一名女子在一縷晨光中，坐在庭院裡的長凳上。捧在她手心裡的馬克杯，正裊裊地冒著熱氣。她和我年紀相當，那張友善的圓臉看起來像是剛梳洗過。一頭濕髮則編成了兩根粗胖的辮子。

「不好意思，我嚇到你了嗎？」

「還好。」

「我是你的新鄰居。」她有點尷尬地對我揮揮手，臉上依然帶著笑意。「我叫海倫。一星期前剛搬進來。」

「歡迎你。我叫英格麗。」

「我住在你樓下。」她露出酒窩。「別擔心。我不會把音樂開得很大聲，也不會辦很多派對。」

「我也不會。」

「這裡挺好的。這個花園。」

我看了看周遭。「是啊。這是我搬來這裡的其中一個原因。」

「我猜，冬天的時候這裡曬不太到陽光。」

「我從來沒有注意過。」我有點猶豫地說。「不好意思，我無意冒犯，不過，我要去工作了，所以——」

「當然！抱歉！我不想耽誤你。」

我邁步走開。

「你是空姐嗎？」

「什麼？」

她盯著我的袋子看。「你是空姐嗎？我看過你帶著這個袋子進出好幾次，所以我就在想你是不是空姐。」

「不是。」我下定決心往大門走去，這回，她沒再多說什麼。我一邊走出去一邊想，這樣結束一段對話並不是太友善，但是，海倫讓我感到有點不安。她好像有點用力過頭了。沒有人會坐在庭院裡曬太陽——在這麼早的時間點，特別是這種我覺得冷到都需要戴手套的時候。如果她住在我的樓下，她可能聽到了我正要準備出門。她可能就會出來攔截我。

她想要幹嘛？

妄想症，我的老朋友。我又犯了。

11

我安排在亞當辦公室附近和他見面。他告訴我，他的辦公室位於沃克斯豪爾，並且也告訴我怎麼走到那附近的一家咖啡館。我到了才發現那是一間窗戶上佈滿水氣、牆上塗滿壁畫的小店。我早到了，在等待的半個小時裡，每次咖啡館的門被推開，我都不自覺地跳起來。當他走進來的時候，我立刻就認出了他：中等身高、中等身材、棕色頭髮、棕色眼睛，比我上次看到他時又老了兩歲。一看到他，我不禁鬆了一口氣，同時對於他比我印象中記得的好看而暗自感到驚訝。他的目光掃到了我，然後落到我正在慢慢飲用的茶。他舉起手和我打招呼。「你要點些什麼嗎？」

看到我搖搖頭，他逕自走到櫃檯去點餐。我看著他和稍早服務過我、一臉不高興的那名女子講話。我聽不到他在說什麼，不過，她聽了卻大笑著把頭髮塞到耳朵後面，漲紅的臉瞬間變漂亮了，那很清楚地說明了她對待客人的標準，因為亞當．納許看起來令人滿意，樣子又聰明，至於個性如何就不知道了。我從來都不太了解他。他很謹慎，而且相當專業，我們上一次互動的時候，我的心情並不好，因為當時我的生活完全崩潰了。

這種情況沒有再度發生真是太好了。

「我會送過去。」那名女子最後對他說道。而她剛才卻讓我在櫃檯等我點的茶。

他走過來在我對面坐下，滿臉嚴肅，沒有笑意。

「路易斯小姐。」

「英格麗。」我很快地說。如果他在接下來的談話裡要一直叫我路易斯小姐的話，我實在會受不了。「我想，我們現在應該可以直呼對方的名字了。」

他考慮了一會兒。他在評估我，一如剛才他在櫃檯點茶時，我也在觀察他一樣。也許我看起來也不一樣了。畢竟已經過了兩年。我突然有點難為情地把一撮頭髮塞到耳後。

「你好嗎？」他問，彷彿他真的想知道一般。

「很累。我——我昨晚沒睡好。」如果沒睡好的意思是指完全沒睡的話。

「我還沒有機會去查另一名出庭律師死亡的事情。你能告訴我什麼嗎？」

開門見山就談公事了。難道我還期待什麼嗎？安慰？我從我的袋子裡拿出一份我一直保留著的剪報，剪報裡對柏琳達的死有很詳盡而正確的細節。他全神貫注地讀著剪報，而我也試著不去看他。櫃檯後面那個女人好奇地看著我們，而我也在無意中和她四目相對，於是我對她笑了一笑，但她卻無動於衷。

「我們談過之後，有發生什麼事嗎？」

我把注意力拉回到亞當身上。「沒有。」

「沒人跟蹤你？」

「我覺得沒有。」

「你有察看嗎？」

「時不時會，我記得的時候就會。」

「我希望你有認真在對待這件事。」

「我從來沒有這麼認真過。」

他看著我，彷彿我完全瘋了一樣。「你知道約翰・韋伯斯特是很危險的人。」他說得好像韋伯斯特剛拉過一張椅子，在我們這桌坐了下來似的。如果韋伯斯特知道我們在這裡的話，他一定會很高興聽到我們的對話。

「我必須阻止他奪走我的生活。我很清楚他的能耐。但是，當他開始在我幫他辯護的那場審判結束後騷擾我時，我就知道無論我做什麼都無法阻止他。他不怕警察，也不聽從理性。我決定不給他任何左右我的機會。恐懼會讓他感到興奮，而我不想讓他從我的恐懼上得到滿足。」

「昨晚我們通電話的時候，你聽起來很害怕。」

我覺得滿臉發熱。「那就是我現在在這裡的原因。如果我不——」在那名女子走過來把一杯茶恭敬地放在他面前時，我暫停說到一半的話。他的茶碟上還有一片餅乾，我的就沒有。

「謝謝你，瑪塔。」他對她笑笑，然後轉過來面對我，又是一臉肅穆的神情，彷彿按了什麼表情開關一樣。「你要說什麼？」

「我要說，如果我不擔心的話，我就不會聯絡你了。」

「你擔心韋伯斯特。」

「我只是覺得這次好像比他以前所做的又升級了一步。」我攪動著我的茶。「他的目的是要毀了我的生活，不過，他似乎並不想要罷手。」

「他現在為什麼要罷手？如果是他幹的，是什麼讓他做出這種事？」

「韋伯斯特剛出獄。你知道他因為詐欺被定罪。他企圖說服那個老婦人為他的生活型態提供資助，不過被她的家人聽到了。很不幸地，因為他並沒有拿她太多錢，所以罪刑也判得很輕。」

他點點頭。「他沒有在監獄裡蹲太久，不過，再怎麼樣都比沒有讓他入獄好。」

「但是，如果他在牢裡的時候，一直都在想著他還是自由之身時所沒有機會做的事，那就不好了。如果他在牢裡時，都在計畫著他現在所採取的行動，那就不好了。此外，我手上的限制令到九月就過期了。沒有什麼可以阻止他再度跟蹤我。」

亞當．納許沒有回答我，只是拉下了臉。

「你不相信我，是嗎？」我挪開視線，費力地眨了眨眼睛。我不想在他面前哭。「你覺得這全都是我捏造的。」

「你朋友發生的事，還有鷹架的事——都和韋伯斯特沒有必然的關聯，對嗎？」

「她算不上是我朋友。我們只共事過一次。我會和她打招呼，也記得她丈夫的名字——但是我們並不親近。我把雨傘借給她，以免她被淋濕，結果卻害她死了，我沒有辦法拋開這個念頭。」他注視著我。「約翰．韋伯斯特上次找我麻煩的時候，有人死了，而且死於非命。如果這兩件事沒有關聯的話，那這個巧合也實在太大了，不是嗎？」

亞當突然尷尬地清了清喉嚨。「這實在是一個很難啟齒的問題——不過，你確定他是唯一一個想要傷害你的人嗎？」

「你也許會感到驚訝，不過，我並沒有那麼多瘋狂的跟蹤者。」

「真的嗎？」我臉上的神情一定已經回答了他的問題，因為他防衛性地舉起雙手。「我之所以這麼問，是因為你的工作必須要接觸那種大部分的正常人都想要避免接觸的罪犯。」

「但是那些罪犯並不想傷害我。記得嗎，我是站在他們那邊的。我是去幫助他們的。他們要我做好我的工作，不管我是輸是贏，他們都會忘記我。我只是整個程序的一部分而已。」我搖搖頭。「韋伯斯特是唯一一個在案子結束後打擾我的人。」

他的目光落在我手上，看看我是否戴有戒指。「你有男朋友嗎？」

「目前沒有。在馬克之後就沒有什麼認真交往的對象了。」我立刻就後悔提到了他的名字。不要想他。現在不要想。為了讓亞當分神，我立刻又說：「你呢？有交往的對象嗎？」

他看起來並不高興，反而一副很累的樣子。「我問這個問題的原因是，如果你有新伴侶的話，也許會刺激他採取行動。」

「他還需要理由嗎？」

「我一直都在注意他。自從和你有關的那些事件發生之後，他似乎一直表現得很好。」

「你知道所有發生過的事。」我不斷地攪動我的湯匙。

「我看過檔案。」他的眼神很堅定。

「那把我的生活完全打亂了。我已經搬了三次家。我現在原本應該已經結婚了——」我停了下來，驚恐地發現自己的聲音因為情緒而再度嘶啞。我很快地控制好自己的情緒，繼續說完我要說的話。「而韋伯斯特永遠也不會為此受到懲罰。」

「二〇一七年的時候，當時沒有足夠的證據起訴他。」

「是的，我記得。」我困難地嚥下口水，企圖露出笑容。「不用浪費你的時間在找尋我做了什麼可能刺激到他的事。你和我一樣清楚，這就是他做事的方法。他會不動聲色，然後就在你以為你已經安全了的時候，他就會提醒你他還在那裡。」

「你希望我做什麼？」

「我想要你去和艾莉森．巴斯維爾談談。她是調查柏琳達死亡的倫敦市警察小組一員。我希望你告訴她關於約翰．韋伯斯特的事，因為我認為如果是由另外一位警官來告訴她的話，她可能就會認真以對。每當我試著對別人說起有關他的事情時，我所說的話聽起來就像瘋了一樣。」

「還有其他的事嗎？」他把她的名字記下來。

「我想要看柏琳達死亡的監視器影像。」

他吐出了一大口氣。「為什麼？」

「以防我看到什麼艾莉森．巴斯維爾沒有看到的東西。我比她更容易辨認出約翰．韋伯斯特。」

「我可以從一群人當中認出他來，這點我很確定。」

「也許你能，但是我還是想要親眼看那些影像。」

「為什麼？」

我聳聳肩。「你不是每天都能夠看到自己死掉。」

我試著讓自己聽起來既強悍又客觀，像在刑事司法系統裡見過世面的專業人士，而非一個驚恐的受害人，不過，我的話卻讓亞當眨了眨眼。「你變了。」

「怎麼說？」

「你以前不會憤世嫉俗。」

我覺得他的話擊中了我的要害。「也許我以前隱藏得比較好。」

他搖搖頭。「不是。」

「過去那兩年足以讓任何人變得憤世嫉俗。」

「我不覺得你會這樣。」

我深深吸了一口氣。「我是不會——也不盡然。我不想反應過度。我覺得這並不有趣，如果這麼說有幫助的話。柏琳達死了，她因為我死了。」

「你認為他殺了她，因為他以為雨傘下的人是你。」

「我覺得有這個可能。我認為他有這個能耐，你不認為嗎？」

「毫無疑問。可是，如果他真的殺了她，那也不是你的錯。那是他的錯。」

我朝他露出一抹扭曲的微笑。「我讓他無罪釋放的時候，你可不是那樣說的。」

他看起來有點難為情，但是我不知道他為何有此反應。畢竟，他當時說的一點都沒錯。

12

在我和亞當見面之後三天，我出席了一場派對，只因為我其實並不想參加。過去，當約翰．韋伯斯特對我展開各種驚嚇的手段時，就是這種頑固的性格特點，讓我一次又一次拒絕投降。不管他怎麼威脅我，我就是要過我的正常生活，即便那會要了我的命。

不過，那可能真的會要了我的命。

我的腦子裡迴盪著亞當．納許沉靜、諷刺的聲音，我也還記得在他和我道別時，浮現在那雙深色柔和眼睛裡的關心，忘不了這些讓我覺得好麻煩。

我塗上我最紅的唇膏，這樣至少可以讓我看起來夠勇敢，即便我一點都沒有感覺到自己的勇敢；我還找出了一雙高跟鞋，不過，當我穿著它們站了二十分鐘之後，我就後悔了。

這場派對是為了慶祝兩名新成員加入了事務所，一位是來自伯明罕另一家事務所的御用大律師，另一位則是事務所曾經雇用的一名實習生學徒。根據事務所長期以來的傳統，他們有責任買香檳宴請其他所有人，而我們當然也會享用。舉辦派對的房間裡充滿了吵雜的對話聲以及大笑聲。那位御用大律師——高挑、有著一頭捲髮和名聲令人生畏的女子——看起來如魚得水，很能融入這個環境。而那個前實習生的臉已經泛紅，領帶也已經拉下了一半。他有幾個月的時間可以來習慣變成事務所合租人的事實——他的名字已經被標示在前門外面的板子上了——不過，他看起來好像還無法相信自己的好運。

「我們曾經這麼年輕過嗎？」凱倫．歐帝利在我耳邊低聲說道，我咧嘴笑了笑。

「我不確定。他讓我覺得自己已經一百歲了。」

「前六個月是實習生最糟的時候。那時候的實習生根本就還是小孩子。」她用手中的杯子比了一個手勢，我不禁看向站在對面門邊正處於前六個月，並且試著讓自己的羨慕之情看起來不要太明顯的兩個實習生。

「你還記得那是什麼感覺嗎？猜想著自己會不會被雇用，或者自己是不是得另找他處，經歷第三個六個月？」

「依稀記得。」她咧嘴笑著說。「我當然記得。那真不好過。一整年都處在工作的面試狀態中。」

第三個實習生溜進了房間，彷彿希望沒有人注意到她一樣。她就是柏琳達死的那天，也在老貝利的那個女孩。

「你有聽到關於柏琳達．葛瑞的事嗎？」凱倫的問題似乎在應和著我的思緒。

「有。事情發生之前，我還和她說過話。」

「不是啦。」凱倫壓低了聲音，好讓其他人聽不到。「很顯然地，她和她事務所的老大有婚外情，而且還懷孕了。她把孩子拿掉了，但是他還是拋棄了她。她很慘。」

我手中的香檳味道頓時變得很噁心。我小心地把酒杯放到旁邊的一個櫃子上。「這根本是瞎扯。你從哪裡聽來的？」

「我在一場審判裡遇到一個從加特爾大樓來的傢伙，是他告訴我的。顯然大家都知道這件事。」她聳聳肩。「他們都覺得她是自殺的。」

「一旦有人無法為自己辯護時，大家就會說這種話。她有一次告訴我說，要她去幫別人打掃廚房，就像要她和別人的老公上床一樣。」我幹嘛沒事找事，她說著還露出一絲邪惡的笑容。我沒辦法相信那張刻薄的嘴就這樣永遠地沉默了。「那都是些八卦。沒人想得到她為什麼要自殺的理由，所以就捏造這種說法。」

凱倫看起來像是有點被冒犯到的樣子。「對不起，我不知道你們是這麼親近的朋友。」

「我們並不親近，不過，我見過她丈夫一次，還有她小兒子。他們看起來似乎是很完美的家庭。我無法相信，在她還有那麼多值得活下去的理由時，她會選擇自殺。」

「有孩子的人也會自殺的，英格麗。這種事層出不窮。母親的角色不會讓你變成抑鬱不侵的女超人，相信我。」凱倫自己也有兩個可愛的女兒。

「我知道。可是——」我停了下來。我不可能在不提到約翰．韋伯斯特的前提下，就透露我對柏琳達死因的懷疑。而韋伯斯特是我最不想談及的話題。「別理我，凱倫。不知道什麼原因，我今晚心情不是太好。我猜也許是累了吧。」

「多喝點。」她對一名服務生揚了揚眉，服務生立刻就拿了一瓶酒走過來。「這會讓你振作起來。」

我重新拿起酒杯，讓服務生幫我倒滿，但實際上卻沒有喝。我站在派對裡和其他人又聊了四十分鐘，也跟著別人一起笑，然而，我的心卻笑不出來。一逮到機會，我就溜開了，像個失敗者一樣放棄了派對。

我站在階梯上好一會兒，仔細地看著人煙稀少的聖殿區。我還在室內的時候曾經下過雨，所以，此刻的空氣很冰涼，讓我每一口的呼吸都在眼前形成了一朵朵的雲霧。停在樹底下的車子也都蒙上了一層霧氣，讓車窗的玻璃都變得不透明了。四周沒有什麼動靜，在乾淨的空氣裡做了幾個深呼吸之後，我走下台階，然後穿越停車場。途中，我抬頭看了看還亮著一兩盞燈的加特爾大樓。柏琳達有外遇嗎？也許，但是我不認為她是因為這樣而死的。我打了個寒顫，當我身後響起一聲車門輕輕關上的聲音時，我加快腳步離開。在停車場被車子輾過會讓我的這個傍晚圓滿結束。我從歷史悠久且禁止行人通行的教會庭院拱門底下通過，空氣裡頓時迴盪著我的腳步聲。

在聖殿教堂旁的迴廊裡，我的腳步聲產生了合音，讓回音聽起來彷彿像是有人走在我身後一樣。我停下腳步回頭看，記取亞當要我提高警覺的警告。沒什麼動靜。沒有人影出現在我視線可及的地方。我覺得不安，但是卻不知道為什麼。

優雅的聖殿廣場裡，樹葉在夜空下簌簌搖曳。白天裡繁忙的紅磚廣場，此時依舊巨大寬敞，只是早已空無人影。習慣使然，我開始走向有著高大水景的噴泉大院，完全忘了這個時候大門應該早已關閉並且上鎖。等到我想起來時，只能轉身往回走向鋪滿鵝卵石又狹窄的中殿巷，從這裡可以通往河岸街。突然，我身後響起了一陣雜音：那是鞋底踩在石頭上發出的刺耳聲，回音聽起來好像來自通往聖殿區其他部分的拱門下面。我回頭張望，瞪大了眼睛，企圖看清楚是否有什麼人躲在陰影之中。我狂跳的心跳聲壓過了其他的聲音。我的邏輯和常識在恐懼中驟降，就像動物在知道自己已經成為捕獵對象時一樣。有人在監視我——想要傷害我的人。

一名男子在離我有一段距離的地方，從拱門下走了出來。雖然只是翦影，然而，他的肩膀和頭型看起來卻似曾相識。這個認知讓我的心臟重重地撞擊著我的胸口：那是鷹架事件的那個人，那個當時突然出現、又突然消失在我旁邊的人。

是他在鷹架掉落的時候叫了我的名字嗎？是要警告我，還是要確定我會走到那個位置？

不要再等了。不要想了。快走。

我沿著中殿巷拔腿就跑，朝著隔開安靜的聖殿區和外面繁忙交通的黑色厚重閘門衝刺。巷子裡建築密布，一棟後面還有一棟，在地面上投下了比煤炭還黑的影子。我氣喘吁吁地奔跑，意識到路上除了我之外，就只有身後的那個人，這讓我成為了明顯的目標……

就在我還剩二十呎就可以抵達目標時，閘門的黑影下突然出現動靜，逐漸形成了一個人影。那個人影轉向我，跨著精準的大步走進了燈光底下。

我停下腳步，雙腳彷彿生根似的黏在地上無法移動。我跑不動，也叫不出聲音。

我身後的腳步聲繼續迴盪，但卻是朝著我們的反方向而去。我無助地在腦子裡喊著，不管你是誰，回來。快來救我。

「沒事了。」他看著我的身後，眉頭深鎖。「剛才有人跟在你後面，不過，我想他們已經走了。我應該把他們嚇跑了。」他的聲音聽起來還是一樣：清晰、精準，而且全然地與眾不同。

約翰．韋伯斯特從我的惡夢裡走了出來，活生生地就站在我面前。

他把眼光拉回到我身上，不管他在我臉上看到了什麼，都讓他看起來很高興，因為他正在咧嘴而笑。「那就是我會做的，不是嗎，英格麗？專門嚇人？」

他一點都沒變，我木然地自忖。他永遠也不會改變。

「你在這裡幹嘛？」

「只是想幫忙而已。」他朝我靠近一步。「如果我沒有出現在這裡的話，不知道會發生什麼事。」

大門的噹啷聲取代了我的回答。那道閘門突然打開，一群年輕的出庭律師群湧而入，大聲地在說笑，一副喝醉了的飄飄然。

「不，因為我確定我把它放在了——」

「和平常一樣。」

「你檢查過了嗎？你檢查過了嗎？因為這以前也發生過，不是嗎？」

「它一直都在你的手提袋裡，」一個聲音低沉、個子高大的男子說。「每次都這樣。」

「噢，天哪，它不在那裡，法瑞茲。不可能的。」一名年輕的女子彎腰，開始裡裡外外搜著她的手提包，其他人則漫無目的地在我和約翰・韋伯斯特之間閒晃。他們總共有八個人：三名女子，五名男子。韋伯斯特的目光定定地鎖在我身上，彷彿其他人對他來說並不存在。而他們似乎也沒有察覺到他的存在。我咬緊牙關，以免自己發出尖叫的警告：這個人比你們所知的還要危險。

「我不敢相信我們得一路走回這裡。為什麼沒有人在我們離開維諾酒吧之前，叫她先檢查一下包包？」

「因為她說她已經看過了。」

「她總是說她看過了。」

「找到了！」她一臉勝利地舉起手中的皮夾。「在我的包包裡！太神奇了！我還以為在我的桌上呢！」

眾人齊聲發出一陣呻吟。「快點。如果我們走快點的話，還趕得上最後點單的時間。」

出於毫無意識的決定，我快步經過韋伯斯特身旁，走到兩名身材高大的男子之間，跟著他們往閘門移動。在我們一路穿越閘門，走到外面的人行道上時，我完全沒有往韋伯斯特的方向多看一眼。直到第一輛車頂亮著黃燈的計程車出現之後，我才脫離了這群嘰嘰喳喳、醉醺醺的保鑣。在這群年輕男子擠成一團、爭相要把閘門關上，並且互道晚安之際，我攔下計程車，很快地跳進車裡。車子的引擎在司機踩下油門朝著特拉法加廣場疾馳前進時發出了隆隆的咆哮聲。我往後靠上椅背，顫抖地撥了亞當．納許的電話，在他的語音信箱裡留下了訊息。

這不是沒來由的恐懼。不是我的想像。

約翰．韋伯斯特回來了。

From: IATL@internetforyou.com

To: Durbs, 4102

一切都按照計畫發展。

From: Durbs@mailmeforfree.com

To: 4102, IATL

你確定嗎？我以為我們就要為這件事畫下句點了。但是她逃脫了。

From: IATL@internetforyou.com

To: Durbs, 4102

那麼，也許你並不了解這個計畫。

From: Durbs@mailmeforfree.com

To: 4102, IATL

也許吧。我以為我們想要的是一樣的。

From: 4102@freeinternetmail.com

To: Durbs, IATL

我也是。

From: IATL@internetforyou.com
To: Durbs, 4102

現在不是我們內鬨的時候，至少不要在我們就快要達成目的的時候。你們兩個都想要懲罰她。我見到她幾乎快要親近我、相信我了，她嚇壞了。警方不會聽她的，而她自己也知道。她無處可逃了。

From: 4102@freeinternetmail.com
To: Durbs, IATL

我猜你才是專家。

From: IATL@internetforyou.com
To: Durbs, 4102

我比她自己還要了解她。

情況對她只會越來越糟，而我會在那裡看著她飽受痛苦。

13

亞當．納許並非一直都是個好的陪伴者，不過，在巴斯維爾警員位於市中心伍德街警察局辦公室一角的這個擁擠的小房間裡，我很高興有他陪同在我身邊。房間裡只有一台電腦，以及兩張擺在電腦前面的椅子。約翰．韋伯斯特上週的出現其實是一件好事，因為那讓亞當在說服巴斯維爾警員改變她的想法、讓我看監視器的論點上，出現了轉機。雖然，從她的神情看起來，她一點也不高興。

她指了指椅子，臉上沒有一絲笑容。

「你可以坐在那裡。看完這些影像不會花你太多時間的，總共也只有十四分鐘長。這間房間我已經預約了一個小時，所以，你可以仔細看任何看起來對你有幫助的部分。」

「影像是從哪裡來的？」

「卡車和一輛反向車道上的黑色計程車裡的儀表板攝像頭，還有交叉路口的交通攝影機，以及路德蓋特廣場前排建築上的兩架攝影機，和一名腳踏車騎士頭盔上的攝像頭。」她遲疑了一下。「我看的時候把聲音關掉了，除非你特別想聽到事發時的聲音。腳踏車騎士的影像是有聲音的。柏琳達沒有發出聲音，不過——」

「我想我們不用聽聲音。」亞當瞄了我一眼說道，我也搖了搖頭。

「你想找什麼？」巴斯維爾警員問我。

「我認識的人。」我說。

「那個約翰・韋伯斯特，」她把雙臂在胸前交叉。「他是怎樣的人？」

這是什麼問題。我盡我所能地回答她。「你第一次見到他的時候會喜歡他。然後，你會了解到，他不像正常人一樣有情緒，但是他很擅長於操控別人。他靠著別人而活——他會尋找孤單脆弱但是有房有錢的人，然後接近他們。我想他什麼都做得出來。」

「例如？」她看起來很懷疑，但是我不知道要從哪裡說起。

「他放火燒了她的房子。」亞當說。

那還不是最糟的，我想。

「一開始他是滋擾，然後他變得危險。有人死了。」

「有人？」

亞當顯然打算開口解釋發生了什麼事，但是我的神情讓他不再往下說。巴斯維爾警員不需要知道所有的細節，而我當然也不想再聽到這些事情又被提起。

巴斯維爾警員點了點頭，不過還是一臉困惑。「韋伯斯特為什麼會對你感到興趣？」

「我在一宗騷擾案上幫他辯護，結果讓案子撤訴了。我在交叉詢問的時候，對那個指控他的女人很強硬。」我嚥了嚥口水。「我……把她連同那個案子都一起毀了。他覺得那不是一場公平的戰鬥，所以，他製造了一個情境，讓我和他的指控人獨處，讓她有機會對我做出同樣的事情。我並沒有察覺到，他把我拿來和她做比較。他決定贏的人就值得他的注意。」

「而你贏了。」

「我是被救出來的。」艾瑪．西頓手握利刃的影像出現在我的腦子裡，比我眼前這兩名員警還要真實。我眨眨眼睛，試著把影像趕走。「他決定那樣做才對。她對他來說可悲到再也不值一顧。相反地，他想要擊潰我。」

「她發生了什麼事？」

「不是什麼好事。」亞當聲音嚴厲地回答了她的問題。「還有，韋伯斯特在三個不同的機會裡，從和他無關的人身上繼承到了錢。」

「他殺了他們嗎？」

「據我們所知沒有。不過任何可能性都有。他們死的時機對他來說很有利。」

「自從上週在聖殿區看到他之後，我就沒有再見到他了，但是，我不認為他再度出現是個巧合。」自那天起到現在，我都處在恐懼的邊緣，深怕在哪個轉角就看到他在等著我。

「他做了什麼？」

「他把某個人嚇跑了。某個跟蹤我的人。」我發抖地說。「我是說，我假設那是他安排的。那是他會做的那種事。他會樂於看到我感激他，因為他知道那是我最不想要發生的事。這全都是他計畫的一部分。他喜歡擊垮他的受害人。而我讓他失望了，因為我還沒有達到我的崩潰點。」

「沒錯。」巴斯維爾警員不再有異議，而是修正了她對他和我的觀點，這點倒是值得讚賞。

「我可以理解他為什麼會在你的嫌犯名單裡了。」

「他不一定會出現在影像裡。他可能曾經在那裡，也有可能是他派別人去做的。」我的嘴巴像在沙漠裡一樣乾澀。「他能夠說服大部分的人去做他想要做的事——即便是恐怖的事情。他不太會犯錯。我很驚訝他會把柏琳達和我搞混，如果那是他幹的。那也是我為什麼要看影像的另一個原因。我想要看他——或者推她的人——看到了什麼。」

「如果她是被推的話。」

「影像上看不清楚嗎？」亞當問。

「你得自己親眼看。關於這個事件的發生有兩派看法。」她沒有說她相信哪一個版本。

「謝謝你。」我脫口而出。

「先不用向我道謝。就像我說過的，影像的內容讓人看了很不舒服。」

我想要指出的是，我並不像大部分的公民那麼單純——打從我當上出庭律師開始，我就花了不少時間在逐格看著攝影機拍下的死亡事件——但是，她說得沒錯。這次是我認識的人。而且，如果我是對的話，那麼死掉的人應該是我。

「準備好了嗎？」她等我點頭之後，才鍵入密碼，螢幕上隨即出現路德蓋特廣場的彩色影像，那是從面對路德蓋特山丘的跳蚤街制高點拍攝的。她按下播放鍵。「柏琳達．葛瑞在三秒內會出現在螢幕左邊。」

三、二、一——一支色彩繽紛的雨傘出現在鏡頭裡，迅速地移動著。從拍攝的角度，我只能看到柏琳達的腳和小腿。她步履匆匆地走下山丘，一路閃躲著朝向聖保羅大教堂慢慢爬坡而行的觀光客。

「她很匆忙，」亞當觀察著說。「而你走路通常也很快。他會預期看到一個走得很快的人。」

「她比我瘦。她的裙子也比較短。我也不會穿那種高跟鞋。」

「這些在雨中都很容易被忽視。」

我點點頭，我的心臟都快跳出嘴巴了。這件事情的無可避免讓人感到可怕。我既警告不了她，也無法讓她遠離人行道路緣。我發現自己全身肌肉緊繃，緊緊地抓住我所坐的椅子邊緣，我強迫自己放鬆雙手、深呼吸，然後專注在我需要看的畫面上。

「很多人在行人號誌旁邊等待。」亞當在那把彩虹傘來到山丘底下加入人群時開口說道。人群在車流經過的時候，被來往的巴士和卡車擋住了。

「那些號誌轉換的速度超級慢。」我的聲音聽起來並不像我自己。我清了清喉嚨。「一旦燈號轉變的時候，她會想要很快地穿過馬路。所以她會想要站在人行道路緣。」

「那正是當時發生的狀況。」當那把傘往前穿越人群的時候，巴斯維爾警員靠過來按下暫停鍵。「我們試圖追蹤畫面裡一半的人——我們在社群媒體上公開呼籲，現場也架設了黃色的牌子在尋找目擊者。還有十個人是我們還沒辨認出身分的。如果他們是遊客的話，我懷疑我們可以找得到他們。」

「你們追蹤到的目擊者裡，有任何人看到了什麼奇怪的現象嗎？」

「顯然沒有。不過，根據這邊這位女士表示，當時有些推擠。」她用筆把柏琳達旁邊的一名女子圈了起來。「她說，那種事在一個繁忙的交叉路口也很正常。在她看起來，柏琳達是滑倒的。」

「有可能。」亞當看著我。「他可以利用一個實際的意外來嚇你。這對他來說是一個機會。既然你已經失去平衡了，他只需要推你一下就可以。」

「我也這麼想過。那就是我之所以要親眼看到影像的原因。」

「這裡剛好是在事發之前，」巴斯維爾警員靜靜地說。「你準備好讓我繼續播放了嗎？」

我點了點頭。她一按下播放鍵，朝著黑衣修士橋的車流立刻又恢復了動態。一輛白色的卡車出現在畫面左邊，當它開到交叉路口的中央卻停下來時，我覺得時間彷彿慢了下來。卡車就在攝影鏡頭和柏琳達剛才站的位置中間，而當群眾衝上前去幫忙或者轉身走開時，毫無疑問地，事情已經發生了。

「那天早上，雨在那個時候下得很大。」巴斯維爾警員表示。「視線並不好。你可以從司機儀表板上的鏡頭看到當時的情況，但是他幾乎沒有機會做出反應。」

「他有什麼問題嗎？」亞當問。

「沒有。駕照沒有不良紀錄，也在現場通過了酒測，百分之百配合。他當時速度並不快。他做了他所能做的了。」

「可憐的傢伙。」我說，我是認真的。螢幕出現黑屏，隨即又恢復了彩色畫面，我們從路德蓋特山丘這頭的道路，再一次看著柏琳達的生命結束，不過這次沒有人開口。每一個新的角度都讓她的死亡透露出新的細節——她撞到卡車車頭，滑行到車輪底下，那把愚蠢的傘卡在了鐵欄杆裡，當她走下人行道時，一度還大張手腳失去了平衡，而不是四平八穩地走下人行道去過馬路。最好的角度——或者最糟的，這端視你如何看待目睹一名女子的死亡——是腳踏車騎士的攝像頭，因為他剛好從卡車旁邊騎過，距離事故發生之處只有幾呎。當螢幕最後一次變成黑屏時，巴斯維爾警員轉過身來面對著我們。

「如何？看夠了嗎？」

「還沒有。」在某種程度上，隨著影像的播放，我已經從震驚轉為在承接案件時的客觀專注了。我檢查著筆跡潦草的筆記。「五分四十二秒的地方，有一個角度是從人行道上的群眾身後拍的。我要再看一次。」

巴斯維爾警員抿著嘴，好像努力在忍住她想說的話，不過，她還是迴轉到我說的那個點。畫面顯示著柏琳達穿過人群往前走，其他人也跟在她身後往前走。

「暫停一下。」我往前傾身，畫面停留在對她的死亡做出反應的行人，不過，我的注意力卻集中在人群的後方。「你可以一格一格地播放嗎？」

「那樣做畫質會不好。」巴斯維爾警員警告我。

「沒關係。」

畫面在不穩定中格放著，畫質變得模糊又不完整，不時還出現雪花般的噪點，不過，偶爾還可以清楚地看出群眾在四散之前曾經聚集在一起。我看到一對情侶往後退開，那名女子轉向她的伴侶，把頭埋在他的胸口。他們旁邊的一個老人似乎踮起腳尖，試著要看到馬路和柏琳達的屍體。他高舉著手臂在錄影或拍照，我可以看到他的手機螢幕是矩形的。我想，人就是人，我隨即看到一個人從群眾中走出來，往右邊走開，走出了畫面。那個身影彎腰駝背，讓人很難判斷他的身高，此外，他的頭上和肩膀還罩了一條毯子。「那是什麼人？」

「一個流浪漢。他當時坐在角落的一家商店外面乞討。」

「你有找到他嗎？」亞當問。

「沒有。他們很多人不想和我們有任何牽扯，你知道的。」

「遊民的慈善機構也許可以幫上忙，」我說。「他們通常比警察容易取得遊民的信任。」巴斯維爾警員看起來有點惱火。「沒錯，如果我想要獲得另外一份聲明，讓某個人告訴我說當時正在下雨，他們並沒有看到發生什麼事的話，我一定會花幾個小時去追蹤某個不知道怎麼描述，甚至連名字都沒有的人。」亞當皺著眉頭，不發一語。我想，即便他認為可能沒有幫助，他還是會花時間去調查。

「你追蹤的那群人裡，有人提起過這個人嗎？」我問。

「有一個觀光客有提到。她是個荷蘭人。她說她聞到很難聞的味道，也試著不要和他站得太近。她擔心他會偷她手提包或她丈夫口袋裡的東西，所以她就分了神，沒有注意到柏琳達發生了什麼事。」

「我們可以用正常速度播放嗎？」我問。

螢幕上的流浪漢站在柏琳達身後。毯子遮擋了他的動作，也成為了他的掩飾——讓人無法看到他的姿勢或者他的手臂是否有在動。

「他為什麼走到前面去？他在那個角落反而比較有利，到了午餐時間，路口只會更繁忙而已，因為辦公樓裡的人都出來了。」

「那個流浪漢為什麼要過馬路？」亞當平靜地說。

「注意看柏琳達跌倒之後發生了什麼事。在所有的人都往前擠的時候，除了那對正在彼此安慰的情侶之外，只有他移動到了人群後方。人性會讓你想要看看發生了什麼事，但是他卻悄悄地離開了，因為他知道發生了什麼事。然後，等他確定大家的注意力都集中在馬路上的時候，他就轉身走了。」

「你覺得那個人是韋伯斯特？」

我看著亞當。「你認為呢？那個人的動作不像韋伯斯特。」約翰．韋伯斯特很強壯，他動起來的時候彷彿自帶了彈性的能量一樣；這個人的行動卻很慢，蹣跚的步履讓他走起來的時候肩膀都斜了一邊。

「那有可能是裝出來的。」亞當又把那一段畫面重新播放了一遍，專注地盯著螢幕看。最後，他聳了聳肩。「如果我說我確定他就是韋伯斯特的話，那我就是在說謊，不過，跛腳並不是我這麼說的原因。如果我們要找一個跛腳的人，我們就不太可能會聯想到韋伯斯特。」

「他是朝著霍本而走的。」巴斯維爾警員打開一本筆記本。「我會試著從攝相機來追蹤他。」

「你找不到他的。他會在你不知道的情況下就不見了。」我看著亞當。「不是嗎？他就是會消失。」

亞當嚴肅地點點頭。「如果他就是韋伯斯特的話。」

「當然是他。」我用顫抖的手撥開臉上的頭髮。「韋伯斯特一定知道，如果他裝扮成流浪漢的話，他一定可以全身而退。沒人會想多看他們一眼，不是嗎？沒有人想和他們四目相對，以免他們上前來乞討。他可以遮住臉、做出怪異的行為，但是也沒有人會覺得奇怪。基本上，他就是隱形的。他可以坐在街角等待，直到看到她、知道他的機會來了。」我指著螢幕。「那就是約翰．韋伯斯特，而你永遠也無法指認他。」

14

翌日週六早晨，我很早就在煩躁和不適中醒來。我判斷是因為我用了太多時間在擔心，加上對週一要開始的那場審判感到緊張，不確定自己是否準備好了。我安排自己好好去游個泳，然後和艾黛兒共進早午餐。稍後，我可能會去逛逛波洛市場，買點奇怪又帶有異國風味的東西回來煮晚餐。正常、正常、正常，不過，恐懼的陰影仍然隱藏在我的日子裡。我企圖躲避恐懼——以及韋伯斯特——而不願對自己承認恐懼是造成我做任何決定的要素。不過，游泳池離我的公寓很近，早午餐的地點是人多的地方，也很安全，此外，如果我打算自己煮晚飯的話，我也會在天黑之前就回到家。我告訴自己，我想做的事剛好也是我需要做的事，但是我知道我只是在欺騙自己。

這是風和日麗、晴朗無雲的一天，我從我住的公寓慢跑下樓。一個聲音溫暖地迎接了我。

「去健身房嗎？」我的新鄰居正在手繪的花盆裡種植草藥，她停下動作，握著鏟子對我說話。

「你怎麼猜到的？」

「你都去哪一家健身房？」

「你為什麼要問？你想加入健身房嗎？」

海倫聳聳肩。她的身形適中，不是那種運動員型的，不過那並不代表她不是個健身迷。「我需要多做點運動。這一帶太繁忙了。我以前都會跑步，不過，我不確定我會想要在車流很多的地方重新開始跑步。」

「我不確定我是不是要推薦我的健身房。」我暗自在想，因為我不想要在健身房裡看到我過分友善的新鄰居。不過我知道這樣說並不厚道，而且海倫受傷的眼神也讓我覺得很不舒服，雖然她很快就把那份受傷隱藏起來了。「這樣吧，我去的時候幫你拿一份傳單。」

她立刻雙手合十放在下巴下方。「謝謝你！那就太好了。」

只是傳單而已，又不是光之山鑽石。

「再見，海倫。」我把大門在身後關上，搖搖頭繼續我的腳步。

我在游泳池裡度過了開心的一個小時，我的泳速超越那些在泳道裡大濺水花的男人，這讓我享受到一份快感。在水裡，我就是個戴著泳帽和蛙鏡的無名氏，沒有人會注意到我。我像魚兒般在水中穿梭，在四肢感到疲憊時一次又一次地奮力前進，讓自己單純地耗盡體力。等我上岸換好衣服，隨即就離開了健身房，一直到走了好一段距離之後，才想起傳單的事。出於好心，我折回健身房去拿傳單，但是，其實我做得很勉強。

□

我和艾黛兒以及兩個多年不見的朋友共進早午餐，早午餐包含了無限供應的含羞草雞尾酒。艾黛兒滔滔不絕地談論著她的前男友和他們分手的事，由於我已經聽過不止一次了，因此，我很慶幸希拉和伊芙也在場。然後，伊芙透露說，她剛和交往五個月的男友訂婚了，而希拉在我們上次見面之後也買房了。早午餐期間，我得不斷地引起服務生的注意，讓他來幫我們續雞尾酒，因為艾黛兒和我在每一次對話互動之間，就喝得完全失去了成人應該有的模樣。

「那你呢，英格麗？」希拉終於把她家浴室裝潢的細節都說完了，然後便將注意力轉到我身上。「你怎麼了？」

「沒什麼。」除了那個也許想要殺我的人之外，一切如常。我把韋伯斯特暫時推到腦後。「工作很順利。下週我要處理一樁搶劫案。」

「聽起來真好笑，」伊芙皺皺鼻子說。「好像你真的打算要去搶劫一樣。」

我禮貌地笑笑。如果她覺得我說的話聽起來很詭異的話，那她應該去聽聽其他出庭律師是怎麼談及他們的案子，因為這行的慣例就是當你講話的時候，你和客戶彷彿就是一體的。我承認我從我的雇主那裡偷了一百元……監視器拍到你一拳揍在他臉上……我的故事版本是她挑釁我……

「你有在和誰交往嗎？」希拉問。

我搖搖頭。「沒有。」

「拜託，英格麗。你真的應該要開始重新約會了。忘了馬克吧。」

他的名字讓我準備要拿起酒杯的手凝結在半空中。希拉露出一臉尷尬。「抱歉，我不是有意要讓你難過的。可是……也許是要往前走的時候了。」

「你說得容易。」我笑著說，企圖掩飾我是真的覺得如此；雖然她們的愛情也有起伏，但是，她們的生活從來沒有在恐懼中，從幸福變成了全然的寂寥，就像我所經歷過的那樣。

「你應該要找人約會。」伊芙斜著頭，語氣裡充滿同情。「你值得擁有一個好人。」

「我也這麼想。」我語帶浮誇地說。

「我原本覺得保羅還不錯，沒想到他居然是個爛人。」

艾黛兒終於掌控了話題，然後開始細數保羅的許多缺點，我一邊聽一邊喝光杯中的酒。

無可避免地，早午餐後來變成了購物之行，我們把接下來的時間幾乎都花在逛街上面，並且在公園街的一間飯店裡，用甜到不行的雞尾酒結束了我們的聚會。波洛市場的行程遭到延誤讓我有點後悔，只好在回家的路上順便進行採買。大白天喝酒除了讓我覺得懶洋洋的之外，還讓我開始頭痛，我發現自己渴望療癒的食物。早午餐已經是很久以前、也是逛很多家店之前的事了。我在購物籃裡放進煮羊肉醬佐義大利寬麵的食材：充滿香氣和生活感的鄉村烹調方式。

當我抵達公寓大門時，我小心地輸入密碼，在踏進庭院之前，先確認海倫不在裡面。我捧著一大束艾黛兒堅持要買給我的胭紅色玫瑰和尤加利葉，拎著我的手提包和一只超市給的、塞滿東西、名不副實的環保袋。我加快腳步走到自家門口，一邊顧著袋子和花束，一邊試著把鑰匙插進門上的鑰匙孔。我才踏進門，手機就開始嗡嗡響起。我胡亂地朝著自己身上拍打，發現手機既不在我的牛仔褲裡，也不在我的外套裡。我把所有的東西都倒到桌上，購物袋也被撕開，露出了袋子裡的東西。一罐切碎的番茄罐頭從桌子邊緣掉到了地上，所幸我接住了跟在後面掉落的絞肉。

「滾開。」我一邊說一邊看著每一樣物品，結果及時找到了手機，按下接聽鍵讓手機停止繼續作響。螢幕上既沒有顯示來電號碼，也沒有留言。

「你也一樣。」我厭惡地把手機扔到沙發上，然後懷疑地站在原地。有點不對勁。有點不一樣。

我緩緩地轉過頭，小心翼翼地，試著想弄清我的感覺。那是我在聖殿那晚所感受到的同一股恐懼；我沒有道理要覺得恐懼，但是我卻很害怕。除了棲息在屋頂上的鴿子所發出的熟悉的摩擦聲和噗噗的振翅聲之外，空氣裡一片安靜。

我出門時屋內是什麼樣子的？乾淨、整齊。在過去幾年裡，我丟棄了很多東西，其中有些是因為經常搬家的自然耗損，有些則是從我昔日的生活裡消失了，這都拜約翰・韋伯斯特所賜。我現在喜歡過著剛剛好的生活，而不想要擁有太多東西，極簡而非凌亂。我環顧著桌子、整齊靠在桌面下的椅子，還有沙發。所有的靠枕都在原位上，毛毯上也沒有任何皺褶。浴室的門是開著的，掛在桿子上的浴簾也和我記得的一樣，上面的摺痕是我早上出浴時整理過的那樣，我的梳子也好端端地躺在洗手槽的邊緣，就在我早上擺放的地方。廚房呢：瀝水板上堆放著的早餐物品也還在原位，切菜板也依然靠在牆上。

是什麼讓我不安？味道？聲音？

帶著滿腔的不情願，我慢慢地爬上梯子，往床上看去。

我的床看起來沒有被動過，床罩很平整，枕頭的蓬鬆度是我喜歡的那樣。但是，好像有點不對勁。我伸手抓住棉被的一角，用力把它扯下床。

靠近枕頭的地方——就在我躺下來睡覺時的心臟位置——有一灘棕紅色的污痕。

血。

我扔下棉被，倒退了幾步，無法挪開我的目光，我的心臟怦怦地在胸口衝撞，彷彿那個血跡本身就是威脅，而不是把它染在床單上的那個人。

15

亞當從梯子上下來，看著我雙手緊抱胸口站在他對面的角落裡。「再告訴我一遍你回家時發生的事。你有沒有注意到什麼異樣的地方。」

「我分神了，因為我的手機在響。」

「誰打來的？」

「對方掛斷了。未知號碼。我走進屋裡，把所有的東西都放在桌上，開始找我的手機。然後購物袋裂開，我買的東西四處散落。」

「所以，你一開始的時候並沒有發現屋子裡有什麼改變。是什麼讓你覺得要找出不對勁的地方？」

我搖搖頭。

「一定有什麼理由讓你想要把房子裡全部檢查一遍。」

「我確實有理由，但是我不知道那是什麼。直覺吧，我想。」

「那個污漬不可能原本就在床單上。」

「當然不可能。如果有的話，我今早在鋪床的時候就會注意到了。」

「你會嗎？」

「當然會。」無庸置疑。我知道出門時床單是什麼樣子的。我得用力咬牙，才能讓我的牙齒不再繼續格格作響。

亞當看著散落在桌上的雜貨。我甚至沒來得及把掉到地上的罐頭撿起來。他在我的家裡，看著我的東西，這種感覺好奇怪。他身上套了一件厚重的海軍藍運動衫、牛仔褲，襯衫外那件North Face的外套打從進門後也還沒有脫掉；他看起來沒什麼特別的，就像個下了班的警官。

我意識到對於我的安全，他無須負起官方的責任，我應該向我的在地警察局報案才對，然而，一想到要開始再把所有的事情解釋一遍，我就覺得不可能，這個工程太龐大，我想都不敢想。此外，亞當也指出，就算在地警察當晚會過來，那也是好幾個小時以後的事了。

「我現在立刻就過去，我會幫他們寫一份報告。」他在電話裡這麼說，他冷靜的語氣聽起來讓人多少感到安心。

「不過，如果你很忙的話……何況這也不是你的工作……」

「我想要過去。」所以，他就來了。

另一方面，在他進到公寓裡不到幾分鐘，我就已經後悔不應該把他牽扯進來。他問的那些問題似乎在暗示他並不相信我。

「你今天出去了多久？」

「一整天。」

「告訴我你去了哪裡，做了些什麼。」

我清了清喉嚨。「呃——我在早上七點四十五分出門。我去了健身房。然後回家。換衣服，化妝梳頭髮。」

「沒什麼異狀？」

「沒有。」

「你在的時候，有可能有其他人也在嗎？」

「不可能。」

「你回來的時候有鎖門嗎？他們有可能在你進門之後跟進來，然後躲起來嗎？」

我對著室內的空間做了個手勢。「你自己也可以看得出來，根本沒地方可以躲藏。他一定是闖進來的。」

亞當穿過室內去檢查大門。「沒有被破壞，也沒有玻璃碎片。」

「那又怎樣？」

「沒什麼。」他轉身看著我，臉上帶著驚訝。「只是一個意見而已。」

「我以為——我不確定你是不是相信我。」

「你和我一樣都很清楚，這不是我相不相信你的問題。」他的聲音很溫柔，他的和善一度讓我哽咽。「而是證據以及能否證明真的有事發生。」

「我床上的血就是證據。」

他沒有直接回答我。「那是某種東西。我想，我們應該要拿去檢驗一下。看看它是不是和我們系統裡已經有的什麼人相符合。你也需要提供一個DNA的樣本，這樣他們才可以排除是你的可能性。」

「那不是我的血，亞當。如果是我的話，我一定會知道，你不這麼認為嗎？」

「只是為了排除可能性而已。」

「是要排除我發瘋和妄想的可能性吧。是要避免相信這件事是我為了獲取注意，或者為了陷害約翰・韋伯斯特，或其他目的而自己一手策劃的吧。」

「我想你不會做這種事。可是——」

「可是什麼？」

在沒有詢問我的情況下，他逕自走到廚房，把茶壺裝滿水。「茶放在哪裡？」

「在你前面的櫃子裡。」

「我想要保護你免於那樣的指控，如此而已。」他背對著我，我真希望能看到他的神情。

「我認為，」我謹慎地說。「有人希望我被嚇到。我想，有人希望我對這些事情小題大作——柏琳達，還有鷹架事件。我想，我一直都拿捏得太好了。我還不夠恐慌。所以，他們就冒險闖入這裡，讓我知道我在哪裡都不安全。」

「你有可能是對的。但是，話說回來，約翰・韋伯斯特不是做事那麼不明顯的人，是嗎？」

「如果是我捏造的話，我就會做得更不明顯。」

他嘲諷地揚了揚眉；算是一種幽默感的跡象。「沒人認為這是你捏造的。」

「那巴斯維爾警員呢？」

「艾莉森？我不知道她怎麼想。」

這句話聽起來並沒有他想像中讓人安心。

「她不是在找影像中的那個人嗎，有什麼進展？」我問。

「沒有人認識他。他們按照你的建議，去問過遊民慈善機構有關他的事。他似乎就那樣消失了。」亞當從口袋裡拿出手機。「你介意我很快地打個電話給她，讓她知道我在這裡，以及我為什麼在這裡嗎？我想讓她也了解情況。」

「在週六晚上打給她？」

他對我露出迷人的笑容，我發現自己完全被這個笑容所征服。「你知道我們永遠沒有真正下班的時候。」

「我想也是，不然你不會在這裡。」

他看起來好像想要說什麼似的，不過，他卻只是走了出去，把大門在他身後關上。我可以聽到他的聲音，低沉而悅耳，但是聽不到他在說什麼，只能靠自己想像。

對，我和她在一起……我想沒什麼好擔心的……也許，為了要讓我們聽她說話，這麼做實在有點誇張了。她很擔心這點……沒有，沒有闖入的證據。對的，我就是這麼想的。

我為什麼假設他們不相信我呢？

因為我曾經有過這樣的經驗。警察喜歡看到嚴重犯罪的實證。這種針對我的安全和精神平靜所製造的緩慢破壞，在法庭上是經不起驗證的，而這就是問題所在。

他回到屋裡的時候，我正在把燒滾的熱水倒進馬克杯裡。

「坐下來，」他說。「讓我來吧。你喜歡濃茶，是嗎？」

「你怎麼知道的？」

我聲音裡的某種成分讓他在廚房裡轉過身來看著我。「我們上週見面的時候，你喝的就是濃茶。」

我跌坐在沙發裡。「對不起，只要有人知道我個人的事，我就會變得有點神經質。」

「我並不感到驚訝。」他又轉身回去打開抽屜，找牛奶，他的動作完全無聲無息。

「巴斯維爾警員怎麼說？」

「她會在檔案上標記。她很樂意讓我來記錄你的聲明。我告訴她，我會給你一些忠告，並且在這裡待到你願意讓我走為止。」

「你是這樣說的嗎？」

這個問題讓他再度轉過身來。「除非你希望我離開？」

「不。不是的，我不希望你離開。我很高興你在這裡。」

「我也很高興。」

「那你的忠告是什麼？」

「你可以換掉你家的鎖。外面那道大門的鎖相當不錯，但是你家這扇門的鎖，我用一張卡片就可以在三秒之內打開了。」他把杯子放在我面前，我往前探出身子把馬克杯拿起來，杯子的溫度溫暖了我冰冷的手指。我實在抖得太厲害了，以至於杯子裡的熱茶差點就溢了出來。亞當把手放在我的手上扶住杯子，這個動作卻讓我跳了起來。

「穩住。你會把茶灑出來的。」

「謝謝。我不知道我為什麼發抖。我覺得好冷。」

「我不覺得驚訝。這屋裡簡直凍死了。」

我朝著散熱器伸出一隻手，發現散熱器是溫的。「暖氣已經熄了。即便開著的時候也沒好到哪裡去。我很喜歡這個地方，但是這裡超級冷，裸露的磚塊和地板沒辦法保暖。」

「天氣很冷的時候你怎麼辦？」

「和我的男朋友待在一起。」我往前靠向鍋爐櫃，試著讓它起死回生，一邊回頭說道。

空氣裡一片靜默。然後他說：「我以為你說你沒有男朋友。」

「是沒有。去年冬天那幾個月，我帶了一個回來，以免失溫。但是我今年還沒時間搞定它。」鍋爐開始發出低沉的嗡嗡聲，我轉過身，發現他好像有點想笑的樣子。「怎麼了？」

「沒什麼。你要我幫你大概檢查一下房子的安全嗎？看看你是不是需要改善什麼？」

「你只是想到處查探吧。」在他正打算抗議之前，我朝他揮了揮手。「去吧。花不了你多少時間。」

他在公寓裡四處走動，我則靠在漸漸溫暖起來的散熱器旁，一邊喝茶，一邊猜想他會怎麼看待我的生活方式。窗戶通過了他的檢查，大門則讓他重重地搖頭，甚至一邊搖動著門鎖，一邊朝著我的方向流露出責備的神情。

「你在那裡面有發現什麼讓你擔心的東西嗎？」當他從浴室出來時，我問道。

「你需要在天窗裝一道鎖。我可以介紹一個好的鎖匠幫你處理門鎖和天窗。」他一邊說，一邊檢查廚房旁邊的書櫃。

「你覺得書有危險性嗎？」

他不好意思地轉過來看著我。「沒有。我只是好奇。」

「至少你很誠實。」其實是有人性。這讓我覺得我可以對他有話直說。「血是約翰・韋伯斯特會做的那種事。」

「那是他的風格，但並不表示就是他做的。」

「還有可能會是誰？」

「我知道你不願意去想還有其他人希望你受到傷害，但是——」

「沒有別人了。我一直都在告訴你這點。」

「沒有前男友們嗎？某個被你拒絕的人？某個討厭被當作是電熱器的人？」

「那只是個玩笑。」

「我也是開玩笑的。」他把手插進口袋，顯然有些不安。

屋裡的雜亂突然變得讓人難以忍受。我開始在房間裡四處走動，把超市裡買來的雜貨收拾好，又找了一個花瓶把花插起來。「我不明白為什麼大家對此這麼難以理解。約翰・韋伯斯特喜歡折磨我。只要一有機會，他就不會放過。這點你和他談過嗎？」

「我沒有親自談過。」

「有人和他談過嗎？」

「我不知道。」亞當皺皺眉頭。「這不是我的案子，英格麗。我沒有立場去問他問題。巴斯維爾警員——」

「想要結束她的調查。她不想捲入這件事。這和她的職權範圍無關。」我拾起一條毯子，把兩端對齊折疊好。「沒有警察會想要調查這種犯罪行為。處理輕罪也會給他們帶來很多麻煩，調查這種案子會耗掉他們很多時間，結果就算把所有的輕罪罪行都加起來，也沒有辦法獲得正式起訴。最後被害人還死了，反而讓處理這個案子的警察惹上麻煩。我不怪你不想捲入——我自己也不想捲入。我只是沒有選擇而已。」我停下來不再往下說，因為我鼻竇裡的刺痛感讓我知道自己即將就要抽泣。

「我沒有說我不想捲入。」他走過來，把我手中的毛毯放到沙發上，然後雙手落在我的手臂上，就在我的手肘上方，輕輕地扶著我的手臂。這個突如其來的親密舉動，讓我感到自己漲紅了雙頰。「如果你希望我離開的話，我現在就可以走出去。但是，如果我不想來的話，我現在就不會在這裡了。」

「那麼，當我告訴你做這件事的人就是韋伯斯特的時候，你為什麼不相信？」

「我不想做任何假設。我還不知道是不是他，你也一樣。不要誤會，我認為是他，但是，在握有絕對的證據之前，我必須保持開放的心態。」他低頭看著我，眼睛明亮有神。「這有可能成為證據，英格麗。這有可能會成為讓他鋃鐺入獄的證據。」

「那我應該怎麼做？」

他放下雙手，再度回到那個完美的警官模樣。「未雨綢繆。改善你的安全設施。提防你身邊的人。」

「我幾乎都有做到。」

「要做得更好。」

我翻了翻白眼。「遵命，長官。」

「還有，不要相信任何在你生活裡新認識的人。他很擅長招募別人幫他做事。不要讓陌生人進門，不要和你不認識的人說話，也不要同意去參加不是你自己安排的會議或約會。」

「還有嗎？」

「試著好好過日子。」

我不由自主地笑了出來。「趁我還可以的時候嗎？真是好建議，太感謝了。」

他搖搖頭。「我所能說的就是這些了。」

16

為了過好我的日子，隔天，我前往克拉珀姆參加了一個理應是低調平靜的週日傍晚小型訂婚派對。新郎是我大學時代的朋友，哈利，而他的新娘薇琪則是一名鋼鐵蝴蝶。我猜，所有她認識的人都知道，哈利是被她強迫訂下婚約的，不過她應該不希望讓我知道這點。派對現場應該有兩百人，而派對所在的這間美食酒吧，還可以俯瞰克拉珀姆公園。我看著在窗外逐漸黯淡天色裡搖曳的秋葉，暗自希望自己沒有來參加這場派對。樹底下聚集的陰影暗示著有人隱藏在那裡。萬聖節的裝飾放眼可見。我絞盡腦汁也想不出為什麼有人會那麼積極地尋找被嚇的快感。南瓜、骷髏和假蜘蛛網都可以丟一邊了；約翰·韋伯斯特遠比這些都可怕，他無情、堅決而兇狠，沒有人能夠阻止得了他。

未雨綢繆。改善你的安全設施。提防你身邊的人。

我挺起胸膛，轉過身面對室內，在臉上掛起一絲笑容。我已經看到幾個多年不見的人，而我也知道，還有其他朋友也在派對上，不過，要在人群裡找人並不是件容易的事。薇琪的身影穿梭在賓客之間，四處炫耀著她手指上的訂婚戒指——一顆兩側被紅寶石包托著的大鑽石——彷彿伸出狗爪子的狗一樣。我對她的炫耀禮貌地報以一笑，雖然我覺得那枚戒指看起來更像充滿血絲的眼睛。哈利已經和他的橄欖球友喝到醉醺醺的了，領帶不知何時也已經變得歪七扭八，那種被婚姻判了死刑的感覺認真到不像是在開玩笑。

「別弄丟了這個！」我旁邊的一名女子手上拿著一只銀手環。儘管我很清楚那只手環的主人是誰，我還是不由自主地把一隻手放到了另一隻手的手腕上。那是來自我父親的一份禮物，純然現代主義式的丹麥銀製品：由許多小刀片般的幾何形狀物所組成的一條平滑蜿蜒的鏈子。

「謝謝。應該是滑掉了。」

「你剛才在擁抱那個大塊頭的時候，我就看到它從你的手腕上鬆脫了。」她對我笑了笑，酒窩瞬間浮上臉頰。她很漂亮，有著一頭深色的捲髮和引人注目的身材。

「喬納希。我和他是大學同學。他向來都是房間裡最高的那一個。」

我從她手中接過手環，檢查著上面的環扣，我測試了一下，發現無需太大的力氣就可以把環扣鬆開。手環的安全鎖扣是環繞在一個小飾釘上的精緻金屬環。我一定是在不注意的情況下把它弄開了。我把手環重新戴上，小心翼翼地把安全鎖扣扣上。

「這樣應該可以了。也許我應該拿去給人修理一下。」

「你覺得她是怎麼做到的？」

我驚訝地看著她。「做什麼？」

「逮到他。」她注視著哈利。

「噢——我想是用懷孕來嚇他的吧，或者她讓他母親叫他要娶她。」

那名女子咯咯笑出了聲音。「你見過他母親嗎？」

「見過幾次。她可以讓哈利做任何事。」

「我從來沒有見過她。」女子喝光手中的飲料，然後把杯子放到吧檯上。「不過，我不應該在這裡。」

「不應該？」

「我是哈利的情人。」

「我想在場大部分的女性都曾經是哈利的情人吧。」

「你也是嗎？」

「嗯，不是。」我希望我之所以不是，是因為我有足夠的自尊心，所以並沒有成為那些和他辦完事就立刻被他踢開的芸芸女孩之一。不過事實是我們對彼此從來都沒有足夠的吸引力，能讓我們想要改變我們之間舒服的友誼關係。

「我忘記你的名字了。」

那當然，因為我根本沒有告訴過她我的名字。不過，由於她看起來已經不太能專注了，所以我並沒有這麼說。「我叫英格麗。」

「大學同學英格麗？」

我點點頭。「是我。」

「薇琪很討厭你。」

「我記得。不過她沒理由討厭我。我甚至沒有和哈利約會過。我們只是朋友而已。」

「我想，那就是問題所在。她認為你是『未竟事務』。」她用手指在空中做了一個很大的引號。

「大約有一百個女孩都是哈利的未竟事務，不過，我真的不認為我是其中之一。」我不加渲染地說。「不過，我看她們大部分今晚都來了，所以，也許薇琪才會以為我也是其中之一而不認同我。她想要確定每個人都了解情況──而不是認為她只是想誘惑他上床而已。」

「我就是。」她向經過我們旁邊的一名服務生再拿了一杯酒，立刻就喝了起來，然後毫不遮掩地說：「我就是想要和他上床，而且我也那麼做了。我是說，我愛上他了。」

「什麼時候的事？」

「那是過去七個月以來的事。」

我思索了一下。「他一直都不忠於薇琪？」

她悲傷地點點頭。「我是他們的鄰居。我和薇琪是朋友。但是她並沒有告訴我他們要訂婚，所以我不禁懷疑她是否一直都知道我們的事。」

「你和哈利什麼時候分手的？」

「事實上，我們並沒有分手。我昨晚還和他見了面。他把這個派對的邀請函給我，告訴我說，他有一陣子不能和我見面，但是等他度完蜜月回來，他會打電話給我。」

「我的老天啊，哈利。」我實在大受震撼。「他在大學時沒那麼糟糕啊。看來他學到了很多，也成長了很多。」

「你知道最糟的是什麼嗎？」她的眼睛裡突然充滿淚水。「我終於弄懂了他為什麼選擇我當他的另一個女人。」

「因為他喜歡你？」

「因為我的名字。」她用力吸了吸鼻子。「你猜是什麼。」

我搖搖頭。

「是薇琪，但是結尾的字母是i。」說到這裡時，她的淚水已經決堤而下。「所以，他根本不用記得他和誰在一起，他永遠都不會叫錯人。」

字尾是i的薇琪在擦乾眼淚之後，變成了一個很棒的同伴。她把我介紹給她認識的人，而我也把我認識的人介紹給她，我們在酒吧裡穿梭，試著幫她找到哈利替代品來修補她的心。哈利慢慢地喝著酒，帶著羞愧目視著她的身影。我逮到一個時機點來到他旁邊。

「你為什麼不向那個薇琪求婚，而是另一個薇琪？你是弄錯了嗎？」

「別這麼說。」

「你以前沒有玩過這種名字的把戲嗎？和兩個露西？」

他的神情高興了起來。「沒有兩個露西，不過，我曾經有一段時間和三個費歐娜交往。一個在家，另外兩個在大學裡。」

「你真可恥，哈利。」

「我知道，但是我也沒辦法。」

「一切都還好嗎？」未婚妻薇琪走上前來親吻了哈利的臉頰，還緊緊勾住他的手臂，然後才把頭轉過來怒視著我。「你看到我漂亮的戒指了嗎？」

「看到了，」我輕聲回答她。「太美了。」

「哈利有告訴你我們婚禮的事嗎？」

「沒有，其實他——」

「我們要去薩丁尼亞島結婚。只有家人和真的很親近的朋友才能去。」她暫停了一下，享受著說這些話的樂趣。「只怕我們不能邀請你了。」

「沒關係。」我說。「我在薩丁尼亞島食物中毒過一次。我對薩丁尼亞島的印象大概都和廁所有關，而且我也不確定自己是不是準備好要再去那裡了。」

哈利聞言大笑，他的未婚妻薇琪則笑不出來。

「我得再去拿杯飲料。」

「免費的酒水就要喝光了。」薇琪輕蔑地說。「你最好動作快點。」

「我會用跑的。」

總體來說，我很高興哈利在他還有機會的時候，已經把他的蛋蛋用到了最高點。從現在開始，它們顯然就只能收藏在薇琪的口袋裡了。

我在酒吧找到了哈利生命裡的第二個薇琪。她已經喝了兩杯酒，現在還在喝第三杯。

「你想離開這裡嗎？」

她點點頭。「這個地方讓人很沮喪。只有股票經紀人和外匯交易員而已。」

「你想去哪兒？現在是週日晚上。我不確定有哪個地方會沒有人。」

她拿起她的包包。「我們會找得到一個地方，然後自己開場派對的。」

結果，我們離開的時候，跟我們同行的還有一個艾拉、一個查爾斯、一個大衛，和兩個莎拉，不過，後來我們發現大衛也是股票經紀人，而我懷疑其中一個莎拉也是。有人需要去領錢；有人則需要買菸。大衛叫了一輛 Uber，在我們爭吵著要去哪裡的時候，薇琪從他手裡搶過電話，取消了Uber。之後又有人叫了兩輛Uber，而查爾斯也招來了一輛黑色的計程車。最後，我們到了一家位於切爾西的義大利餐館，一起點了有很多莫札瑞拉起司的薄脆披薩，搭配著一瓶又一瓶的酒。到了半夜一點的時候，查爾斯坦承他是倫敦的外匯交易員，然後拿走了我們每個人的帳單，還有薇琪的電話號碼。

「不過我不會和你回家，」她在他耳邊愉快地說。她連站都站不穩，那就表示他的手臂得從她身後環抱住她，才能把她扶穩。「雖然我想和你回家，但是我打算要和英格麗一起回去，因為她是我的朋友。」

「當然，」查爾斯愛憐地說。「我幫你叫車吧。」

「你不想回自己家嗎？」我問她。我不太喜歡家裡有不速之客，特別是我以前從來沒有見過的人。我不認為薇琪可能會和約翰・韋伯斯特有任何關聯，但是那實在太嚇人了——我無法確定。

她眨了眨眼看著我，努力讓自己能夠專注。「我想對哈利飆罵。如果我回家的話，我就無法阻止自己這麼做，你懂嗎？」

我懂。那個未婚妻薇琪也讓我感到不爽，不過，哈利不忠的事實在酒後被揭露，就意味著這個訂婚派對之夜無法就此結束。

某部分的我是歡迎她作陪的。在亞當昨天晚上離開之後，我就無法好好入睡。

「我沒有多餘的房間。你只能睡沙發上。」

「我哪裡都能睡。」薇琪保證，而這個保證也獲得了證明，因為計程車一開動，她把頭枕在我的膝蓋上立刻就睡著了。我看著夜晚的倫敦在窗外閃爍而過：小巴辦公室、炸雞店、送外賣的機動自行車騎士、擠在建築物門口的遊民、四處遊蕩的醉漢、碎步急速奔跑中的癮君子、豪華轎車、警車、救護車、學生，以及兩眼疲憊，拖著沉重身體做完一項又一項工作的清潔工。今晚，我離開了我習以為常的活動範圍，來到我已經很久不再涉足的城市另一端，和一些與我平日生活完全沒有交集的人混在一起。而且大部分的時候，我都可以忘掉韋伯斯特。不過現在，當計程車穿過這條運河旁的狹窄街道朝著我的地址前進時，我卻覺得那股恐懼又鉗住了我，彷彿一隻大手掐住了我的喉嚨。當熟悉的一切讓人感到害怕時，這個世界已然混亂顛倒了。

不過，至少我還有嬌小天真的薇琪保護我。我把她搖醒，她卻滑到後座踏腳的空間，嘴裡還喃喃唸著什麼和學校有關的事。

計程車司機幫我把她弄進庭院，她隨即就趴在了長椅上。

「嗯，好。我要看星星。」她揚起一隻手臂，胡亂比劃著手勢。

「我想雲層太厚了，看不到星星。」我轉而對計程車司機報以希望地說。「我的公寓只要爬一小段樓梯就到了。」

「我得走了。」

「好吧，謝謝你。我們可以應付得了。」司機揚長而去，只留下我們兩人站在庭院裡。「也許吧。」

薇琪不知道在翻找什麼。

「你在幹嘛？」

「我們進門之前先抽根菸。」她咕噥著，在她來得及把菸點燃以前，我一手把菸從她嘴上抽了出來。

「弄錯邊了。你抽過菸嗎？」

「我喝醉的時候抽過。」她又開始拍打著口袋。「我向莎拉借了這些。不對——我想是莎拉吧。另一個莎拉。去他的，怎麼每個人的名字都一樣？」

「我覺得抽菸不是個好主意。」

「嗯。」她揮揮手上的打火機，火焰像一面旗子般地噴出，在她的頭髮旁邊危險地飛舞。

「我來幫你點吧。」

「你人真好。我好高興認識你。你是我的朋友裡面最好的，英格麗。」

「那當然。」我轉過身，用手圍住火焰，擋住吹過池塘裡蘆葦的夜風。雖然我喝了很多，但是我覺得自己現在全然清醒。香菸尾端的菸草在點燃後發出輕微的嘶嘶聲，我吐出一口煙，隨即發現薇琪已經蜷縮成一團人球，再度睡著了。

「太棒了。」我搖搖她的膝蓋。「薇琪。喂，薇琪。」

她什麼反應也沒有。

「怎麼了？」我身後傳來一道聲音。

我的胃被嚇出一個洞來。我倏地轉身，心裡充滿了恐懼和怒意。憤怒首先爆發。「你幹嘛在我後面鬼鬼祟祟的？」

海倫瞪大雙眼。「我沒有。我在睡覺，然後聽到這邊有些騷動。」

我看著她，披頭散髮地穿著睡衣，睡衣上還套了一件連帽衫，腳上則踩著一雙有兔耳朵的毛茸茸拖鞋。她不停地換腳跳動，雙臂緊緊地交叉在胸前，顯然覺得很冷。看起來一副剛睡醒的模樣。

「沒事吧？」

「我朋友睡著了。我只是想把她叫醒，才能把她弄進我家。就是這樣。沒什麼緊急的。」

「她好像完全不醒人事了。」她皺皺眉。「你在抽菸嗎？我以為你不抽菸。」

「我是不抽。這菸不是我的。我只是幫她拿著而已。」我彎下腰把菸在地面上弄熄，她立刻就尖叫出來。

「不要把它丟到池塘裡！那裡面有青蛙和小魚。那對牠們不好。」

「我沒有要丟到池塘裡。」我語帶尊嚴地說。「好了，如果你不介意的話——」

海倫朝著薇琪彎下身。「醒醒。欸，醒醒。」

薇琪口齒不清地咕噥了幾聲，眼睛睜開了一會兒。

「她失去知覺了。」

「她叫什麼名字？」

「薇琪。」我不高興地回答。

「別這樣，薇琪。你不能睡在這裡。」海倫的聲音有一種獨特的穿透力，原本對周遭毫無反應的薇琪，突然眨了眨眼睛。

「怎麼了？」

「你得爬上樓去。我們抬不動你。」薇琪站起身，搖搖晃晃地，她的膝蓋看起來好像隨時都有被壓垮的危險，不過，她還是站直了。

「走吧，」海倫說道。「在我們大家都失溫前趕快走吧。」

語畢，她便拖著薇琪往樓梯的方向走去。我跟在後面，以免薇琪失足往後倒而撞上我。

「把你的鑰匙給我。」海倫命令我。

我順從地把鑰匙遞給她，她打開那天新換好的門鎖，走進屋裡，把薇琪帶到沙發旁，然後讓薇琪躺下，幫她翻身側躺，再塞了幾個抱枕在薇琪背後。

「這樣她應該就不會滾來滾去了。她完全喝醉了。如果你在夜裡聽到她不舒服的聲音，你就得要查看一下她的動靜。」

「你是護士嗎？」

海倫看起來有點驚訝。「不是——我有受過急救訓練。」

「噢，我滿佩服的。」我的確很佩服她。

「我要回去睡覺了。」海倫說道。當她走向門口時，全身都還在哆嗦打顫。「她需要毯子。給她兩條吧。這屋裡怎麼那麼冷？」

「因為我的鍋爐是個豬頭。」

「你得找人來維修。」

「是啊。」說完，我輕輕地把門在她眼前關上。

17

我在鬧鐘大聲作響中醒來，頭痛欲裂，舌頭也變得很不靈活。我一直都很節制，至少我是這麼想的，然而，昨天一整個傍晚下來，我還是喝了很多，結果換來了臭氣熏天的宿醉。

我用快於平常兩倍的速度準備就緒，包括把前一天晚上的殘妝卸掉；不吃早餐多少幫我節省了一點時間。我的臉色蒼白，眼眶發紅，刷牙時差點吐了兩次。我已經太老，也太有責任心了，不適合在晚上狂歡，那是學生時代才能做的事。不過，為了讓我從我的恐懼中逃脫，那樣做還是值得的。我睡得很安穩，筋疲力盡，而且沙發上偶爾傳來的打呼聲，也讓我感到安心。

當我準備好要出門時，薇琪還在睡覺。她蜷縮在我那床多出來的羽絨被裡，看起來就像裹在蠶繭裡的毛毛蟲一樣。我留了一張紙條給她，上面寫著我的手機號碼和一些指引，好讓她可以待得自在一些。最後，我在紙條下面寫著：

不要打電話給哈利！他配不上你。

如果在經過昨天晚上那場續攤之後，她能體會到她應該要怎麼做的話，那麼，她就不能打給任何人。

我對那天的工作感到相對放鬆。十點鐘的時候，我需要出席一場聽證會，處理被告，也就是我的客戶，因為違反緩刑而遭到再次判刑入獄的案子。他已經很習慣監獄生活——事務律師曾經對法庭書記官表示，再關上六個月對他來說不會有太大的差別。此外，聽證會位於埃爾沃斯，因此，我無須長途跋涉到倫敦以外的地方。我拖著腳步和我的工作袋穿越城市，時間還早，除了不會遇到交通尖峰之外，還可以在到達法院之前，先在車站外的小咖啡館買杯咖啡。至於食物就免了。

當我到達法庭的時候，我所發現的狀況和書記官告訴我的並沒有關係，這是很自然的事。羅尼・吉莫爾對於被判入獄大感憤怒，完全無法保持冷靜。留著一頭極短髮的他身形結實高大，遠遠高過一般人的平均身高。看起來髒兮兮的刺青，從他的手一路盤旋到襯衫的領口。他自帶的威脅感讓所有人都感到緊張不安，包括警衛和在法院食堂裡端茶給他的那名女子。打從青少年時期開始到現在，他已經因為一長串的犯罪行為遭到判刑——諸如在商店行竊、攻擊、刑事毀壞、無照或無保險駕駛等輕微的罪行。他永遠不可能變成什麼重大罪犯，不過，只要一有機會，他也永遠不會停止違法行為。

「他們說我的行為過激，」他傾身靠近我，瞪著我嗤之以鼻地說道。「他們說我很粗魯而且不配合。根本是胡扯。他們只是想讓我被關起來，因為他們知道那會讓我很火大。他們懷恨於我。」

「是啊。」如果連我站在他這一邊，他都還用這種態度對我說話的話，那麼，緩刑監督官的做法確實有其道理。「他們為什麼會認為你會很火大？」

「因為我老婆在四個月之內要生小孩了，我和她保證過，這次我會陪她。」他把頭別開，用力地眨著眼，企圖隱藏眼眶邊緣的淚水。

我心軟了。他的躁動瞬間變得比較可以理解。「那是不想再被關進去的一個好理由，我會讓法官知道的。」

「我不能讓凱倫失望。你一定得讓我脫困。」

我是真的想要竭盡所能來幫羅尼和他的伴侶，還有他們未出世的孩子。然而，那就意味我得把這場簡短且公事般的聽證會，轉變成一場小型審判。我需要針對緩刑監督官的指控提出交叉詢問，因為我們對於這些指控有所爭論。我也得讓羅尼站上被告席。同時，我也會需要擬出具有說服力的論點，來闡釋法官為何應該姑且相信他，而非相信緩刑監督官。

那也表示，我得從他口中取得一個盡可能不具爭議的故事版本，而且不能提及他遭到帶有偏見的瘋狂指控、他被仇視，以及他是如何遭到陷害的種種說法。這樣的指控會讓任何法官都留下極度惡劣的印象，更遑論正等著我們的那一位了。這位法官向來以強硬聞名，我不知道自己是否可以說服他，讓他在這種情形下採取寬容的觀點。

我忍耐了一整天的頭痛又加劇了。這會是一場戰鬥。

這就是你那麼喜歡這份工作的原因。

如果今天如我原本預期的過下去，那麼，我應該可以在十一點左右結束工作——最遲十一點半。一如往常地，事情一件接著一件，以至於法官在三點四十五分終於給出了他的裁決。我沒有抱著太大的希望——來自緩刑服務處的證人一直都很認真、冷靜而且經驗老到。我企圖讓他們認同他們和我的客戶在互動上可能存在著誤解，而那也是我所理解到的。羅尼自己也表現得很不錯，他在被告席上坐得挺直，帶著驚嚇般的無辜睜大雙眼，解釋著他雖然講話大聲，但卻無意威脅任何人，因為他由衷感激緩刑服務處替他所做的事，以及特許他只需服一半刑期的提早獲釋計畫。如果現場有陪審團的話，我完全相信他們會被說服，但是，面對法官卻又是另一回事。這位法官相對年輕，這並不代表什麼——一般人認為法官年紀都很大，而且都很不接地氣，這其實都是刻板印象，事實上，年輕的法官對待被告有可能更加強硬。從他前半段的評論來看，我覺得我們已經沒希望了。他把檢方對羅尼的指控一一列舉出來，而且鉅細靡遺，並且指出事實上羅尼並沒有否認任何一項。

「不過，我也想起判處監禁的目的。在刑事司法系統裡，我們尋求的是改善社會，而不是不公平的懲罰。如果，讓吉莫爾先生繼續維持他的社區令是安全而且正確的話，那就應該按照這樣去做。這麼做的結果最可能讓他遠離犯罪行為，並且把他的家庭放在第一位。」

如果你相信奇蹟的話。我不想對羅尼和他改過自新的機會懷抱諷刺的心態，但是，我真的相信我總有一天會再見到他的。

法官的神情嚴厲。「然而，我不想讓任何人——特別是緩刑服務處的任何成員——冒險。對於判決的條件以及本庭對他行為上的期待，吉莫爾先生已經很熟悉了。如果他因為違反任何上述情況而需要重新回到法庭來討論的話，我相信他會知道到時候結果將會很不一樣，路易斯小姐。」

我跳了起來。「我相信他知道的，法官大人。」

法官露出了一絲親切的神情，不過也只有很短的一瞬間而已。「而我們當然也祝福他一切順利。」

當我和開心的羅尼以及他的事務律師——她保證會找我接一些她即將要處理的、像樣點的訴訟案——分開時，已經是下午四點半了。我累得像條狗一樣，而且我原本希望避開的交通尖峰時間已經開始了。我想回家，煮點簡單的食物，泡個澡，然後上床睡覺。但是，就在我走向車站時，我的手機嗡嗡響了。亞當的名字閃現在手機螢幕上。

「哈囉？」我停下腳步，用一隻手壓住另一隻耳朵，以擋住咆哮而過的交通噪音。「亞當？我幾乎聽不到。」

「你可以來我辦公室附近碰面嗎？」

「什麼時候？」

「越快越好。我有事要告訴你。」

我聽不清楚他的聲音，以至於無法判斷是好消息還是壞消息。先假設是最壞的情況也許才是最明智的做法。

18

「很抱歉，讓你一路趕到沃克斯豪爾來。」亞當站在街上等著我。從我此刻在他臉上看到的表情，我決定不要期待什麼好消息顯然是對的。「我不想在辦公室裡談這件事。我沒有正式在辦這個案子，而我的老闆可能會因此開始問東問西。」

「我想這只是想見我的藉口吧。」他看起來既詫異又尷尬。我原本只是在開玩笑，不過，從他的神情看來，我的無心之言可能頗接近真相。「沒關係。你想要告訴我什麼？」

「他們驗過血了。」

「是韋伯斯特嗎？」

「那不是人血。實驗室的報告顯示，那些血來自生牛肉。」

「喔。所以……呢？我不會在我的床上準備食物。那些血還是不應該出現在那裡。」

「所以這看起來就更像惡作劇了。」

一陣冰冷的嘔吐感從我的胃裡升起；我最後一次吃東西是什麼時候的事了？「這是一種警告，你知道的。」

「沒有證據顯示是他，英格麗。我需要證據才能進一步處理，你知道的。」

「你想要什麼樣的證據？我的血出現在他手上？」

「英格麗，拜託。我不希望你受到任何傷害。但是這對我們把約翰．韋伯斯特送進牢裡的終極目標沒有任何幫助。我們都想要把他關進監獄。這個事故已經讓他現形了。對他來說，這是騷擾你的機會，但也是我們逮住他的機會。」

他的用字遣詞讓我不解。「你所謂的事故是什麼意思？」

「艾莉森和她的同事又看了一遍影像。」他舉起一隻手摸摸後腦，顯得有點不安。「那看起來像是一場事故。你也看到你想看的了。」

「我絕對不想看到柏琳達被謀殺。」

「沒錯，但是你是帶著假設進去看影像的，你假設她替代你被謀殺了。」

「那些血不是我想像出來的。有人到過我的公寓。」我感到地面似乎在我的腳下裂開了。

「你不認為那很嚴重嗎？」

「你已經改善了你的安全設施。這種事照理說不應該再發生，如果真的發生了的話。」

「你是什麼意思。『如果真的發生了的話？』」

「我們有談過這件事，艾莉森和我。」他很小心地選擇他的用字。「我們知道妳想擺脫約翰・韋伯斯特。當他還在外面逍遙的時候，你就無法好好過你的日子，不是嗎？所以，也許你覺得你得確定我們會把柏琳達的死和韋伯斯特劃上關聯。」

我開始覺得憤怒，彷彿鮮血重新流回麻痹的四肢一樣讓我感到刺痛。「你認為是我策劃的。」

「那是一個可能性。」

「另一天晚上我在聖殿看到韋伯斯特並不是我捏造出來的，而且我也從來沒有對你說謊過。是你的好朋友艾莉森叫你不要理我的嗎？她告訴你我只是在浪費他們的時間嗎？」

「不，那不是——我只是認為——」他舉起一隻手似乎打算要碰我的手臂，但卻又再度垂到他自己的身側。「麻煩的是，要陷入恐懼是很容易的事。當這樣的事發生時，你絕對有理由感到害怕——老天，任何和你有同樣經驗的人，大部分的時候都會是驚弓之鳥。你發現的那些東西——你說的沒錯，有可能是韋伯斯特。不過，如果是他的話，你需要期待他現出原形。你可能需要刺激他，而不是躲避他。」

「那聽起來太危險了。」我顫抖著說。

「有可能。」他愁眉苦臉地說。「我知道這樣要求你並不公平，不過，如果因為這樣而能永遠擺脫他的話，你等於救了很多人，讓他們免於歷經你所忍受過的痛苦。而這也是報復他的好方法，不是嗎？這才是應得的懲罰。他會因為你讓他被關而恨你。」

「你希望我怎麼做？」

「我不知道。要看韋伯斯特下一步要做什麼。」他無助地聳了聳肩。「我只能說，如果你打算冒這個險的話，我會盡量保護你的安全。」

「那柏琳達的事呢？」

「她的死因在調查裡會被判為意外，除非我們有其他發現可以反駁得了。不過，艾莉森目前並沒有對此抱著太大希望。她受到要結束調查的壓力。」

這種毫無正義的情況讓我咬緊了下巴。「所以我要當誘餌。」

「我不喜歡這個字。我們會抓到他的，英格麗——」

「——但是證據還不足夠。」

「有可能就要結束了。」

不會結束的，我暗自想著，只要韋伯斯特還在外面逍遙的話。沒有結束，也沒有人可以幫得上。我沒有辦法逃出我已經掉落的陷阱。身為韋伯斯特的目標，我只感到孤獨，彷彿放牧之後遭到遺棄的動物，在獵食者已經對準我的情況下跛行前進。

我試著對一臉憂心的亞當擠出笑容。「我不能抱怨，是嗎？你警告過我他很危險。」

「我試著警告過你。」

「你一直都很好心，亞當，我很感謝你。」

「你不需要謝我。」他嘆了口氣。「你好好考慮一下，好嗎？讓我知道你想要怎麼做。如果你想要訂一張飛往吉布地的單程機票，我也完全可以理解。」

他的話讓我笑了。「我會記住的。但是，我想我只打算回家。」我得搭乘地鐵，不過，至少維多利亞線很快也不用轉乘。

「我會送你回去。」

「你不用這麼做。」

「是不用，不過我想這麼做。」

我們到車站的時候，有一班列車已經抵達月台了，一旦列車開動，就沒有可能再交談。列車在軌道上嘎嘎作響，煞車也不斷發出磨牙般刺耳的聲音。一陣暖風穿過車廂，讓我的臉覆蓋上幾縷被吹散的髮絲。車廂裡的座位坐滿乘客，亞當眼神充滿警戒地站在我對面，似乎對同行的乘客有所顧慮。永遠沒有下班的時候，我在心裡想著，永遠不會真正放鬆。

列車來到牛津廣場時，上車的乘客擠滿了車廂，亞當也移動位置站到了我面前。人群把我們擠得更靠近，讓他的臉和我只有幾吋的距離。他的目光落在車廂的其他地方，我因而可以在不被注視下好好端詳他：長睫毛、臉頰上有一道孩提時代受傷留下的垂直疤痕、上唇的唇弓，還有喉嚨尾端的凹陷。

稍早，我曾經讓他臉紅。

如果我對亞當・納許產生任何情愫的話，那就太不恰當了。

國王十字站很快就到了，這是我第一次感到列車開得太快，我們和上百名的通勤者一起湧出車廂來到月台。亞當走在我身旁，在腳步匆忙的人群裡，護送我穿過彷彿沒有盡頭、貼著磁磚的長廊，直到我們抵達車站前空氣新鮮的開放式廣場。

「謝謝你。不過，從這裡開始，你不用再陪我走了。」

「我想陪你走。」

「你應該有別的地方可以去。」

他搖搖頭。「我沒有什麼安排。」

「至少讓我請你喝一杯，感謝你花時間陪我回來？」我衝動地說。「我家附近有一間酒吧。我的意思是，如果你沒有其他事情的話。」

他猶豫了一下。「好。沒問題。」

「走吧。不遠。」

這家酒吧帶點神秘感，挑高的天花板上吊著覆滿灰塵的枝形吊燈。在我點完酒之後，有那麼一會兒的時間，氣氛有點尷尬。這是我第一次感到舌頭打結，因為除了約翰・韋伯斯特、柏琳達和我的恐懼之外，我們應該談什麼才好？

亞當放下酒杯。「這樣吧，我們互相問彼此五個問題。這些問題不能和工作或者上週的事情有關。」

「你先吧。」

「你七歲的時候想當什麼？」

「芭蕾舞者。你呢？」

「警察。」

「真是始終如一。」

「我就是這樣。還有四個問題。」

我聽了都暈了。「那不算一個問題！」

「你問，我回答了。換我了。」

我們在喝第二輪的過程裡輕輕地鬥嘴，我發現自己不時大笑。他那種自在的模樣是我過去未曾見過的，他往後靠在椅背上，慵懶地看著我，順著我的笑話又把話題丟回給我。一開始的那股尷尬已經不見蹤影。取而代之的是好玩和正常，我們彷彿就像其他情侶一樣，即將展開一場可能的約會。亞當在的時候，韋伯斯特絕對不敢來騷擾我，但是，那並不是我喜歡有他陪伴的唯一理由。

「好吧。」他明亮的眼睛裡閃爍著愉悅，準備要提出倒數第二個問題。「這得是個好問題。」

「我等著接招。」

「貓還是狗？我覺得你喜歡貓。」

我可以感覺到笑容在我的臉上變得僵硬。彷彿室內的燈光突然變暗了一下，彷彿我的聽力也變鈍了。我發現酒吧裡的空氣讓人窒息，我得出去。

「怎麼了，英格麗？」

我拿起我的袋子走向門口。

「英格麗？」亞當從後面跟上來。「怎麼了？」

「我以前養過一隻貓。」我告訴他。大街上很寒冷，然而，我的襯衫卻貼在了我的背脊上。

「我養過一隻貓，我很愛他。傑瑞是一隻灰色的貓，他喜歡睡在我的腿上，當他想要把我叫醒時，就會把他的貓爪放在我嘴上，然後發出咕嚕咕嚕的聲音。」

「喔。」我可以看出亞當還不知道自己為什麼引發我如此的反應。

「他是我在那場大火發生之後，唯一還剩下的幾樣東西之一。」我吞了吞口水。「你知道嗎，房子著火的時候，他剛好在外面。兩天後，我震驚地在一個鄰居的花園裡發現他。他對我來說是一個莫大的安慰。」

「然後呢，發生了什麼事？」

「有一天我工作完回家，卻找不到他。我住在一間公寓裡，而他是不被允許出去的。我四處尋找。床底下、沙發下，甚至衣櫥裡。」淚水已經在我臉上奔流不止了。

「他在哪裡？」

「冰箱裡。」我半笑半哭著說。「我不知道自己為什麼會去開冰箱找他。很顯然地，我晚了一步。他已經死了。而韋伯斯特在隔天寄來了一張卡片。上面說：『你現在只剩我了。』」

我們都知道，這個傍晚就這樣結束了。亞當陪我走到庭院的大門，看著我打開門鎖。

「我說錯話了。」

「你並不知情。只是那讓我想起了所有的事。」

「我不想讓你難過。」

「沒關係。」我吸了吸鼻子。「也許我們可以下次再像這樣喝一杯。」

他點點頭和我道晚安，雙手插在口袋裡，我們之間保持了一個很適當的一公尺距離。

我沒有想到今晚會以這樣的方式結束。是我毀了我們兩人的這個晚上。

海倫的門是關著的，她的窗簾沒有拉上，因此，我可以看到她的燈已經熄滅。我得要向她致謝，感謝她前來救援。也許送她鮮花——但是會不會太過了？我不想鼓勵她……我摸索著不熟悉的新門鎖，這個又硬又笨重的新鎖，老實說，我還真想念那個舊鎖，雖然它基本上就和沒上鎖差不多。

公寓裡一片漆黑，我向後伸出手，好按下燈的開關。我再一次感覺到有什麼不對勁。不一樣。不過，那是當然的，因為在我出門之後，薇琪還在。我按下開關，但是什麼也沒發生。

「先是鍋爐，現在是保險絲盒。太典型了。」我往前踏出一步，晃動著手機，想要把手機切換成手電筒的模式。我的腳因此踩到什麼灑在地上的東西，讓我差點就失足滑倒。我扶住桌面讓自己站穩，低頭看向在我手機燈光下令人不舒服的液體反光。

一道深色的拖痕一路延伸到了黑暗裡。

我往右走了兩步，摸到浴室的電燈開關，一手將之打開。這回，一束光線在黑暗中投射出一道歪斜的矩形，照亮了從沙發到客廳角落蔓延成池的鮮血以及四處飛濺塗抹的血跡，彷彿有人在血泊中匍匐爬過一般。我的手電筒沿著血跡一路照射到血跡停止之處。

「噢，我的天啊，薇琪？」我丟掉手裡除了手機以外的東西，衝到角落，來到蜷縮在電視和牆壁之間的軀體。她的頭彎向膝蓋，頭髮披散，光滑的捲髮並未因乾涸的血跡而變得僵硬。我摸了摸她的手背，發現她的手很冰涼——即便公寓裡很冷，她的手也太冰冷了。我輕輕地把她的頭往上推，以便可以看到她的臉。半閉著的眼睛已經失去了視力，珍珠般的牙齒在我的手機燈光下發亮，嘴唇發紫，沒有生命的跡象。

我帶著巨烈衝擊下僅剩一半的邏輯思考著，這會很難向警方說明，我甚至連她姓什麼都不知道。

鍋爐咯噠一聲突然自己點燃了，我一躍而起，強烈的恐懼和不安向我翻湧而來。

他們現在必須相信我了。關於韋伯斯特的事，我一直都是對的。

19

死在我公寓裡的女子是維多利亞・喬伊・格蘭傑，二十六歲，她的朋友都叫她薇琪。她是兼職的女演員、兼職的保姆、兼職的酒吧員工和臨時雇員。她喜歡和朋友聚會、跳舞，以及騎著一輛有籃子的老式腳踏車在倫敦閒逛。她喜歡煮素食，但是會在餐館吃牛排。她的IG有大概一千名追蹤者，臉書有三百多個朋友，不過沒有時間玩推特。她每天都會自拍——早晨打呵欠，健身房運動中，危險地站在浴缸邊從鏡子裡拍攝自己，只穿了一件小丁字褲、帶著肉麻的笑容回眸一瞥，假日、聖誕、派對，都是自己一個人。她有一個哥哥住在澳洲，父母則住在威爾特郡，和鄰居共養一隻貓，至少有一個秘密情人。

週一上午大約午餐的時間，她在我的公寓裡醒來，幫她自己泡了一杯茶，用我最喜歡的平底鍋和我冰箱裡的雞蛋做了一個煎蛋餅。還用了我買的玫瑰沐浴油沖了個澡，借了我的一件套頭衫罩在她的派對服上。她拿了我的備份鑰匙，這樣她才能幫我鎖門，然後從我的公寓走到聖潘克拉斯站，在靠近歐洲之星到達出口的攤位買咖啡、香氛蠟燭、一張感謝卡，和一盒七彩顏色的馬卡龍。她試穿了兩雙鞋和一件外套，差點就要買一支紅色的唇膏，不過最後決定放棄，然後，她在一家咖啡館點了一個杏仁可頌，但是只吃了一半。她在書店借了一支筆，站在收銀台旁邊寫著感謝卡（英格麗，非常謝謝你帶我回家！很抱歉，我吃了你的雞蛋。記得在點蠟燭的時候要想到我。薇琪）。在那之後，她穿過葛蘭納瑞廣場，沿著運河一路走回來。燦爛的陽光灑落在萬里無雲的藍天底下。

她是在那天下午四點到六點之間死於我的公寓，當時，我還毫不知情地在和亞當談話。殺她的人總共刺了四十二刀，包括在她企圖擋住刀刃時，落在她前臂和手上的傷口，以及深深刺進她胸口和腹部的傷口。她有三根手指的肌腱都遭到割傷。主動脈也嚴重受損，導致她因為失血過多而死亡。

沒有人聽到任何聲音。

沒有人看到任何事情。

她不應該在那裡的。

她只是為了把卡片、蠟燭和那盒馬卡龍留給我才回來的。

當然，一開始我並不知道這些；沒有人知道。這些資訊都是我一點一滴得來的——在接下來的幾週裡，從這裡的一段對話、那裡的一份病理學報告得知的。我把這些資訊都蒐集起來，整理出薇琪生前最後那幾個小時的經歷，就像如果我需要對陪審團陳述這個案子時，我會做的那樣。

那個恐怖的夜晚，在我打電話給警方之後，首先發生的是，幾名先遣急救員前來確認我不是什麼幻想症患者或者想要引人注意的人。他們走進社區大門、穿過庭院，魁梧的身材穿著防刺背心和可見度極高的外套，儘管他們已經看到我站在樓梯下了，也完全沒有加快腳步的意思。

「她在上面。左邊那間。」我蜷縮在我的外套裡告訴他們，其中一個人慢慢跑上樓梯，其餘的人則在我面前停下腳步，開始問我細節。

對，我的名字是英格麗．路易斯。

對，這是我的地址。

對，我打過電話給警方。

對，就在我發現屍體的時候。

沒有，我沒有看到任何人進出。

對，這公寓是我租的。

對，我知道薇琪在那裡。

不，我不知道她的全名。

「我知道她住在哪裡，」我說。「我不知道確切的地址，不過我可以幫你們問到。她是我朋友的一個鄰居。」

我可以打電話給哈利問他——

我得要告訴哈利發生了什麼事。

我蹲下來把頭垂在兩膝之間，等待著噁心的感覺消失。

從警方抵達之後，我的公寓就不再是我的地方了。它現在變成了犯罪現場，不再是我家了。有些人陸續抵達，有的是兩人一組，有的則是三人一組，每個人都實事求是而且十分專注。除了一遍又一遍被詢問同樣的問題以外，我就像是個不相關的人一樣。在現場守衛的警察允許其他公寓的住戶進出，但是我卻無處可待。我一度看到海倫躲在她的窗簾後面偷看，在她身後那一片漆黑的對比下，她的臉色有如月色一樣蒼白。我舉起一隻手想和她打招呼，但一看到她把窗簾拉上，就又立即把手放了下來。如果情況剛好相反的話，我會在警方調查的時候讓她進屋，坐在我的公寓裡，喝上幾杯茶嗎？我想其實我也許會，因此，她剛才那種小小的背叛給我帶來的刺痛，比我預期的還要大。

謀殺調查小組在我打電話報警之後不到一個小時抵達。對於兩個身穿舒適靴子和褲裝的女子來說，這個頭銜似乎有點太偉大。其中一人和值班警察交談過之後，便朝著我走來。

「你就是打電話給我們的人？」

「對，我是英格麗．路易斯。」

「我叫珍妮佛．高德。我是被指派來負責這個案子的謀殺調查小組的探長。」她大概三十五、六歲，立體的五官完全沒有化妝。她的頭髮紮成了一個髮髻，不過看起來似乎只是為了工作方便，而非刻意打理。她外套的翻領上有一道白色的痕跡，顯然是曾經被什麼東西濺到過，但卻沒有清洗乾淨。我以前曾經遇到過這種類型的警察：熱衷工作，其他的事情都不重要。「我們要把你帶到警局，才能好好詢問你。」

我哆嗦地點點頭。「現在，我只想到任何我可以取暖的地方。」

「我想也是。」她轉過身，對她的同事阿卡拉姆警探說了幾句話，阿卡拉姆隨即把我帶到他們的車上。儘管她已經思慮周到地把車上的暖氣打開，但是，我依然不停地在發抖，只能在後座等著警察結束他們在現場的工作。

當我覺得有點暖意的時候，我的大腦就開始重新運作了。我要到警察局去，針對發生在我公寓裡的一宗謀殺案，接受警方的詢問。

高德探長和阿卡拉姆警探回到車裡，等他們都上車之後，我才開口問道：「我是嫌犯嗎？」

他們彼此交換了一個眼神。

「你為什麼這麼說？」珍妮佛的語氣聽起來很稀鬆平常。

「我想，我應該告訴你我靠什麼為生。」

當他們聽到我是出庭律師時，車上的氣氛立刻就改變了。

「我們詢問你的時候需要錄影，因為你是一個重證。」珍妮佛說。

「一個什麼？」

「抱歉。重要證人。」她看起來好像覺得有點好笑的樣子。「看來，這個行話還沒流傳到律師圈裡。」

「至少沒有流傳到我這裡。」我猶豫了一下；我不想破壞此刻友善的氛圍。「我是嫌犯嗎？」我再度問。

又是一次眼神的交流，這次更像是流動在兩根柱子之間的電流。

「目前不是。」珍妮佛平靜地說。

但是，情況也有可能改變，我暗自想著。整體想起來，我今晚是在一名警官的陪伴下度過的，這確實是件好事。如果沒有意外的話，亞當．納許會提供很像樣的不在場證明。

警察局裡的暖氣調到了最高溫，我們一進入審訊室，警探們就火速地脫下了他們的外套。我知道這個房間又熱又悶，但我似乎仍然暖和不起來。

「是因為驚嚇的緣故，」阿卡拉姆警探說道。「需要我幫你倒杯熱茶嗎？還是水？」

「水，麻煩你。」我轉向珍妮佛．高德。「我需要在這裡待多久？」

「需要一會兒。」她揚起眉毛。「你有地方可以去嗎？」

「沒有。」我確實沒有。接下來幾天，如果不是幾個星期的話，我的公寓將會被禁止進入。我不知道我能待在哪裡。

當詢問開始的時候，我把自己的煩惱暫時先丟到一邊，專注在警方的問題上：我在現場回答過警方的所有問題，以及其他一些新的問題。

「所以，在昨天晚上之前，你並不認識她？」

「對。」

「你讓她待在你的公寓裡？」阿卡拉姆警探難以置信地問。

「那樣做似乎是正確的。到傍晚結束之際，她已經喝得很醉了，而她又不想回家。」

「為什麼不想回家？」珍妮佛．高德讓我想起了獵鷹：只要她感興趣的東西，沒有一樣能逃得過她。

「這很複雜。」我說，不過，我知道光是這麼說是不夠的。

「往下說。」

「她對……我主辦訂婚派對的朋友有感情，我那個朋友住在她隔壁。她很擔心會自我放棄。」

「感情。」珍妮佛重複我的話。

「我不知道任何細節。」我很快地說。我覺得自己好像背叛了薇琪和哈利。「你得自己和他談。不過——就他一個人。我想，他不會想在他未婚妻面前談這件事。」

阿卡拉姆警探做著筆記。「還有呢？」我所知道的是，這不是我身邊的人第一次死於暴力，而這名警探需要知道這點。我再度試著想說服警方對我所說的事認真以對——把我當作潛在的受害人，而非證人，甚至嫌犯。

我再度感覺到又有我喜歡的人死了，而真正死的人應該是我。我告訴他們有關柏琳達的事，而他們在我斷斷續續的述說過程中，不時疑惑地揚起眉毛。

當我說完的時候，我已經完全精疲力竭了。

「我可以走了嗎？」

「我們還有幾個問題要問。」珍妮佛・高德專心而緩慢地在幫自己做筆記。

「我已經把我所知道的一切都告訴你們了。」

「我們只是需要從頭再理過一次。」她抬起頭，臉上的笑意並未反映在她的眼裡。「畢竟，這不是第一次有人死在你家裡，不是嗎？」

From: 4102@freeinternetmail.com
To: Durbs, IATL
這次發生了什麼事？藉口是什麼？

From: Durbs@mailmeforfree.com
To: 4102, IATL
冷靜。這不是問題。她嚇壞了，那就是我們要的。

From: 4102@freeinternetmail.com
To: Durbs, IATL
事實上，我認為這是他媽的大問題。我真的認為如此。我想，我們需要終止計畫了。你戳了一隻老虎，而他卻咬了別人。你不會感到驚訝的。

From: IATL@internetforyou.com
To: Durbs, 4102
冷靜點。雖然那不是我們想要的，但不表示那就是要收手的跡象。我們就快達到目的了。

From: 4102@freeinternetmail.com
To: Durbs, IATL

如果以後還有人受到傷害的話，我就退出了。這太過分了。

From: Durbs@mailmeforfree.com
To: 4102, IATL

你是指除了她以外的人。

From: 4102@freeinternetmail.com
To: Durbs, IATL

除了她以外。

20

三個星期之後，我在黑暗中的奧德維奇等巴士，寒風除了讓我瑟瑟發抖到淚水都要流了出來之外，還不停地把刺人的砂礫吹到我的臉上。我拉高圍巾掩住我的嘴，同時把下巴壓低到胸口。我在法院度過了很長的一天，我現在渾身痠痛，彷彿得了流感一樣。我已經很久沒有好好休息了。我和艾黛兒住在她位於伊靈區超級凌亂的一房公寓裡，睡在她那全世界最不舒服的沙發床上，不過，我並沒有因此而忽略掉她給我的暗示，暗示我何時可能得離開。那個討人厭的保羅比預期早了幾天回來，這件事終於成為足以請我離開的理由。

我經常打電話給珍妮佛．高德詢問最新的狀況，以至於她現在在回答我時，語氣聽起來都很無奈：沒有消息。沒有嫌犯。沒有什麼顯示約翰．韋伯斯特和薇琪或她死於暴力有關。沒有人看到有人出入。沒有人聽到任何聲音。我所有的鄰居若非都不在家，就是家裡的音樂開得很大聲。就連那個無所不在的海倫也去了別的地方。

我曾經問過房東，我是否可以違約搬離公寓，然而他卻拒絕了。我可以理解他的理由；由於這是一個犯罪現場，因此，要再把它租出去會是一個惡夢。屋裡的血跡已經被清洗乾淨了，但是，你無法清除掉暴力留下的那股微弱不安的嗡嗡聲。有一部分的我希望我可以拋下我所擁有的一切，一走了之，但是我負擔不起，而我也不能永遠都和艾黛兒住在一起，還有，在我可以證明是誰殺了薇琪之前，我不能讓薇琪的死從我的記憶裡褪去。

真要說起來的話，這次外宿讓我看清了在我搬回去之前，有什麼是應該要做的。除了徹底清掃公寓和重新粉刷牆壁之外，房東還安裝了一個新的、廉價的警報系統，只是我完全無法信任這個系統。警報器對約翰・韋伯斯特而言根本不算什麼。如果他想進來的話，沒有什麼可以阻擋得了他。

巴士來的時候，車上幾乎空無一人。我爬上巴士上層，自動在前面的座位坐下，因為人人都知道那是最好的位置，而且從來就沒有空出來的時候。巴士的路線可以從奧德維奇直駛到尤斯頓路，而且一如既往地塞滿車流。熟悉的街道讓我幾乎醒著都要打起瞌睡來了，一條路接著另一條：京士威道、霍本街、南安普敦街……在刺眼的日光燈下，看清巴士裡面比看清車外的世界要容易得多，我突然發現我正注視著眼前車窗上反射的自己和我身後的幾排座位。車窗的強化玻璃讓我的影像出現了雙重輪廓，我的五官也因此變得模糊。玻璃上的反射看起來就像有人坐在我後面一樣，當巴士走走停停地行駛過路上的顛簸時，他們的動作也反映了我的動作。我向右靠著車窗，讓自己的頭靠在玻璃上，我的一層反射影像也做出了同樣的動作，而另一層則停留在它原本的位置。

本能讓我跳了起來，或者試著跳起來；我才一動，圍繞在我脖子上的圍巾立刻就繃緊了。我的視野變窄，黑暗開始從兩邊擠壓而來。我抓住圍巾，拚命想要呼吸，卻像被釘子釘在了座位上一樣無法動彈。

「不要掙扎，不要跑，不要尖叫。」韋伯斯特的呼吸在我的耳畔傳來一股溫度，他壓低聲音地說。「懂了嗎？」

我發出了一點讓他覺得認同的聲音，於是，我脖子上的壓力立刻減緩了。我在恐慌的籠罩下拉開圍巾；他在這裡，就在我後面，我完全無法求救……

「你很難掌握，英格麗。我不喜歡搭巴士。」

我咳了幾聲。

「很抱歉掐了你的脖子，但是，你嚇到的時候都會拳打腳踢，不是嗎？或者逃走？」他的聲音裡帶著一種新的語氣，是我以前沒有聽過的。「而我們需要聊聊。」

「聊什麼？」

「我想你知道的。」惱怒讓他的的聲音尖銳了起來。「看著我，英格麗。不要那麼沒禮貌。」

我慢慢轉過身。這一切就像現實的一場大災難，每一秒都像沒有盡頭一樣。空蕩的座位在他身後延伸。我們可能是世界上僅剩的兩個人。我禮貌地看著他，注意到他消瘦了不少：他的顴骨比以前更突出了，頭髮看起來也十分凌亂。

「你一直在向錯誤的對象說我的事。」

事實揭曉。「警察去找你了。」

他側著頭。「在你的要求之下。」

「我沒有要求他們去詢問你。」

「你告訴他們我闖入你家，謀殺了一個女孩。」

「是你嗎？」

他看起來有點樂了。「當然不是。你也知道，不是嗎？他們告訴你我有不在場證明。」

「我完全不相信你的不在場證明。」我顫抖著說。

「那剛好是真的。」

「你所說的事讓我更確定你在說謊。」

「這真讓人討厭，英格麗。」他往前靠過來。「如果你想念我的話，可以用比較簡單的方法來獲取我的注意。」

「我一點都不想念你。我不要你的注意。我從來都不想要。」

巴士的樓梯傳來一陣騷動，兩名穿著寬大雪衣、笑鬧著的青少年走了上來。韋伯斯特轉過頭看著他們，而不管他們在他臉上看到了什麼，都讓他們停下了腳步。

「走開。」

一般來說，倫敦的青少年不是那麼容易就被嚇倒的。然而，這兩人卻立刻縮著頭，一語不發地走下樓梯。這個插曲讓我有機會振作起來，記起這是一個機會——至少，亞當曾經說過我們可能有機會。我不能浪費掉這個機會。

他的目光越過我，看向車窗外的街道。「你要在這站下車，不是嗎？」

「不是。還早得很。」

「少來了，英格麗。你知道你沒辦法騙得過我。」

「不要那麼做。」

「什麼？」

「假裝你知道有關我的一切。這根本是騙人。你說的每一件事幾乎都是在吹牛。」

他站起身。「大部分的人都無法看穿這點。你瞧，英格麗？我知道你很特別。我們走吧。」

我發現自己走在他前面，踩著狹窄的樓梯來到底層，走出巴士中間的車門，因為我別無選擇。

他跟在我身後走上人行道，隨即立刻拉住我，用他的手臂勾住我的手臂。我試著抽回手臂，然而，他的力道卻只讓我的手臂發青。

「讓我們邊走邊聊吧？如果我們站在這裡的話，只怕會給我們自己惹來麻煩，因為我們離國王十字站太近了。你從來沒有注意到火車站會吸引一些不該出現在火車站的人嗎？」

「我現在注意到了。」

他冷笑了一下。「改變環境對你來說，一定是很不錯的休息吧。我還以為每天早上要搭中央線會更糟呢，不過，我怎麼會知道呢？」

我再度試著掙脫，卻依然沒有成功。恐懼像閃電一樣竄過我的身體。他知道我在哪裡。當我住在艾黛兒家的時候，他一直都在監視我。「別鬧了，」他低聲地說。「真的沒有必要。」

「你想怎樣，約翰？」

「你為什麼告訴警察我企圖要殺你？你為什麼告訴警察是我殺了那個女孩？」

「不是你嗎？」

他搖搖頭，面色陰沉。

有那麼一剎那的時間，我對自己感到懷疑。不過，我馬上想到那是他的偉大才能：說服你黑色其實是白色。我讓自己鎮定下來。「我認為你企圖要殺我，約翰，但是你卻錯殺了柏琳達，然後，你闖入我的公寓卻被薇琪嚇到，所以你就把她給殺了。你現在企圖要掩蓋真相，因為你冒了太大的風險，你也害怕會被逮到。」

「我什麼都不怕。」我再一次覺得他說的是實話。記住你不能相信他。「不過，我有點替你擔心，英格麗。看來，你好像遇到了真的想要讓你受到傷害的人。你不認為你應該試著去找出那些人是誰嗎？」

「如果是你的話，我就不用找了。」

「但不是我。況且，不管柏琳達發生了什麼事，另一個女孩遭到謀殺都讓人感覺那是很個人的。透露著一種真正的憤怒，不是嗎？也許是對被殺的人不是你而感到挫折。也許他們對她所做的事，就是他們原本打算對你做的。」

「除了你之外，沒有人想要傷害我。」

「我不想傷害你。你向來都錯了。」他把頭歪向一邊。「我只是想要了解你。」

「像拆解時鐘一樣把我拆開。」

「如果必要的話。」他吸了吸鼻子。「你應該列一張清單，把你曾經惹惱過的人都寫下來。所有憎恨你的人。」

「我再說一次，我不知道有人會那樣看待我。」

「沒有嗎？」他看起來有點被逗笑了。「為了我好好想想吧。而你也不用再擔心了，我會幫你的。」

「幫我？」我大笑，笑聲聽起來既瘋狂又恐怖。「你一定是在開玩笑。」

「別那麼無趣，英格麗。你需要我。」

「警方——」

「他們沒有用。這點我們都知道。這就是我為什麼要介入的原因。我是你最好的資源。忘掉警方吧，英格麗。他們落後了不止一步，而且受到法律約束。如果你希望有人救你的話，你就需要像我這樣的人。」

「我從來就不需要你。」

「你的電話留言可不是這麼說的。」

「你在說什麼？」

「你打電話給我。」

「我當然沒有打給你。」

他從外套口袋裡掏出手機，點選到語音信箱，然後舉起手機。「聽好。」

「約翰，我需要和你談一談。我需要你的幫助。」手機裡的聲音尖銳而且充滿恐懼。「拜託你，我很抱歉，但是我很害怕。請來找我。」

這就好像一腳踏進了冰冷的水裡；那股震驚掏空了我肺裡的空氣。約翰．韋伯斯特一直都在說謊，但是這次，他說的是真話。

那是我的聲音。

而我卻完全不記得我曾經打過那通電話。「那不可能是我。我沒有打給你。」我直視他的眼睛。那雙眼睛彷如一隻獵食者的眼睛，除了飢餓地帶著想要毀滅我的欲望之外，別無其他。「我要怎麼打給你？我甚至連你的號碼都沒有。」

這是他首度失去了一絲自信。「你是沒有。」

「我從來就沒有過。」一個當下看似很好笑的念頭突然出現在我腦子裡，我感覺到自己開始微笑。「你打電話給我的時候總是把你的號碼隱藏起來。你應該記得吧。那些只有重重呼吸聲的電話，全部都來自於某個無法識別的號碼。我永遠也無法打回給你。」

他朝著我皺眉，不習慣被人嘲笑。我早應該要知道他會重重反擊。「那麼，問題是誰有這樣的技術可以假裝是你打的電話？誰能夠錄下你的聲音，然後把它剪接在一起，讓它聽起來像是你在求救呢？」

寒風像一隻隱形的手旋繞在我的喉嚨，撥弄著我的頭髮，冰凍著我的皮膚。我感到臉上的笑意褪去。

「別告訴我你忘了可憐的馬克，你一生的愛，那個精於錄音又有自己錄音室的人。」

馬克。

「他在加拿大。」

韋伯斯特瞇起了眼睛。「他是那樣告訴你的嗎？」

「他在那裡。他現在住在那裡。永遠都會住在那裡。」

他靠向我，把聲音降低到像在耳語一般。「他回來了，美人兒。你不知道嗎？」

不知道顯然是我的答案。我把眼睛閉上了一下，凝聚著力量。「他為什麼要告訴我他回來了？我們又沒有聯絡。」

「我建議你立刻解決這個問題，然後查明這是不是他幹的。」他對著我晃了晃他的手機，然後把手機塞回口袋裡。

「他住在哪裡？」

「你是在向我求助嗎？」韋伯斯特掐住我的下巴，把我的臉往上抬，這樣他才好直視我。「如果你好好央求的話，我就會幫你。」

我搖搖頭，什麼也沒說。

「時候會到的，英格麗，到時你會求我幫你，會承諾讓我得到任何我想要的來作為交換。在那之前，你就只能靠你自己了。」他字句鏗鏘地說完之後，緊緊抿住了嘴。他向來都能掌控自己的情緒；看到他如此的反應，著實有點不尋常。「你死的時候，我會覺得很遺憾，不過記住，那完全都會是你自己的錯。」

他放開了我，頭也不回地走進人群裡。我站在原地，直到他在我的視線裡消失了很久，都還止不住顫抖。

21

對我而言，我的前未婚夫回到了英格蘭也許是個新聞，但是我母親卻早就知道了。

「他當然回來了。他在三個……不對，是四個月前回來的。」

「你怎麼知道的？」我感到沮喪開始刺痛著我的關節。「我應該要問，你怎麼不告訴我？」

「噢，你知道的……」她偏離了電話，我可以聽到她在使用爐子的聲音。烘焙向來都是她的興趣，也是永遠能讓她分心的來源。

「媽。」

「我還在，親愛的。你不用叫那麼大聲。」

「你是怎麼知道馬克回來了？」

「當然是因為他母親打電話給我。黛安娜知道我會想要知道。」

「那我呢？」

「呃，沒人覺得在發生那件事之後，你會特別有興趣想要知道。」

我的沮喪加溫到了憤怒的沸點；我艱澀地嚥了嚥口水，才再次開口說道：「噢，你們討論過這件事嗎？」

「沒談什麼細節。」她聽起來很平靜，因為她確實如此；我的脾氣遺傳自我父親。你實在找不出比他們更不一樣的兩個人了，而我也一直搞不懂他們為什麼會結婚，或者終於在十年之後，冷靜地承認他們的錯誤，然後分手。在我成長的過程中，他們兩人都沒有太多的錢能夠花在我身上，但是，他們對我都充滿了愛和支持。雖然他們選擇離婚，但是我還是過得很快樂。

我心裡升起一股駭人的懷疑。「你見過他了嗎？」

「是啊，我和他一起吃過午餐。」

「你做了什麼？」

「哎喲，你知道我向來都很喜歡他。我和他以及黛安娜見了面——噢，應該是九月的時候吧。他正在重新適應中。朱利斯被診斷出患有帕金森氏症，我猜馬克想要回來陪他父親。」

「真可怕。可憐的朱利斯。」我一直很喜歡這個原本應該是我公公的人，他曾經是一名會計師，脾氣好，也愛說冷笑話，總是帶著一抹徐徐的笑容。「他還好嗎？」

「現在的藥物比以前好多了，所以，我想一切應該都在控制之中。我偷偷告訴你，我覺得馬克是在找理由回英格蘭。」

「喔？」

「他不太適應加拿大。他說，他不喜歡那裡的天氣。」

他還單身嗎？我壓抑著這個問題，因為這個問題太過沉重了，結果脫口而出的是：「他有問到我嗎？」

「我相信他有問到。」

「你不記得了？」

「你知道黛安娜講話的方式。大部分的時候，我們都在聽她講她鄰居的事，以及鄰居家那隻討厭的狗。」

一陣痛苦油然而生。馬克離開我之後，我活在恐懼和失落的漩渦中，因而沒有時間後悔和奧彭家失去聯絡，然而，我還是會對此感到愧疚，而且我也真的想念他們。除了馬克以外，黛安娜和我沒有什麼共通點，不過，我們卻還是很合得來。

「話說回來，你為什麼問起馬克的事？」我母親的語氣聽起來似乎突然回神了不少，讓我跟著謹慎起來。

「沒什麼。有人告訴我他回來了。」

「是嘛。」她等著我繼續往下說。

「嗯，我想要他的電話號碼。」

「啊，我還在猜呢。」

「並不是因為我想要和他復合。」

「當然不是。」她找到號碼，用她一貫清晰的方式唸了出來，我立刻把號碼記在我的一本審判筆記本背後。

「你不要打給黛安娜說我有要過電話號碼。」

「你真無趣。」我可以聽到她在偷笑。

「她會想錯方向，這你也知道的。」

「那什麼才是對的方向？」

「不好意思，訊號太糟了，」我說。「你的話斷斷續續的。我聽得很不清楚。不過，謝謝你了……」

隔週五，我搬回了我的公寓，翌日上午，在七個小時內只睡了大約五分鐘之後，我開始打掃。我知道在薇琪的屍體被移走，以及警方解除了犯罪現場的封鎖之後，公寓裡已經被妥當而專業地打掃過了——我知道室內既沒有污漬，也沒有指紋檢測粉的痕跡，那些陌生人的鞋子所留下的污垢只存在我的腦子裡，而非我的地板上，但是，我還是打掃了。在那之後，我在鍋爐可以承受的時間內，沖了一個夠久的熱水澡，然後試了三套不同的週末便服，直到牛仔褲搭配厚重的開襟羊毛衫，加上蕾絲邊的吊帶背心為襯底的搭配讓我感到滿意為止。我把頭髮烘乾，讓它彷如絲綢波浪般地垂下，但隨即又改變心意，決定把它紮在頭頂上，然後試著夾起一半的頭髮，讓另一半垂在肩膀上，不過，最終我還是放棄了，乾脆直接在腦後綁成馬尾。我沒有化妝。這樣看起來也還可以。馬克已經看過太多次我沒有化妝的樣子。

我再一次看著自己的倒影：我眼睛下方的紫色陰影和缺乏睡眠的蒼白臉色，讓我看起來活像一百歲的樣子。

該死。

當我聽到樓梯傳來一陣腳步聲，大門也隨即響起了幾聲敲門聲時，我臉上的粉底正好撲到了第三層，我看起來就像把生存希望寄於偽裝的某種獵物。一定是有人讓他從公寓外的大門進來了；儘管管理人員不知道嚴正警告過多少次，這種幫陌生人開大門的事還是持續在發生。我原本還期待在他從樓下大門走到我的門口之前，我至少能有三十秒的時間做最後準備。

「不行不行不行不行。」我一邊咕噥，一邊拍打著自己的臉，粉底終於讓我出現明亮的臉色。「馬上來了！」

我帶著燦爛的笑容把門拉開。

「馬克。」

「英格麗。」他的語氣和我如出一轍——有一點過分冷靜，有一點過分老練。他滿臉嚴肅，彷彿是來參加葬禮一樣。我覺得自己臉紅了。好吧，我不用擔心自己看起來太蒼白了。

「請進。」

他踏進門檻，停下腳步環視著室內。「哇。」

「你喜歡嗎？」

他沒說話。那就表示不喜歡。

「看起來不太一樣。」他還是擠出了一句話。

我緊張地纏繞著手指，這也太荒謬了；他的意見早就不重要了。當他毫不掩飾地帶著震驚的神情看著赤裸的牆壁和臨時的廚房時，我仔細地端詳了他，提醒我自己那些我已經忘記的細節。他以前的頭髮比較長，足以看得出他的捲髮。而現在的他一頭短髮，這樣的髮型讓他的頭部線條十分明顯。他的身形高大，有著寬闊的胸膛和壯碩的體魄，這點倒是沒有改變。如果真要說有什麼不同的話，那就是自從我最後一次見到他之後，他的肌肉鍛鍊得更結實了。他看起來很嚴肅——事實上近乎冷酷——不過，他是那種只要笑起來，整張臉就都燦爛起來的人。

此刻，他並沒有笑。

「這很像你，不是嗎？」

「什麼意思？」我才開口問就後悔了，因為他這句話不可能真的意味著什麼讚美。「算了。來杯茶嗎？」

「謝謝。」

當我走向廚房、把茶壺注滿水時，我意識到他的眼光停留在我身上；現在換他打量這個他在兩年前最後一次見到的女子了。我試著不在意他的目光。

「我很驚訝你會聯絡我。」一陣拖拉聲告訴我，他正在把桌子底下的椅子拉出來。也好，我也不想和他依偎在沙發上。

「我也很驚訝。我只是聽說你回來了。我以為你搬到加拿大，永遠都不會回來了。」

「我也這麼想。不過計畫總是會改變。」

「你的工作呢？你打算再開一間錄音室嗎？」

「沒有。就財務上來說，跨國搬家兩次不是什麼好主意。在我想清楚要做什麼之前，我暫時先幫一個朋友工作。」

他是那種很容易就可以賺到錢的人；遇到事情總是能迎刃而解。我想，他終究會沒事的。

「你父親的事，我感到很遺憾。」

「他現在還不錯。比我預期的好。」

「那很好。」我轉過身看著他，卻被眼前似曾相識的景象嚇了一大跳：他總是用這樣的角度坐在桌邊，讓一隻手肘撐在桌面，然後直直地伸長了那雙修長的腿。

「怎麼了？」

「沒什麼。只是——能再看到你真好。」

他揚了揚眉。用「驚訝」二字來形容他此時的神態，應該算是很客氣的說法，不過，「懷疑」可能更接近一些。「你為什麼找我來這裡，英格麗？」

「這裡，你是指我家嗎？因為我不希望在我們說話的時候，還要擔心遭到監視。」

他露出擔心的神情。「為什麼？」

「發生了一些詭異的事。」我忙著處理因為水滾而嘶嘶作響和震動的茶壺。

「什麼樣的事？」

我從我工作上學到的事情之一就是，如何清楚有序地攤開事實。我把茶倒好，並且在他對面坐了下來，我的專業訓練現在就派上用場了。我描述著發生了什麼事，從柏琳達的死到薇琪被謀殺，再到約翰・韋伯斯特在巴士上出現在我身後。除了問了一兩個簡短的問題之外，馬克從頭到尾都沉默地聽著我敘述。當我終於說完時，只見他若有所思地觸摸著他的馬克杯手把。然後，他把目光重新落在我身上。

「你怎麼能待在這裡？」

「搬家讓我負擔不起。」

「但是你的朋友在這裡死了，就在這個房間裡。」

「是很可怕。我對這個房子的感覺再也回不到從前了。我真希望她當時是和別人回家。」我無助地聳聳肩。「我必須待在這裡，而我也會繼續待在這裡。」

他點點頭。然後問道：「那為什麼要我來這裡，英格麗？」

「約翰．韋伯斯特有一段我的錄音。是一個語音留言。我在那個留言裡要他幫我。」我防禦性地把手臂交叉放在胸前。「你知道我永遠也不會打電話給他。」

「所以呢？」

「我不記得有這麼做過——我覺得我要瘋了。不過，當我那樣說的時候，韋伯斯特表示可能有人把那些話剪接在一起，引誘他和我聯絡。」

「聽起來很費工。為什麼有人會想要讓韋伯斯特再度對你萌生興趣呢？」

「我不知道。」

「警察不能擺平他嗎？」

「他們有在嘗試。」

「他們做的還不夠吧。」他啜了一口茶，不過卻拉下了臉，因為茶已經變溫了。「我還是不知道你為什麼找我來，英格麗。」

「是韋伯斯特告訴我你回來了。」

他驚訝地抬起頭，當我們四目交會時，一絲微小的顫慄頓時流竄過我的身體。「他怎麼知道的？」

「我猜他一直在留意你吧。比我還要留意你。我不敢相信你沒有告訴我你已經回來了。」

他選擇聚焦在我一開始告訴他的事情上。「約翰．韋伯斯特為什麼想要和我扯上關係？他早已經把我所在乎的一切都毀了。」

「一切？」我在能插得上話時說道。

「你聽到我說的話了。」他苔綠色的眼睛看起來總是很溫柔，然而此刻卻像石頭般強硬。「我從你的故事裡聽到的，英格麗，是典型的陷害。約翰．韋伯斯特又在玩他的老把戲，而你也再一次落入他的圈套。這次，我不會加入你的行列。」

「你是我認識的人裡面，唯一一個懂得把錄音造假這種技術的人。」我頑固地說。「事實上那就是你的工作。韋伯斯特甚至這麼說。他說我應該問問你。」

「噢，你現在聽他的建議了？我真高興知道了這點。」他的臉色蒼白。我認得出他那種表情是什麼意思，我覺得好累；我們以前也曾經這樣，結果變得很糟。曾經有那麼一段時間，他不用嘗試，就可以逗得我發笑，而我每次給他看什麼東西的時候，也總是能預測得到他的反應，他曾經是我每個早晨醒來時，腦子裡第一個想到的人，也是每個夜晚臨睡前，腦子裡最後的影像。眼前這個人是那場大火後，偷偷在我生活裡跟蹤著我的那個冷酷而孤僻的陌生人，直到我們終於分手。「你需要小心一點，英格麗。他會讓你上鉤，釣你上岸，而在一切都為時已晚之前，你甚至不會發現。你不需要我來告訴你不能相信他，除非你已經變得太愚蠢。」

「你住在加拿大的時候，我還比較喜歡你。」我做著最後一次的努力，想要開個玩笑，彷彿他的笑聲能夠證明我們之間還存在著什麼可能重新燃燒的餘燼。

他退縮了一下。「我來這裡只是因為你邀請我來。」

「我知道，對不起。」我竟然設法在傷害他的感情，這實在有點奇怪；我曾經有一度想要慶祝自己傷害了他的感情，但是那種情況已經改變了。也許我也改變了。

他彷彿知道我在想些什麼，於是搖了搖頭。「我沒有邀請那個女孩到我們家裡。我不知道她在那裡。」

那個女孩。

他甚至無法把她的名字說出口。

可憐的小佛蘿拉．珀爾，她才二十三歲，在馬克的錄音室擔任前台的工作，她的肩上有個刺青，鼻子上穿了鼻環，偶爾會有點古柯鹼癮，她曾經自認為是個壞女孩，然而她只是還年輕、漫不經心，不過她的教養很好。

「佛蘿拉在我們的臥室裡，馬克。」

「我不知道為什麼她會在那裡。」他站起身，一手覆蓋在額頭上，彷彿這樣就可以抹去那些記憶。「我一直試著想要了解，英格麗。我回去的時候，房子已經著火了。我想要進去確認你的安全。火焰和煙霧都太大了。結果，我吸入了太多的濃煙，一直到我上了救護車，才聽到警察告訴我說他們發現了一具屍體。」

「我記得。」我說。他渾身都在顫抖。我起身走過房間，想要靠近他。我想要安慰他，然而，我再也無權這麼做，因此，我在近到可以碰觸到他的地方停了下來，但是卻並沒有真的伸出手去。

「你記得你出現的時候嗎？」

我永遠也不會忘記：我驚恐地看到我們的生活被燒得像篝火一樣，還有圍觀的群眾，以及馬克是如何地哭泣、如何地抓著我、緊緊地抱住了我，讓我差點透不過氣來，他的頭髮和皮膚上滿是煙味……

「如果我知道佛蘿拉在屋裡，在我們的房間裡，」馬克聲音平靜地說道。「我就應該會知道死於大火中的那名女子是她。我就絕對不會以為死的人是你。」

「我知道，可是──」

他繼續往下說，好像我並未開口一樣。「有時候，當我想到這件事時，我認為你並不知道她在那裡。有時候，我覺得就算你知道了，也沒有什麼區別。」

我的聲音聽起來並不穩定。「約翰．韋伯斯特燒了我們的房子。」

「是誰要求他那麼做的？」他不客氣地笑了笑。「這不是你第一次要他幫忙，不是嗎？他幫你縱了個小火，只因你沒來由的嫉妒。」

「我並沒有要求他那麼做。在那場大火之前，我甚至不知道你和佛蘿拉的事。」

「因為根本沒什麼好知道的！」他提高了音量。「天哪，英格麗，你為什麼就是不聽。」

「我知道你認為我很容易上當，但是，我如果相信你的話，那我就是個笨蛋。」我冷冷的說。

「我要走了。」他拿起他的外套和手機。「順便告訴你一聲，我沒有偽造任何的錄音。我沒那麼無聊。」

他走出大門，聽到他走下樓梯的腳步聲迴盪在我的門外，讓我鬆了一口氣。我拾起他的馬克杯，卻被一陣輕快的敲門聲嚇得差點掉在了地上。

「哈囉！」我一開門，就看到眉開眼笑的海倫。「你什麼時候回來的？」

「昨天。」

「很遺憾發生了那樣的事。」

「謝謝。」我等了一下，但是她並沒有再說什麼。「有什麼事嗎？」

「噢，對了，不好意思！我差點忘了。我在想，你有沒有烘焙泡打粉可以借我？」

「泡打粉？」也許是一股歇斯底里讓我想要發笑，不過，馬克的憤怒和海倫的愉悅是多麼強烈的對比。「我想我有。你在做什麼？」

「噢。」有那麼一瞬間，她看起來似乎很迷惑，好像她還沒想過要做什麼一樣。「就只是蛋糕。海綿蛋糕。」

「太好了。」我客氣地說著，然後把泡打粉的罐子遞給她。我很確定泡打粉只是一個藉口，而她接下來的問題也證實了這一點。

「剛剛來你家的那個人是誰？是你男朋友嗎？」

「前男友。」

「噢。」她遲疑了一下，假裝在看泡打粉罐子上的瓶標。「我聽到他在大吼。」

「我有一陣子沒見到他了。我們有很多事要談。」

「如果你需要幫忙的話，」海倫帶著誠懇的神情說道。「就來敲我的門。」

我不會的。我沒說出來，因為我不想那麼沒禮貌，不過，海倫不是我所需要的。沒錯，現在能幫我的人只有一個。

22

「我知道我叫你去刺激約翰．韋伯斯特，但是，你怎麼會想要邀請他到這裡來。那太危險了。」亞當驚恐地搖搖頭。「我要他自己認罪，這樣我們就可以把他關起來。我不希望你把他帶進你的生活。」

這是我在一週之內，第二次在我自己的公寓裡，對著一名男子自我解釋。這次是亞當．納許。我無法不把他和從冰冷有禮到全然憤怒的馬克拿來相比。亞當很平靜，但是卻很有說服力，他擔心我的安危，而且很堅定地站在我這一邊。他是那種把所有的感情都掌控得很好的人。他會把他的感情都抑制住，彷彿它們就像一枚滾動的手榴彈一樣，然後把它們造成的破壞，全都默默地吸收掉。他現在臉色蒼白，下巴因為緊張而緊繃。「我是為你著想。你不能冒那種風險。」

「我沒有任何選擇。亞當，他確實是跟蹤專家。如果他不是把我列為目標的那個人，而他也發誓他不是——我實在想不出有誰比他更適合去弄清楚那個人是誰。」我把套頭衫的衣領拉高，好把下巴埋進領子裡。我實在恨不得把自己藏在羊毛衫裡。「我想看他到這裡以後會做出什麼反應。我想知道他以前是不是來過這裡。」

「那太危險了。」

「當然。那就是你在這裡的原因。」我渾身發抖；亞當準確地說出了我的懷疑。「不要忘記有人想要殺我的事實。薇琪就是在這裡被殺的。也許是他幹的，也許是別人。如果不是他的話，我想，他可以幫我找出是誰幹的。如果是他的話，也許他會露出馬腳。不管是或不是，這都很重要。」

「你這樣對他來說是正中下懷，英格麗。」

「如果約翰・韋伯斯特想要殺我的話，他在幾年前就可以這麼做了。那對他來說太容易了。前幾天晚上，他可以在巴士上用我的圍巾勒死我，或者可以在聖殿看到我的時候刺死我。自從柏琳達死後，他有很多機會都可以殺掉我。」

「那薇琪呢？」

我蜷縮在沙發上，試著不去看向那個陰暗的角落，那個她費盡力氣爬過去，最終卻死在那裡的角落。「關於約翰・韋伯斯特，你我都很清楚知道的一件事就是，他太擅長靠他那張嘴來擺脫麻煩。如果她回來發現他在這裡磨刀，還穿著一件上面寫著謀殺者的T恤，他就會把她迷得神魂顛倒。她也會毫髮無傷地走出這裡。」

「就像佛蘿拉・珀爾那樣？」

「那不一樣。」我交叉雙臂抱著自己。

「他那時犯了一個錯誤。」

「我不認為那是個錯誤。」

「不然是什麼？」

「那是證明馬克對我不忠的好方法。韋伯斯特把佛蘿拉看作是一個可接受程度的附帶傷害。」

「那你呢？」

「我對她的死感到很痛苦。這和她為什麼出現在我家沒有關係。」

每當我順道去看馬克、和馬克討論我們週末的計畫，以及假日時要去哪裡度假時，她總是對我露出一臉笑容。她一身好笑的衣服和臉上的化妝，和我拘謹的套裝以及白襯衫恰恰形成了對比。她就像一隻有著鮮豔羽毛的小鳥，脆弱而且並不完美。我曾經喜歡她，而她卻一直都在和馬克上床。然而，馬克根本就不應該碰她——他根本連想都不應該想。我怪的是他，而不是她。我愛上了馬克；為什麼她就不能愛上他？

有人在敲門。我沒有聽到有人走近門口的聲音，而從亞當的反應來看，他也沒有注意到。即便知道我在看他，他的肌肉仍然緊繃，身體也因為充滿敵意而僵硬。「他到了。」

「很好，很準時。」我走向門口，希望自己看起來夠自信，然後打開門。屋裡的光線灑在走廊上，照在韋伯斯特身上，讓他的臉看起來輪廓鮮明。他慢慢地往前踏出步伐——要我猜的話，他正在享受走進來的時刻。我有一股短暫的衝動，想當著他的面把門關上，然後鎖住，跑去躲起來，即便是我自己邀請他來的。他的動作讓我想起捕獵中的動物，緩慢而沉穩，直到採取行動的那一刻來臨之前，都在醞釀著他的速度。就像潛伏在艾瑪．西頓手臂上的那匹狼一樣。

汗水讓我的手指從門把上滑了下來；即便我想說服自己他不是個威脅，但是我的本能反應仍然當他是個威脅。

「英格麗。」

「進來。」

他跨過門檻，隨即停下腳步，慢慢地環顧室內。那讓我想起馬克也曾經站在那裡，不過，韋伯斯特的臉上卻閃耀著滿意的光彩，而非不認同。

「是啊，想當然耳。」

「那是什麼意思？」

「一眼就能看清楚的空間。你已經不想一次又一次地檢查家裡的每一間房間，還要試著回想是不是有什麼東西不一樣了——並且懷疑有人曾經闖入你家是不是你自己的想像。你花很多時間在想，你聽到了走廊好像有聲音，然後下定決心去檢查。你想要的地方是那種讓你可以在被關進門、困在門內以前，就可以查看清楚的地方，不管躲在門後關門的那個人是誰。真是個敏感的女孩。」

「我喜歡挑高的天花板。」我生氣地說，不想承認他說得沒錯，不想承認他看到了甚至連我自己都不曾了解到的事。他一邊嘲笑我，一邊走進屋裡，好讓我可以把門關上。我一轉身，卻發現他再度停了下來。這回，他的注意力集中在亞當身上。

「他在這裡幹嘛？」

「個人保護。」亞當雙手交叉在胸前，毫不掩飾臉上的敵意。

「沒有人需要你。」

「英格麗希望我在這裡。」

「英格麗需要的人是我。」韋伯斯特幼稚地說。

「她先打電話給我的。」亞當用同樣幼稚的語氣回答他。

「我實在不想讓你們任何一個人毀了我的週日晚上。」我惱火地說。「我還要為明天的工作寫一篇陳述，也還有一件襯衫要熨燙。如果你們在開始之前就要先這樣互相較勁的話，我大可以不要把你們都找來。」

「我只是想說清楚而已。」亞當說道，彷彿我剛才什麼也沒說過一樣。「就算英格麗相信你，我也不相信你。我一直都在注意你，韋伯斯特，而且在你被關進監獄之前，我是不會罷休的，監獄才是你應該去的地方。」

「真無趣。」韋伯斯特回嘴。聽起來雖然有點不公平，不過至少他說得很簡潔，沒有長篇大論。

我拍拍手以獲取他們的注意力。「好了。做你們該做的事吧。」

韋伯斯特挑了挑眉。「你想知道什麼？他是怎麼進來的嗎？」

「我已經就安全方面給過英格麗一些建議。」亞當僵硬地說。「而她也做了一些改變了。」

「我注意到門鎖是新的。」韋伯斯特站得筆直，他的頭往後仰，打量著室內的空間。「那會耽誤我一分鐘的時間。也許兩分鐘，如果我對開鎖很生疏的話。不過，如果我想開那道鎖的話，英格麗，我就會確定我事先有用類似的鎖練習到我可以順利打開為止。總之，開那道鎖不會花我太多的時間。」

「太好了。謝謝。我現在覺得好安心。」

「我們想要保住你的命，不是嗎？」韋伯斯特對我假笑了一下。「我不會在你根本不安全的情況下，還讓你以為你很安全。你應該要緊張。死了兩個人也太多了。」

「那也許是我們唯一有共識的一點。」亞當沉重地說。「還有呢？」

「等一下。」他在公寓裡徘徊著，傾身檢查著我的東西。我看著他，注意到他沒有把外套脫掉。他這趟來我家完全是公事。他的雙手交扣在背後，我希望他的手繼續保持這個姿勢就好。前幾星期發生的事所帶來的一個好處就是，太多人來過我家，以至於我幾乎把所有個人的物品都扔了。這個地方現在是有史以來最沒有明顯特色的時候。

他毫無拘束地走來走去，想停下來就停下來，像蛇一般地嗅著空氣中的氣味。

「你在找什麼？」亞當最終打破沉默地問。

「噓。」他揚起一根手指。「還沒。」

「這真是太荒謬了。我——」亞當一看到我的眼神就讓步了。

他停留在樓梯頂端，盯著我的床看，不過他卻並未走過去——反正一個睡覺的平台也沒什麼好看的。我想，我會在他離開之後換床單，然後用我的洗衣機好好清洗一下，能洗多久就洗多久。即便他什麼都沒有觸碰到，他的眼神卻讓我覺得他好像在我所有的東西上都抹了一層油。他在廚房暫停了一會兒，看著我曾經用來放置刀具的鐵架。不過，架子現在是空的，什麼也沒有。

「警察把你的刀子全都拿走了嗎？」

「對。」

「那他們有發現殺了你那個小朋友的武器嗎？」

「沒有。我不知道。有一支刀子不見了。」那把最銳利的、有著一個用舊了的黑色刀柄，也是我的手掌握起來最順手、彷彿是為我訂製的那把刀不見了。「他們把其他的刀子也都拿走了，以防他有碰過。」

「真有意思。」

「為什麼這麼說？」亞當似乎無法遏止地爆出一個問題。

「如果有人想來這裡殺英格麗的話，看來他們並沒有做好準備，如此而已。」

「我猜，你應該會自己帶刀子來。」我說道。他笑了出來，但是並未否認。

他往前傾身，沿著廚房流理台而走，檢查著每一樣東西。「你沒怎麼吃東西，是嗎？你看起來很瘦。」

「我有在吃。」

「不過不是吐司。」

我想騙他，但是那有什麼意義？「你怎麼知道的？」

他對我揚起眉頭，活像個就要展開戲法的糟糕魔術師。「你看。」他敏捷地拿起烤麵包機，然後上下倒扣。一堆碎屑跟著掉了出來，灑滿流理台和地板。

「有必要這樣做嗎？」亞當看起來更惱火了，如果他可能也會惱火的話。彷彿在回答亞當的問題一樣，韋伯斯特再度晃了晃烤麵包機。這次，有個金屬的東西滑了出來，只見流理台上瞬間多出了一小堆閃亮的東西。

「我的手環！」我正打算走上前去，不過卻沒有挪動腳步；我不想和韋伯斯特靠得太近，即便亞當就在現場以防萬一。

韋伯斯特看著我。「你是什麼時候弄丟的？」

「我不知道。那個鎖扣總是鬆鬆垮垮的。我記得我上次戴的時候，是薇琪死前的那晚，我戴著它去參加訂婚派對。可是，它怎麼會在烤麵包機裡？」

「誰知道？是個謎吧。」韋伯斯特把烤麵包機放正，剛好是我喜歡的擺放角度。「也許你回來的時候掉進去了。或者你的小朋友找到它，然後把它放在那裡面妥善保管。不碰碳水化合物對你來說是件好事。」

他又花了很長的時間研究我書架上的書背，久到讓我幾乎忍不住想要尖叫出聲。不過，浴室他倒只是粗略地看了一眼。我雙臂交叉地站著，對他待在我家裡的每一分鐘都感到厭煩。最後，他終於站回我面前，準備做出結論。

「我喜歡你家，英格麗。它很有特色，就像你一樣。」

我鬆開下巴說道：「那不是你來這裡的原因。」

「好吧。」他看起來像是被逗樂了一樣。「如果你不想被暗中監視的話，有三樣東西你得要拿走。」

「你發現什麼了？」我的胃直往下沉，彷彿我沒站好差點跌倒一樣。

「廚房裡有一個雙孔插座，那和這間公寓裡其他的插座都不一樣。不同的形狀、不同的開關。它可以用——它有接上電線。不過，它也是一種聲音傳輸的裝置。如果是我想的那種的話，那它裡面應該就有一個像SIM卡一樣的晶片。你可以從世界上任何地方打電話進來，聽到這間房子裡所有有趣的對話，包括我們現在在說的話。」

「你確定嗎？」亞當質問。

韋伯斯特點點頭。「你可以自己去看。用你的螺絲起子去撬開來檢查看看。就是右邊那個插座。我知道你口袋裡有那種小型折疊刀。你是那種人。」

亞當面露慍色，不過，他還是從口袋裡拿出一把瑞士刀。好奇心戰勝了想要證明韋伯斯特是錯的欲望，這就是他之所以是個好警察的原因，也是他何以是一個比我好的人的原因。

「還有呢？」我問。緊張讓我幾乎說不出話來。

「你的書架上有兩本字典。其中一本不是字典，而是對準前門的攝像機，我猜。就在書架最上面。」

「攝像機。」我震驚地重複他的話。

「不用擔心。除非你習慣裸體去開門，不然它不會拍到你什麼奇怪的時候。如果門沒有打開的話，它拍到的就是門後的那道牆壁。純粹只是功能性的而已。有人想看到有誰進出這裡。也許他們想要知道你什麼時候出門，什麼時候回來。」

「天哪。」亞當已經把插座從牆上拔了下來。他讓我看插座背後，只見綠色電路板上插了一片SIM卡。「他是對的。」

「還有呢？」我憤怒地問道。

「我還檢查了煙霧警報器。」

「它可以正常運作。」我很清楚；基於煮飯冒出的濃煙，所以我每星期都會把它關掉一次。

「是可以。但是，那不代表他們沒有在裡面安裝錄音裝置。這裡的天花板應該有──十二呎高？你需要一架夠好的梯子。除非那個警察袖子裡也有梯子──沒有嗎？好吧。你可以明天再弄清楚。」

「警察怎麼會錯過這些裝置？薇琪死後，這裡擠滿了警察。」

他聳聳肩。「他們沒有在找竊聽器，或者當時那些裝置還不在這裡。不過，如果你對有人是怎麼拼湊出你向我求救的錄音感到奇怪的話，那麼，只要把你在電話裡說過的話收集起來就可以辦到了。」

「可是，我講電話的時候聽起來從來就不是那樣。我——」我停了下來，記起在鷹架事件之後，我是怎麼在亞當的語音信箱裡哭著留言的。從他看我的方式，他應該也在想同一件事。「我一定被錄音錄了很久一段時間。至少好幾個星期了。」

「甚至更久。」韋伯斯特認同地說。

「對我錄音的那個人，一定也錄下了薇琪被謀殺的事。」

「有可能。或者殺她的人就是他們。你問過馬克關於錄音的事嗎？」

「我問了。」

「然後呢？」

「他對我很生氣。他說他不會浪費時間做這種事。」

韋伯斯特看起來很愉快。「他很容易生氣，不是嗎？」

「是你讓他表現出他最糟的那一面。」

「他有理由不喜歡你。」亞當語氣嚴厲地說。「你毀了他的生活。」

「是他自己毀了他的生活。」韋伯斯特對我伸出一根手指。「如果他素行良好的話，他就可以擁有她。沒人強迫他去和他的前台上床。」

「約翰，夠了。」我不想煩這些事。

「不管是誰放火燒了他的房子——我不是在說是我放的火，所以不要把這當作是我在認罪——他們都幫了英格麗一個大忙，讓她看到馬克的真面目，這樣她才不會在他身上繼續浪費任何時間。」

「你毀了英格麗所擁有的一切。而且好像那還不夠一樣，你還把目標對準了她的貓。你真是個怪物。」亞當的臉色因為憤怒而發白。

「噢，她跟你說了貓的事。你們的關係發展得比我想的還要超前。」韋伯斯特嘻笑道。「她有告訴你那隻貓當時快死了嗎？」

「我不知道那有什麼關係？」亞當回覆他，不過語氣裡帶著不確定。

「他得了癌症。那時候很痛苦。他需要安樂死，但是英格麗自己做不到。你瞧，在馬克離開她，以及她所有的東西都被那場大火摧毀，或者被濃煙和水毀損以後，她實在傷心欲絕。她什麼也沒有了。你不可能期待她還可以自己做出那樣的決定吧。」

「是你殺了那隻貓。」

「是獸醫殺的。我把貓放在她的冷凍庫裡，這樣她可以決定要怎麼埋葬他。」

「你不想讓我喜歡任何東西。」我說。「你想要奪走我在乎的每一件東西。」

「這樣來理解我的善行之舉真是太可怕了。」他從房間另一頭注視著我，感覺就像他把一支冰冷的刀刃抵在我的喉嚨一樣。「我承認我很享受帶他走完他最後一程的感覺。不過，順帶告訴你，他死得很平靜。」

「滾蛋，約翰。」

他笑了笑。「我注意到你現在沒養寵物了。」

「我想你應該走了。」

「我想也是。」亞當開始朝他走過去，韋伯斯特立刻舉起雙手。

「我要走了。不過，我應該要謝謝你，英格麗。這次來你家很愉快。比我預期的還有趣。」

「走吧。」我說。「拜託你。」

讓我微感驚訝的是，他真的走了出去，只是在走到門口時暫停下來，試了試門上的鎖。當他把門在他身後關上時，我長長地呼出了一口氣。如釋重負的感覺讓我不禁發抖。

「我希望這是值得的。」亞當說著，把那張SIM卡從假插座上取出，塞進了信封。「我會找人檢查一下這個SIM卡。看看我們是否能找出是誰把它裝在你牆上的。」

「謝謝。」

他遲疑了一下。「你在靠近約翰．韋伯斯特時要非常小心，英格麗。」

「我想我現在知道了，謝謝你。」

「不。」他面帶同情和一絲懷疑地看著我。「你開始信任他了。而那是你永遠都不應該做的事。」

23

隔週週三，我在前往位於尤斯頓站後面的一間教堂途中，拿捏不定自己是否真的想去那裡。前一天早上，我在去工作的途中，到一家咖啡館買咖啡取代早餐時，順手拿了一份傳單。拿傳單的前一個晚上，我發現冰箱空了，但是商店距離我家得走上十分鐘的路程。為了一餐飯而讓自己暴露在想殺害我的人眼前，這會是最愚蠢的行為，因此，我只能餓著肚子詛咒自己當個懦夫的決定。

這張傳單的黃顏色讓人看了很舒服，傳單底下還有一排揮拳和踢腿的人形剪影。

自我防衛課程！

學習防禦自己

瘦身又好玩！

僅限女性

過來看看——無須預約

每堂課10英鎊／10堂課80英鎊
晚上7點
穿著舒服的服裝和運動鞋！
資深女指導員！
無需裝備或經驗。

我不太相信自我防禦課程有什麼太大的意義；那在柏琳達走上卡車車道時不會有什麼幫助，而我知道薇琪也曾經為她的生命奮戰過。我從珍妮佛．高德那裡得到的病理學報告內容不斷地在我的腦子裡出現：她的前臂和手上有抵抗的傷口……她的胸口和腹部有很深的傷口。她有三根手指的肌腱遭到割傷……我完全不認為我會做得比薇琪好。不過，這總比躲在我的公寓裡，等著下一次遭到攻擊要好。

我穿著緊身褲、運動衫和連帽雪衣，走進了下著毛毛雨的黑夜裡。我沒有忘記柏琳達，但是一直在我腦海裡揮之不去的夢魘卻是薇琪。她只是剛好在我的公寓裡，剛好替代我應了門。被殺的人原本應該是我。

倫敦充滿了驚奇，教堂也不例外。這座教堂不像我預期中那樣具有粗大的柱子，而是一棟建於一九六〇年代、看似受到其鼓形中殿重壓而沉入地下的建築。也完全沒有什麼大廳的結構。在稍事繞著教堂逛了一圈之後，我發現教堂大廳其實座落在教堂底下。我走下樓梯，來到一個釘著告示的門口停下腳步，讀著那些告示打發時間。我提醒自己，我還可以回去。沒有人知道我原本想來這裡；因為我不需要預約。在此同時，閱讀那些手寫的告示讓我有事可做。善心人士每天都會在位於建築內另一端的廚房把食物分給遊民，不過，我透過門上的玻璃往裡面瞄了一眼，發現這個時候廚房已經關門了。還有每週兩次提供給看護人員和幼童隨到隨玩的課程。另外還有一張告示提供了更多其他的資訊，每週一晚上是愛爾蘭舞蹈之夜，週二是英語課，週三是自我防衛課程，週四則是搖擺舞課程。我懷疑自己會比較想要上自我防衛課，還是搖擺舞課程？基於缺乏協調性，我在搖擺舞課程裡傷到自己的風險可能更高一些。

兩名女子說說笑笑地從我身後的樓梯走了下來。她們身材高大，給人感覺很舒服，神情愉快、講話聲音也很大，看起來約莫二十五、六歲，流露著充分的自信。

「親愛的，你要進去嗎？」

「這是上自衛課的地方嗎？」我問。

「就是這裡。來吧。很好玩的。他們不會咬人。」第一名女子把手放在門上，檢查著她繁複的彩繪指甲細節。「那個寶石不見了，你看。一下就掉了。那幹嘛還黏上去？」

「我就說那不值得。」她的朋友接口說道。

「我要回去向他們抱怨。」

「你應該要去抱怨。你得把黏那個寶石的錢拿回來。」

「我會的。」

堅定自信對她們來說似乎根本不是問題；如果這是這個課程可以教你的東西，我馬上就簽下十堂課。

那個受委屈的女孩一推開門，那股每一所郊區會堂都擁有的熟悉氣味立刻迎面而來：含蓄、灰塵味和聖潔。室內是公共機構制式的奶白色牆壁，看起來也該重新油漆了，以及彈性木地板，而開在人行道高度的窗戶剛好就在天花板下面。行色匆忙的行人從下面的角度清晰可見。

「嗨，餅乾。嗨，六月。」一名淺金色短髮、身形瘦小的女子，正在角落裡把一堆墊子拖下來。她看起來肌肉發達，散發著一種受歡迎的健身教練氣息：低調的耳釘、素顏沒有化妝、戶外運動員的黝黑膚色，以及帶著酒窩的笑容，那對酒窩就像兩個逗點一樣圍繞在她的嘴角。「來幫我，女孩們。」

那兩名女子快步走過我旁邊，開始拉起墊子，還不忘一邊打打鬧鬧地發出咯咯的笑聲。那名金髮女子把手在她的運動服末端拍了拍，試圖拍掉手上的灰塵，然後轉向我。「我們以前沒見過你，對嗎？」

「第一次。」

「很歡迎你，我叫凱特。」

「我是英格麗。」

她轉身背對著陸續來到的其他人，然後把聲音降低到不可能被偷聽到的程度。「有什麼特別的原因促使你來這裡嗎？」

「沒什麼原因。」我撒了個謊。

「你對男教練會有疑慮嗎？」

「呃……沒有。不過我想——傳單上說都是女的？」

「我通常會和我的朋友塔拉一起教這堂課，不過她這星期不在，所以我就找了一個夥伴來暫代她。他只是來這裡讓我們可以揍他一頓而已。」她的眼光越過我的肩膀，笑容讓她眼睛四周的皮膚彷如折疊扇上面的皺褶一樣。「我才剛提到你呢，班，你一來我們就可以對你展開練習了，不是嗎？」

「那是我的榮幸。」

我轉過身，把連帽上衣的帽子拉下，立刻發現我的眼光直直地瞪在那名出現在鷹架事件裡，有著一頭深色頭髮的男子身上——那個我認為在聖殿一路跟蹤著我的男子。震驚讓我全身不自主地發抖。

我不得不說，他看起來就和我一樣嚇壞了。他原本正打算把背包從肩膀上拿下來，卻突然僵在原地無法動彈。

「你們互相認識嗎？」凱特看看他，又看看我。

「不認識。」我面無表情地說。「不算認識。我們見過一次。」

「算是吧。我記得你那時候好像很害怕。我想那稱不上是什麼正式的見面。」

我點點頭。

「能和你說句話嗎，凱特？」他拉住她的手肘，盡可能走到遠離我的地方。他說得很快很認真，她一邊聽，一邊點頭，然後搖了一次頭。

他看起來太像我在聖殿看到的那個人——那個被約翰．韋伯斯特嚇走的人——但是我並不確定。我無法確定任何事情。

如果我是個獵食者的話，我也許會主動尋找害怕的女人。我也許會比她們所能意識到的，發現更多有關她們的事。我也許可以得到她們的信任。

我把眼光從他身上挪開，發現餅乾和六月已經停下擺放墊子的動作，轉而注視著他。

「他還可以。」餅乾說道。

「對我來說太矮了。」

「你太挑了。」

「不能不挑啊，不是嗎？不然就沒有意義了？」兩人又是一陣咯咯笑。

從班的表情來看，他完全沒有預期會再見到我，就像我沒有預期會再看到他一樣。如果他一直在跟蹤我的話，那他就會知道我會在那裡。而且我並不知道他曾經出現在聖殿過。妄想可以讓我相信他是個危險人物，但是我完全沒有證據可以證明這件事。

我把一張十元英磅的鈔票塞進門邊的罐子裡，然後把外套放在一張椅子上，藉此來分散我的注意力。

不管他在和凱特說什麼，看來他們都達成了協議。他在角落的一張塑膠椅子上坐下，專注在他的手機而非課堂上。我發現自己稍微放鬆了一點。我意識到我一直很怕被監視，但是他看起來毫無興趣。凱特環顧著在我之後來到的二十多位女子，她們的年齡、種族和身材都不一樣。她隨即拍了拍手。

「好了。我想，你們大部分人之前都來上過課。有第一次來的嗎？」

一名面無血色的女孩試著舉起手，我也揮了揮手。

「你們很快就可以掌握到竅門。我們先來暖身，然後集中注意力。請大家散開。讓你們自己有足夠的空間可以晃動手臂。」

室內的聊天聲立刻就安靜了下來，我們找到各自的位置，然後開始跟著她的動作，做著一系列的伸展和運動。我在靠近教室後面找到一個空間，從這個位置，我可以看到大部分的學員都跟不上凱特的節奏。身體的協調對大部分的學員來說是個問題，彈性也是。這讓我開始對自己的程度感到好過一些。凱特一直在鼓勵大家，也沒有錯過每個人的任何失誤，還大聲糾正我要看著出拳的方位，而非放空地直視前方。她走到我身後，把雙手放在我的臀上，引導我的身體移動。

「你出拳的時候是跟著腳步移動，而不是肩膀。像這樣。用你的臀部和腹部來施力。」

我立刻就感到了不同，也照著她所說的做。

她點點頭。「就是這樣。你學得很快。」

她示意我們湊成對來練習，例如在被襲擊者抓住手的時候，要把他們的手拉向自己，並且壓低，而非把他們推開，這樣才能掙脫對方的手。這個方法的效果果真令人驚訝。「用他們自己的力量來抵抗他們！他們會向內施壓來控制你，所以就順著他們的力量。假設他們比你強壯的話——不要考驗你反抗他們的力量，因為你只會耗盡自己的力氣。」

凱特強調的重點是掙脫然後逃跑，不過她也有幾招攻擊性的動作。我喜歡用拳頭側邊捶向襲擊者的那個動作。「如果你手裡有鑰匙的話就更好了！你會聽到有些人建議說，可以把鑰匙插在手指之間，不過那很難——把鑰匙成束地握在拳頭裡，這樣就不會掉下去。還有要製造一些聲音。要習慣吼叫。當你害怕的時候，你的聲帶會緬緊，然後你會發現自己很難深呼吸，以至於你無法輕易地叫出聲音來。你製造越多的噪音，你就越可能受到注意。攻擊者不會喜歡喧鬧的聲音。」

根據我鄰居們的說法，薇琪沒有發出任何的聲音。

我身邊的女學員們都在大聲叫喊著，然而我卻無法加入她們。那個找我和她一起練習出拳和踢打的面無血色的女孩也和我一樣。她用彷彿耳語一般的聲音，害羞地告訴我她叫做蘿拉，她是為了建立更多的自信才來上課的。她似乎比我還要沒準備好要消耗體力；她穿了一件優雅的長褲搭配開襟衫，踩著一雙羔皮懶人鞋而非球鞋，從工作的地方就直接來到了這裡。

「你為什麼來上課？」她問我。

「那時候覺得來上課似乎是個好主意。」我用手腕把黏在額頭上的頭髮推開。「天啊，這裡好熱。」

「熱死了。」

「休息一下吧。」凱特宣布道。我也加入排隊等著從水龍頭底下接杯溫水解渴的行列。

「拿著你們的水，圍著教室邊緣坐下。」凱特說道。「班，交給你了。」

他從椅子上跳起來，並且在跳來跳去的時候，搖擺伸展著他的手臂。凱特雙臂交叉在胸前地看著他。「班是個好人，不過，今晚他將扮演一個暴力和帶有威脅的攻擊者。」

「嗚～」全班的人都異口同聲地發出聲音，彷彿這是一場啞劇。我則什麼也沒有說。「那麼，我們要打他哪裡呢？」

「眼睛。」一名瘦小的亞洲女子大聲回答。

「喉嚨！」

「踢他的小弟弟。」餅乾提議道。全班的女性都咯咯地笑出了聲音。

「還有鼻子。」凱特作勢用掌根對著班的臉正中心假裝做出一擊，而他也很配合地把頭往後仰，步履不穩地從她身邊閃開。「他往後倒的時候，你就轉身快跑。不要浪費時間試圖去踢他，或者想讓他進一步受傷。騰出空間後就趕快離開。踢他的胯下是個好建議，不過，你可能會在踢的時候自己也失去平衡。如果你沒踢準，而又讓他抓住你的腳的話，」她說著踢出了腿，而他也在自己的大腿上方抓住了她的腿，同時也用手指困住了她的腳踝——「結果你就會讓自己陷入這樣的困境，」凱特說完轉而對他說道：「可以放開我的腳了嗎？」

我預期他會立刻放手，而我想凱特也這麼認為，然而，他卻把她的腳舉高，直到凱特不得不費力才能保持平衡為止。他突然冷笑了一下，我們全都靜默了，因為這提醒了我們，即便是凱特也對抗不了他在身體上的優勢。

「看到了嗎？我什麼也做不了。他在我可以觸及的範圍之外，所以，我既不可能出拳，也不可能推得倒他。」說著，她以他為支撐，縱身一跳，用她沒有被抓住的另一條腿重重踢在他的胸口。他立刻鬆開了手，而她也在空中漂亮地轉身，然後落地，並且在我們的歡呼聲中跳開。

「哇。」他揉著被她踢到的身體。

「我有先好聲好氣地問過你了。」

加油，凱特。

「你可以做得到那種女特技的動作，但是我可沒辦法。」一名有著鐵灰色捲髮的祖母級女子評論道。

「我並不建議各位女士現在就嘗試這個動作，不過，如果你們繼續來上課的話，誰知道你們可能會達到什麼程度。」她笑了笑，很清楚她剛才所做的動作單純只是在求表現而已。「你們要記住的重點是，你們不希望讓你們的對手得到任何優勢，所以，除非必要，千萬不要採取過激的行為。防衛自己，讓自己有機會脫身。」凱特轉身背對著班。「好。現在試著把我抱起來。」

他立刻撲向她，以熊抱的方式雙手環抱住她，而她則往前彎身。在我看起來，他的身材瞬間不再是個優勢，因為他差點失去了平衡。她用手肘直接命中他的下巴下方，拳頭順勢往後一揮，然後在即將擊中他的跨下前止住。

「哎喲。」他用手擋在她的拳頭和他的運動褲之間，小心地把她的手撥開。「好險。」

「如果我擊中他的話，不管他原本想要幹嘛，我都會讓他想都不能再想。現在，」凱特對著全班說道。「如果有人從後面抓住你的手腕……」

班照著指示從後面抓著凱特的手腕，凱特隨即在原地轉身。他的胸口立刻被她的肩膀重重撞上，她的手肘也隨即落在他的腹部上，膝蓋則踢到他的額頭，發出一聲重響。他往後一倒，直接趴在了地上。「我放棄了。」

「我們都還沒開始呢。」凱特抓住他的手，把他拉回來。「這裡沒有半途而廢的人，包括你在內，班。」

她對著最靠近她的學員招招手，那名四十來歲的女子看起來頗能勝任這項任務。「那我們就從你先開始。看看你學到了什麼。」

一個接著一個，全班學員在凱特的指導和建議下，陸續上前和班過招。我站在牆邊，帶著越來越大的不安看著其他人的練習。我意識到我不想讓班碰我。

「英格麗！」凱特對我招手。「換你了。」

我猶豫著。班則對我露出微笑。

「快點。只要一分鐘就結束了。」

「我猜你跟每個女孩都這麼說。」餅乾拉長了聲音說道，這句話讓全班哄堂大笑。他對餅乾笑了笑，然後把眼光拉回我身上，臉上的笑容逐漸褪去，眼裡的笑意瞬間消失無蹤。

我走上前去。

「好。班會從後面抓住你。」凱特把我扶穩，和我四目相對。「記住你學到的。騰出空間，立刻閃開。」

我的心跳聲壓過了她的聲音，讓我幾乎聽不清她說的話。在等待著被抓住不放、必須奮力掙脫之際，我的肩胛之間閃過一陣刺痛。三……二……

於是，凱特對我點了點頭，微笑地看著我……

「我做不到。」我半轉過身，在班來得及碰到我之前推開了他。他很快地往後退去，臉上明顯地露出不安。在尷尬和恐懼之下，我火速地衝向教室門口，抓起我的外套奪門而出。

「英格麗——」門在我身後重重關上，阻斷了凱特的叫聲和其他學員同情的耳語聲。我三兩步地跑上階梯，衝到街上，朝著和我家相反的方向直奔而去。原本的毛毛細雨此時已經變成了豆大的雨滴。我在雨中奔跑，任雨水濕透我的頭髮和臉龐。

24

「沒有什麼進展。」我可以從聲音聽出亞當正在皺眉。在他說完之後，懷疑和不信任的感覺充斥在沉默的空氣裡。我咬咬嘴唇，忍住我我真正想說的話。

你就不能按我要求的去做嗎，就那麼一次？

「我的意思是，那就是問題的一部分，不是嗎？我不知道任何有關他的事。在鷹架差點擊中我之後，我看到了他，然後是在自我防衛課的教室裡。如果他有牽扯在裡面呢？」

「是巧合嗎？這種事確實會發生。如果他的住處或工作的地方就在你家附近，那他出現在那堂課上就沒那麼奇怪了。」

「事實上，我不認為那是巧合。」我的語氣聽起來既尖銳又急切。在法院裡聽到有人怒氣沖沖地在講電話並不是什麼不尋常的事，不過，我還是看到一名身材矮小、圓滾滾的白髮出庭律師在走進這間曾經荒廢的更衣間時，對我投來好奇的眼光。我轉過頭面對窗戶，看著窗外那棟隱蔽的辦公大樓，那是雷丁皇家法院最好的辦公區了。我降低音量。「他在柏琳達死的那週和我接觸，在那之後，我至少見過他一次，也有可能是兩次。我只不過是要求你盡你所能找出關於他的事，這樣我才可以安心。」

「你也許可以從谷歌上找到你需要知道的一切。」

「我沒辦法。」我拿出內心最深處還存有的耐性說道。「因為我不知道他姓什麼，也不知道任何有關他的事情。我試過了，但是我只知道他的名字，還有他在一間教堂的會堂裡幫忙教自我防衛課程。我知道你有管道可以獲取更多的資訊，比我能找得到的還要多，所以，拜託你看看是不是有他的犯罪紀錄調查檔案？」

「我可能會因此惹上麻煩。」

我閉上眼睛。高德探長之前已經拒絕幫忙了。我身邊那麼多警察，但是卻沒有一個願意幫我。「我可能會喪命，亞當。」

「英格麗……」

「你知道我說的是真的。」

「我只是不知道你為什麼對他感到那麼焦慮。」他的語氣充滿理性。

「我已經不止一次在街上遇到他，然後他又出現在那堂課上，這我已經告訴過你了。」我不想提到聖殿的事，因為我不確定那是不是他。我什麼也不確定。

「他知道你要去上課嗎？」

「我覺得他不知道。那是一堂隨到隨上的課，不是正式報名的課。」我用掌根揉著額頭。

「嗯。他看到你的時候有什麼反應？」

「說句實話，他好像很震驚。我覺得他不希望我在那裡。但是，那也可能是他故意要讓我這麼以為。」

「上課的地方在哪裡？他們應該會有他的詳細資料檔案，這樣你就可以從他們那裡知道他姓什麼了。」

「我認為那不管用。授課的那名女子說，他只是來幫忙的一個朋友而已。我想那堂課只是非正式的安排。」

「那還真讓人氣餒。」亞當評論道。這聽起來也太輕描淡寫了。

「如果他是那個在我公寓裡裝了那些裝置的人呢？如果他是那個竊聽我的人呢？」

「英格麗，這也扯太遠了。」

我看著窗外那棟奇醜無比的辦公大樓，真希望我就在那裡工作，過著朝九晚五的日子，並且在下班後回到自己平凡安靜的生活，而不用和那些反社會者有什麼牽扯。「我得掛電話了，亞當。關於這個叫班的傢伙，我能指望你，看你能找出什麼資料嗎？」

「我再看看我能做什麼吧。」他猶豫地回答。「如果你想要什麼自我防衛的訣竅，你知道我可以教你幾招的。」

「我會記住的。」

我用了聽證會開始之前僅剩的十分鐘找到教堂的電話，並且打過去給他們，結果碰到一名在教堂辦公室工作的極為難纏的女士。

「不行，我不能給你凱特的電話號碼。我不能把別人的電話號碼隨便給一個打電話進來問的人。我怎麼知道你是誰。」

我已經解釋過我是誰了，但是她說得沒錯。我握起拳頭，輕輕捶打著窗戶。「我完全可以理解。那你可以把我的電話號碼給她，請她回電給我嗎？」

這名教堂女士雖然沒什麼魅力，不過還是很有效率的。聽證會結束之後，我才打開手機，電話立刻就響了，我認得出那是凱特清晰的聲音。

「教堂的瑪瑞告訴我你在找我。你今天好嗎？」

「我還好。首先，我想要對那天晚上我就那樣跑出教室而道歉。」

「那種情況比你想像的還要常發生。對第一次來上課的人，要上完整堂課並不容易。我希望你下次可以回來上課。」

「我也希望。那是一堂很棒的課。」我鼓起勇氣。「另外一個讓我想找你的原因是，我想私下問你一件事。」

「你說吧。」

「是關於班的事。」

「班？」她聽起來很驚訝。「你想知道什麼？」

「呃，你說他是你的一個朋友。你有多了解他？」

「很了解。」她的聲音裡出現一絲戒心。「怎麼了嗎？」

「是這樣的，我有我的理由想要多知道一點關於他的事。我沒辦法告訴你。我只能說，他在某方面讓我感到困擾。我這樣說可能很不公平，但是，我現在處於一種緊繃的狀態，而他的出現只是在幫倒忙。」

「嗯，」她慢慢地說。「我不會叫你忽略你的直覺，英格麗。那會和我昨晚教你們的所有事情都有所抵觸。如果他有什麼地方讓你感到困擾的話，我也不會和你爭辯。不過，對我個人而言，我覺得他沒有什麼威脅，我也從來沒聽過任何認識他的人有過這樣的評價。如果我有任何疑慮的話，我昨晚就不會找他來幫忙了。」

「是你找他幫忙的？不是他要求你的？」

「是我找他的。而且是在最後一分鐘才聯絡他的。」

這讓我稍微感到安心了一點。也許他的驚訝並不是裝出來的。「你是怎麼認識他的，凱特？」

「他是我一個朋友的朋友。」

「你知道他姓什麼嗎？」

「呃……」她想了一下。「不，我不知道。」

「你知道他在哪裡工作嗎？」

「不知道。」凱特嘆了一聲。「很抱歉，我沒能幫上什麼忙，是嗎？我知道你在害怕，英格麗。我可以看得出來。我不知道為什麼，不過，我想你有你自己的理由。」

「我是害怕，」我承認。「一直都很害怕。」

「回來上課吧，」凱特說。「讓我來幫你。還有，你要繼續聽從你的直覺。它們會告訴你，你可以相信誰，又應該避開誰。」

我在想，如果你打算完全忽略直覺的話，那麼，就算有了直覺又有什麼意義。我靠在亨格福德橋旁邊的河堤，看著燈光的倒影在漆黑的河水上盪漾。這是一個繁忙的週六夜晚，南岸的餐廳擠滿了人群，餐廳外面還有一排長長的人龍，好脾氣地在等著入場。人們在沿著河畔鋪設的路面上散步，有人牽手走過，也有人帶著專注的神情在慢跑，或者停下腳步對著街頭藝人的演出哈哈大笑。聖保羅大教堂獨樹一幟地矗立在河對面的摩天辦公樓群之中，彷彿飄浮在天際線裡的一只氣泡。一陣微風讓我的頭上傳來噹啷的聲響，我往上一看，只見童話般的小燈泡在光禿禿的樹枝上晃蕩。它們漂亮地閃爍著，但是卻無助於點亮我的心情。

「英格麗。」

我跳了起來，一隻手貼在胸口，瞪著站在我身後的男人。

「天啊。不需要這樣躡手躡腳地靠近我吧。」

「我沒有躡手躡腳。是你自己沒有注意到。」

「我在看風景。」

韋伯斯特把背轉向河水，雙手深深插在口袋裡，彷彿風景這兩個字冒犯到他一樣。「我沒想到你會來這種地方，英格麗。這麼多人又這麼吵鬧。」

「你說對了。我不想在我喜歡的地方和你碰面。」

他臉部的肌肉抽搐了一下。「真惡毒。」

「這有什麼好讓你驚訝的。」

「你不知道那就是我為什麼喜歡你嗎，英格麗？你永遠都讓人意想不到。」

「今晚就不用討論這個了。」我環抱住自己。「你有什麼要告訴我的？」

「什麼都沒有。」

「什麼都沒有？可是你說——」

「我說我發現關於這個班某些有趣的事。我從那個教堂女士給我的名字裡，找不到任何有關這個叫做班·山普森的人存在的資料。出乎意料的是，那個女士很貼心，不是什麼恐龍人物。我逗得她很開心呢。」

「那是你的專長，不是嗎？老女人。她們喜歡你，然後等到她們悲劇性地死於自然原因之後，你就可以繼承她們的房產。」

他拉下臉。「我讓她們開心，英格麗。她們活著的最後幾個月過得很快樂，一點也不孤寂和悲慘。那不是值得獎勵嗎？」

「總有一天，你會因此被逮到的。」

「逮到我什麼？你自己也說了，她們是死於自然原因。她們都是寂寞的人，都是想要和世界有聯結的人，她們對於我帶給她們的快樂也很感激，她們才不像你。」說著，他把手往河堤上一拍。「聽著，我們不是來這裡討論我的事。我們是因為班才到這裡來的。」

「你為什麼用這種語氣說他的名字？」

「因為我很樂意打個賭，那不是他的真名。」他聳聳肩。「我查不到什麼。沒什麼可以告訴你的。在過去幾年裡，班·山普森沒有花過錢，也沒有旅行過，我在哪裡都找不到他。如果我沒辦法找到你的話，那你一定是躲在某個很難被發現的地方。」

「他有可能在監獄裡嗎？」

「那是一個可能性。」韋伯斯特點點頭。「我也這麼想過。我確實和幾個人聊過，但我還是沒有辦法追蹤到他。如果他這段時間都在監獄裡的話，那我就很可能找不到他。」

「沒錯。」我茫然地說。

「還有一個可能就是，他根本不是他自稱的那個人。」

「這是根據你的經驗判斷的嗎？」

「我向來都根據我的經驗在判斷。」他懶懶地笑道。「那就是我之所以在這裡的原因，不是嗎？」

「你之所以在這裡，是因為我找不到人來做這件事。」

「亞當呢？」

「他拒絕了。」

韋伯斯特面露痛苦，他的笑容瞬間蒸發了。「你先問過他了。」

「如果你有一個順服的警官朋友的話，你當然會借助於他們。」

「那是唯一的理由嗎？」他用手肘輕輕推了推我，我立刻厭惡地往後退。「我想你喜歡納許警探。我想你已經開始很喜歡他了。」

「別把他扯進來，約翰。我不需要去擔心他的安危，我現在應該要專注在我自己的安危上。」

「我不會動他的。」他把眼光挪開，而我一點也不相信他說的話。天啊，我得要警告亞當小心點，並且告訴他原因，一想到那樣的對話，我已經覺得臉頰發燙了。

「這個班，」韋伯斯特突然嚴肅了起來。「你要小心他，英格麗。」

「你是所有人當中最沒有資格說這種話的人。」

「我知道，這很諷刺。但我是認真的。」就這麼一次，我覺得韋伯斯特是很誠懇地在說這句話，而這種不尋常的感覺也讓我把這句話聽進去了。「沒有背景資料的人通常都在隱瞞著什麼。」

「在你費盡心思想要毀了我的情況下，你為什麼還想要救我？」

「我一直都在試著幫你，英格麗。」他對我笑笑。「那是我對你為我所做的一切表達感謝的方式。沒有馬克，你會過得更好。我想你現在知道了。」

我的淚水因為馬克以及我所失去的一切，開始在我的眼裡氾濫，讓南岸的燈光變得模糊而黯淡了起來。我轉過身，從他身邊走開，毫不回頭地穿過人群往前走去。

25

經過了這麼多事情，我仍然在工作，部分的原因是我不可能在很短的時間內通知別人，然後就立刻休假，另一個原因則是我想要這麼做。對於那股持續不斷又令人毛骨悚然的恐懼，我最好、也是唯一的武器，就是去對抗它們。此外，這些都是我的案子。我不想把它們交給任何人。

當我在法院的時候，我很安全，而我也可以只專注在做好我分內的工作上。在回家的路上，我會記起曾經受到的驚嚇。當我需要搭乘地鐵時，我養成了背對月台磁磚牆而站的習慣，並且會讓人群都先進了車廂，然後我再上車。我從來就不是那種會踩在月台黃線上等車的人，而現在，我就更加退縮了，我總是帶著超乎尋常的大城市戒心，看著身邊其他的旅客。火車站也一樣糟糕：偌大又多風的月台讓我覺得無處可躲。每當火車沒有靠站地快速駛過時，都讓我感到一陣不寒而慄的恐懼。只要輕輕一推，我就可能掉下月台被列車輾過。聽證會結束得早總是讓我感到高興，因為那讓我可以避開交通的尖峰時刻和太陽下山後的漆黑。我知道，儘管我盡了最大的努力，那份恐懼對我的影響依然絲毫未減，但是，我還是頑固而且盲目地繼續做著我應該要做的事。

現在是週二的午餐時間，我在出庭之後先回到事務所，打算把一些檔案先帶回來，順道檢查一下我的桌子。天氣雖然很冷，不過卻很晴朗，倫敦市中心的建築在深藍色的天空下，看起來像是從硬紙板剪下來的立牌。如果我沒有在事務所磨蹭的話，那我就可以在太陽下山之前回到我的公寓，我一邊想著，一邊查看我的手錶，這大概是我第一百次看錶了吧。在日照時間極短的十二月裡，太陽在四點就下山了，而且還會越來越早。只要回到家，我就能再度把自己安全地鎖起來——但是代價是什麼？我提醒自己，我得避免把它想成是個監獄——那是我最安全的所在，特別是在我多加了一道鎖扭來補強那道新鎖之後。修繕的雜工也來換過煙霧警報器，同時對於要把原本好端端的警報器換新感到好笑。不過，我並沒有多作解釋。我已經盡可能地讓公寓保持安全且私密，而它也是我唯一的安身之地。

在我穿過通往內殿巷的大門時，我轉過身檢視我身後走在弗利特街上的行人。那是一張張面無表情、毫不在意的臉孔。都是我不認識的人。我胃裡的那個結因此放鬆了一點，我也一度幾乎感到正常。

然而，除非我找出柏琳達和薇琪死亡背後的主謀，否則，我餘生都要活在恐懼之中。這就和我的工作一樣。我要不就是贏，要不就是輸。

我承受不起輸掉。

這條狹窄的巷弄一路通到聖殿教堂外的廣場，那是我在倫敦最喜歡的地方之一。廣場的一邊是內殿會堂的背面；另一邊的柱廊則是用來自被批發盜售的義大利古典建築所打造而成。第三邊則矗立著莊嚴的聖殿教堂，教堂看起來彷彿一隻孑然獨立、莫測高深、正在打瞌睡的扁頭貓。這裡通常都聚集了為了一睹教堂古風的眾多遊客——坦白說，即便是我，也很難想像在這座教堂始建之初的一一八五年，當時的生活是什麼樣子。教堂外掛著一個木牌，告示著遊客教堂今天因為一場追悼會而對外關閉。經過大門口時，我透過敞開的大門向裡面瞄了一眼，只見一名我認識的出庭律師好端端地站在教堂裡面。他面色凝重地環顧四周；我想，他應該是來致敬的吧。我突然心生寒意地想到，這場追悼會有可能是為某個我認識的人所舉辦的。

我側身閃過告示牌，一腳踏進教堂。管風琴震耳的聲音淹沒了教堂裡的交談聲，長椅上坐滿了人：穿著深色大衣的人們，肩並肩地一路坐到了祭壇之前。一名身著剪裁合宜的黑色洋裝女子，以及兩名看起來約莫二十出頭的年輕男子，一起站在教堂前面，三個人臉上都帶著悲慟的神情。我猜應該是家屬吧。

我的出庭律師朋友仍然站在我剛才看到他的地方。

「彼得，」我低聲地叫他，卻還是讓他嚇得跳了起來。他是那種瘦高型的人，永遠處在一種焦慮的狀態；他比我年長五歲，但是自從我認識他以來，他看起來就一直好像五十歲的樣子。

「英格麗！好久沒見到你了。」

「我一直都在忙。你在這裡做什麼？這是誰的追悼會？」

「坎特維爾法官。」

「朗恩．坎特維爾？駐在吉爾福德的那個法官？」

「就是他。」

「他死了？」

彼得點點頭。「幾個月前。」

坎特維爾法官當上法官的時候還很年輕——在他五十五歲左右的時候——而且非常適任。我上一次見到他的時候，他剛結束一趟加拿大的滑雪之旅，曬成一身棕褐色的皮膚回來。我轉頭看著家屬。在知道他們的父親是誰之後，我可以看得出來，他的兩個兒子都長得很像他。他們都有著方形的下巴和突出的鼻梁。「發生了什麼事？他生病了嗎？」

「意外。」彼得小聲地說。最靠近我們的長椅上有人回頭朝我們看了一眼，讓他退縮了一下。

我輕輕推了他一下，指了指教堂側面散落在一根柱子後面的座位。他走向那些座位，能夠遠離別人的視線讓他鬆了一口氣。我慢慢地跟在他的身後，習慣使然地將目光掃過聽眾席，看看有沒有我認識的人。群眾裡有很多張熟悉的臉孔。身為出庭律師，我們一輩子都在從一間法院趕到另一間法院，彼此站在相反的立場，而律師人數其實沒有那麼多；所以，一再看到相同的人也是很正常的事。才瞄了一眼，我就看到了不少過去的對手，法律學校裡的點頭之交，一名在我應徵實習生時、面試過我的御用大律師，不過我並沒有被錄取，還有幾名法官和來自我事務所的好幾個人，包括凱倫．歐帝利。沒有讓我感到不舒服的人；也沒有不應該出現的人。來此致敬對我來說很安全。

我在彼得旁邊坐下，遠離了群眾似乎讓他放鬆許多。風琴師彷如行雲流水般地演奏著一連串的曲子，這有助於像我們這樣想要說話的人，某種程度上，這也讓他更勝於作曲家埃爾加的表現。

「你剛才說是意外。」我提示彼得。

「某一個週日早晨，他很早就出門在他家附近慢跑。他很顯然是在做馬拉松訓練，所以，黎明之前他就出門了。結果他從一道斜坡上滾了下來。一頭撞在了樹上，把頭都撞裂了。」

「在哪裡發生的？」

「奧克夏林區。你去過那裡嗎？」

我搖搖頭。

「他摔下來的地方是很濃密的林地。他們沒有立刻找到他。」

「我完全不知道。」我毫不知情地說。「我向來都滿喜歡他的。」

彼得點點頭。「真是司法界的一大損失。他也許很嚇人，但是他非常公正。」

「他對我很好。不過，那是我唯一一次在審判中站在他面前，當時我有個首席律師在場，所以我不用太擔心會被他嚇到……」我驚恐地打住說到一半的話。在此同時，風琴師開始演奏另一首不同的曲子，預告著唱詩班的到場以及儀式的開始。穿著長袍的唱詩班神情肅穆地經過我們旁邊，唱詩班的男孩們有著天使般的臉孔，他們的歌聲也宛若天籟之音。就在我自動跟著聽眾席上的眾人群起而立時，音樂也逐漸增強，迴盪在教堂的穹頂之下。但是，我並沒有真的聽進去。

我剛才說了什麼？

「我們在這個教堂裡群聚一堂，向朗恩．坎特維爾法官大人的一生致謝，」牧師緩慢而嚴肅地說道。「我們和所有想念他、哀悼他的人一起祈禱。」

我低著頭，儀式上的美好詞彙迴響在我耳邊，我半聽著那些熟悉的句子（……復活在我，生命也在我……）思緒卻在我腦子裡奔馳（……無論是死，是生，是天使，是掌權者，是有能的，是現在的事，是未來的事……）因為雖然坎特維爾法官的死可能是個意外（……死亡的人有福了……）但還是有可能完全不是那麼回事。

（……把我們從罪惡中拯救出來……）

我出現在坎特維爾法官面前的那場審判，就是柏琳達和我一起合作的那場審判。而我們贏了那場審判。

柏琳達。

法官。

薇琪，在我家裡。

有人要除掉我們，一個一個地。

某個讓約翰・韋伯斯特看起來就像聖殿教堂裡的唱詩班男孩那樣無辜的人。

From: Durbs@mailmeforfree.com

To: 4102, IATL

她在那場追悼會裡。我看到她了。

From: 4102@freeinternetmail.com

To: Durbs, IATL

她看起來怎麼樣？

From: Durbs@mailmeforfree.com

To: 4102, IATL

糟透了 :-)

From: 4102 @freeinternet.mail.com

To: Durbs, IATL

很好。

From: Durbs@mailmeforfree.com

To: 4102, IATL

你覺得她已經發現了嗎？

From: IATL@internetforyou.com

To: Durbs, 4102

如果她還沒發現的話，遲早也會發現。

不要低估她。

From: Durbs@mailmeforfree.com

To: 4102, IATL

是的，老大！

26

在正常的情況下，我絕對不會想要和休．哈德維克見面喝一杯。有些律師我會當作朋友有所往來，有些則只視為達到工作目的的手段，而休就屬於第二類。他很瘦高，五官像老鷹一樣好看，不過，他眼眶底下的眼袋卻讓他看起來有點縱慾過度的感覺。他永遠都帶著一副倦容，而那倒是很精確地反映出他的性格。我知道很多女人都覺得他很有魅力，工作上表現很優異，而他的攻擊性和犬儒主義也讓他的客戶感到安心，但是，我卻不喜歡和他在一起，而我擔心他也很清楚這一點。不過，他還是同意等他結束法庭的工作就和我碰面，而我到老貝利附近的「高架橋」酒館時，發現他已經在那裡等我了。我一踏進這間華麗的酒吧，就感覺到自己的壓力上升，我拍掉大衣上的雨滴，看到他彎腰駝背地坐在一杯啤酒前面，彷彿一隻池塘邊的蒼鷺。我真希望自己比他早到。

「高架橋」酒館是一間經典的維多利亞式酒吧，有著大量的鍍金和浮雕裝飾，彷彿祭壇一樣堅實的吧檯，還有許多小隔間的座位沿著牆壁擺放。這也是我選擇它的原因。因為我希望這次的談話可以盡可能地隱密。

我快步走向他所在的小隔間。鞋跟踩在老舊木地板的聲音，讓他抬起頭來，揚起沉重的眼皮看著我。

「抱歉，我遲到了。」雖然知道我沒有晚到，不過我還是這樣說了。

「是我早到了。」他指了指桌子對面。「你認識奈爾．海德，對嗎？」

去他的。我絲毫沒有注意到那個大塊頭蘇格蘭事務律師也在那裡，背靠著小隔間的角落而坐。他舉起手，對我做了一個舉手禮的手勢。

「很高興見到你，英格麗。你好嗎？」

「還不錯。」我過分輕快的回答讓他笑了。

「別擔心。我不會留下來的。如果你想要和休在這裡單獨聊聊的話，」——他停下來眨了個眼——「我不會在這裡礙事的。」

奈爾是個八卦王，如果我表現出我想要擺脫掉他的話，他就會更好奇。

「一點也不礙事。」我立刻說道。「兩位要喝點什麼？我來點。」

「再來一杯這個。」休看向我身後，朝著酒保揮了揮手中的杯子，酒保也馬上開始幫他倒了一杯苦啤酒。

「我不用了，謝謝，英格麗。我應該要少喝一點。」奈爾沮喪地看著他面前還殘留著一些泡沫的空啤酒杯。「醫生可以很輕鬆地叫你不要再喝，但是你總是需要放鬆啊，不是嗎？」

「他們就是要禁止一切有趣的事情。」休說著，大口吞下杯子裡剩下的啤酒。

「總之，我要走了。」奈爾從長椅上站起身。「我確實得回家了。我不會當電燈泡的。」

「這只是公事。」我淡淡地說道。

休看起來有點痛苦，而且十分無聊的樣子，不過，我看不出那是因為奈爾的嘲笑，還是因為我所說的話，或者那只是他向來的表情。為什麼我需要找的人不是奈爾呢？如果是奈爾的話就容易多了。

我走到吧檯幫自己點了一杯酒，然後把休的那杯啤酒錢也付了。酒保不停地看著外面的大街，等著顧客上門。酒吧裡還很安靜，還不到一般人下班的時間。法庭結束的時間總是比其他人的下班時間要早很多，也因為這樣，我才能夠安安靜靜地和休談一談。

奈爾對我愉快地揮揮手，走出了酒吧，讓我不禁猜想在我抵達之前，他和休都聊了些什麼。司法界對於平等和性別歧視的觀點並非完全一致。還有，我記得休剛剛才第三度離婚。猜疑和尷尬像痱子一樣地讓我感到發癢。彷彿技術性上他一旦恢復單身，我就立刻有機可乘……好像我會對他感到興趣一樣……他對我來說實在太老了，而他和奈爾應該都很清楚這點……我挺直了腰桿，拿出我在法庭上的自若神色。我之所以在這裡，是因為我覺得對休提出警告很重要，同時也想查出他都知道了些什麼，如果我因為這些原因而給自己找來一些尷尬的話，那也是我不得不付出的代價。

「你不能在電話裡講的是什麼事？」一等我端著酒回到座位，休立刻就問道。他已經換到奈爾剛才坐的位置，讓我可以坐在眼前這張小桌的另一邊。

「你記得蓋．藍斯伯瑞嗎？」

他思索著我的問題，眼神有點難以看透。「那個學生。」

「就是他。」

「那是什麼時候的事了？」

「四年前。」我吞下一口酒，試著不在酒液滑過我的舌頭時皺眉。「我那時還很資淺。」

「還在享受私下受雇工作的喜悅。」他對著他的啤酒皺了皺眉，彷彿啤酒惹他不高興一樣。

「我現在已經想不起來，當時我們為什麼要為了一個三天的審判找一個新手來幫忙。」

「因為有一堆需要揭發的事情。通話紀錄、電子郵件和簡訊。還有社群媒體的貼文。」

他鬆開了緊皺著的眉頭。「是啊。我記得你做得很好。在我看來，法官沒有花太多時間就宣判他無罪。如果你想要一份推薦信——」

「那不是我來這裡的原因。」

他再度揚了揚眉——他大概是表情最豐富的人了，我想，也許那也是他的魅力之一吧。「說下去。」

「在那場審判裡，我的首席辯護律師是柏琳達・葛瑞。」

「喔，可憐的柏琳達。」

「你知道她發生了什麼事。」

他聳聳肩。「當然。那太令人震驚了。我和她很熟。她是我最喜歡的律師。她向來都準備充分，從不草率，不管和客戶還是家人都處得很好。」

「她是一位優秀的出庭律師。是一個好典範。」

他調整了一下杯子底下的杯墊，眼光並未落在我身上。「所以你有興趣接手她的一部分工作？」

「不，不是的。完全不是這麼回事。」我的臉在發燙；他對我評價還真的很低。尤有甚者的是，他從頭到尾都設定我沒有什麼重要的事情要說。好吧，說服別人聽我說話本來就是我的工作。我傾身向前，手肘撐在桌面上問道：「過去幾個月，你有沒有注意到有什麼詭異的事情？」

「詭異的定義是什麼。」

「你有發生什麼意外嗎？或者差點發生意外？你有感覺到自己被跟蹤嗎？」

他看起來很驚訝，然後覺得好笑，這樣的反應真的讓我感到絕望。「英格麗，我不認為——」

「柏琳達死的那天，我在老貝利。我不認為發生在她身上的事是場意外。」

休並沒有立刻接口，只是用他修長的手指有規律地輕輕敲打著桌面。他有一雙漂亮的手，就像文藝復興時期那些肖像人物的手一樣。「警方有什麼看法？」

「我不知道。」我說。「他們一開始也傾向我的觀點，但是後來又改變了想法。驗屍結果把她的死認定是意外。我想，每個人都覺得我有妄想症。」

休慢慢地喝了一口酒，避免給出任何的評論，不過，我可以很清楚地看出他的想法：我也認為如此。

「對於柏琳達的死，警方已經結束了調查，之後，有人闖入了我的公寓，殺害了我一個朋友。她原本不應該在我的公寓裡的。」我記起韋伯斯特對我廚房裡空空如也的刀架所提過的看法。「那也許是一時衝動之下的行為。他們因為恐慌而失手殺人。或者他們原本打算殺我，就像他們殺了柏琳達一樣。我是說，我覺得也許柏琳達是代替我被殺的，因為她撐了我的雨傘，而當時又大雨滂沱，你知道的，我們穿上法庭的裝束之後，看起來都差不多，不是嗎？我原本懷疑是一個跟蹤我的客戶幹的。但是後來薇琪也死了，接著我又看到坎特維爾法官的事，所以，我才意識到這些事件的關聯在於——」我發現我說得越來越快，一件事接著一件事地脫口而出。直到休舉起一隻手，我才停了下來。

「等一下。我有點搞不清楚了。朗恩．坎特維爾怎麼扯上這件事的？」

「蓋．藍斯伯瑞的審判。他是那場審判的法官——他在調任到吉爾福德專職之前，曾經駐在埃爾沃斯。柏琳達是我的首席律師，我們一起幫蓋辯護。而你當時則是事務律師。我們之中的兩個人已經死了，還有一個嚇得半死。所以，我才想要知道你有沒有發生什麼事。」

他搖搖頭。「請你從頭開始。我沒聽懂。」

我又啜了一口既油膩又苦澀的酒，在酒精的幫助下，我努力地從頭開始敘述，把前幾個星期裡發生的事情，鉅細靡遺地又對休說了一遍，彷彿他是個愚蠢的生手一樣。他專注地傾聽，並質疑故事裡薄弱的環節，要我提出證據來證明有任何罪行正在進行——證明那不是一系列悲劇性的巧合。

「我沒有辦法證明。」我最後說道。「如果我能證明這是怎麼一回事的話，我就會知道是誰幹的了。事實上，我正在注意你身後的街道，以防有什麼威脅會被我看到。我很害怕，無時無刻不感到害怕。」

「我一點都不感到意外。」

「是嗎？」我很驚訝他相信我的話。我還以為他會覺得我也太會編故事了。然而，休的神情看起來很認真。

「我會多留意我身邊發生的事，我保證。」

「你覺得這件事值得擔心。」

「當然。」他皺皺眉。「那個藍斯伯瑞的案子。我知道我們贏了，但是過程並不愉快，不是嗎？」

「確實有不愉快的時候。」我承認。

「判決可能無法讓所有人都滿意。」

「我相信。」我深深吸了一口氣。「所以，我想要請你幫個忙。」

「幫什麼忙？」

「名字。我沒有那個案子的詳細紀錄。我的筆記沒有保留下來——柏琳達有。我不能去問她丈夫是否介意去翻一翻她的文件。我知道你會有紀錄的。」

「什麼紀錄？」

「那個案子。涉及那個案子的人。證人。警察。家屬。」我抬頭看向被推開的大門，只見一對情侶說說笑笑地走了進來。他們看起來彷彿十分的無憂無慮。「我不知道我在找什麼，休。如果這件事和蓋的審判有關的話，也許我應該要去警告他和他的家人，告訴他們有人要把我們一個一個除掉。」

他審視著我。「如果無關的話呢？」

「那我就得再繼續找下去。」

27

刑事法院
埃爾沃斯
No. T20165344 / T20164512

里奇韋路36號
埃爾沃斯
倫敦

2015年4月6日
庭上：尊敬的法官坎特維爾先生
蕾吉娜
-V-
蓋・藍斯伯瑞

S艾倫小姐代表控方出席

御用大律師B・葛瑞小姐帶領I・路易斯小姐代表被告蓋・藍斯伯瑞出席

麗莎・穆勒的證詞

麗莎・穆勒，宣誓

由艾倫小姐透過視訊連結進行直接詢問

問：請告訴法庭你的全名。

答：麗莎・薇薇安・穆勒。

問：謝謝你。現在，我想要問你有關去年在十月十七日晚上的事情。那天晚上，你在做什麼？

答：我和一群朋友出去了。

問：你為什麼出去？

答：為了慶祝我的十九歲生日。

問：好的。你們有多少人？

答：我們有八個人。我們在餐廳預約的人數是八個。

問：那是哪一家餐廳？

答：在大英博物館附近的一間柬埔寨小餐廳。我不記得名字了。餐廳很小。

問：有誰在那家餐廳？你的朋友們？

答：是的。其他的學生。我們有四個女生和三個男生。

問：你和他們都很熟嗎？

答：很熟。其中一個男生是我們之中一個人的男朋友，他是從他家裡來的，我並不認識他。

問：晚餐之後，你們做了什麼？

答：我們去了幾家夜店。我想是三家吧。

問：你們有喝酒嗎？

坎特維爾法官：你需要回答有或者沒有，穆勒小姐，而不是點頭或者搖頭。

答：喔，有。

問：你喝了很多嗎？

答：我想是吧。我不知道我喝了多少。他們請我喝酒。把酒杯排成了一排。通常我不會喝那麼多。到第三家夜店的時候，我就覺得不舒服了。我們必須離開。

問：然後你們去了哪裡？

答：有人帶我們去了倫敦大學學院的一間學生酒吧。我們在那裡待了一會兒，直到酒吧關門。然後我們去吃了點東西。烤肉串。

問：你有吃東西嗎？

答：我喝了一瓶健怡可樂。

問：你自己買的嗎？

答：不是。他請我的。

問：「他」是誰？

答：蓋。

問：被告，蓋・藍斯伯瑞。

答：對。

問：然後發生了什麼事？

答：我們回到蓋的公寓。

問：藍斯伯瑞先生？

答：是的。

問：誰去了藍斯伯瑞先生的公寓？你們所有去吃晚餐的人嗎？

答：不是。是我們之中的五個人。我和蓋，還有我最好的朋友尤咪和黛絲，還有一個叫做羅伯特的人，我和這個人不太熟。我想，他是蓋的一個朋友。

問：在公寓裡發生了什麼事？

答：我們喝了幾杯。羅伯特想要做大麻香菸，蓋不讓他做。最後他把他趕走了。

問：藍斯伯瑞先生，被告，把羅伯特趕走？

答：是的。然後尤咪睡著了，所以黛絲就帶她回家了。

問：你留下來了？

答：我的狀態沒辦法去任何地方。我昏昏沉沉的很厲害。

問：為什麼？

答：我喝太多了。

問：你有吃任何可能讓你中毒的東西嗎？

答：我當時覺得沒有，可是後來我懷疑是不是有人在我的飲料裡放了什麼東西。那天晚上發生的每一件事情，我不是全都記得，那是我第一次那樣。

問：你有其他的症狀嗎？

答：有，我發現我幾乎沒辦法走路。那就是我沒有和我朋友一起離開的原因。

問：那天晚上你留下來過夜了嗎？

答：是的。

問：你有睡嗎？

答：有。

問：你睡在哪裡？

答：在蓋——被告的臥室裡。他有合租的朋友，而我不想睡在他們起居室的沙發上。

問：所以，在那個時候，公寓裡還有誰？

答：我和蓋，還有另外兩個男人。我想一個叫做諾藍，另一個叫做維爾福。我不知道那是不是綽號，對不起。

問：沒關係。所以，維爾福和諾藍和你在一起？

答：他們，好像是，在廚房裡閒著沒事，就等我們離開那裡。所以，蓋和我就到他房間去了。

問：我們可以聊一下那間公寓的格局嗎？我在想，你是不是可以看一下你拿到的那堆展示資料裡的平面圖。各位陪審員，這張圖也在你們的陪審團文件裡，就在第二條分隔線後面。你可以給自己一分鐘的時間找出你的方位。這是藍斯伯瑞先生位於波洛克路的公寓。你能告訴我們起居室在哪裡嗎？

答：可以，在這裡。

問：廚房就在它旁邊嗎？

答：是的。牆上有一個空隙。就像個小窗口那樣。我們可以看到廚房裡的那兩個人，從他們的腰到胸口的一半，而如果他們彎下腰來的話，也可以看得到我們。

問：你能指出藍斯伯瑞先生的臥室嗎？

答：就在另一邊的走廊盡頭。

問：所以他的臥室距離公寓的公共區域很遠。

答：是的。浴室就在他的臥房對面。他的房間隔壁有一個儲藏櫃，然後是維爾福的房間，再過去是諾藍的房間。都在走廊的同一邊。另一邊則是廚房、起居室和浴室。

問：謝謝你。所以，一旦你去了藍斯伯瑞先生的房間，你和其他人就離得更遠了。

答：是的。

問：那更隱密。

答：是的。

問：是誰建議你應該去臥室的？

答：我不記得了。

問：藍斯伯瑞先生有和你一起去嗎？

答：有。他抱我去的。

問：抱你？

答：我當時昏昏欲睡，而我的腳不能好好走路。

問：你當時想要去他的房間嗎？

答：我——我不介意。

問：他睡在同一間房間嗎？

答：是的。

問：你睡在哪裡？

答：他的床上。

問：和他一起？

答：我上床後，他也躺到我旁邊。

問：你有脫衣服嗎？

答：我脫掉我的洋裝和襪子。我的襪子上有一個洞，那個洞一直切磨到我的大拇指。

問：他有脫衣服嗎？

答：我不知道。我不記得了。

問：那他有親吻你嗎？

答：有。

坎特維爾法官：我知道這很難，不過請你說清楚，穆勒小姐，也說大聲一點。視頻連結上的聲音並不如我希望的那麼清楚，而陪審團需要聽得到你的聲音。

答：有。

問：你們還有做其他性方面的動作嗎？

答：我想沒有。我們親吻了一下，然後聊天。他抽了一根菸。我也睡著了。

問：後來發生了什麼事？

答：接下來我記得我醒了。我趴著，臉朝下。他在我後面。

問：他躺著嗎？

答：不是。我想他是跪著的。他把我拉起來，所以我也跪了下來，身體蜷曲。

問：這個時候你穿了什麼？

答：我的胸罩和內褲，但是他把我的內褲拉到我的膝蓋下面。

問：他在做什麼？

答：他的陰莖插入我的陰道。他在強暴我。

問：你之前有同意性交嗎？

答：沒有。

問：你當下有同意性交嗎？

答：沒有。

問：你有做出任何反應嗎？

答：我僵住了。我很害怕。他在我上面，而他的塊頭又比我大那麼多。我還在昏沉當中，而且我又很害怕，我只是——只是希望快點結束。

問：你有說什麼嗎？

答：我記得我有呻吟。我希望他知道我是醒著的，這樣他就會停下來，但是我怕如果我做出什麼反應的話，反而會惹怒他。他並沒有很粗暴，但是我怕如果我試著要他停下來的話，他會真的傷害我。

問：他有戴保險套嗎？

答：有。

問：後來發生了什麼事？

答：他結束了。他把保險套拿下來，打了結。我在那裡躺了一會兒，保持不動。我無法說話。他沒有對我說什麼。然後他起來去了浴室，然後我應該又失去意識了。等我醒來時已經是早上了。

問：你醒來的時候有看到他嗎？

答：有。我醒來的時候，他在房間裡。

問：他在做什麼？

答：他正準備出門。我想，他有一場曲棍球的比賽。我拿了我的東西，穿好衣服，以最快的速度離開了。

問：你們有交談嗎？

答：他問我我還好嗎。我說還好。我不知道我為什麼那麼說。我只是想走人。

問：穆勒小姐，如果你需要的話，可以休息一下。

答：我沒事。

問：你有和他談關於已經發生的性行為的事嗎？

答：沒有。我很迷惑，而且很害怕。他的同租人已經醒了——我可以聽得到他們在說笑。我只想要離開那裡。

問：你離開後有和他聯絡嗎？

答：我發了簡訊給他。我覺得我們應該在一個中立的地方談一下那件事，某個公共場所。但是，在我和我朋友以及諮詢師談過之後，我發現那天晚上發生的事是有問題的。我封鎖了他的號碼，讓他沒辦法打電話或發簡訊給我。我在我所有社群媒體的好友名單上，也都把他刪除了，並且封鎖他。

問：那他有沒有回覆你最早的那個簡訊？

答：據我所知沒有。

問：你有再和他說過話嗎？

答：大概三個星期之後。我在羅素廣場看到他，他正要去搭地鐵，所以我攔下他，然後問了他這件事。我告訴他，那晚我沒有同意，是他強暴了我。

問：他有什麼反應？

答：他說那和他記得的不一樣，還說如果我很難過的話，他覺得很抱歉。

問：慢慢來。

答：我沒事。只不過——那不是真的在道歉。他只是想擺脫我而已。

問：你有試著再和他談嗎？

答：我在臉書上把他解除封鎖，然後發了一些訊息給他，但是他都沒有回覆。後來我去了警察局，警察建議我不要和他聯絡。我向大學投訴他，他們也把他停學，這樣我在這場審判前就不用再看到他。之後我就輟學了，沒有再去過學校。

問：你為什麼輟學？

答：因為強暴的事情。我沒辦法忘記。我一直想起這件事。我變得很沮喪。我有一些朋友並沒有那麼支持我，或者不了解我發生了什麼事，然後，我也就沒有再和他們聯絡。我覺得很孤單、很悲傷，沒有辦法和別人相處。我試著不要讓這件事毀了我的生活——我真的試過。但是它還是毀了我的生活。

艾倫小姐：很謝謝你。

坎特維爾法官：（對葛瑞小姐）除非你在我們休息前有什麼特別要問的問題……

葛瑞小姐：沒有，謝謝。

坎特維爾法官：那我們現在就先休息一下，兩點再繼續。

答：謝謝。

坎特維爾法官：如果你有什麼問題的話，請和證人服務處說。

答：謝謝。（證人退出）（午餐休庭）

麗莎·穆勒

由葛瑞小姐交叉詢問

問：穆勒小姐，我需要就你今天所提到的幾件事詢問你。如果你對我的任何問題感到困惑的話，請務必要求我進一步解釋。我不想讓你困惑。

答：好的。

問：我們已經聽過你對那天傍晚、慶祝生日、喝酒等等的陳述，也都可以理解，因為那是你的生日，所以你喝了不少？

答：是的。

問：那樣喝對你來說不太尋常嗎？

答：呃，不完全是。也許比平常多喝了點吧。我不知道。

問：不過，你在晚上出去的時候，通常都會喝酒？

答：是的。

問：會喝好幾杯？

答：是的。

問：喝到你覺得身體開始出現反應，例如失去平衡、噁心、頭昏、口齒不清、腦子混亂？
答：我想是吧。我會喝到我覺得醉了，如果你是這個意思的話。
問：謝謝你。在你的證詞中，你說你在那個晚上喝的酒，比你平常會喝的還要多？
答：是的。因為他們都在請我喝酒，所以，我就喝的比我平日晚上會喝的要多。
問：那樣喝的結果——或者因為你的飲料被加了什麼東西的緣故——讓你的記憶出了點問題，根據你的說法？
答：我記得主要發生的事。
問：不過，失去記憶的特性應該是你不知道自己忘記了什麼，不是嗎？
答：我想是吧。
問：除非有人告訴你你不記得的事情。
答：對。
問：那這次是這樣嗎？

答：有些發生過的事，我不記得了。像是從烤肉店走到公寓，還有其他租客回來——這些我都不記得了。我記得他們進來嘲笑我。

問：你認識他們嗎，穆勒小姐？

答：有點認識。

問：你曾經和他們任何一個交往過嗎？

答：沒——沒有。

艾倫小姐：法官大人，這涉及聲稱受害人的性行為史。我們有必要在一件直截了當的強暴指控案裡討論這個嗎？眼前的問題是證人當時是否同意，而不是證人過去的行為。

坎特維爾法官：我認為任何對陪審團有正面幫助的問題都是可以被提出來的。

葛瑞小姐：如果法官大人覺得不妥的話，我就不再追問。

坎特維爾法官：沒有不妥，請繼續。

問：也許我可以換個方式問。你以前曾經到過這間公寓嗎？

答：是的。

問：是和藍斯伯瑞先生還是和其他的租客？

答：是和其中一個租客。諾藍。

問：當時你在那裡過夜嗎？

答：是的。

問：你睡在諾藍的房間裡嗎？

答：是的。

問：當時你有和諾藍發生性行為嗎？

答：有。

問：那麼，當他在你生日那天晚上回到公寓的時候，發生了什麼事？

答：他說了一些話。我覺得很尷尬。

問：你想遠離他嗎？

答：是的。

問：藍斯伯瑞先生是不是有建議說要幫你叫計程車，讓你回家？

答：是的。

問：你是不是告訴藍斯伯瑞先生，你想要留下來？

答：是的。我當時很累。

問：你要求他帶你去他的房間。

答：對，但那是為了遠離諾藍和維爾福。他們一直在廚房竊竊私語和偷笑，還說了一些我聽不懂的奇怪的話。我覺得蓋很尷尬，我也很尷尬。

問：我理解。所以可以這麼說嗎，你想要和藍斯伯瑞先生獨處？

答：當時是的。

問：那麼，那天傍晚稍早的時候呢？

答：我不懂你的意思。

問：如果你可以看一下你面前那疊文件的話。法官大人，文件號是4233。在第三條分隔線之後，有一份從你的手機裡列印出來的簡訊紀錄。

答：好的。

問：如你所看到的，上面的日期是2015年10月18日，簡訊發送的時間是02:33。

答：對的。

問：你能唸一下簡訊寫了什麼嗎？

答：「你們兩個可以離開。我要留下來。」

問：這個簡訊是你發給誰的？

答：我的朋友黛絲。

問：我來唸一下她的回覆，她說的是：「你確定嗎？」你能唸一下你給她的回覆嗎？

答：「不要壞事。」

問：那是什麼意思？

答：意思是，我不想要她礙了我的好事。

問：壞事通常是指阻止別人發生性行為，不是嗎？

答：是的。

問：那這次呢？

答：（無法聽到聲音）

坎特維爾法官：我得提醒你要說清楚一點，穆勒小姐。

答：那只是個玩笑。

問：那只是你和黛絲在開玩笑？

答：是的。

問：不過，那個簡訊的結果是，黛絲和尤咪如你所願地把你留在了公寓，和藍斯伯瑞先生在一起？

答：是的。

問：我還想提一件事。你說藍斯伯瑞先生有戴保險套？

答：是的。我可以感覺得到保險套，我也聽到他事後把保險套拿下來的聲音。

問：他從哪裡拿到那個保險套的？

答：我——那其實是我的。

問：你的保險套？

答：我把保險套放在我包包裡。

問：藍斯伯瑞先生怎麼知道你的包包裡有保險套？

答：當他進了他的房間時，我給他的。

問：把保險套給他，這樣他和你有性行為的時候就可以用？

答：我——我不知道。我們有說到性行為的事，然後他說他不能做，因為他沒有保險套。我當時就胡鬧地說我有。所以我就把保險套拿出來給他看。

問：那他怎麼做？

答：他把保險套放在床頭櫃上。

問：你有什麼感覺？

答：我不知道。

問：你對他無意發生性行為感到失望嗎？

答：當時也許是吧。

問：你有對他說類似這樣的話嗎？

答：我想有吧。我不記得了。

問：麻煩再看回文件。在第四條分隔線後面，有另外一則來自你手機的簡訊，是在04.02的時候發給你的朋友黛絲的。你可以唸出來嗎？

答：（無法聽到聲音）

問：你希望我唸出來嗎？

答：（無法聽到聲音）

坎特維爾法官：能請你唸出來嗎，穆勒小姐？

答：很難唸出來。有些錯字。呃，「沒——沒用的小——小弟弟。他媽的。」

問：那是什麼意思，穆勒小姐？

答：我不知道。

問：意思是他不能維持勃起嗎？

答：是的。

問：是這樣的嗎？

答：他是那樣告訴我的。

問：你的反應呢？

答：我很沮喪。

問：你說了沮喪的話嗎？

答：我對他說了一些話。我不知道。我只是想睡覺。（啜泣聲）整個晚上都毀了。我只是想要有個很棒的生日夜晚。

問：在你醒來發現藍斯伯瑞先生和你做出性行為的舉動之前，你睡了多久？

答：我不知道。

問：有可能是一小時嗎？

答：我不知道。

問：可能是十分鐘嗎？

答：我不知道。可能吧。

坎特維爾法官：這不是機智問答，葛瑞小姐。

葛瑞小姐：不是，當然不是，法官大人。不過，我認為，如果經過的時間很短的話，那就和同意性行為有關了。

坎特維爾法官：事實上，穆勒小姐不可能回答這個問題。她不知道。如果藍斯伯瑞先生選擇作證的話，也許他可以提供有關時間上面的進一步資訊。

葛瑞小姐：謝謝，法官大人。

問：我快問完了，穆勒小姐。關於你的證詞，我還有一個細節想要問你。你說，藍斯伯瑞先生在發生性行為的時候並不粗暴？

答：他並不粗暴，是的。

問：事後你有覺得不舒服嗎？

答：沒有。

問：你有發現任何不尋常的流血嗎？

答：沒有。

問：瘀青？

答：沒有。

問：你有做病理檢查嗎，身體上的？

答：沒有。等到我和強暴諮詢師提到這件事時，時間已經過了很久了。

問：你為什麼要和強暴諮詢師談？

答：一個朋友建議我的。

問：所以你原本並沒有認為這是強暴，直到有人告訴你應該這麼考量？

答：是的。

問：不過，你對這件事感到沮喪？

答：是的。

問：沮喪的原因不在於你遭到性攻擊，而是因為這次的性行為並未發展出一段合適的關係。

答：是的。

問：事後我的客戶躲著你。那不是紳士的行為，不過也沒有違法。

答：他完全不和我講話。他對他所做的事感到羞恥。

問：你看到他的時候有威脅他嗎？

答：我說他的行為會有後果的。

問：而那不算是威脅？

答：不算。

問：但他可能會認為那是威脅。

答：我不知道他怎麼想，事實上我也不在乎。他不能在對我做出那樣的事情之後就一走了之，好像什麼都沒有發生過一樣。我希望他事後和我談一談，好證明一切都沒有問題。

我希望那晚發生的事只是一件很正常的事。我希望那是某一種開始，這樣它就不會是我這輩子所發生過最慘的事了。我希望它是有趣的，不是可怕的，但是我越是談論這件事，就越覺得那是錯的。那是錯的，而他並不在乎。

葛瑞小姐：謝謝你。

艾倫小姐：我沒有進一步的問題。

（證人退出）

28

在週一到週五之間臨時做任何安排總是很有風險，即便根據我早已規劃好的行程，法庭的工作應該在中午之前就可以結束。不過，任何差錯都可能發生，例如被從出庭的名單上挪開，結果你的案子只能被挪到下午才開始，或者一場原本應該很簡短的聽證會突然變得複雜，就像羅尼·吉莫爾的案子那樣。我答應和艾黛兒一起午餐唯一的原因就是，我超級想要和她見面；我想念她。我覺得自已被困在了約翰·韋伯斯特和亞當·納許之間，他們兩人都想要控制我，左右我的想法和行動。艾黛兒在電話裡聽起來很理性，她是我熟悉的人，而且總是那麼開朗。

「我只是覺得，由於我老闆正在度假，所以我們也可以偷偷一起吃個像樣的午餐，就這麼一次。我的意思是，我不想取笑她，不過，如果她正在峇里島做日光浴的話，她應該不會介意我午餐多休息半個小時吧。反正工作已經沒希望了。沒有人想要在鄰近聖誕節的時候雇用新員工。」

「我很樂意，」我回應道。「我已經很久沒見到你了。保羅好嗎？」

「那也是我要和你聊的話題之一。」所有的愉悅感瞬間從她的語氣裡蒸發殆盡。我咬了咬下唇。我猜，他又耍老把戲了。

「他還沒求婚，對嗎？」

「不完全是。他希望我們開始嘗試懷孕。」

「什麼？」

「他決定想要孩子。」她振作起精神地說。「我是說，那很貼心，真的。但是，這樣一來，我就得再開始吃藥，因為我不相信他不會把保險套弄壞。」

「如果你不相信他，而他也會對你說謊的話，那麼，聽起來他應該是個好爸爸的料。」

她冷笑一聲。「你看，這就是為什麼我們需要一起吃午餐的原因。」

她挑選的這個地方是位在騎士橋一條後街上的一家法式小餐館，距離她的辦公室不遠。我在網路上搜尋過：小巧、私密、安靜，很多顧客因為它的美食而一再回顧。

選得好，我簡訊回覆她。雖然不是我們習慣會去的地方。

是啊——我之所以選擇這家餐館，是因為他們不賣聖誕午餐。這附近其他的餐廳都擠滿了頭戴派對帽、只能吞下制式套餐的可憐上班族。那會讓你吃不到你的羊乳酪和蔓越莓肉捲。

我笑了笑。艾黛兒老是想提醒我，我很幸運能當自己的老闆，享受著事務所裡鬆散的友誼，而不需要待在辦公室裡，日復一日地重複著刻板的工作，遵守一大堆規定。就這麼一次，法庭（現在的南華克區，就在河畔）的工作進行得很順利，我也有時間在前往騎士橋之前，把我的工作袋先放回事務所。這是一個天氣晴朗的冷天，我提前幾站下了巴士，打算步行到餐館。抵達餐館的時候，我的臉因為寒冷的空氣和走路耗掉的體力而凍紅了，餐館裡的溫暖立刻讓我的皮膚感到刺痛。

「訂位者的姓名是艾黛兒．菲普斯——」我停了下來。我透過領班的肩膀掃視著餐館裡小小的空間，看看艾黛兒是否已經到了，結果我看到馬克緩緩地站起身。

「啊，有的，你的同伴已經到了。」領班帶著我走向角落，正是馬克所在的那張小圓桌。領班主動地幫我拉開椅子，放了一張菜單在我面前。我向他道謝，不過，我的視線一直沒有離開馬克，只見他在我對面坐了下來，然後清了清喉嚨。

「我知道你沒有想到我會在這裡——」

「你說得沒錯。」

「——而我也知道你不喜歡感到意外，不過，我想要和你談一談。」

「那還真難得。」

他皺著眉頭。「我沒把我們上次的見面處理好。這一直很困擾我。」

「所以你就決定說服我最好的朋友騙我，而不是直接問我要不要和你一起午餐。」

「對。」他低頭看著桌面。「我覺得你不會答應。」

「我會希望自己能夠選擇。」我看了看四周。「說真的，我應該要知道的。這個地方更像是你會選擇的，而不是艾黛兒。」

「我喜歡這裡。這裡很安靜。而且沒有人可以從外面看到裡面。那似乎是可以讓你感到安心的。」

我轉頭看了看，他說得沒錯；窗戶被半拉起來的窗簾擋住，所以路過的行人沒有辦法看到我們。

「謝謝。」

他搖搖頭，表示這不值得道謝。「你想在我們聊之前先點菜嗎？」

「我——好。」我研究著菜單，但是卻一個字也沒看進去。看到他出現在這裡的震驚還讓我一時難以平復。當我看到他時，我的第一個反應是想頭也不回地走出餐館，但是，這不是那種人們會在裡面吵架的餐廳。

「你決定了嗎，英格麗？」

我嚇了一跳地發現服務生已經站在我旁邊了。「我——沒有。喔，喔，我決定了。」我隨便選了一個前菜和一道主菜。

「你要喝點酒嗎？」馬克對著酒單皺皺眉頭。「白酒？」

「好。」

「一瓶？」

「我想我們會需要的。」

他看了我一眼，眼裡很快地閃過一抹笑意，那正是昔日的那個馬克，我覺得自己臉紅了：他是如此容易就越過我的防線。我看著他在對服務生說關於酒的事，他們兩人認真的模樣，彷彿是在討論生與死的問題，而非是在選擇桑塞爾抑或默爾索（法國地名，葡萄酒產區）。在他們終於達成共識之後，服務生便悄悄退開了。

「這裡讓我想起我們在里阿爾托橋附近發現的那家小餐館。」馬克說道。「希望這裡的食物很好吃。」

「我相信會很好吃的。」我靠向桌子。「我有個問題。你是怎麼說服艾黛兒讓她騙我的？」

「我就是說服她了。」

「你說了什麼？」

他在回答我之前靜默了一下。

「我說我很擔心你。」

噢。我低頭望著自己的手，深深吸了一口氣，我已經盡力控制自己了。

「艾黛兒是站在你那一邊的，你知道的。她希望你快樂。」

「跟你在一起？」

「英格麗，我——」他清了清喉嚨，面露尷尬。「我只是希望你知道，那是她之所以騙你的原因。她絕對不會做出傷害你的事。」

「我知道她不會。」我喝了點水，集中注意力讓自己舉起水杯時不要發抖。「你打算談什麼我們上次見面時沒能討論到的事？」

「很多事要談。」馬克猶豫地說道。「你和約翰．韋伯斯特相處得怎麼樣？」

「還好。」

「還好？」

我心平氣和地說：「他從來沒有這麼好過。事實上，他很幫忙，這還真的滿詭異的。他到我公寓去幫我檢查了一圈。」

「你讓他檢查你的東西？」

「我知道。我也掙扎過。但是我並未和他獨處一室，而且他這趟來還滿值得的。韋伯斯特發現了手環——一只我不小心遺失的手環——還有三個隱藏的錄音裝置，連警方在薇琪被殺之後來搜索時都遺漏了沒發現的東西。說句實話，難怪他們的調查會無疾而終。」

「錄音裝置？」馬克揚起眉毛。

「沒錯。他認為他播放給我聽的那段語音留言，就是從那些裝置錄下來組合在一起的。」

「就是你指控說是我偽造的那段語音。」

我動了一下。「我只是問你，沒有指控你。」

「往下說吧。」

「當那些事情發生的時候，我曾經打了幾通電話，就是我發現床上有血跡、還有鷹架事件發生的時候。那時我處在一種求救的狀態下。我猜，要把亞當的名字拿掉，然後讓那些話聽起來好像是我在對韋伯斯特說的，應該很容易就可以辦到。」

馬克幾乎動也不動。「亞當是誰？」

「亞當．納許。他是個警官。」

「他在調查薇琪的謀殺案嗎？」

「不是。不是的，他在那之前就出現了。」

我停下來，好讓服務生可以倒酒。看著酒杯裡的酒，我忍住想要一飲而盡的衝動。「在我幫韋伯斯特辯護的那個時候，他正好參與了韋伯斯特的起訴。他很了解約翰．韋伯斯特，以及他會做的事。自從這些事發生以來，他一直都很支持我。」

馬克把酒杯轉了九十度，顯然很專注在這個動作上。「你和他有什麼牽扯嗎？」

「沒——沒有。沒什麼。我們之間什麼都沒有發生。」我很快地補充。

他很快地看了我一眼。「但是不無可能。」

如果我夠誠實的話，確實曾經有過好幾次，在嚴厲的忠告和毀滅性的警告之中，我以為我和亞當之間可能會發生什麼。我記得我們在搖晃的地鐵車廂裡，我目不轉睛地盯著他的嘴唇，還有當他抓住我手臂的時候，以及和他在一起時帶給我的安全感。不管在哪一方面，他都和馬克完全相反，而也許那就是我需要的。

「馬克——」

「你不用和我說。你想和誰見面是你的自由。你完全不需要我的許可。」他又退縮了，剛才那股自在的暖意已經消失無蹤。

「就像我說的，什麼都沒有發生。我不知道將來會不會發生什麼。他很專業。對他來說，我只是他的工作而已。」

我們暫停下來，讓服務生姿勢優美地送上前菜。我已經完全忘記我點了什麼。盤子裡的佳餚香味撲鼻，而我卻連一口都吃不下。

「看來，你有這個亞當，還有約翰．韋伯斯特，而他們兩個都想要拯救你。」他語氣裡的諷刺讓我畏縮了一下。

「基本上是。」

「他們兩個都想和你上床。」

「噢，絕對不是。」我從盤子裡叉起一個東西——一塊干貝吧，我想。「你不能用一般的標準來看待韋伯斯特。那不是他的動機。性是他的工具，他用性來說服人們去做他想要他們做的事。我不認為他是在享受性帶給他的任何特別的快感。而且他也不具有愛的能力。他想從我身上得到的，就是要我打破我自己的原則，踐踏我自己所有的道德規範。他想要見到我向我自己的原則妥協。」我一邊想，一邊把干貝送進口中。「而且，他真的很樂於告訴我應該怎麼做。」

「你讓約翰進了你的公寓，亞當怎麼想？」

「他也在那裡。」

這句話讓馬克繃緊了下巴。

「不過，他對約翰．韋伯斯特的憎恨更勝於你。他認為韋伯斯特就是一直在騷擾我的那個人。他要我取得更多的證據，好把他送進大牢，除此之外，他不希望我花任何時間和韋伯斯特在一起。」

「那你對韋伯斯特有什麼感覺？」

「這……很難說。我還是很怕他。但是他又在幫我——幫得比我預期的還要多。」

「他是為了操控你。」

「是我在操控他。」酒的口感很柔和，而且冰涼的程度也很完美。「馬克，我知道自己在做什麼。」

「我知道。」他調整了一下坐姿。「聽著，英格麗，你非常聰明、勇敢，而且握有很多資源。你這輩子的工作都在檢視事實、查明事實的重要性，因此，我實在不懂你為什麼需要這個警察或者約翰．韋伯斯特來幫你找出到底發生了什麼事。你自己可以弄清楚的。如果你需要有人保護你的人身安全，你還有我。不需要什麼附加條件，也不需要負擔什麼義務。」

「這……很好心。」我小心翼翼地說。你上次見到我的時候，多多少少還指控我縱火和謀殺，而我認為關於你和佛蘿拉的出軌，你也依然在對我說謊，還有，我不知道你為什麼要讓你自己牽扯進來，所以，不管有沒有這頓午餐之約，我都不會相信你。他伸出手覆蓋住我的手；我瞬間閃了開來，對於他帶給我身體上的反應感到不安。我被他碰到的皮膚掠過一陣刺痛的感覺。

「我不希望你為了我而冒險去誘捕約翰．韋伯斯特，」馬克語氣平淡地說。「我也無意打擊你。我只想確保你的安全。你也知道你可以信任我。」

問題是，我不確定我可以信任他。我看著水杯裡一顆沿著杯緣逐漸浮到水面的氣泡，什麼也沒有回答他，當下沒有，後來也沒有。

不過，我記住了他所說的某些話。亞當和韋伯斯特都不認為我有能力可以自己解決事情。馬克比他們任何人都了解我。

這番話讓我持續思考到深夜，甚至隔天都還在想，然後，我打了幾通電話。

29

當我看到塔拉．瓊斯警探匆匆走進警察局前台找我的時候，我立刻就記起她了。她是一名出色的黑人女子，身材高挑優雅，喜歡鮮紅色的口紅。我上次見到她的時候，我們的立場相反，不過，這回她一見到我，就溫暖地和我打招呼。

「很久不見了，是嗎？」

「四年了。」

「時間過得好快。」

她帶我走進一間小會議室，這個毫無特色、藍色牆壁的空間，充滿了我創痛的回憶：我曾經在這裡對著同情我的警察，結結巴巴地陳述約翰．韋伯斯特對我所做的恐怖行為，也曾經在這裡試著幫高德探長弄清是誰殺了薇琪。

我很快從過去的回憶裡回到現實，發現塔拉正在耐心地等著我回神。

「抱歉。你問我什麼？」

「我在想，我能幫你做什麼。」她皺皺眉頭。「我本來打算問你，你還好嗎，不過，你看起來顯然並不好，所以如果我問了這個問題，那就顯得很傻了。」

「我還好。」我試著擠出笑容。「很抱歉來打擾你。我知道事情已經過了很久了，而你可能也不會特別記得這個案子。」

「不，我記得很清楚。」她愁眉苦臉地說。「那個案子很麻煩。我們得逼皇家檢控署在第一時間起訴，後來審判也不如我們所願。」

「在那種案子裡，陪審團確實會傾向在證據不足的情況下，把被告當作是無辜的。」

「我也是那樣告訴麗莎的。但是，讓十二個陌生人聽你說完你的事件版本，然後決定你是在說謊，這實在讓人很難接受。難怪人們會說在法庭上歷經的過程，可能比強暴事件本身帶來的創傷還要大。」

「你為什麼認為她一心一意要起訴他？」

「那對她來說是一種迷戀。我還記得，如果我們沒有上法院去處理那件事的話，我擔心她會出什麼事。當然，他後來被無罪釋放，那還真是太可怕了。不過，你為什麼想要知道那些？」

「我想要弄清麗莎和當時涉及那場審判的人所遭到的一系列暴力攻擊有沒有關聯。」我用手指數著遇害的人數，同時對沉默不語、一臉震驚的瓊斯警探解釋近幾個月所發生的事。「我唯一能想到的就是，她沒有從那個案子裡恢復過來，她想要報復。」

「她絕對沒有從那個案子裡恢復過來。她沒有時間恢復。她在六個月後自殺了。」

「她什麼？」

瓊斯警探的眼裡閃過一絲滿意的神情；我的反應正是她想要的。「當我知道你要來找我談這個案子的時候，我就懷疑是不是和麗莎有關。她從M4高速公路上的一座橋跳了下來。被一輛卡車輾過。我猜，應該當場就死亡了。」

「噢，我的天。」我是真的嚇到了。「但那和那場審判有關嗎？或者——」

「我不能說有直接的關聯——她沒有留下紙條或任何訊息——不過一定有關係。審判結束之後，她的狀態並沒有什麼問題。她確實有去做諮詢，但是她也數度企圖自殺。她最後住進了溫莎一家私人醫院的照護中心。在他們放她出來的那一天，她收拾好房間、向工作人員和她的朋友道別，然後把她的袋子和家當都留在溫莎一家咖啡館後面的巷子裡，就出發去了高速公路。她在那裡找到了一座橋。就這樣。」

「太可怕了。」

「她沒有浪費任何一點時間——她的心意已決。通常人們在看到潛在的自殺者付諸行動之前，都會先打電話通知我們。那些潛在的自殺者會站在橋上，看著底下川流而過的車子，企圖讓自己跳下去。但她並沒有給任何人救她的機會。」

「她可憐的家人。她父親——」

「他那時已經不和她講話了。」塔拉．瓊斯往後靠，雙臂在胸口交叉。「他們發生過一次很劇烈的爭吵，那也可能是造成她自殺的原因之一。」

「為什麼爭吵？」

「他認為她不夠努力讓自己變好。說句公道話，他還把他們家的房子拿去抵押，好幫她付海立德醫院的費用。她家人在實質上給她的支持已經做到極限了。也許情感上的支持就沒那麼充分。」

「你怎麼知道這些的？」

「我有去驗屍。她母親要求我一起去的。我向來都和穆勒太太處得不錯。」

「你人真好。」

她搖搖頭，不覺得自己值得稱讚。「那對我來說不過就是一個上午的時間，但是對他們而言卻意義重大。驗屍之後，他們確實控告醫院有所疏失。我認為那有點冒險，不過他們最後得到醫院的和解，所以還是有用的。我猜，醫院也不想讓外界認為她父母的錢一用完，院方就把麗莎踢出了醫院。他們也沒有告訴她的家人說，她需要到比較正式的精神病院去。一旦他們把穆勒家掏空之後，她就突然痊癒可以出院了，這也太可笑了。」

「醫院給了很大一筆錢嗎？」我問。

「我不知道多少，不過足以讓他們移民了。」

「他們去了哪裡？」

「開普敦。他是南非人。他們搬到英國來撫養麗莎，因為他們覺得她在這裡的生活會比較好。他們把所有的東西都給了她，不管是用什麼方式，所以，我很高興他們有了那筆錢可以為他們自己展開新的生活。」

「他們還在那裡嗎？」

「對。他們前幾天寄了一張聖誕卡給我——他們一直都有寄給我，也一直都會邀請我去找他們，不過我從來都沒去過。他們在一個觀光景點買了一間民宿。你可以在那邊賞鯨。看起來還不錯。」

「他們曾經提到過麗莎嗎？或者搬回英國？」

「麗莎是他們唯一的孩子。從他們的言語裡，他們希望離英國越遠越好，然後把一切都忘掉。」

結束和塔拉．瓊斯的會面後，我回家花了一點時間，在網路上搜索有關麗莎死亡的所有報導。我在驗屍新聞上找到一則報導（裁決：自殺），上面有事情發生的日期和地點。根據這個訊息，我又做了一些搜尋。結果找到了一則無情的報導，只是對事實做出了殘酷的聲明。

女子死於出院後

一名年輕的女子在從溫莎一家醫院出院之後幾個小時，意外死於M4上面。這名二十歲的女子具有精神病史和自殘的紀錄。這場意外在週六下午五點，發生於M4高速公路的六號和七號交流道之間。警方確認她的家人已經接獲通知，不過並未公開她的名字。

海立德的一名發言人表示，他們無法就個別的案子提出評論，不過，院方會完全配合調查。海立德醫院是一家專治精神疾病、飲食失調和藥物上癮的私人醫院。該院涉及一些被過去的病患比擬為「虐待」、且飽受爭議的治療方式。

這起意外導致的交通管制引起了車流的混亂，造成M25高速公路靠近希斯洛機場處出現長達兩英里的車輛長龍，M4上的交通也受到重大的延誤，直到晚間九點道路重新開放為止。

原來，交通狀況才是一名年輕女子自殺事件中最值得關注的重點。報導的語氣充滿了她居然敢給那麼多人帶來不便的味道。

可憐的麗莎，我暗自想著。可憐，可憐的麗莎。她和刑事司法系統交手的結果就是一場災難。如果審判的結果有所不同的話，也許會有些幫助，但是沒有人可以保證。創傷在司法執行的過程中已經造成了。

而我無法否認的是，我在這件事裡也扮演了一個角色。

30

「亞當，你在這裡幹什麼？」

星期三下午已經過了一半。會在這時候毫無預期地前來敲我辦公室門的人當中，亞當絕對是其中的首選，不過，我還是很驚訝看到他的出現。

*你和他有什麼牽扯嗎？*當馬克問我這個問題的時候，我說沒有，然而，此時見到亞當卻讓我的心怦怦地跳個不停。他雙手插在口袋裡，眼神看起來似乎很困擾。

「我想要來見你。」

「噢，」我慢慢地說道。「為什麼？」

「我想看看你好不好。」

「你真好心。」

「你讓暖空氣都跑光了。」亞當停了一下才說。

「如果有暖空氣可以外洩的話，我會讓它跑出去的。」

他把目光從我身上移開。「我來錯時間了嗎？你有訪客嗎？」

「算不上是，沒有。不過……呃……」我做出了讓步，放棄繼續讓他站在門外的念頭。「進來看看吧。」

他踏進我的辦公室，在我的桌子前面停下腳步，掃視著蓋滿一疊疊紙張的桌面。「這都是些什麼?」

「因為有一場審判更改了時間,所以我有一點空檔。我在做一些功課。試著釐清關於麗莎・穆勒的審判,我都知道些什麼。」

「這基本上和一面雜亂無章的牆壁沒有差別,不是嗎?只不過你還沒把它們都貼起來而已。」

「我沒有多餘的牆壁來貼了,」我承認道。「我正打算把它們都放到地板上。」

「跟我說說吧。」他看起來很嚴峻。「告訴我關於這宗強暴案的審判。」

「蓋・藍斯伯瑞是我們的客戶。他被控強暴了一名同校的學生,麗莎・穆勒。她才十九歲,而且很瘦小。他很壯碩,有六呎(一八三公分)高,相貌堂堂,口才又好——典型的公立學校男孩。他看起來像個成人,但是在很多方面他還很年輕。有一天晚上,他們和一群朋友出去慶祝她的生日。結果他們回到了他的公寓,上了他的床,然後在當晚的某個時候,他們發生了性行為。他說她完全同意,而她說是他強暴了她。陪審團認為沒有足夠的證據可以證明有強暴行為,所以他被判無罪釋放,而這也是個正確的決定。不可能證明的。」我繞著桌子來回踱步。「但是這讓麗莎付出了慘痛的代價。我和負責的警官聊過,她告訴我麗莎在六個月後自殺了。」

亞當吹了一聲口哨。「因為那場審判?」

「你可以假設那是一部分原因。」

「而你認為這和你目前的困境有關?我不確定。」我準備好要被潑冷水了。「強暴案被定罪的比例出人意料的低。退一步說的話,你提出來的假設算是一種極端的反應。怎麼會有人花上——四年的時間？——在計畫報復？他們難道不想把這件事拋諸腦後嗎？特別是她還自殺了？」

「你會這樣想很正常。我又把她的證詞和柏琳達的交叉詢問紀錄都看了一遍。那很殘忍，亞當。柏琳達提出的一個個問題，把她打擊到體無完膚。那不只是證明了她在她最初的聲明上說謊。在她剛開始作證的時候，麗莎看起來既脆弱又甜美，而柏琳達證明了她一點都不天真無邪。當那件事發生時，她早就和他們朋友圈裡——朋友圈裡有男有女——一半的人都睡過，雖然這一點在審判裡並沒有被提及。」

「那不算犯罪行為，除非他們沒有同意要和她發生性行為。」

「是的，那當然沒有犯罪，可是，卻對那晚發生的事情產生了影響。剛開始的時候，蓋不肯告訴我們發生了什麼事。他花了很長一段時間才信任我們，然後才把細節告訴了我們。呃，是告訴我，他信任我。」

「他信任你嗎？」

「我猜我是他的團隊裡最年輕的人。最沒有威脅性。」我停下來，記起他在加特爾大樓的會議室裡哭泣的那一幕，那間會議室明顯地比我這間事務所的會議室要宏偉多了。他坐在桌子前面，雙肘撐在桌面上，用手覆蓋著臉，估計是充滿了痛苦和屈辱。他花了一個小時才把他的事件版本說完，儘管他所說的內容很簡短。「他還是個處男。但她不是處女。他們兩個都喝得很醉，而她早就決定要讓他和她發生性關係。我想，不管怎樣，她都希望能和他發展一段真的關係，而她也決定這是說服他和她出去約會最好的方法。在喝醉和緊張下，他沒有辦法進行性行為，這讓她很生氣。她說他太軟弱，太可悲，而她打算把他做不到的事公諸全世界。他當時和後來都感到身心交瘁。她發了一則簡訊給她的一個朋友，抱怨說他無法勃起，有了這則簡訊作為證據，所以我們才無須把蓋傳喚到證人席，要他在陪審團面前為此作證。這也許對他在面對審判所帶來的創傷上有點幫助，但傷害畢竟太大了。我們真的很擔心他。」

「你們為他感到擔心。那麗莎呢？我想凡事都有兩面。」

「當然，如果要我站在她這一邊來告訴你這個案子的話，我會說的是那天晚上的事是怎樣對她造成了傷害。她完全被擊垮了。她在各方面都遭到了羞辱。他們的朋友決定選邊站，一如他們向來會做的那樣，而由於蓋一直都比較受歡迎，所以，當她讓他受到學校的停學處分時，她就遭到排擠了。大家對她那天晚上的行為，以及她去報警指控他的做法做出了嚴厲的評斷。我懷疑她是不是曾經想過在審判結束前就直接離開。我想，她可能覺得打官司是值得一試的，因為，如果他被定罪的話，每個人就會接受她所做過的事，認為她讓他被停學是對的。但是這場官司卻讓她受到了重擊。」

「在我聽起來，她仍然像是受害人。」

「她是。沒有人毫髮無傷地度過那場審判，相信我。她父親每天都來出席審判。證詞的字字句句聽在他耳裡是多麼痛苦，然而，判決卻更糟糕。他崩潰了。」我記起了他，當受過急救訓練的警員快速跑到他身邊、當法官下令法庭清場的時候，他那一頭白髮、不停喘息的模樣。「我們贏了，但是從那時候起，我就沒有再接過任何強暴的訟訴案。」

「我不知道你們有誰可以再接那種案子。」

「他們都值得受到辯護。」

「隨便你怎麼說。不過，有些人就是需要被關起來。」亞當嘆了口氣。「你在對我講述這個故事的時候，告訴我他受到怎樣的創傷，而她是如何對他使壞，但是在這個案子裡，事實上，她是睡著了，或者暈過去了，而他卻侵犯了她。她根本不可能允許他這麼做，這點你也知道。」

「陪審團覺得——」

「噢，陪審團。我敢打賭在你們把他們搞得團團轉之後，他們根本分不清左右了。」

「大部分的時候都不是我在辯護，是柏琳達，而她所做的只是對證詞提出盤問。我只是找到了讓我們可以辯護的那些簡訊。我也對幾個證人提出了交叉詢問。沒有足夠的證據讓陪審團對他定罪。所有的人一定都覺得好像是他贏了，而她輸了。當時我曾經對她感到抱歉，現在也是。但是，那場審判，以及我們處理的方式——都和我感到抱歉無關。關鍵是，一定是因為這件事，亞當。一定是。在我們所有被盯上的人之間，這件事是唯一的關聯——柏琳達、法官和我。至於為什麼一直到現在都沒有人把這些串起來，那是因為我是唯一一個知道所有這些事的人。柏琳達的死、法官的死，還有可憐的薇琪，都是分開調查的。沒有人把這三個調查連結在一起過，除非他們就站在事情的中心點，像我一樣。」

「你說得沒錯。」他往前踏出一步，雙手環抱著我，把我拉到他的胸口。我先是抗拒了一下，隨即靠在他的胸口放鬆了自己。與其說他的肌肉發達，不如說他的胸膛充滿彈性，我可以用自己的雙臂環繞住他，將他抱得更緊。他的氣習彷如冬天的空氣。「不過，你並不是獨自站在中心點，我就在這裡，和你在一起。」

「你認為我說對了嗎？」

「你也許是對的。也或許是約翰・韋伯斯特企圖要讓你以為這些事都和這個案子有關。不管誰對誰錯，我們都要確保你的安全。」他的身高讓他剛好可以把下巴貼在我的頭頂上。一陣嘆息讓我的頭髮感受到了微微的擾動。「我可以幫你跟進這件事。這樣會有幫助嗎？」

我往後退開，這樣就可以看到他的臉。「如果你可以查查看藍斯伯瑞一家是不是還住在原來那個地址，那就是幫了我的忙，因為這樣我就可以警告他們這陣子所發生的事。而你也可以聯絡穆勒一家，看看他們是否還在生氣。」

「我絕對不會那麼做的。」

「可是——」

「不，英格麗，聽我說。我不知道你有什麼計畫，但是，你不能讓他們女兒的事再打擾到他們。這是發生在他們身上最糟糕的事了，你不可以再把這件事挖出來。你可能會惹上大麻煩，而我認為那正是韋伯斯特的計畫。你知道他很擅長在審判中，用他的方式去煽動原本站在你那邊的人，藉此來造成你的恐慌。他可以在一瞬間就設下這種圈套。他們是真真實實的人，有著真真實實的情感，你不能帶著你自己的論點，就那樣一頭撞進他們的生活。你會讓他們感到難過，或者會置你自己於危險之中，而不管是哪一個，都是無法令人接受的。」

「那要怎麼辦？你會做什麼嗎？」

「我會私下打幾個電話來尋找藍斯伯瑞一家。警告他們也許確實會有幫助。」

「我還能做些什麼？」

「你還找到了什麼？」他看著桌上。

「這是當時也在法庭上的法庭職員名單——很長的一份名單，因為他們大部分都比你我更憤世嫉俗，而我也不認為他們會對某一場特定的強暴審判感到大驚小怪。不管這場審判裡出現過什麼證詞，他們永遠都聽過更糟的。」

「沒錯。還有誰？」

「警察。」我敲了敲一捆紙張。「我和塔拉·瓊斯談過，她是負責這個案子的警官。麗莎的死是她告訴我的。我可以想像這個案子和它造成的結果，可能讓她很沮喪。」

他眉頭緊蹙。「你認為她也涉及這一切？一名警官？涉及謀殺？」

「如果她有涉及的話，那她一定是個很好的演員。我並沒有從她身上感覺到任何的敵意。基於人性，我想，她能親自告訴我麗莎發生了什麼事，這讓她感到某種程度上的滿足，不過我不覺得那是針對我個人。總之，她當時也在法庭上，所以她現在才在這份名單上。」

「噢。還有呢？」

「證人。麗莎有兩個朋友，黛絲和尤咪。黛絲是我交叉詢問的那個。她有麗莎在那天傍晚和夜裡發給她的簡訊，那些簡訊對於證明麗莎原本就有意和蓋上床有幫助。」

「還有其他人嗎？」

「那名皇家檢控署的律師。反方的出庭律師蘇西·艾倫現在是御用大律師了，所以我不能說輸了那場審判在實質上阻礙了她的發展。她當時沒有助手。陪審團——」

「你不可能追蹤他們。」

「我還沒那麼做，而且我也做不到。不過，他們當時也在。」我把頭髮往後撥開，發現有幾縷髮絲已經從馬尾上鬆脫了。「我記得那不是陪審團一致通過的判決。最後是十一比一，有一個人反對。」

「但是你永遠不會知道那個人是誰。」

「是的。那只是一個可能性而已。我想把所有的可能性都列出來，然後看看會有什麼發現。」

「你應該來做我的工作才對。」

這是個玩笑，但是我卻一點都笑不出來。「我很害怕，亞當。有人想要殺我——也許是這張桌上的名單裡的某一個人，也許是某個我連想都還沒有想到的人。我現在做的一切都是為了讓自己活命，包括向約翰．韋伯斯特求助，你不能怪我。」

「好吧。那就讓我幫你。」他翻了翻成堆的名單。「你得刪減你的嫌犯名單。這樣沒辦法處理。把警察剔除掉——」於是，塔拉掉到地上了——「還有法院的員工、陪審團、司法專業人員。我想家人也不需要。把約翰．韋伯斯特加進去。我會刪掉朋友——你沒有辦法追蹤到他們，而且他們也幾乎不可能找得到你，做出這種持續性的騷擾和謀殺。」

「誰知道呢，」我看著我的嫌犯名單越來越少。「你最好留個人給我。」

「我正要加一個人進去。你知道你遺漏掉某人吧。」

「誰？」

「你的前男友。」

「馬克？我不認為……」我沒往下說。他知道我和馬克見面一起午餐嗎？

馬克約我一起午餐是為了想要明白我都知道了些什麼嗎？

「你自己說過，你見到他的時候，他對你很生氣。他有能力監聽你的公寓，偽造電話留言，讓韋伯斯特回來找你。他從來沒有原諒你讓他的生活變得四分五裂。」

「但是那都不是我的錯，」我說。「是約翰．韋伯斯特毀了一切。」

「是嗎？」亞當一直傾靠在桌上，看著我的筆記。他挺起身來看著我，臉上寫滿不情願。「我不想這麼說，但是，在我聽過約翰．韋伯斯特說出你的貓發生了什麼事之後，我發現我不能對你的一面之詞信以為真。你所說的事件版本幾乎是真的——也許你甚至說服了你自己那是正確的——不過，那讓他變成了壞人，也讓你看起來像是受害者。他說他幫了你，而我這次也相信了他。」

「是嗎？你相信約翰．韋伯斯特而不相信我？」

「我自己打過了幾通電話，英格麗，而我知道你騙了我。我一直在想，這是不是一場大騙局，而我就是那個被愚弄的人。」

他的話像一陣冰冷的巨浪讓我震驚不已，讓我幾乎失去平衡。「你是什麼意思？」

「你為什麼沒有告訴我關於佛蘿拉．珀爾的事？」

「你知道關於佛蘿拉．珀爾的事。」我費力地說。

「我知道她死了。」

「還有什麼要知道的嗎？」

他的嘴唇緊繃。「那麼，你因為殺了她而被捕的那個小細節呢？」

31

摘錄自凱爾・庫柏警長（KC）和菲爾・羅伯斯警探（PR）對英格麗・路易斯（IL）所做的訊問。只有聲音。沒有影像。沒有事務律師在場。路易斯小姐被捕並且已經被告知其法律權利。

KC：你之所以被逮捕，是因為我們掌握到了一些新的資訊，而很不幸地，這些資訊讓你被列為了嫌犯。

IL：我真是不敢相信。

KC：而你放棄了免費且獨立的法律諮詢。

IL：我是律師。新的資訊是什麼？我必須得說，我很期待聽聽看。

KC：讓我帶你回到火災當晚，也就是三天之前的晚上。你記得你那天在做什麼嗎？

IL：我之前已經告訴過你了。

KC：再告訴我一次。

IL：我在金斯頓皇家法院等一個陪審團回去。我從早上九點就在那裡，一直待到下午四點過後。然後我回到家。換好衣服。把一大堆衣服放到洗衣機裡去洗。我打電話給我最好的朋友。我想——對了，我預約了修車，因為我開車去金斯頓，回程時車子出現了奇怪的聲音。一種摩擦聲。我覺得車子出了什麼問題。我打電話問馬克，未來一星期內他需不需要用車，我可不可以預約把車子送進車廠。他約了人晚餐——工作上的事。所以就剩我自己一個人在家。之後，我吃了點東西——豆子和吐司，如果你想知道的話——然後去了本地的電影院。我離開家的時候應該是七點半。

KC：你有把警報器打開嗎？

IL：有。

KC：你有鎖門嗎？

IL：當然有。我檢查過所有的門。我很謹慎。你知道的。我告訴過你約翰・韋伯斯特的事，以及他一直都在做什麼——

KC：我們只需要聚焦在那天晚上的問題就好。你看了什麼電影？

IL：北西北。那時他們正在辦希區考克季。

KC：你幾點離開電影院的？

IL：我在九點四十分離開的。

KC：你直接回家嗎？

IL：對。我走路回家。

KC：你不怕在晚上走路。

IL：我怕。但是我也不喜歡搭計程車或巴士。我寧可走在大街上。那樣我就可以逃跑。

PR：【聽不到聲音】

KC：你想說什麼嗎，羅比？

PR：沒有，抱歉。請繼續。

IL：我往回家的路上走。在我到家之前，我看到有一輛消防車開進我們家那條路，我就在想，希望那和我家無關。你知道你都會這樣想……

KC：是的。

IL：結果，這次我完全錯了。我快到家的時候，看到了著火的房子。

KC：你知道那是你的房子嗎？

IL：我覺得是，但是我希望不是【哭泣】。

KC：你要暫停一下嗎？因為——

IL：不用，不過我需要衛生紙……

KC：你可以繼續說話嗎？

IL：可以。

KC：那我們回到剛才的問題。所以，你看到了房子。還有呢？

IL：呃，整條街都很忙。有一條警戒線。每個人都出門來看大火和消防員。警察一直在讓人群往後退。我說那是我家，一開始的時候他們還不相信我，後來，警戒線那邊的警察讓我過去，帶我到另一個警官那裡。我忘記他的名字了。

KC：沒關係。我有他的名字。

IL：對，你會有的。抱歉。我試著要想起來。

KC：慢慢來。

IL：他們問我，有沒有人在房子裡，我說沒有，因為我以為馬克不在。我告訴他們，馬克和別人在外面吃晚餐。但是他們說他在那裡，還說他曾經在屋裡。我以為——我以為房子著火的時候，他人原本就在屋裡。我不知道他是從外面進去的。

KC：你有和他談過他為什麼要進去嗎？

IL：沒有——不算有。他說——他很擔心。他想要看看——我是不是在裡面。或者我們家的貓是不是在裡面。我想他只是——他可以看得到火勢很大，我們需要把所有有價值的東西拿出來。呃，護照、電腦……這類的東西。我工作的東西。我的假髮和長袍——不過事實上，它們在我的車裡。你可以問他，他為什麼要進去屋裡。

KC：我問過了。

IL：噢。好吧，我只是把他對我說的告訴你。我那時也不知道他在哪裡。【聽不清楚】我——呃，我——

PR：當然。

IL：是一名警官帶我到救護車去的，而他就在救護車上。他在屋裡待過。吸入了濃煙。在那之後，他們把他帶到醫院。不過，幾個小時後，他就離開醫院了。

KC：他看到你的時候說了什麼？

IL：他哭了。他們告訴他房子裡有一具屍體。他以為是我。

KC：你認為呢？

IL：我以為那可能是約翰・韋伯斯特。我希望是他。

KC：你希望他被燒死？

JL：你不了解。

KC：解釋給我聽。

JL：算了。

KC：我會希望你多告訴我一點。

JL：我只是覺得，如果他放火燒了我們的房子，那他被火燒了也很公平。

KC：公平？

JL：約翰·韋伯斯特都做了些什麼，你都有紀錄。我知道你有。那是我對那具屍體最初的感覺。後來，他們說那是個女的，我覺得很難過，這你應該可以想像得到。

KC：你為什麼難過？

JL：那種死法太可怕了。

KC：是很可怕。她被困在你的臥室。

JL：【聽不清聲音】

KC：他們在床底下發現她的。

JL：我不想——

KC：當然。

JL：——我不想去想這件事。我可以想像得到。我認識她。我還滿喜歡她的。

KC：是嗎？

JL：我和她不熟。她似乎很甜美。很年輕。

KC：你怎麼認識她的？

IL：她是馬克錄音室裡的前台。

KC：她在你家做什麼？

IL：我不知道。完全不知道。

KC：佛蘿拉．珀爾是你未婚夫的員工，對嗎？

IL：對的。

KC：她二十三歲。

IL：大概吧。

KC：就是二十三歲整。非常年輕。

IL：我不知道她是怎麼進到房子裡面的。我一直都想不透。

KC：她自己進去的。

IL：怎麼進去的？不可能。她以前從來沒有到過我們家。

KC：我現在要給你看一些訊息，我希望你能把它們唸出來。

IL：什麼訊息？

KC：電子郵件。

IL：好。這封是發到佛蘿拉的公司郵箱裡的，裡面寫著：「請不要再穿那件裙子去上班。那很讓人分心。我會想要把我的手放上去。」沒有署名。誰發的？

KC：這份訊息是從一個匿名郵箱發出去的，不過，這個郵箱是馬克的。

IL：馬克？我的馬克？

KC：是的。

IL：不可能。

KC：可以請你讀下一則嗎？

IL：上面寫說：「我今天早上看到你的時候，我想要把你壓到桌上佔有你。你知道要在你身邊維持正常的行為有多困難嗎？你知道我有多辛苦嗎？」

KC：接著唸她的回覆。

IL：等等……

KC：好？

IL：我只是——那有點——好吧，我沒事。這則說：「我希望我們能在一起。這讓我快發瘋了。我知道我們不能冒險在上班時被抓到，不過，為了和你在一起，任何事我都願意做。」

KC：還有其他來自同一個手機號碼的簡訊。我們可以看到雙方的對話。我要給你看一些列印出來的簡訊。

IL：她有發照片給他嗎？

KC：有。

IL：裸照？

KC：大部分是。很清楚的圖像。

IL：你有嗎？

KC：有。

IL：我可以看看嗎？

KC：我覺得不妥。

IL：如果那不是她呢？

KC：是她。這兒有一則四天前的對話。如你所看到的，馬克要求她去你們家。他把警報系統的密碼給了她，並且告訴她，他會留一把鑰匙給她。你的電影入場券是當晚買的，還是那週稍早的時候買的？

IL：那週稍早的時候。

KC：你有和馬克討論過嗎？

IL：有。

KC：所以他知道你要出門？

IL：是的。

KC：而他告訴你他會出去？

IC：是的。

KC：但是他安排在你們家和佛蘿拉見面？

IC：我——是的。我不知道。

KC：你不知道佛蘿拉和馬克在交往？

IC：交往——不知道。但是我不會說他們在交往。也許是在調情吧。

KC：這很明顯和性有關。那些照片——安排要見面……

IL：關於這件事，馬克怎麼說？

KC：你得去問他。

IL：我並不想和他說話。

KC：你還好嗎，路易斯小姐？

IL：我還好。不，我想吐。

KC：詢問在下午5點14分暫停。

KC：詢問在下午5點29分恢復。

KC：你知道他打算為了她而離開你嗎？

IC：無可奉告。

KC：你有因此而和她起衝突嗎？

IL：無可奉告。

KC：你威脅她嗎？

IL：無可奉告。

KC：你知道她那天晚上會去你家嗎？

IL：無可奉告。

KC：你有告訴她你會出門嗎？

IL：無可奉告。

KC：是你縱火的嗎？

IL：無可奉告。

KC：你殺了佛蘿拉．珀爾嗎？

IL：無可奉告。

32

維多利亞和阿爾伯特博物館的咖啡館高朋滿座，每當有大受歡迎的展覽在此舉辦時，這間咖啡館在午餐時間總是座無虛席。我費了一番力氣，才在莫里斯廳的角落要到一張兩人座的桌子。好不容易要到座位，我就得繼續佔著這個位子，不過，我不知道我那杯即將見底的咖啡和一副別惹我的表情，還能幫我佔多久的位子。我們約定好的時間已經過了半個小時，然而，約翰·韋伯斯特依舊不見蹤影。遲到不像他的作風，除非他老毛病又犯了；他會很高興知道我在等他。

一名老婦端著一只托盤，氣喘吁吁地停在我的桌子旁邊，托盤上放滿了茶壺、茶杯、小碟子和一只填滿奶油的巨無霸麵包。「我可以坐下嗎？」在我還沒有回答之前，她就開始把托盤放到桌上了。

「很抱歉，」我很快地說。「我在等人。」

她狠狠地瞪了我一眼，拿起托盤轉身就走，所有的東西——杯子、小碟子、茶壺、湯匙和叉子，就連那個麵包——都在托盤裡移位了好幾吋。我屏住呼吸，以為它們馬上就要從托盤裡掉出來了。如果這樣的話，就會造成一團混亂、滿室騷動，還得出動咖啡館員工和一堆吸水紙巾展開無止境的清潔過程……

我站起身來扶穩托盤，把托盤從她手裡拿開。

「讓我幫你。那邊有張空桌，如果你不介意桌上還有些麵包屑的話。」

「我不介意，沒關係。或者你可以找人幫我清潔一下。」

我低姿態地接受了她的要求，看來，幫她弄到她滿意為止現在變成了我的工作。不過，她年紀很大，又覺得很熱，也許看了一個上午的展覽讓她筋疲力盡了。我應該好心一點。

我自己把桌子清乾淨，並且在離開她之前，確定她有紙巾可以在吃麵包的時候用上。當我轉身準備走回我自己的桌子時，只見一名穿著黑色外套的男子坐在我的位子上，怯怯地對著我笑。他已經把我的空杯子挪到一邊，好空出位置來放他的那杯小小的濃縮咖啡。

「你遲到了。」我毫不優雅地一屁股在他對面的那張紅色皮椅坐下，卻發現椅子坐起來搖搖晃晃的，真是想當然耳。「你去哪兒了？」

「用這種方式打招呼實在不太好。」

「我們不需要打招呼。」

「噢，親愛的。你看起來有些悶悶不樂。」他噘起下唇，露出一抹嘲諷的同情。「你怎麼了？」

「沒什麼。」我突然發起脾氣。我知道我看起來很糟糕。昨晚我一夜沒有闔眼，而且到現在都無法嚥下任何食物。即使在我狀況最好的時候，見到韋伯斯特都讓我感到緊張，不過，那不是我之所以有黑眼圈和眼袋的原因。黑眼圈和眼袋讓我看起來活像個出現在莫里斯廳華麗背景下的結核病患者，就像維多利亞時代任何藝術家的模特兒一樣。

「好吧，我們就從比較簡單的問題開始。這個漂亮又充滿歷史感的地方有什麼問題嗎？大部分的人都喜歡維多利亞和阿爾伯特博物館裡的咖啡館。他們還做了一整個廣告在宣傳呢。你還在堅持要在你不喜歡的地方和我見面，還是說你已經忘記你的堅持了？」

「沒有，我討厭這裡。不僅到處都是人，而且他們從來都沒有我想要的。」

「你想要什麼？」

「少來了，約翰。你應該知道的。不要告訴我你那本英格麗大全出現了什麼遺漏。」

他高興地眉開眼笑。「我顯然有什麼遺漏掉的。這就是你為什麼這麼有趣的原因。永遠有新的事物值得讓我學習。」

他的話讓我毛骨悚然。「我們能談談我為什麼要和你見面嗎？」

「當然。」

我把那場審判的事告訴了他，還有我所發現的、關於麗莎·穆勒的事。

「所以，你想要我做什麼？」

「找出她的朋友，尤咪和黛絲。我沒有她們的任何資料，所以，你可能會遇到困難。我甚至連她們的照片也沒有。我可以描述她們的外型給你聽，不過，我上次見到她們已經是很久以前的事了。」

韋伯斯特虛假地笑了笑。「那不是什麼問題。」

「你要怎麼做？你要怎麼找出任何你想要知道的事？」

他立刻大笑。「主要是心理學，還有常識。人們會對他們自己知道的地方感興趣。我會去他們讀書的地方找他們，或者在他們家人所在、或曾經待過的地方找。」

「聽起來好像巫術一樣。」

「人們總是會不斷地洩漏他們自己的訊息。隨便在這間咖啡館裡挑個人，我可以在二十四小時之內，告訴你他們家前門的顏色。人永遠都不會改變。你可以預測得到他們要做什麼，以及他們會如何反應。你可以用這些來對抗他們。」他露出一副沾沾自喜的模樣。「你以為你做的是自由選擇，但是事實上，你所做的決定都和你所知道的，以及讓你覺得安心的元素有關。」

「這是在說我嗎？」

他咧嘴笑道：「我永遠都會想到你，英格麗。我會想到你也很合理。我敢打賭，你一直在查詢飛到哥本哈根的機票價格。」

「我——什麼？你怎麼知道的？」我覺得臉頰發燙。「你又在監視我了？」

「沒有。你想去哥本哈根看你父親，不是嗎？因為他讓你有安全感。你不是要去看你母親——你不需要她。你需要一個男人。你和亞當・納許發生了爭吵，而你需要有人讓你在這件事情上覺得好過一點。」

我臉紅了，我真恨自己在這個時候臉紅。「不要再假裝你什麼都知道，包括我是不是有畫睫毛膏，是不是有塗腮紅等等。你不是夏洛克・福爾摩斯——你是個詐欺大師。你絕對有在監視我。」

「我真的沒有。」他緊緊地盯著我看。「你連一次都沒有提到他，你發現了嗎？我知道他沒有在幫你，因為，如果他有幫你做你想要的事，那你就不會和我坐在這裡了。」

我不想承認他說對了。我嘆了一口氣。「好吧。還有一件事我想要你去做，不過，我覺得心理學幫不上忙。我需要找出某個人，但是，我只知道柏琳達死的時候，他曾經出現在路德蓋特十字路口，此外，我對他一無所知。」

「關於這個人，你可以告訴我些什麼？」

「他是個流浪漢。」我立刻糾正了自己的說法。「他看起來像流浪漢。」

「還有呢？」

「他跛腳，但是當他需要的時候，他可以很迅速地移動。柏琳達被卡車撞到之後，他就消失了。沒有人看到他走開，而警方在監視器或任何地方也都找不到他。基本上他就是消失了。」

韋伯斯特翻了翻白眼，我想他是在對警方的能力不足表達看法。

「我確定他就是那個把柏琳達推到卡車底下的人，但是警方卻一直在找理由把這件事說成是意外。他們看監視器時並沒有看到我所看到的。」

「你為什麼認為你是對的，而他們是錯的？」

「我不知道。」我不安地在座位上挪動了一下身體。「我只是想找到他。我想知道他都知道些什麼。」

「身高呢？」

「跟你差不多。」

「年齡呢？」

「我不知道。二十幾歲或三十幾歲。」

「身材呢？」

「跟你一樣。」我咬了咬下唇。看來，他似乎對我的誠實感到很滿意。我倒想看看接下來他會怎麼反應。「他看起來很像你。當我第一次看監視器的時候，我以為那就是你。」

我以為他又要取笑說我在他的腦海裡之類的廢話，但是他卻皺了皺眉頭。「真有意思。」

「是嗎？」

韋伯斯特思索了一會兒，要花時間思考實在不像他會做的事。他通常反應都比我快。最後，他終於說：「如果你告訴我一件事的話，我就會找到他。」

我扭動了一下，發自內心討厭這種情況。「那要看是什麼事。」

「只是一個簡單的問題。為什麼吵架？」

「什麼吵架？」

韋伯斯特咂了咂舌。顯然有點惱怒。「別那麼煩人，英格麗。天真不適合你。你和納許警探的那場爭吵。」

我深深吸了一口氣。「噢。那是你的錯。」

「很好。繼續。」

「亞當發現我曾經因為謀殺佛蘿拉而被捕。」

韋伯斯特開始大笑。「噢，那還真好笑。真的太爆笑了。」

「我很高興你覺得好笑。」我探出身子往前傾，沒好氣地說道。「如果你能直接承認是你放火燒了我的房子，那可就真的幫了大忙了。」

「然後我就會因為縱火被捕？更遑論會被控謀殺了？」

「如果你被起訴的話，我保證會幫你辯護。」

「噢，那真誘人，不過，你不覺得這樣比較好玩嗎？」他啜著他的咖啡。「不要告訴我那個警察很震驚。」

「他當然很震驚。儘管我只是當了一天或幾天的嫌犯，但事實是我遭到逮捕、被警方訊問，還被他媽的關起來，約翰。你也許很習慣那些，但是我可完全不是。」

從逮捕我的那一刻，到指控我謀殺的時候，那個魁梧、大膽又熱心的警探，一直都很友善而且體貼。

「我可以想像。可憐的英格麗。不過，你的三寸不爛之舌還是讓你全身而退了。」

「充滿了艱辛。」我可以把這件事列到我那一長串這輩子再也不要想起的事情清單裡。

「你不應該殺她的。」韋伯斯特再度啜著咖啡，表情完全有失端莊。

「這不有趣，約翰。」我說。「一點都不有趣。」

「你的夢中情人認為你可能殺了人，那是什麼感覺？」

「亞當不是我的夢中情人。」

「我是在說我自己。」

我站起身。「你坐在我的外套上了。」

「噢，別這樣，坐下來。如果你需要的話，你是有能耐可以殺人的。這是一種稱讚。」

「但是我沒有這樣的能耐。有時候我真希望我有，特別是當我和你在一起的時候，但是我永遠也做不到。而你也很清楚這點。」我再度坐了下來，覺得筋疲力盡。

韋伯斯特愛憐地看著我。「她是個愚蠢的女孩。跟你比起來，根本毫無價值。」

「我沒有縱火。我沒有殺她。我對她的死感到很遺憾。」

他把身子探在桌面上方。「你對馬克背叛你感到很憤怒。」

「根據他的說法，他才是那個應該得到同情的人。你知道的，他的生活從此毀了。」

韋伯斯特哼了一聲。「他也太荒謬了。」

「是的。」我不停地用湯匙把小碟子翻來翻去，這樣我就可以不用看著他。「再見到他感覺很奇怪。他變了。或者是我變了。」

「是嗎？」

我不想對韋伯斯特談及馬克的事。我聳聳肩。「總之，佛蘿拉死了。沒有什麼可以讓她再活過來。這不是那種你可以忘得掉的事。」

「如果你知道她在那裡的話，而且也知道會發生火災的話，你會警告她嗎？」

「當然會。」我驚訝地眨眨眼。「她可以不用死的。」

「隨你怎麼說。」韋伯斯特心不在焉地說道，我可以感覺出他的腦袋已經在想其他的事了。他自顧自地皺了皺眉。

「怎麼了？」

「最終你會知道的。」他說。

那不是最能讓我感到安慰的回答。

33

From: Durbs@mailmeforfree.com

To: 4102, IATL

我們應該要擔心嗎？

From: IATL@internetforyou.com

To: Durbs, 4102

不用。她以為她已經解開謎團了，但她其實還是和過去一樣迷惘。

From: Durbs@mailmeforfree.com

To: 4102, IATL

你確定嗎？

From: IATL@internetforyou.com

To: Durbs, 4102

我原本有點擔心我們就要失控了，不過，她又主動回來了。她實在太容易被愚弄了，真是可悲。其他人也一樣。他們雖然離真相不遠，但是他們永遠也無法知道真相。

From: Durbs@mailmeforfree.com
To: 4102, IATL

我不知道你是如何一直板著臉的。

From: IATL@internetforyou.com
To: Durbs, 4102

我也不知道。她以為她只要絞盡腦汁，就可以破得了這個案子。

From: Durbs@mailmeforfree.com
To: 4102, IATL

愚蠢的賤人。

From: 4102@freeinternetmail.com
To: Durbs, IATL

我認為我們不應該假設她會一直搞不清狀況。她很聰明。聰明到靠她那張嘴就可以讓自己脫身了。

From: IATL@internetforyou.com

To: Durbs, 4012

沒有人在假設任何事。她已經被我們玩弄在股掌之間了。

34

即便我已經告訴約翰・韋伯斯特，亞當和我沒有吵架，即便那實質上來說是真的，但是，等我再見到他時，我發現自己或多或少還是感到緊張。不過，他在週一午餐時間來我的公寓社區大門外接我時，他看起來似乎完全正常。他開了一輛速度飛快的Golf GTI小車，咆哮地穿越過倫敦市中心的車流，疾駛過國王十字，奔向我們目的地所在的吉爾福德。我對他精湛的駕駛技術一點都不感到驚訝。他極度冷靜，就算把油門踩到底，也可以放鬆到幾乎麻痺的程度。

「你開得這麼快，從來不會感到緊張嗎？」為了生命安全，我緊抓著門把。

「我是在安全情況許可之下開到最快。有什麼好緊張的呢？」

「撞車。死掉。」

「今天不會。我今天表現得很好。」

我偷偷看了他一眼。納悶為什麼有人會讓人一見鍾情，而有人卻隨著時間過去才越發吸引人：亞當絕對就是屬於後者那一類。如果艾黛兒也在車裡的話，她一定會不斷地踢著我的椅背。上，英格麗。別讓這傢伙溜掉了。

當他打電話給我，告訴我他找到藍斯伯瑞一家、和他們談過，也得到他們的同意讓他帶我一起去見他們時，他的語氣聽起來很興奮。

「謝謝你解決了這件事。」我說。

「沒什麼。」

「我以為你不贊同我去和這些家屬接觸。」

「被害人的家屬。」他歪著頭，似乎可以預料到我要說的話。「我知道。法庭判定她不是受害人。總之，我不介意你和被告的家人聊聊。關於他們打算怎麼說起他以及他所做的事，我倒很想聽聽看。」

「不要帶著錯誤的態度去那裡。」我警告他。「我們會被踢出來。他是無罪釋放的。」

「我什麼也不會說。」

「這不只是你說什麼的問題。這是你怎麼看的問題。」

「我怎麼看，」他重複我的話。「我看起來怎麼樣？」

我盡最大的努力模仿亞當．納許瞪人的模樣，只見他把眼光從前方的路面轉到我身上，然後大笑。

「哇，好嚇人。」

「真是受夠了。」我平靜地說。他再度看了我一眼。「英格麗……」

「什麼？」我等了幾秒才問他。

他嘆了一口氣。「沒什麼。沒事。」他用拇指彈開收音機開關，讓音樂取代對話，伴隨我們接下來的旅程。震耳欲聾的音響讓我的座椅都受到了震動。在抵達吉爾福德之前，我一路都在想著他原本打算說什麼，卻為什麼欲言又止。

蓋・藍斯伯瑞的父母住在吉爾福德鎮外一個不起眼的住宅區裡的一棟小屋。當我們在屋外停車時，我往前探了一探地看著屋子。

「你確定這個地址沒錯嗎？」

「對啊，怎麼了？」

「他們一定落魄了不少。四年前，藍斯伯瑞太太渾身都戴著鑽石和設計師的名牌包。蓋念的學校是一所很貴的學校。他們是那種一年要度假三次的典型家庭，所以才負擔得起幫他找私人辯護律師的費用。」亞當聳聳肩。「我的心在為他們滴血。」

「顯然沒有。我只是不知道他們是怎麼從那樣的生活變成這樣的。一定有哪裡出了問題。他們雖然很有錢，但他們人一直都很好。」

「養大了那樣一個好孩子的好人。」

我瞪著他。「我得讓你留在車裡嗎？」

「你不能這麼做。」亞當帶著某種程度的自鳴得意說道。「他們在等我。」

當藍斯伯瑞太太開門的時候，我幾乎沒有認出她來。那些昂貴的裝飾和鑽石都不見了。她變得更纖瘦更蒼白，不過，當亞當介紹他自己和我的時候，她露出了溫暖的笑容。

「我們通過電話，」她對他眨眨眼，愉快地說。「叫我蘿貝塔就好。」

「嗨，蘿貝塔。」我說著尷尬地對她揮揮手。

「英格麗！見到你真好。」她親了親我的臉頰，把我拉進屋裡，帶我走到傑克・藍斯伯瑞所在的一間小客廳裡。「進來，進來。不要介意這個地方。房子雖然很小，不過我們可以湊合著住。我只能告訴你，情況不一樣了。」

傑克拄著枴杖，皮膚透露著一種淺灰的色調。我暗自心想，他看起來很糟，不過，我仍然試著用一抹微笑來掩飾我的震驚。「藍斯伯瑞先生。」

「請叫我傑克。」他給了我一絲閃爍不定的微笑。「從我們上次見面之後，我的健康狀況就變得很不好。」

「傑克必須結束他的生意。他沒有辦法工作。我們只得縮減開支。」蘿貝塔聳聳肩地說明。

「我一點也不在乎。房子、車子──那些都不重要。傑克平安無事才是最重要的。」

「哎，我們必須善用我們所擁有的。」傑克小心翼翼地降低自己的高度，讓自己坐到椅子上，我也坐到他旁邊，亞當則靈巧地擋開藍斯伯瑞太太端出來的食物和飲料。

「我們接到警察的電話時很驚訝，」傑克表示。「特別是和蓋有關。我們以為那些事都已經過去了。」

「這不是因為他又捲入什麼麻煩了，」我解釋道。「總之，至少不是直接涉及。據我所知，他沒有犯什麼錯。」

「我想你說的是對的。」蘿貝塔焦慮地咬著下巴。「我們已經很久沒見到他了──噢，應該有十八個月了。」

「二十二。」她的丈夫糾正她，然後用力咳嗽了幾聲。

「他在哪兒？」我問。

「我們覺得他在澳洲。呃，不是澳洲，」蘿貝塔說。「他在一個位於巴布亞紐幾內亞的海上移民營工作。馬努斯是那個島的名字。」

「實在太遠了。」傑克說出他的感想。「我不覺得那是巧合。他逃走了。」

「他需要逃開什麼嗎？」亞當問。

「我們也不知道。」傑克一邊咳嗽，一邊用顫抖的手從袖子裡拉出一張衛生紙。

「是因為那個出庭的案子，」蘿貝塔說。「我無意冒犯你和其他人，英格麗，因為我知道你已經盡力在照顧他了，但是他一直都沒有辦法忘掉。」

「但是他是無罪釋放啊。」亞當說道。

「陪審團相信他說的是實話——而他確實也是。你知道的，不是嗎，英格麗？對於那晚發生的事，他完全據實以告。他犯了一個可怕的錯誤，但是他當時還年輕。他不知道自己在做什麼，或者事後要怎麼處理。如果他當時和我談談的話——不過，沒有年輕人會想要和他們的母親談性的問題，不是嗎？你會嗎？」

「呃，不會。」亞當被當成了這個問題的對象。他回答時滿臉通紅，讓我看得好驚訝。「我可以理解他為什麼不想討論。」

「我也是。」她嘆了口氣。「但是，我們有可能可以幫助他啊。結果，他卻陷入了這樣的泥沼裡。」

她說得好像他遇到的是一個無傷大雅的困境，好像他是偷了一個三角錐或什麼同樣不值錢的東西。我不敢看亞當；我猜他現在應該很不高興，只希望他不要把憤怒寫在臉上。

傑克清了清喉嚨。「關於這件事，我們確實很嚴肅對待。如果他被送進監獄的話，我們會很擔心他的將來。我們知道那天晚上事情沒有如預期的發生，但是我們了解我們的兒子，而當他說那是個錯誤時，我們也相信他。我們以為，如果他可以挺過法庭的審判過程，然後被無罪釋放，那他就可以放下這件事，繼續他的人生。然而，我們沒有想到他對這整件事的感覺——事後的感覺，你知道的。因為即使陪審團認為他無罪，但他卻覺得有罪惡感。他知道他讓那個女孩傷心。他知道他重重傷害了她。我想，那比被關進監獄對他所造成的影響還要大很多。現在回想起來，我幾乎希望他被判有罪。那樣的話，他現在也已經出獄了，不會因為自己逃過了任何不應該逃過的事而感到罪惡。我覺得他不應該有罪惡感，但是他確實有。結果就變成了這樣。」

我強忍著內心的情緒。我們讓他無罪釋放還真是做得太好了。在我來得及反應——在我來得及想到任何可以回答他的話之前——蘿貝塔先開了口。

「我想，如果不是那些訊息的話，他應該早就可以放下了。」

「什麼訊息？」我問。

「匿名的訊息。電子郵件。告訴他說他會為他所做的事得到報應，說那件事不會被遺忘。」

「他有去報警嗎？」亞當現在坐得更挺直了。

「他不想報警。他不想談論過去發生的那件事，也不想談論那場審判以及任何事情。他認為大家都會像他一樣那麼嚴厲地評斷他自己。」淚水從蘿貝塔的臉頰上滑落。「他們顯然會幫助他的。那是他們的工作。你知道，那是你的工作。」

「我們會正視這個問題的。」亞當說道。「你有任何一則這些訊息嗎？」

蘿貝塔搖搖頭。「他一收到就馬上刪掉了。我們是碰巧發現的。」

「他帶我們家的老狗出去遛狗時，把手機留在了家裡。我剛好需要查個東西，而我又知道他的密碼。當我解鎖手機時，那封電子郵件就在螢幕上。」傑克滿臉愁容地說。「我試著要他敞開心扉告訴我是怎麼回事，但是他就是不肯。他確實承認他已經連續幾個月收到那些訊息了，他也說那不會停止的。」

「訊息裡有什麼實質的威脅嗎？」我問。

「他沒有提到什麼特別的威脅，不過他很害怕。」蘿貝塔壓抑著情緒說道。「他很擔心有人會把我們也當成目標。他想要離開我們，因為他覺得他才是目標，不是我們。我告訴他我們不在乎那些事——我們只在乎他。但是他還是離開了，而且和我們斬斷了聯絡。」

「他在前往馬努斯之前有來看過我們，」傑克補充說。「來和我們道別。就這樣。」

「你們和他有聯繫嗎？」亞當問。「電子郵件？電話？Skype？」

蘿貝塔搖了搖頭。「我真希望我們有，但是他完全斷絕和我們的聯絡。他沒有手機或其他東西。我們甚至不確定他是不是在馬努斯。那真的是在地球另一端的地方。傑克肺部的問題讓我們不可能去那裡看他——他沒辦法再做長途旅行了。」

「任何旅行都沒辦法，」傑克糾正她的說法。「大部分的時候，我都需要氧氣。為了預防缺氧，我最好還是待在固定的地方。」

「他告訴我們，不要對任何人說起他在哪裡。」蘿貝塔先看了看亞當，然後再看著我。「不過你們不算在內，是嗎？他不會介意我們告訴你們的。」

「我們不會說出去的。」亞當表示。「如果你們不介意的話，我想要給你們一些建議，從現在開始，你們應該要避免和任何人談起他，以及他現在人在哪裡，特別是如果有你們不認識的人問起他的話——甚至是某些自稱是他朋友的人。除非你們認識那個人，不然的話，什麼都不要說。我們之所以來這裡的原因，是因為你們的安全可能遭到了威脅，他也是。所以，對於任何想和你們談及蓋的人，你們都不要相信他們，這點至關重要。」

蘿貝塔瞪大眼睛地點點頭。傑克也不安地在椅子上挪動了身子。

「那麼，你們覺得那些訊息是真的嗎？算得上威脅嗎？我覺得那應該只是一堆廢話。匿名的訊息通常都是。」

「我不知道那是不是有關聯，」我謹慎地說。「不過，我真的覺得你們應該要小心。即便我們是杞人憂天，但是，確保你們的安全才是最重要的事。」

「你會試著追蹤他嗎？」傑克問亞當，後者點了點頭。

「我會盡全力的。」

傑克停了一下，試圖控制自己的情緒，不過，當他再度開口時，他的聲音聽起來很穩定。

「如果你找到他的話，告訴他，我們很想念他。」

我們離開藍斯伯瑞家，回程的路上彼此都很沉默。這回，沒有人打開收音機，輕鬆的音樂似乎不適合在這種時候出現。幾分鐘之後，亞當駛離A3公路，轉而開上往東的一條小路。

「我們要去哪裡？」

「我不知道。」

那好吧。我安靜地看著車窗外冬日的景色在疾駛的車速下朦朧而過。這條小路穿越薩里山丘，每一道轉彎之後映入眼簾的風景都令人陶醉，宛如一張完美的英格蘭風景明信片。湛藍的天空一片清朗，在黑夜降臨前，為短暫的日照時光寫下美好的白天。樹叢和田野在低斜的陽光下呈現出柔和的色彩：在一片褪色的棕色和綠色之間，偶爾夾雜著未被短暫日照融化、彷彿補丁般的片片白霜。亞當盯著前方，彷彿除了蜿蜒在車輪底下的道路之外，他什麼也沒有看到。車子在一座座禿枝交錯而成的隧道中穿梭，直到道路再度豁然開朗。

最後，我們來到標示著通往箱子山的路牌前，亞當把車子轉到爬山的窄路上，在曲折的登山路上，時不時禮讓著全身包裹著萊卡布料、將山路視為耐力挑戰的自行車車手。當他降低車速，跟在車手們後面緩慢而行，等待著超車機會出現時，我可以感覺到他逐漸累積起來的沮喪。就在接近山頂之際，他索性放棄超車，直接把車停在了路邊的一個觀景點。出現在我們眼前的是無盡蔓延的農地，以及灌木林和樹叢交錯在農地之間所造成的成排陰影。太陽已經滑向了地平線，燃燒成了一團紅色的火球。他熄掉引擎，靜靜地坐在駕駛座上，不發一語。他注視著我們眼前的風景，彷彿需要把它記在腦子裡以應付考試一樣。

「亞當。」我試著開口。

只見他走下車，重重地把車門關上。我看著他邁開幾步，吐出來的氣息在冷空氣裡瞬間化成了白霧。

我也跟著下車，豎起衣領——沒有圍巾，自從韋伯斯特企圖在巴士上用圍巾勒住我之後，我就再也沒有戴過圍巾了，然而，天知道我此刻有多麼後悔。山丘上的空氣冷冽如冰，刺痛著我的臉頰，把我的雙頰凍得有如紅通通的夕陽一樣。

亞當背對著我。我慢慢地走近他，在幾步之外的距離停了下來。

「景色真好。」

沒有回應。

「值得一路開車上來。」

仍然一片沉默。

「亞當。」

他轉過身注視著我。隨即一個踏步拉近了我們之間的距離。他把手滑進我的外套衣領，將我的臉孔抬高，然後吻了我。

35

如果你打算第一次親吻某人，然後彷彿他們全身發燙一樣地放開他們，那麼，你最好有什麼撤離的策略，好讓他們可以恢復他們的平靜。相反地，亞當和我就那樣雙雙站在山丘邊，而且還可能是一個前不著村後不著店的地方。親吻結束之後，我們所能做的就是回到車上，假裝什麼都沒有發生。

我不擅長假裝。我坐在他旁邊，手指壓在自己的嘴上，而他則繼續專注開著車。除了偶爾幾次對行經而過的其他車輛低聲詛咒之外，回程的路上，他一直沒有開口，直到我們抵達倫敦外圍，我才終於打破沉默。

「我想我們可能需要聊一聊。」

他的手緊緊握住了方向盤。雙肩高聳在耳朵旁邊：稍早出城的時候，他的那份冷靜和輕鬆自若的駕駛技術曾經讓我讚嘆。「我很抱歉。」

「為什麼要抱歉？那又不是很糟糕的一個吻。相信我，我有過更糟的經驗。」

他臉上的肌肉抽動了一下。「這不是重點。那不應該發生的。」

「為什麼不應該？」

「太複雜了。我們有一條重要的規則，不能在案子進行當中和證人以及被害人有所牽扯。那樣做非常非常地不恰當。」他看了我一眼，立刻又挪開了眼光。「因為這中間存在著權力的不平衡。他們很脆弱，而你代表的是安全。你不能利用這點。」

我清了清喉嚨。「但是，你並沒有真的在利用我。我不是那種遇到警察就變得不切實際的人，這點你可能也注意到了。而且這也不是正式的警方任務，不是嗎？所以，就算你和我有所牽扯，也不會讓你受到懲戒。」

「這不是重點。我應該要好好地自我控制。」

「亞當，這只是一個吻。不要折磨你自己了。」

不知何時，我們四周的交通已經壅塞了起來，我們也停住了車，如此一來，亞當只能看著我。

「你只想要那樣嗎？一個吻？」

「我不知道。」我誠實地回答，腦子裡想到了馬克。我還沒能忘記他；我還沒準備好和任何人在一起。但是我從來沒有給過自己機會去忘掉馬克。我從來都不讓任何人試著和我在一起。

「事情很複雜。」

「沒錯。」他哼了一聲，然後把頭轉向前方，看著擋風玻璃外面。

純然的挫折感讓我握緊了雙拳。「我不是要拒絕你，但是我不知道你希望我說什麼。我並沒有預期發生這樣的事。」

「你沒有預料到嗎？」

「不完全是。我的意思是，我不知道你喜歡我，即便我——」我沒有往下說。

「你？」他客氣地問。

「即便我有想過。」

「噢，是嗎？」我用眼角瞄了他一眼，卻差點讓我無法呼吸；我的老天，當他撤下他那嚴峻的警察外表時，納許警探竟然也有這麼吸引人的一面。

「但是，我不認為你也有這樣的感覺。」

「我一直想要那麼做，」亞當說道。「自從我第一天在那家咖啡館裡看到你的時候開始。」

「真的嗎？」

「真的。」他看著我，不管他在我的臉上看到了什麼，都讓他露出了微笑。「不過，我確實很努力地不流露出來。直到這整件事結束之前，我都不打算說什麼。」

「除了你希望你沒有吻我之外，你其實並沒有真的說了什麼。」我指出。「噢，還有一堆什麼利用我之類的廢話。」

「我想我已經說得很清楚了。」

「你有嗎？因為我還是很困惑。」

「也許我應該讓你知道我的感覺。」他一副就事論事的模樣，這讓我的胃湧起一陣翻騰。

「也許。」

我們前面的車開始往前移動，亞當也把注意力再度轉回到路上，而我們的對話也就此結束，在接下來的路程上，誰也沒有再提起。不過，這次的沉默有了不一樣的感覺。彷彿充滿了異樣的能量——期待、渴望和不確定的感覺，在聽不到的聲音底下嗡嗡作響。我可以感覺得到，一直可以感覺得到。在馬克離開之後，我就再也沒有過這樣的感覺了。

但是，我現在不想思及馬克。我用盡力氣把他推出我的腦海，彷彿身體上真的在出力一般。

這和他無關。他自己也這麼說過。

我們回到公寓的時候已經很晚了。這是第一次社區大門附近出現空的停車位。亞當把車開進停車位，關掉引擎，然後取出車鑰匙。我猜，他正在對接下來要發生的事做合理的假設。

不是現在。還不到時候。

這純然是本能的聲音；我想要他，但是我還沒準備好。

「亞當，我不是不想讓你進來，」我慢慢地說。「我只是——我需要一點時間來適應。我有很多事需要思考。」

「當然。」

「這樣沒關係嗎？我不想讓你感到沮喪，這其實無關於你，也無關我們，或其他任何事情。我只是需要讓自己想清楚。」

他溫柔地摸了摸我的臉。「你需要多少時間都可以。不急。」

「謝謝你。」

「過來。」

我向駕駛座傾靠過去，他再度吻了我，吻得比山丘上那次更久，但也沒有山丘上那次那麼激情。這個吻帶給我了一種奇怪、不同而又興奮的感覺，我覺得自己開始顫抖。於是，我向後退開。

「亞當。」

「嗯。」

「你可以進來。」

他嘆了口氣。「不，你剛才是對的。我們最好慢慢來。」

「是嗎？」

「下車吧，英格麗。」他輕聲地說完，隨即靠向我，我想他應該打算再一次吻我，豈料，他卻伸出手握住門把。車門在我背後打開。「明天見。」他說道。

「好。可是——」

「再見。」

「再見。」我下了車，感覺自己的神經在嗡嗡作響，彷彿有人以無比細膩的控制力和耐心拉開了一把弓。我關上車門，亞當已經重新啟動了引擎，不過卻只是坐在方向盤後面，等著我走進大門。當我越過馬路時，我發現自己的臉上蕩漾著笑意，我打開大門，朝著他揮揮手，目送他開車離去。

庭院裡寂靜無聲，圍繞庭院四周的公寓大多已經熄燈了。也沒有看到海倫的蹤影。我若有所思地走上樓。我依然可以感覺到亞當的手似乎還停留在我身上，以及他的唇留在我唇上的餘溫。我來到公寓門口，短暫地閉上眼睛，然後彎身準備打開新裝上的門鎖。一開始我還冷靜地轉動著鑰匙，沒多久便開始皺眉，試著更加集中自己的注意力，最後終於在詛咒和恫嚇聲中打開了鎖。我踏進屋裡，用力地關上門，對耗時的開鎖過程感到無語。

公寓裡一片漆黑，我站在原地，在角落裡發現薇琪屍體的記憶向我席捲而來。愚蠢的英格麗。我打開燈，環顧室內，以確保這次屋裡沒有血流成河，地板上沒有斑斑血跡，同時也沒有任何掙扎的跡象。

一切都和我出門時一樣乾淨整齊。

一切都沒有改變，除了在黑暗中坐在我沙發上、等著我回家的約翰·韋伯斯特。

36

我驚叫出聲，聲音聽起來當然很尖銳刺耳。當你緊張的時候，你的聲帶會繃緊，凱特的聲音在我的腦子裡響起，而我也試著放鬆下來，好好地呼吸，並且釋放自己，然而，什麼也沒有發生。沙發上的韋伯斯特翻著白眼。「真的沒有必要這樣。」

「你——你在這裡幹嘛？你為什麼在這裡？」先是恐懼，然後是憤怒，情緒彷彿可以預測到的四季變化一樣，一個個接踵而來。一想到這是個可預測到的事實，我就更加地憤怒了。「你闖入了我家。」

「沒有，沒有東西破掉啊。」他笑著說。「我沒有犯法。」

「這叫入室盜竊。」我憤怒地說著，一邊在我的袋子裡翻找手機，好打電話報警，讓警察來把他帶走，一勞永逸。

他的笑容更明顯了。「英格麗，你應該很清楚。除非我有意進到這間公寓來行竊、造成嚴重的人身攻擊或者毀損什麼財產，不然都不能叫做入室盜竊。」

「可是——」

「進到人家的屋子裡，坐在那裡，只是侵入而已，算是民事問題。歡迎你去告我。」他往前傾身，把手肘靠在大腿上，臉色因為惡作劇而發亮。「總而言之，你不想知道我為什麼在這裡嗎？」

「首先，我要知道你為什麼坐在這裡、坐在黑暗裡，」我嚴厲地說。「我猜是因為你知道這樣可以嚇到我。」

「不是，是因為你的鄰居在那裡鬼鬼祟祟地徘徊。」

「哪個鄰居？」

「樓下那個愚蠢的小女孩。」

「海倫？」我把手機放回袋子裡，不解地問。「你說鬼鬼祟祟是什麼意思？」

「她上樓來，透過窗戶往裡看。事實上，她花了不少時間這樣做。」韋伯斯特皺皺眉頭。

「我不喜歡她。我猜她是聽到我在走來走去。我並不想要吸引她的注意。」

我原本就冷得發抖，現在，一股震驚跟著湧現。「你真的嚇到我了，約翰。」

「我不是有意的。」

「也許只是一份額外的收穫。」

「你怎麼可以這樣說呢？」他往後靠，沿著沙發靠背伸展著手臂，享受著當下這一刻。「我在這裡完全是因為你要我幫忙。我已經盡量小心了。你忘了有人試著想要傷害你了嗎，英格麗？」

「沒有，我沒有忘記。」

「所以，對於誰看到了我們進出的行蹤，我們必須要小心以對。這不過是常識罷了。」

這似乎太荒謬了，約翰．韋伯斯特竟然在就我的人身安全對我說教。「你為什麼在這裡？」

「我有一些好消息，想要親自和你分享。」

「你覺得是好消息的事，我未必會覺得也是好消息。」

「你會喜歡的。我找到你的流浪漢了。」

「真的？」我從桌子底下拉出一張椅子坐下，不知不覺流露出興趣。「你怎麼辦到的？」

「用點老方法，用點想像力，並且把真相拼湊起來以符合我的目的——當然也是你的目的。我和很多對遊民提供服務的人談過，也和許多流浪漢聊過。最後，我找到了一個人，這個人曾經在林肯律師學院廣場給過他一頓熱騰騰的飯。」

我知道那個公園聚集了很多遊民；他的說法沒有什麼特別的。不過，那個地點距離我很近：林肯律師學院廣場就在皇家司法院後面，毗鄰林肯律師學院，而林肯律師學院是很多出庭律師事務所的所在，廣場就位於我的住處和聖殿中間。有時候我會步行穿越廣場。倫敦的幅員遼闊，有時候讓人感覺像個村莊。

「你如何讓他們相信你的？」

「我告訴每個人說他是我弟弟。」

「但是你不知道他的名字。而警察也找不到他。我相信他們一定找過像林肯律師學院廣場這類的地方。」

「我比警察多了兩個優勢。第一，根據你的說法，我和他看起來很像。第二，我準備好要說謊。我們在家裡向來都叫他傑森，但是，令人難過的是，當他離我們而去時，他就不再用那個名字了。」韋伯斯特作勢擦掉一抹想像的眼淚。「如果我母親知道的話，那會讓她心碎的。」

我脫口而出的問題透露出我有多麼心煩。「你真的有個母親，還是有什麼孵蛋的方式讓你來到了這個世界上？」

「我確實曾經有過母親。」

「她怎麼了？」

他看起來有些茫然。「我不知道。她不是什麼有趣的人。」

如果我以為他那麼說是為了打動我的話，我也不會特別感到驚訝，不過，他不是為了打動我。他早已經把她從他在乎的事情清單裡除名了。這是典型的韋伯斯特：冷酷、算計、不動感情，和大部分人眼中的基本真理完全相反。我懷疑她是否會想念他，還是對他不再聯絡她而感到鬆了一口氣。我在想，她是否知道他是個什麼樣的人。很難想像韋伯斯特還是嬰兒、甚或還是個小男孩的樣子。我想像著迷你版本的他縱火、虐待動物、炫耀地穿著他現在那一身訂製又昂貴的喀什米爾羊毛大衣，這樣的畫面幾乎讓我發笑。

韋伯斯特一臉懷疑地問：「你最近都在做什麼？你看起來很不一樣。」

「不一樣？」我努力不伸手蓋著自己的嘴，即便我的嘴唇到現在還在發癢。

「你去哪兒了？」

「我去找藍斯伯瑞的家人。」

「你一個人去的？」

「亞當和我一起去的。」我感到臉頰發紅，然後默默地在心裡詛咒；韋伯斯特絕對不會沒注意到的……

「所以你們親吻和好了。」

「什麼？」

他的臉上出現近乎困惑的神情，那是他從來不會讓自己出現的表情。「我上次見到你的時候，我們聊過你和他吵架的事。如果我沒記錯的話，你當時還不願多說。」

「胡扯。」

「你我都知道我沒有胡扯，不過，我們也都記得你當時說謊了。」韋伯斯特雖然面露笑意，但是卻一點也不高興的樣子。「你們有談到佛蘿拉的事嗎？」

「沒有。」

「為什麼？」這個問題迴盪在房間裡，彷彿一個套索緊緊地纏住了我。

「因為我們的這趟行程很開心，而我不想毀了它。」

「你覺得談及佛蘿拉會把事情給毀了？你對納許警探沒有太多信心，是嗎？」

「不是的，不是——」

「你的行為表現在某些方面實在蠢到不行，英格麗。儘管我只是想要幫你，你卻對我樹立敵意。結果你和納許混在一起，卻連問他對你真正的看法是什麼都不敢。」他面色蒼白，眼裡閃著怒意。「我不懂你為什麼不期待他多幫你一點，還有你那愚蠢的未婚夫也一樣。你就那麼願意任由他們評斷你，把你看扁。那幾乎就像你知道自己再也不配擁有任何東西一樣。」

「我知道自己值得擁有什麼，不需要你來給我建議。」我像陳述事實般的平靜。「不過，我確實想要你幫我。你來告訴我你找到了那個流浪漢，我也很感激。他是誰？」

韋伯斯特閉上眼睛，深深吸了兩三口氣，再度讓他可以控制住自己。當他睜開眼睛時，他已經回復到再正常不過的狀態了。

「他叫做喬治・里斯。」

「我不認得這個名字。」

「我沒說你會認識。」

「好吧，」我慢慢地說。「那他為什麼要把柏琳達推到卡車下面？」

「我沒有辦法告訴你。」

「約翰，我——」

「我說我找到他了。我沒有說我和他談過。」

「為什麼不和他談？」

「只怕他的狀況不適合談話。可憐的喬治是個酗酒者。」

「噢。」

「而有人很慷慨地給了他一公升的伏特加作為禮物。」

「有人。是你。」

韋伯斯特笑了笑。

我覺得臉又發燙了，不過這回是因為生氣。「你可能會害死他。」

「他不會有問題的。此外，那會讓他變得比較容易應付。」

「你做了什麼？」

「沒做什麼。我只不過把他安置到一個安全的地方。我不想他四處遊蕩。你知道流浪漢是什麼樣子——當你需要的時候，你永遠都找不到他們。」

「他現在在哪裡？」

「這很難形容。」

「試著說說看。」我說。

「我想，如果我讓你看的話還比較容易一點。但是那就代表你得跟我一起去。」他站起身，而我發現自己也跟著站起來，把椅子推回原位，隨時準備拔腿就跑。「英格麗，真的，不要惹惱我。你想和這個人講話還是不想？」

「我想。但是我不想和你去任何地方。」我渾身發抖。

「你不可能期望我把他帶到這裡。」

「讓我打電話給亞當。他可以和我一起去。」

「不行，不可以。」

「拜託你。」

「讓他一起去不太方便。我可能會因此惹上麻煩。你知道的，把別人關起來嚴格說起來並不合法，即便我那麼做是出於好意。」他慢慢地縮短我們之間的距離，幾乎是不知不覺、無聲無息的：如果我對他所具有的危險性向來不是那麼警覺的話，我可能連注意都不會注意到。「不行，英格麗，你是那個想要和喬治說話的人。如果你想和他說話，你就得和我一起去。」

「你不能逼我去。」

「誰說的。」

恐懼油然而生，彷彿即將沸騰的水一般地在我體內逐漸加溫。

「不過，我不需要強迫你，」韋伯斯特繼續說道。「我只需要指出沒有人知道喬治在哪裡就可以了。除了你之外，沒有人在找他。如果他從此不再出現的話，又有誰會報警呢？」

「我會。」

「你不會的。」他似乎覺得很有趣。「你甚至不知道我給你的那個名字是真是假。我有可能是騙你的。不過，有一件事絕對是真的。現在，喬治正在熟睡之中。等他醒來之後，他會覺得他的夢想成真了，因為某個恩人留了好幾瓶伏特加給他，而且完全唾手可得。我想他的耐受性比你要高，也許也比我還要高，不過，每個人都有他們的極限。如果你想在喬治喝死他自己以前見到他的話，我建議你不要再浪費時間，現在就跟我走。」

37

在忍受了約翰．韋伯斯特的關注這麼久之後，我知道完全沒有必要說他是在唬人。關於喬治．里斯是怎麼被他留在那個地方的事，如果他在說謊的話，那他現在也會確定他所說的會變成真的，只為了給我一個教訓。我像走在鷹架上似的跟在他的身後，每一步都走得小心翼翼。而他卻剛好相反，他踏著輕快的腳步走下樓梯，穿過庭院。還帶著嘲弄的殷勤幫我開了社區的大門。

「我們要去哪裡？」

「就在前面。」

當我們走到所謂的前面時，一輛大型的白色廂型車讓我剛才感到的一絲寬慰全都煙消雲散。

「我不要上車。」

「你要。我甚至還打算給你選擇，看你是要和我坐在前座，還是要坐在後面。不管怎麼樣，坐在後面都會比較顛簸。沒有座位、沒有窗戶、沒有燈光。」

「不過，相反地，坐在後面就不需要和一個反社會者說話了。」

「我真的不喜歡那個字。以後不要再用這個字了。」他繞到駕駛座的一邊。「上車。前面還是後面。」

「要開多久？」

「不久。」

繼續聽從你的直覺，凱特的聲音在我腦子裡低語。它們會告訴你誰可以相信，誰不可以。

我對自己的愚蠢搖了搖頭，然後還是打開了乘客側的車門。

韋伯斯特對於「不久」的定義顯然和我的不太一樣。我們朝著泰晤士河的南邊而去，經過滑鐵盧、藍貝斯和克拉珀姆。我想像著一路上成千上萬戶人家都過著什麼樣的生活。我想，自從柏琳達死了之後，我的生活就以一種恐怖的方式偏離了軌道。所有我認為理所當然的、所有我努力為自己所創造的，都完全改變了。而現在，我竟然和全世界我最害怕的人同在一輛廂型車裡，看著路牌上不甚熟悉的路名在黑夜裡一閃而過。

「我們要去哪裡？」

「有點耐心。一切都會揭曉的。」

我想，他很享受這一切吧。他喜歡我做他想要的事，而如果我對此感到痛苦的話，他就更開心了。我這麼做值得嗎？

值得，這就是我的答案。我需要知道，關於柏琳達的事，喬治都知道些什麼。我需要知道，這一切是不是都起因於蓋．藍斯伯瑞的審判案，如果是的話，誰是背後的主謀？

「我們在哪裡？」我看著車窗外路經的房子，渴望能看到我所熟悉的景象。

「這裡算是克羅伊登的一部分了。」

「哪一部分？克羅伊登那麼大，是倫敦南部郊區的第二大城。它兼併了很多小鎮，在鎮與鎮之間的綠地蓋滿房子和毫無特色的購物中心。我知道從主要的火車站可以通往那裡，我也在克羅伊登皇家法院工作過，除此之外，我對這個地方毫無所知。」

「誰在乎這是什麼地方？只要它是方便和喬治說話的地方就好了。不用煩惱了。」

「可是我——」廂型車突然蛇行穿過迎面而來的車流，拐到兩個工業區之間一條下沉的路面，嚇得我屏住呼吸說不出話來。路的一邊矗立著無數的水泥管。另一邊則是某種庫房般的建築，還有幾輛卡車停在一間大倉庫前面。車燈照亮著我們前方空蕩蕩的荒地。我們前面和後面都沒有任何車輛的蹤影。營業區的大門都已經關上，除了安全指示燈之外，建築物裡一片漆黑；我們周遭完全沒有人，也就是說沒人看見我們。我一點也不喜歡這樣。「我們要去哪兒？」

「別慌張。這是捷徑。」他瞄了我一眼。「我幹嘛要大老遠把你帶到這裡來殺了你？我大可在你的公寓裡就把你做掉，這樣還可以省一些汽油。」

「我不知道，不過，我相信你自有你的理由。」我的手緊緊抓住門把；我某部分的腦子已經在為最快的動作做準備，只要廂型車車速夠慢的話，立刻就冒險跳車……

「車門鎖住了，」韋伯斯特似乎觀察到了。「所以，也許你可以放輕鬆一點。」

「為什麼是鎖住的？」

「因為是我鎖的。安全起見，」他說得很順。「我們剛才開過了一些危險地區。」

「我的天。」在我開始感到憤怒的時候，他把車子轉向路邊停下，然後關掉引擎，一切都在幾秒鐘之內發生。沒有了廂型車的車燈，四周似乎更加漆黑，也更具威脅。黑沉沉的夜色緊緊貼在車窗玻璃上。我們停在了一排眺望著荒地的連排小屋旁邊，不過，看得出來是一排空屋。窗戶和大門上的金屬百葉窗畫滿塗鴉，四下毫無生活的痕跡。「我們為什麼停車？」

「我們到了。」

「到了？」我再度看了看那些屋子。「這裡？」

「這些房子是要拆除的。事實上，預定拆除的時間幾乎已經過了五年了。這些房子曾經是工人的住處，而本地有些社區認為它們具有歷史的重要性，所以，開發商就無法獲得許可把它們拆除。」韋伯斯特靠在方向盤上看著那一排房子。「它們完全沒有什麼重要性，不管是建築上還是歷史上。這裡只不過是沒有管道系統的貧民窟，住在裡面的人過得也很悲慘。它們毫無價值。不過，它們的存在對於我的目的來說就太完美了。沒有鄰居，沒有人看到我們來去，沒有警報系統，也沒有保安警衛。開發商就是想看到這裡變得荒蕪，所以，他們對這裡的安全狀況一點也不積極。」

「你把喬治．里斯帶到這裡來？」

韋伯斯特點點頭。「我在牛津一間由教堂管理的遊民庇護所找到他。」

「你是怎麼說服他待在這裡的？」

他揚起一邊的眉毛，沒有回答我。

「所以，當你說你綁架他的時候，你不是在開玩笑？」

「這樣說也太苛刻了。他隨時都可以回到倫敦。我給了他生命。」他遲疑了一下。「關於喬治，有件事你應該要知道。他有點……單純。」

「那是什麼意思？」

「要嘛是飲酒過量和毒癮，要嘛是他有學習障礙。或者兩個都有，我猜。總之，他在細節上是有點模糊不清的。希望在他睡完一覺之後，現在可以比較專注了。」

我跟著韋伯斯特走到連排屋的最後一間。這排廢棄的房子散發著某種惡夢般的感覺。他把掛在破舊側門上那把亮晶晶的門鎖打開。

「這鎖是你加上去的，我想。」

「就像我所說的，這裡的安全並不好。」他拿著手電筒照在連雜草都已經枯死的小路上，好讓我可以跟在他的後面。他當然不需要手電筒；他具有貓一樣的天賦，在黑暗中也可以看得見東西。

後門被一片看起來足夠堅固的金屬隔板釘死了，不過，韋伯斯特想都不想就直接走向了廚房的窗戶。他花了一分鐘的時間扳弄窗戶右上角的螺絲，螺絲底下的木條突然往下墜落，只剩下一角還吊在屋子上。我在木條後門看到一扇少了一條窗框、污穢不堪的窗戶。韋伯斯特把手伸進去，一把拉開了窗戶。

「要幫你爬進去嗎？」

「我自己可以做到，謝謝。」我說著，然後看著他跳上去，輕而易舉地就消失在那個狹窄的開口。不過，下一秒鐘他就又出現了。

「小心水槽。就在窗口下面。」

「謝謝。」

然後他就又消失了。在我爬上破裂的窗框，然後滑進一只很深的陶瓷水槽時，我不由得對他掉頭走開暗自感到慶幸。我感到自己的手觸摸到某種磨砂般粗糙卻又黏乎乎的東西，在我能見的範圍下，手上的髒污讓我覺得一陣噁心。一股濃烈的死老鼠味道瀰漫在空氣裡。

「你還好嗎？」

韋伯斯特的聲音聽起來近在咫尺，結果我從水槽邊直接摔了下去，完全和我想像中的優雅落地大相逕庭。

「搞什麼鬼。」

「我警告過你了。」

我沒說什麼。我所面對的現實是，這扇有一定高度的窗戶，是我唯一可以離開這幢小屋的出口，一幢我完全不熟悉的小屋，而且，沒有人知道我在哪裡，就算約翰．韋伯斯特說得沒錯，如果他要殺我的話，他之前多的是機會，但是，我也沒有理由認為他不會在故意玩弄我之後再把我殺掉。

「這邊。」

他帶我走過曾經是廚房的房間（除了水槽之外，只有櫃子輪廓的痕跡還留在牆上），來到一條狹小冰冷的走廊。我不想爬上那段狹窄的樓梯，所幸，他並沒有上去，而是轉而走進了客廳。在手電筒的光線下，牆上的影子不斷地在變化，窗戶上也反射出讓人目眩的閃光，我花了幾秒鐘才適應了室內的光線。即便沒有傢俱，這也不是一個很大的空間，不過還算溫暖：一個充電的小暖爐在地板上發出呼呼的運作聲。一具軀體躺在地上，還包裹了好幾層的睡袋。我之前冤枉韋伯斯特了：好幾瓶伏特加擺在距離睡袋伸手可及之處。喬治連走出睡袋都不需要，就可以展開自殺的過程。不過，那些酒瓶都還密封得好好的。「喬治，醒醒。」韋伯斯特踢了踢睡袋中央的位置，讓我不禁叫了出來。

「你在幹嘛？你會傷到他。」

「喬治。」他再踢了一次，好像我什麼也沒有說一樣，睡袋裡的身體動了一下。睡袋突然往後翻開，裡面出現了一張瞇起眼睛瞪著手電筒看的臉孔。那是一張蓄著淺色鬍子的年輕臉孔，鬍子看起來顯然很髒。也許是因為睡覺的關係，也或許因為其他的原因，他似乎很難讓自己聚焦。

「他的眼睛為什麼瘀青？」我嚴厲地問道。

「噢——不知道。」韋伯斯特在他面前蹲下，不忘把自己的外套拉起來，以免拖到髒兮兮的地板。「喬治。醒醒，老兄。」

「那看起來好像不久前留下的。」

「別提了，」韋伯斯特搖晃著他的肩膀。「喬治，我們來看你了。這是英格麗，我和你提過的那個女人。」

那個流浪漢眨了眨眼地看著我。他畏縮地和韋伯斯特保持距離，這個舉動完全可以理解。那隻受傷的眼睛佈滿血絲，眼眶四周還圍了一圈紫色的瘀青。他長得和約翰・韋伯斯特很像，但是又不像；他的臉上感覺少了些什麼。看起來似乎有一種茫然的感覺。

「別——別煩我。」他口齒不清地說。

「喬治。我來向你解釋一下。」韋伯斯特伸手抓起一把喬治的頭髮，把他的頭從地板上拉起來，然後把他往後拖，讓他可以坐好。「回答她的問題，然後你就可以走了。」

我不由自主地把手放到臉上，眼前的一幕讓我感到震驚。「約翰，不要。不要傷害他。」

「閉嘴，英格麗。」韋伯斯特搖晃著喬治的頭。「我在等著呢。」

「好吧，好吧。」淚水已經湧上了他的雙眼。「你可以住手了，好嗎？」

「告訴她關於那起交通事故的事。你為什麼在那裡？」

他眨眨眼睛。「他們給我錢和酒。叫我來倫敦。告訴我白天的時候要坐在那條路邊的哪個地方。我那時在戒酒，但是又開始喝了。只要有酒，我就沒辦法不喝。」

「你在那裡等了多久？」

「幾天吧。我不知道。有個人告訴我，叫我在她走到那條馬路上的時候去站在路邊。」他吹了一聲口哨，把手往前輕輕一點。「只要待一分鐘。然後就走人。」

「那個人是誰？」我問，但他卻搖了搖頭。

「他多大年紀？你還記得什麼有關他的事？」韋伯斯特在喬治的肩膀上重重地按了一下。

「他是怎麼找到你的？」

「我不知道。別煩我了。」喬治縮成一團，像隻把刺張開的刺蝟一樣。

「你實在毫無幫助。」

「不要傷害他。」

韋伯斯特對我咧嘴一笑。「現在可不是你失去勇氣的時候。」

我從來沒有見過他這麼有活力，他的眼睛甚至在發亮。一股厭惡感在我心裡升起，我發現這根本沒有用；這樣的行為讓他覺得很好玩。想要喚醒他善良的本性根本毫無意義，因為他從來沒有這樣的本性。

「我沒有失去勇氣。但是，你越是虐待他，他就越不可能告訴你任何有用的消息。他只會猜測你想要聽到什麼。」我在喬治的旁邊蹲了下來。「喬治，聽我說。你可以信任我。我不會讓任何人傷害你的。你有沒有把那個女生推到馬路上？」

「沒有。」他立刻強烈地回答，即便睡袋讓他的聲音聽起來有些模糊。

「從監視器上看起來，你好像有推她。」

「是他推的。」

「誰？」

「一個男的。老老的。他抓了我一把。我以為他也想讓我摔倒。」

「這個人就是叫你等在十字路口的人嗎？」

「我沒有再見過那個人。」

「你在倫敦的時候，還有其他人給你指示或者給你錢嗎？」

「一個女人。」

「什麼樣的女人？」

「就是一個女人。比你年輕。」

「高嗎？」

他聳聳肩。

「第一個男人是怎麼找到你的，喬治？」

「是他來找我的。而且到處問人。」他不停在發抖，我想，他發紅的臉頰應該是發燒的徵兆。他需要去醫院，而不是躺在一間廢棄屋子裡的地板上。

「他四處打聽你的名字？你確定你不認識他？」

「以前從來沒有見過他。他有一張我的照片。一張大頭照。他知道我的名字，但是不知道其他有關我的事情。」

「他為什麼要你待在那裡？」

他聳聳肩，閉上了眼睛。「我累了。」

「再問兩個問題就好了。」我很快地說，同時覺得自己面目可憎。「他有威脅你嗎？」

又是一個搖頭。

「那你為什麼要照他說的去做？」

這個問題讓喬治睜開了眼睛，他看著我，彷彿我瘋了一樣。「因為我很害怕。」

38

我不想要去思考如果我讓韋伯斯特決定要怎麼處理喬治的話，他會發生什麼事。在我問完最後一個問題之後，喬治就再也不吭聲了——不管我怎麼哀求、怎麼哄他，不管韋伯斯特怎麼威脅他——沒有什麼方法能說服得了他再開口。他看起來病得很嚴重，隨著時間過去，他的狀況就更加惡化了。他也許是因為不想講話而保持沉默，也有可能是因為他實在太虛弱了，以至於無法回答我的問題。最後，韋伯斯特失去了耐心。他把我一路拖到走廊裡。

「這已經沒有意義了。」

「我知道。」

他站在我面前，和我的距離有點太近。「從他所說的那些事，你想到了什麼？」

「他沒說太多。」

「他說找到他的人有他的大頭照。那讓我想到，也許是個警察。」

我暗自心想，你告訴我這點未免也太過好心了吧。他想要讓我對警察感到憂心，這點我並不驚訝。他想要讓我依賴他，只依賴他一個人。

「你有可能是對的。但是，他們為什麼要找他？」

「因為他長得像我。」韋伯斯特說道，彷彿這是顯而易見的道理。「如果你想要陷害我的話，就得讓我出現在犯罪現場。他們在檔案裡找到符合我外型的人，然後他們就去找他。」

「這個假設的前提是，他們有管道可以拿得到倫敦警察廳的檔案。」

「是的。沒錯。」

「你有管道能拿到那些檔案嗎？」

我知道韋伯斯特考慮要騙我，但是最終他無法掩飾在他臉上蕩漾開來的笑意。「也許。」

「那就沒有理由認為那個人是警察。有可能是像你這樣的人。喬治如果看到警察的話，一定會躲得遠遠的。」喬治的咳嗽聲讓我退縮了一下。「我們真的得帶他去醫院。」

「我沒有興趣，抱歉。」

「約翰。」

「我不能帶他去醫院。我會被逮捕的。」

「那你也不能把他留在這裡！他會死的。」

「我當然不會把他留在這裡。」韋伯斯特的語氣裡有著憤怒，這讓我知道他在說謊。

「除非我知道他沒事，不然我哪裡也不去。」我雙臂交叉在胸口，彷彿這樣做會改變什麼。

「我們得帶他離開這裡。如果你真的不願意親自帶他去醫院的話，我們可以帶他去一個公共場所，然後叫輛救護車。」

他發出一聲呻吟。「這也太麻煩了，而且也很冒險，英格麗。你為什麼不讓我自己來處理呢？」

「因為我顯然不信任你。」我用拇指指了指廚房的方向。「那個窗戶真的是這裡唯一的進出口嗎？」

「我也許可以打開後門。」他聽起來很不高興的樣子。

「你早就可以那麼做了，不是嗎？沒有理由要我從窗戶爬進來。」

「那樣比較安全。」韋伯斯特抗議地說。「而且我不想讓喬治以為沒有我的允許就可以離開。看到你從水槽上摔下來只不過是一個額外的小驚喜而已。」

事實證明，撬開後門上的金屬板，是把喬治弄出屋子這整個過程裡最簡單的一件事。我試著叫醒他，但是他完全陷在自己的痛苦裡，喃喃自語地翻著白眼，露出絕大部分的白眼球。他身上臭氣沖天，經過一番謹慎的檢查，我發現臭味來自於他的腳。只見他的腳上纏著滿是污垢的繃帶。看來，我在監視器裡看到他跛行的樣子，其實真的是身體上的原因。

「我們要怎麼做？」

「他沒有意識了。」我抬頭看著俯視我們的韋伯斯特。「我真的很擔心他。」

「好吧。」韋伯斯特彎下身來把他和睡袋全部都提起來。「你把暖爐和伏特加帶上。記得拿手電筒。我們可不想留下任何行蹤。」

儘管喬治和他一樣高，而且如果營養足夠的話，體型也可能和他差不多，但是，他還是可以不太費力地就把喬治抬出了房間。這對我來說是個有用的提醒，約翰．韋伯斯特比他外表看起來還要強壯——強壯到他多多少少可以為所欲為。信任他就像養了一隻大白鯊當寵物一樣。

我把我們曾經待在那裡的證據全部清理掉之後，拿著手電筒掃射著空無一物的地板。我現在是這次綁架的同謀了，即便我原本並不是。我悶悶不樂地在想，我也許不希望、也並未要求韋伯斯特監禁喬治，但是我也沒有阻止他。我並沒有拒絕去問這個流浪漢問題。我利用了他為我製造的情境。我以為自己是個好人，但是說到底，我還是順著韋伯斯特的計畫走，因為那樣做對我有利。

「好了嗎？」韋伯斯特在廚房和我會合，然後接過我手上因為裝滿瓶子而不斷發出叮噹聲的購物袋。

「好了。」

「你看起來並不好。」

我把臉轉開。我曾經做過什麼、現在又在做什麼，關於這些，我最不想與之談論的人就是他。如果我不小心的話，就會落得和他一樣的下場。「你有什麼計畫？」

「他已經在廂型車後面躺下了。」

「後面，」我重複他的話。「可是——」

「我不要他坐在前面，第一個原因是他太臭了；第二是他的狀況根本沒辦法好好坐著，好嗎？這沒什麼好討論的。」

「沒錯。」

「我要載你去東克羅伊登火車站。那裡有很多車你可以搭。其中一班可以讓你回到家。」我第一個反應是，大半夜的根本不會有什麼車班，但是，我看了看手錶，才發現其實並沒有那麼晚。火車站還會有車班，也會有乘客。我得表現得很正常，那就表示說，我得振作起來。

「好。那你要帶喬治去哪裡？」

「離這裡遠一點的地方。」他突然心軟地說。「我會確定他能得到照顧，好嗎？我需要把他帶到夠遠的地方，這樣才不會有人追溯到這裡，也不會追溯到我們。」

我們。韋伯斯特和我現在綁在一起了。我打了個寒顫，不過他並沒有注意到。

「我會找一個監視器拍攝不到的地方把他放下車。然後再打電話叫救護車。我會確定救護車確實到場，也確定他們會照顧他，但是我不會直接介入。」

「很公平。」

「別擔心。」他把我拉進懷裡，抱了我好一會兒，還把他的鼻子埋進我的頭髮，深深地吸了好幾口氣。我無聲且拚命地抵抗，但是怎麼也無法掙脫。他渾然失控在他自己的甜蜜時光裡，只是微笑地看著我，好像完全沒有注意到我的反應一樣。「我會確定你不會再有事。我是來幫你的，不是來傷害你的。」

「放開我。」

「你的態度就不能好一點嗎，就這麼一次。」韋伯斯特看起來好像受到了傷害。「對我有點禮貌不是什麼太過分的要求吧，不是嗎？」

「我不喜歡你粗暴地對待我。」

「我會認為那算是對我幫助你的一點小代價。」他平靜地說。「不過等著瞧吧。也許你很快就會因為別的事而更感激我了。」

「那是什麼意思？」

一股類似同情的神情讓他的臉變得柔和了一些，但是卻讓我感到不安；我知道他沒有同情的能力。「到時候你就會知道了。現在上車吧。我們在這裡待太久了，我需要趕快把門鎖起來。」

我在距離東克羅伊登車站步行五分鐘的一條小路上下了車，一旦踏出廂型車，幾個小時前發生的事就變得似乎令人難以置信。我走進車站，根據韋伯斯特的指示，用現金買了一張車票。他給了我一頂帽子戴上——一頂黑色的羊毛帽，帽子上還有一顆誇張的毛球——還看著我把帽子戴上，蓋住我的頭髮。

「現在你看起來完全不像你了。你也許可以在維多利亞換車——你可以搭維多利亞線，直接到國王十字。把帽子丟在維多利亞的某個地方。在你到車站的主大廳之前，把帽子脫掉。直接走到地鐵——不要到處閒晃。」

「我討厭地鐵。」一想到地鐵的顛簸，我就不得不這麼說。自從離開那棟小屋之後，我就沒有再看到喬治，不過，韋伯斯特對我保證他會沒事的——然而，韋伯斯特的保證毫無價值，這點我也知道……而且喬治也一直沒有出過聲，不過話說回來，他已經失去意識，多多少少……我的思緒不停地在打轉，一點也開心不起來。

「在這種情況下，你就得搭地鐵。」韋伯斯特用力地攫住我的下巴，把我的臉轉向他，這樣我就不得不看著他。「你要表現得你絕對有權利出現在那裡。舉止行動都要很正常。如果你通常會站著的話，那就站著。不要和任何人有眼神的交流，但是也不需要刻意避開。忘掉你今晚所做過的事。」

不可能，我這麼想，但是卻沒有說出口。不過，當火車駛到我面前車門打開時，感覺這終究還是像一趟平常的旅程。我自動地坐到一個臉朝後面的座位上，無視於分散在車廂裡的其他乘客。到了維多利亞站，我完全遵循韋伯斯特的指示，在一張長椅邊停下腳步，把帽子放在了椅子上，彷彿我需要空出手來拿手機一樣。然後，明顯地像是全神貫注在手機螢幕上一般地走開。沒有人把我叫回去。也沒有人上前來追我。

甚至沒有人注意到我在那裡。

由於我被交代過，所以我走向地鐵，用我的銀行卡感應了地鐵的閘門，而沒有用現金買車票，如果有人想要追查的話，這樣就可以證明我在哪裡、我要去哪裡。韋伯斯特曾經說過，出現在維多利亞車站並非犯罪行為。如果有人想要調查我去過哪裡、曾經做過什麼的話，藉此就可以追溯得到我的行蹤，而這會具有正面的幫助。我隨著上百名旅客在貼滿磁磚的地下道中穿梭，不疾不徐地邁開我的腳步。我搭上第一班停靠下來的維多利亞線，站在車廂中間，目光盯著地上，聽著每一站的廣播，這樣我就知道我到了哪一站。先是格林公園，然後是半數乘客都魚貫下車、同時也有數量相當的乘客上車的牛津廣場站。接著是瓦倫街、尤斯頓站、國王十字。我在國王十字站下了車，沿著毫無特色的通道而行，感覺上像是走了好幾個小時，才終於抵達車站的售票大廳，然後搭乘手扶梯來到空氣流通的地面上。

從地下走出來之後，我才意識到自己又累又餓。我在一個路邊攤停下腳步，買了一個巨無霸漢堡。通常，我會等到回到家才吃，但是毫無疑問地：我站在攤販附近，顧不得優雅與否，大口大口地咬著漢堡，直到一口都不剩為止。

充完電之後，走回公寓的這段路就容易得多了。我腳步飛快，夜風和倦意讓我感到寒意。我全身的骨頭都在發痛。我只想沖個熱水澡，換上我最愛的睡衣，然後上床睡覺。就這麼決定了。

然而，我一樣也沒能做到。

我轉過街角，走向公寓社區的大門，隨即停下了腳步。一輛警車就停在大門外，一名警官靠在車側，歪著頭聽著車裡的收音機。另一名警官手持一本筆記本，走出了社區大門。她若無其事地左右看看，然後在看到我的時候突然僵住。

「英格麗？英格麗．路易斯？」她開始快步走向我，只差沒有跑起來。她的同事挺起身，立刻跟在她身後也走了過來。

快跑，我的腦子裡有個聲音在告訴我。

太遲了。我總是晚了一步。

我迎向前去，卻覺得自己的雙腿彷彿脫離了我的身體。「怎麼了嗎？」

「我們需要和你談談，英格麗。我們需要把你帶到警察局去詢問。」

我默默地想道，他們已經知道喬治．里斯的事，而且還知道要在哪裡找到我，這也太不可思議了。我擠出一句話來回應她。

「為什麼？」

「發生了一件事故。」

「什麼事故？」我感到一陣恐懼竄過全身。「發生了什麼事？」

「你的一個朋友捲入了某種糾紛。我不知道細節。很抱歉。」她的態度很自信，聲音很清晰，彷彿很習慣對因為驚嚇過度而無法專心的人說話。「他的名字叫做馬克．奧彭。」

「馬克？不過他究竟發生了什麼事？他還好嗎？」

那名高大的男警官回答了我的問題。「有人揍了他。他現在在醫院裡。」然後他又補充了一句，彷彿我看起來不夠難過、並不符合他的期待似的。「陷入昏迷。」

39

警察把我載到伊斯靈頓警局的一間審訊室，在警探準備和我談話之前，我瞪著房間裡污穢的牆壁。我知道在這背後會發生什麼事：他們會忙著把足夠的事實拼湊起來，以發展出一個馬克發生了什麼事的推斷理論。我猜，他們也許可能知道韋伯斯特以及我們的房子遭到燒毀的事。那應該就是我為什麼會在這裡的原因。這次，我不需要擔心自己變成了嫌犯。

不過，我確實需要擔心馬克。

是因為我嗎？有人決定在他們針對我的恐怖行動中，把他當作合理的目標嗎？

或者事情比這個簡單多了？

我記得我坐在維多利亞和阿爾伯特博物館的咖啡館那張搖搖晃晃的椅子上時，曾經對約翰・韋伯斯特說過——只是順帶表明而已——關於馬克以及他改變了的話。

我記得站在克羅伊登那間冰冷、黑暗的廚房裡時，手電筒的光線落在韋伯斯特的顴骨和睫毛上，並且在他的眼睛裡反射出閃爍的光芒。

也許你很快就會因為別的事而更加感激我了。

那是什麼意思？

到時候你就知道了。

韋伯斯特會很高興給他一個教訓。他的體型強壯到足以制伏馬克，他不會有道德困難的問題，而我猜他也知道馬克住在哪裡。動機、方法、機會：三者他都具備。

但是，如果我把他從現在開始所做的事都告訴警察的話，他可能會把我拖上法院。我可能會落得和他一起站在被告席的下場，我們兩人都會因為涉及綁架喬治．里斯的罪名而遭到起訴。

我想得太遠了，我這麼暗自心想著，然後咬了咬口腔內壁，把自己喚回到眼前的狀況，回到面前放了一杯已經變涼的茶、牆上的時鐘指向午夜時分的現實裡。恐慌對事情不會有幫助的。

當他們來到審訊室時，警探看起來都很專業，也很友善。其中一名是男性，另一名則是女性。那位女性警探告訴我，沒有馬克進一步的消息。他的顱骨骨折。最快也要明天才會再有消息。

「你們是把這當成潛在的謀殺案來問訊嗎？」

他們兩人都愣了幾秒鐘。我知道從警察涉入的層級，可以估計出情況有多糟糕。

「是的，我們認為有謀殺的可能性，並且依此來調配人手。」

一陣暈眩向我襲來。我往前靠，兩肘撐在桌面上，用雙手扶著額頭。「抱歉。」

「不，沒關係。」空氣中響起了椅子拖動和關門的聲音。我在一分鐘之後抬起頭，只見我面前多了一杯水。「這也許有點幫助。」

「謝謝。」我吞下一口水，雙手止不住在顫抖。兩名警探看著我，試圖得出他們想要的任何結論。

「他發生了什麼事？」

「他在他的公寓外遭到攻擊，今天早上很早的時候。」那名男性警探在他的座位上扭動了一下，看了看時間，發現現在剛剛過了午夜。「昨天早上。」他立刻修正說法。

「在他回家的路上？」

「我們認為應該是出去倒垃圾的時候，」女性警探說著。「大概是六點左右。他被發現躺在垃圾桶附近，身邊還有一大袋的垃圾。他的前門是開著的。」

「是打架嗎？」

「他的後腦遭到重擊。雙手沒有防禦性的傷害。他甚至在摔倒的時候都沒有伸出手來降低倒地的衝擊力。」

他絕對不會背對著韋伯斯特，而韋伯斯特也絕對不會在他發動攻擊前放過嘲笑馬克的機會。不管韋伯斯特所指為何，都不可能是這個事件。

「他的公寓有被盜竊嗎？」

「好像沒有受到什麼擾亂。就我們能見到的，馬克所有有價值的東西都在那裡——電腦、手機、腳踏車、車鑰匙，還有不少現金。」

我可以想像得到。他會把一切都整理好，在出門時就可以隨時拿了就走。他的鑰匙和各種卡片旁邊，一定會有一把零錢和一疊紙鈔。

「你們認為有搶匪嗎？」

「他戴了一只很貴重的手錶，但是並沒有被取走。」女警探半笑著說。「我們確實有想過。」

「我相信你們有想到過。」我知道那只手錶：那是他的教父給他的禮物。任何真正的搶匪都不可能沒看到。我搖了搖頭。「我不知道誰會做這種事。」韋伯斯特一定會玩弄馬克，然後慢慢要他。

兩名警探彼此交換了一個眼神，我看不出那代表什麼意思，不過，他們顯然無言地達成了某個決定。

「馬克在被發現的時候，已經幾乎失去意識了。當他的鄰居在等救護車抵達時，他一直在說著同樣的話。就幾個字：『告訴英格麗。』說了一遍又一遍。」那名女性警探把手交叉在胸口，看起來一副老派傳統的模樣。「所以，我們想要知道他為什麼那麼說。我們認為你可以告訴我們他是什麼意思。」

在經過長時間又不斷重複同樣問題的問訊之後，警探們終於讓我離開。我是真的試著要幫忙，但是卻無能為力。

「『告訴英格麗』有可能是他想要說『告訴英格麗我很抱歉？』嗎？」那名女性警探猜測道。

「可能吧，不過我不知道他現在為什麼要那樣說。」眼淚順著我的臉龐滑落，而我似乎沒有辦法止住淚水。我曾經想要他回到我身邊，我對此刻的自己承認。那就是我為什麼不和亞當上床的原因。在經歷過那麼多事情以後，在我們對彼此說了那麼可怕的話之後，我依然渴望著馬克回到我身邊。

你為什麼想要他回來？他離開了你。你應該要更有骨氣一點。韋伯斯特的聲音在我的腦海裡出現。你不應該那麼可悲，英格麗。

當我踏出警察局時，我上了一輛計程車，直奔醫院。我無法回家。此外，他的父母一定會很擔心，我覺得我應該看看他們是不是需要什麼。如果情況相反的話，馬克也一定會這樣做。的確，黛安娜和朱利斯只是個方便的藉口；我需要在他身邊。我無法想像他可能會死掉。

會在深夜裡還待在醫院的人，不外乎喝醉的人、重病患者、警察和罪犯，還有醫院的員工。我躡手躡腳地走過空蕩陰暗的走廊。重症監護室護理站的三名員工湊在一起，以安靜的語氣低頭忙著交談。其中一名在我走近時抬起頭來看著我。

「有什麼事嗎？」

「我是馬克．奧彭的……未婚妻，」我把沒有戴戒指的手伸進口袋裡。「他怎麼樣了？」

「他很穩定，親愛的。他現在在休息。我們對他的狀況很滿意。」她歪著頭，臉上流露出同情。「你想要見他嗎？」

「是的，麻煩你。」我想要見他，我渴望見到他。

「如果你可以等個幾分鐘的話，就可以和他母親一起進來。她現在在家屬室裡。」護士從桌子後面走出來，指著前方。「她已經在這裡待了一天了。」

「她需要留下來嗎？」

「不需要，我們有告訴她可以回家，但是她不聽。」護士不確定地看著我。「也許你可以說服她。」

「我會試試看。」我走向走廊，意識到他們正看著我離開。

家屬室裡的燈光昏暗，我花了一點時間才找到蜷縮在一張小沙發上的黛安娜。我不想叫醒她，不過我一站在門邊，她就抬起了頭。

「噢，英格麗，親愛的，我就知道你會來。」

我擁著她，注意到在這個痛苦的打擊下，她變得更加孱弱了。時間和憂慮讓她飽受折磨。不過，即便已經有了幾縷白髮，她仍然是個很有魅力的女人。「你好嗎？」

「我很擔心。」她吸了吸鼻子，試著擠出一絲笑容。「他們打電話給我的時候，我實在無法相信。我們是他的近親，所以我立刻就衝過來了——我讓朱利斯留在家裡，因為我覺得在這裡等待會讓他太過疲憊。但是把馬克一個人留在這裡好像也不對。」她說到最後聲音都破了，只能痛苦地咬著下唇。

「護士說他狀況還不錯。」

「是嗎？那就太好了。」黛安娜握著我的手。「你人真好，還會來這裡。」

「我想幫忙。」我猶豫地說。「黛安娜，我真的認為馬克不會希望你整晚都留在這裡。現在已經很晚了，而且朱利斯也會很擔心。我們要不要一起進去看看馬克，然後和他道晚安？」

「也許……但是我不想自己開車回家。」黛安娜下唇顫抖地說。「如果你可以和我一起……」

他們那棟佈置得很好的小房子位於巴恩斯，距離我的公寓一點都不近。「我當然會陪你回去。」

「你可以留下來和我們一起吃早餐，然後再和我回來醫院。」她加重力道地緊緊握住了我的手。「你來會讓馬克很感動的。這也許是因禍得福。」

微弱的警報聲開始響起。

「我一直都覺得，如果你們可以給自己一個機會的話，你們兩個會復合的。我們一直都很喜歡你，英格麗。」

「我們不要想太多了。」我輕快地提醒她。如果我讓她以為我們會再復合的話，馬克應該會不高興的。「我現在就去和護士說一下。」

我站在馬克母親的對面，低頭看著馬克，站在馬克的床邊，讓我有某種完全不真實的感覺。他失去意識，一動也不動，他的身體接上了許多機器，圍繞在他的床邊不時發出嗶嗶的聲響，也不停地在閃爍。好消息是他可以自己呼吸，不需要借助任何輔助。而他所有的測試結果也都讓人振奮。

「我們只需要等待。」護士在離開前給了我們一抹微笑，既充滿了善意，又保留了專業的距離，那樣的態度讓我心生羨慕。黛安娜啜泣地將目光定在他的臉上。

我感到心裡很不好受。馬克會希望我在這裡嗎？他會希望我看到他現在的模樣嗎——胸膛裸露，脆弱無助，手指的關節上滿是摔倒造成的擦傷？我輕觸他的手背，一根手指緩緩撫摸著他。他的皮膚感覺很溫暖。

「英格麗來了，親愛的。她也在擔心你。」

沒有反應。

「我希望你可以醒來，這樣我們就可以一起聊一聊。」一串淚珠從她的臉頰滑落。「可憐的孩子。我可憐的孩子。」

我想，她可憐的孩子有六呎高。長長的睫毛覆住眼瞼。呼吸緩慢而均勻。我想把頭倚靠在他的頭旁邊，再一次聞著他的氣味。

我依然愛他，而他已經不屬於我了。

我發現，那就是我何以要和亞當保持距離的原因。我喜歡他，但是只要馬克還有任何微小的機會會回到我身邊，我都不能允許自己愛上別人。

當馬克說出我的名字時，他是什麼意思？告訴英格麗。告訴她發生了這樣的事。告訴她她是對的。告訴她她錯了。沒有人知道，包括我，而在馬克清醒之前，不會有人知道。

如果馬克醒來的話。

你可以自己查清楚這件事，他曾經說過。

「明天，」護士陪我們走向電梯時說道。「明天再回來看看他的狀況。也許他明天就會醒過來了。」

但是我不會回來。我已經知道了。我幫黛安娜找到她的車，在她開過安靜的街道時，幫她留意紅綠燈和那些搖擺不定的輕便摩托車。

他們在巴恩斯的房子可愛如昔，而朱利斯在開門看到妻子時的神情，也依舊充滿愛意。

「你早就應該上床睡覺了。」她叨唸著他，而他也點點頭。

「我在擔心你。」

「英格麗來醫院，找到了我。」

「乖孩子。」他親吻了我的臉頰。朱利斯一直都是個紳士。他現在顯得很脆弱，我看著黛安娜催促他去睡覺，而他也步履蹣跚地穿越走廊。馬克從加拿大回來的時間算得真好。

「你可以睡在客房，英格麗。客房都準備好了——我姊姊下週要來，不過，我得告訴她取消她的行程。馬克人在醫院，我現在不可能招待任何人住在這裡。我當然不是在說你，英格麗，不過你並不是客人。你是家人。」

噢，老天。我早該料到她會假設——然而，如果我沒有去的話，我能原諒我自己嗎？

黛安娜和朱利斯已經回房休息了。我注視著牆上熟悉的畫作，以及經過精挑細選、細心維護的傢俱，然後慢慢地把燈關掉。我上一次來這裡是在那場大火之前，當時我正準備和馬克結婚，成為這個家庭的一分子。我覺得那樣的生活似乎屬於另一個不同的人，一個沒有理由懷疑自己、沒有理由懷疑她幸福未來的人。

我走到那間漆成淺藍色的客房，發現黛安娜早已在床上為我放了一件長袖睡衣和一把新的牙刷。我渴望地看著床上蓬鬆的白色枕頭，勉強自己繞到隔壁的浴室。我慢慢地梳洗，沖刷掉皮膚上一層又一層的灰塵。這一整天彷彿看不到盡頭一般，充滿了創痛，也讓我心力交瘁。我換上睡衣，看著自己：那是一件細節繁瑣，有著許多刺繡皺褶的衣服，安全不是我的風格。穿在黛安娜身上應該很適合。我可以想像馬克會怎麼編造他那佛洛伊德式的惡夢：穿著他母親睡衣的未婚妻。我希望等他復原之後，我也許可以把這件事告訴他。

當黛安娜把一杯茶放到床頭櫃上時，我剛好醒來。

「我想，你會想要知道我打過電話到醫院，他的狀況有改善了。」

「他醒了嗎？」我掙扎著撐起手肘，依舊有點頭昏腦脹。

「還沒有。他們說他今天可能不會醒來。不過我們可以去看他。」

「黛安娜，我不——」

「半小時後，我等你下樓來吃早餐。」她堅定地說完，然後在我來得及開口之前就離開了。

我喝著茶，思考著我應該做什麼，以及不應該做什麼。當我下樓時，我已經換好衣服，準備離開了。

「你動作真快，」黛安娜一邊讚許地說著，一邊倒著麥片。「吃完早餐之後，我們應該很快就可以出門了。」

「我就不吃早餐了，」我告訴她。「而且我也不會去醫院。」

「可是——」

「請聽我說。我不知道馬克昨天發生了什麼事，不過那可能和我有關。如果是這樣的話，我覺得如果我再去醫院的話，對他來說並不安全。我最近見到他的時候，曾經告訴過他我擔心自己的安全，因為發生了一些奇怪的事——發生什麼事現在並不重要。我想，他是想要告訴我，我的擔憂是對的。」我吞了吞口水。「我不知道馬克為什麼遭到攻擊，不過，我真的需要找出背後的主謀是誰，然而，坐在醫院裡會讓我什麼事都辦不了。」

「可是——」黛安娜又開始要說話，不過，她的丈夫輕輕地把一隻手放在了她的手臂上。

「黛安娜，她說得沒錯。」然後轉向我。「你打算怎麼做？」

「我還不知道。我總會做什麼的。」我把外套穿上。「接下來幾天我都不會去法院，所以我會有一些時間思考。」

「那就去做吧。」朱利斯笑了笑。「你有能力可以做任何事情，親愛的，一旦你下定決心去做的話。」

我轉向黛安娜。「你會再告訴我他的狀況嗎？」

「會的，當然會。」

「我會把我的號碼發給你。」

「我相信我應該有。或者馬克應該會有。不然的話，你母親也會有。」

我手提袋裡的手機已經關機，SIM卡在我從伊斯靈頓警察局拿到的一個信封裡，信封上寫著我公寓的地址。此刻，那個信封可能剛通過郵局分類辦公室的分類。

「我已經換號碼了，」我告訴她。「我會確定你能拿到新的號碼。」

「好吧。」黛安娜的聲音有點猶豫。

我彎身親吻她的臉頰，然後再親吻了朱利斯。「一切都會沒事的，你知道的。馬克很堅韌。他會好起來的。不過，不管是誰對他做出這樣的事，都犯了一個很大的錯誤，我會確定他們會對此感到後悔。」

40

我走向河邊，朝著巴恩斯橋站走去，盡可能確定沒有被人跟蹤。現在已經快要上午九點了，車站擠滿了穿著大外套、沉默不語的通勤旅客。我擠進一輛車，和一名女子以及一名男子背靠背而站。那名女子拎著一只鼓脹的手提包，而男子則堅定地讀著他的精裝書，儘管車上那麼擁擠，加上他每次翻頁，手肘就會頂到我的頭，他還是決定要繼續這麼做。我在克拉珀姆交匯站下了車，然後走上可以俯視許多條軌道的天橋：十七個月台，一天兩千班火車，數萬名乘客。看板上顯示著哪個月台的班車會通往哪個目的地，我走到看板最末端，站在天橋的另一邊思考著。韋伯斯特的話浮現在我的腦子裡。

人們會回到他們知道的地方……人們一直都在隱藏關於自己的資料。你以為你做出的選擇是基於你的自由，但是事實上，你只是回到讓你覺得安心的選項而已……

要躲開狩獵者，就要以狩獵者的思維來思考。

我把護照放在手提包裡，這是我從房子燒燬的那場大火中學到的慘痛經驗，在那之後，我也隨身都會帶著幾百英鎊的現金。那天早上在前往車站的途中，我又多領了一些現金。如果可以的話，我也不打算再用我的銀行卡。我可以在半個小時內就抵達蓋威特機場。在那之後幾個小時，我就會出現在我父親位於哥本哈根的公寓，他會很歡迎我的。我那沒有耐心又有趣的父親，依然保有他年少時的叛逆形象，一隻耳朵上的兩個耳洞依然存在，也依然喜歡騎著他的老舊電動自行車在城裡閒晃。我想要被他擁抱在懷裡，想要感到安心，想要讓他帶我去一家好的餐館，喝上幾杯、好好吃一頓晚餐，或者偷偷溜到我們世代相傳的湖邊度假屋去好好休憩一番。我想，沒有人可以在那裡找到我，但是我內心深處痛苦地知道，他們可以找得到我，也會找到我，而如果我去找我父親的話，就無異於將他置於險境。

我的目光再一次瀏覽過那一串地名，尋找著不熟悉、不認識的地方。條件是：不要太小，也不要太遠。

「幾點？」一名正在抱怨的女子經過我的身邊。「我們要去布萊頓嗎？因為如果他們不讓我們提前入住的話，我不知道我們為什麼要早到。我不想拿著我的袋子閒晃幾個小時，安得利亞。」

我加入朝著反方向前進的乘客行列，走向售票處。

我以前曾經到過布萊頓，不過那是很久以前的事了——自從學校舉辦的皇家行宮和碼頭之旅結束後，就再也沒有去過了。我上次來的時候正值夏天，我還記得曾經坐在石礫海灘上吃著冰淇淋。很不幸地，除此之外，我沒有留下太多的記憶。當我走出火車站，從山丘下出發時，我幾乎什麼景象也不認得。天氣很冷，低壓的雲層摩擦過屋頂，海上飄來的霧氣也讓遠處的建築物變得模糊不清。我走得很快，捨棄那些巷弄和小街道，一心只想遠離火車站。除了手提袋之外，我沒有什麼行李。在克拉珀姆交匯站的時候，我買了一張預付的SIM卡。我把號碼發了簡訊給黛安娜，也收到了她的回覆通知，這樣就沒有問題了。她保證會告訴我馬克的情況，而我也相信她。

所有下坡的路都通往濱海區，當我終於抵達海邊的時候，映入眼簾的是一片暗沉、洶湧、白浪翻騰的大海。強風吹襲著濱海的步道。我打著寒顫往回走了幾條街，來到足以躲避寒風的巷弄裡，並且在那裡徘徊了好一會兒。我看著一扇扇的窗戶，發現除了自己的倒影和我身後的街道之外，窗戶的反射裡什麼也沒有，這樣我就可以確定這裡只有我一個人。穿過幾家古董店、珠寶店和狹窄的巷弄之後，我發現了一家馬莎百貨，在那裡買了一件睡衣和換洗的內衣褲，以及一件套頭毛衣。店員告訴我可以在哪裡找到藥房，還很幫忙地指著馬莎百貨對面一家大型購物中心給我看。我買了一些零食、保濕霜，還有新的牙刷、牙膏、梳子，以及在合理的範圍之內，我所想得到的其他可能需要的用品。我的現金必須要能支撐我好幾天的花費。最後，我買了一本筆記本和一支筆。我在一家窗戶覆蓋著霧氣的小咖啡館裡吃了午餐，然後坐在咖啡館裡，幾乎覺得生活已經回復了正常。那只是幻覺，而我也知道，但是我讓自己在這樣的幻覺裡度過了一兩個小時。我在咖啡館裡慢慢喝著咖啡，直到下午三點過後，我才把自己從身旁其他顧客的對話聲中拉回現實，帶著我採買的東西回到濱海區。海浪不停地在湧動，越趨強烈的海風把浪花和霧氣吹散在空氣裡。我低頭抵抗著強風，沿著海濱來到一家小小的舊旅館，經過一番協商，旅館給了我一間有海景的雙人房，讓我可以住上三個晚上。我所剩下的現金大部分都花在了旅館的住宿費上，不過這沒有什麼關係。我並未打算外出。

我的房間位在五樓。房間的牆壁漆成了棕色和米色，在一般的情況下，我可能會對地板上老舊的地毯、浴室磁磚縫隙之間的污垢和灰色的網眼窗簾皺起鼻頭。但是，當我把房門在我身後關上並且上鎖之後，我卻覺得這個房間彷若天堂。房裡有一張床、一張書桌，甚至還有一張粗糙的扶手椅。我最喜歡的是窗戶看出去的景觀：海濱，以及它後面無垠的大海。能夠看到海平面給了我某種的平靜。我把買來的物品拿出來，再將扶手椅轉個方向面對窗戶，然後坐在椅子上眺望大海，直到最後一絲光線消失在天際。

在接下來的幾天裡，我沒怎麼出門。我坐在房間裡思索，在腦子裡反覆地想著我所知道的幾個事實，並且把它們重新組合起來，看看是否可以讓這些事看起來比較合理。旅館裡那個疲憊的女清潔工很高興能跳過我的房間，而我也有足夠的食物，讓我可以不需要鼓起勇氣去嘗試旅館的早餐。天氣狀況很糟，所以我也不至於對沒到海邊散步而萌生罪惡感——我看到幾個遛狗和跑步的人全副武裝地穿戴了防水配備，但是看起來還是很慘。在暴風橫掃英格蘭南部之下，雨水和冰雹間歇地撞擊著窗戶。新聞不斷地播報著洪水風險和結構性損害的嚴正警告；這些看起來似乎都離我很遙遠。現在，這間旅館房間就是我全部的世界。

第二天中午左右，我的手機因為收到一則簡訊而嗡嗡作響。

馬克醒了！！他的狀況在改善中，但感迷惑&不記得發生啥。明可出加護病房。他向你表達他的愛意，然他不知他為何說了你名！！！

黛 XXX

她讓我心裡湧起一陣感動，不過，這種簡寫的表達方式也許比正常的寫法還花了她更多的時間。我的眼裡泛起一層淚水；馬克醒了，很快就可以離開加護病房。鬆了一口氣的感覺讓我幾乎難以招架。他不會死了。他向你表達他的愛意——不過這也很平常，畢竟這是他母親的用字，而她向來就是個熱情洋溢的人。如果我曾經懷疑過我對馬克的感覺，那麼，再三閱讀了這則簡訊之後，我也許得到了一絲線索。雖然他什麼也不記得讓人感到氣餒，但是我原本就有心理準備。後腦受到重擊導致顱骨骨折，會讓他成為一名不可靠的證人。說了我的名字可能只是一種精神短路，而不是要警告我什麼。

在猶豫著是否應該表達愛意之後，我回覆了一則簡短的訊息給她，致上我的謝意和祝福。我想像他們坐在加護病房裡，大聲地唸著簡訊，以及馬克會對我的簡訊說些什麼，如果他會說的話。

關於馬克的狀況，還有另一件事讓我停下來思考。加護病房的工作人員一直都是一副理所當然的樣子，儘管他們對他們所做的事很明顯地在乎。那是他們的工作，一如法律是我的工作一樣。在我看來似乎是很偉大的事，對他們卻只是例行工作。想到這裡，我不禁皺了皺眉頭。我以為我對刑事司法系統的認知，以及我把事實組合起來成為陳述的經驗能力，對於分析這整件事是有所幫助的，然而，如果它們本身就是問題的一部分呢？因為我看待這些事的角度根本就錯了。

我所需要的是一個普通平民百姓，而很幸運地，我知道哪裡可以找到這樣一個人。

「哈囉？」艾黛兒接起電話時，聲音聽起來很謹慎。

「我是英格麗。」

「英格麗？你為什麼從一個未知號碼打給我？你的手機掉了嗎？」

「沒有。我只是暫時用這個號碼而已。」

「好吧。」她聽起來有點困惑的樣子。

「你在做什麼？」

「在做工作的收尾。你要碰面嗎？」

「我不在倫敦。」我告訴她。「不過，如果我可以耽誤你一點時間的話，我會很感激你幫我這個忙。」

「幫什麼忙都可以。」

我想，她是說真的，而我就喜歡她這樣。「我知道這聽起來很詭異，不過，我要和你說個故事。」

「好吧。」

「而且我要你很誠實地告訴我你的想法。」

「是愛情故事嗎？」她很期待地問。

「是一個有關強暴案的故事。」

「我早該料到了。」她嘆了口氣。「好吧，我在聽。」

我把我印象中關於蓋．藍斯伯瑞的審判，以及它所造成的結果告訴了她。「她說謊，而我們證明了她在說謊。蓋沒有做錯什麼。陪審團相信他。」

「是——啊。」她聽起來並沒有信服。「但是麗莎對他所做的事感到沮喪。」

「那並沒有讓這件事變成違法。」

「我覺得那不是重點，英格麗。她既心碎又難堪，而且——而且覺得有罪惡感，真的，因為錯的人是她，所以他才無罪釋放。」

「你為她感到遺憾。」

「對啊，當然了。你不會嗎？」

「我也為她感到遺憾，但是，那並不代表我認為蓋應該被關起來。」

「是啊。某種程度上來說，他們兩個都是受害者——因為判斷錯誤、因為年輕且愚蠢而成為了受害者。她傷害了他的感情，但是他也沒有做對。他對她所做的事是不可能得到她的同意的。她不應該遭到被社會遺棄的對待。不應該遭到在她父親面前被羞辱的對待。她有權對他所做的事情感到不高興，但是，即使他被定罪，她還是會失去她所有的朋友和她的隱私。你只是站在輸贏和法律的立場在看這件事。但是生活不是這樣的。人的情感不是有條理的、合邏輯的，以及合法的。」她停了一下。「你對你在審判過程中所做的事有什麼感覺？」

「我？」

「你在講這件事的時候，聽起來很有防衛性。你扮演了什麼角色？」

「我沒做什麼。我和蓋談了到底發生了什麼事。我看了一百萬份電話紀錄的列印資料。噢，還有我對某人做了交叉詢問。一個證人。」

「哪一個？」

「她最好的朋友，黛絲。」我記得她：蒼白、圓臉，熱誠，每隔幾秒就把眼鏡推到鼻梁上方。「她承認麗莎原本就有意在那天晚上和蓋上床。麗莎應該報警也是她的主意。她基本上說服麗莎那天晚上發生的事是強暴而非——」

「而非什麼？她怎麼說的？」

我往後靠，注視著遠方的大海。「一個不愉快的事件。」

「一點也沒錯，」艾黛兒說。「你知道嗎，如果那件事發生在你身上，然後我叫你去報警，結果變成這樣，那麼我會對我自己感到很沮喪。因為我不想對不起你。」

「她沒有真的對不起麗莎。」我心不在焉地說道。「無法順風順水的人太多了。」

「例如你嗎？」

我曾經想要讓柏琳達和那個事務律師休．哈德維克對我刮目相看。我不太記得我確切對她說了什麼，不過，我記得法官曾經一度或者兩度對我眨眼，示意我要克制一點。過於熱情的年輕出庭律師都需要一隻堅定的司法之手，不過，法官自始至終都對我很好。如果你不知道他說了什麼，以及為什麼那麼說的話，光憑表面，你甚至會以為他是站在我這一邊的。

我並沒有想過站在我面前的那名年輕女孩，我只是把她當作一個挑戰。我沒有想過她可能會有什麼感覺。

「我那時還年輕。沒有太多經驗。」

「我猜你已經習慣了那種事。」

「一般人都會，但是我不會。」我不想被歸類為只處理理性案件的律師，就像法律學院裡很多女性那樣。我想接大型的詐欺、強盜和謀殺案——複雜、高要求、高風險的案子，比起那種幾乎拿不出證據、只能靠一個人對另一個人做出口頭指控的強暴案件，這些類型的案子更能讓人滿足。我的職業生涯已經走到了不同的方向。但是那並不只是一個職涯的決定，這點我得對自己承認。如果最後要付出這樣的代價，我想我不會喜歡贏的感覺。

當我試著和柏琳達聊我的想法時，她曾經笑過我，而且並不是太友善。「你覺得為強暴犯辯護需要找理由嗎？你認為有人會期待他們認同受害人嗎？這個審判就和其他審判沒有兩樣，而你的專業責任就是盡你所能地去幫你的客戶，不管他們被指控做了什麼。」

「你還在嗎？」艾黛兒聽起來有些擔心。

「還在。」

「我知道你只是在盡你的職責而已。但是，我可以想見一個不認識你的人，可能會認為你不應該那麼做。」

在和艾黛兒談過之後，我就關機了。那張 SIM 卡也被丟到靠近大型購物中心的一個垃圾桶裡。天氣糟糕到附近都沒有人出沒，不過，反正我也懷疑是不是有人可以在空蕩的街上認出被兜帽遮住臉的我。不管怎麼，我都還是繞了一圈才回到旅館，在巷弄之間閃躲，直到確定沒人跟蹤我之後才走回旅館。如此小心翼翼讓我覺得自己似乎有點瘋了，但是，既然我花了那麼大的力氣才在地球上消失，那麼，多走一兩公里路又有何妨。

回到我安全的破房間之後，我坐下來把過去幾天所做的筆記攤開。我已經做過了情緒分析。現在，我需要把它當作一份簡報、當作在寫一份訴訟案的摘要來思考，從我所知道的事實中理出一個清晰而有條理的故事，並且針對我的疑問找出最可能的答案。也許這中間還會有一些落差——那些我還不太了解的事情、那些我還處於懷疑階段的事情，以及那些我希望是我想錯了的事情。

我需要在其他我所愛的人受到傷害之前，把這些落差都填補起來。

41

From: IATL@internetforyou.com

To: Durbs, 4102

她在哪裡？有人知道嗎？

From: Durbs@mailmeforfree.com

To: 4102, IATL

你跟丟她了？

From: IATL@internetforyou.com

To: Durbs, 4102

我不知道她確切的所在。不過，你原本也應該要盯著她的。

From: Durbs@mailmeforfree.com

To: 4102, IATL

那是偶爾，當我可以的時候。我確實和她說過話了。如果她起疑心了呢？

From: 4102@freeinternetmail.com
To: Durbs, IATL
她一定會懷疑的，不是嗎？不止一次出現的陌生人，居然都會那麼友善？

From: IATL@internetforyou.com
To: Durbs, 4102
我可以說你在盯著她這件事上面，完全沒有實質的幫助。

From: Durbs@mailmeforfree.com
To: 4102, IATL
沒錯。我們做了一堆事。IATL承擔了最多的風險，不過我也去過那裡。而你到底做了些什麼？

From: 4102@freeintermail.com
To: Durbs, IATL
你知道我做了什麼。說句實話，那讓我覺得噁心。下次我已經準備好要做我應該做的事了，不過，我不會再跟在她屁股後面了。我不想要了解她。等時機成熟的時候，我就會對付她，然後忘了這整件事。

From: IATL@internetforyou.com
To: Durbs, 4102
好了，冷靜下來。說這些都沒有意義。除非我們找到她，不然誰都做不了事情。

From: Durbs@mailmeforfree.com
To: 4102, IATL
但是她在哪裡？

From: IATL@internetforyou.com
To: Durbs, 4102
我會搞定的。我了解她。她跑不掉的。

42

翌日，我出門去尋找網路咖啡店，在手機和免費WiFi的時代裡，這種地方可以說是瀕臨絕種了。旅館櫃檯人員告訴我，火車站不遠的一條小街上有一家網咖。我繞了一段曲曲折折的遠路過去，途中不時察看有沒有人跟在我後面。我不知道我究竟在找誰的蹤影，或者在找什麼。如果我在過去這幾個月以來有學到什麼的話，那就是惡魔不會帶著明顯的威脅跟著你。善意的笑容裡卻可能藏了很多你所不知道的東西。

進到網咖之後，我拿出我的筆記本，帶著胃裡油然而生的恐懼感，確認著被我列在清單上的每一件事。這份清單並不長，也沒有花掉我太多的時間來完成。我覺得自己像是潛行在網路上的約翰．韋伯斯特，在找不到其他方法可以獲取資料時，就靠付錢來換取。要從網路上找人還真直接，直接到了令人驚訝的程度。某些公司靠著蒐集和分享個資、把我們包裝為具有一定價值的消費者，然後從中大賺一筆。在好奇心驅使之下，我搜尋了自己的名字，結果螢幕上出現了我在過去五年內所住過的每一個地址。我不敢相信地往後靠。我是那種已經很清楚知道要小心自己安全的人，結果卻還這麼容易就可以被找到。

一如韋伯斯特之前一樣，我找不到任何符合我所知道的班．山普森的資料，不過，我倒是找到了另外兩個我想追溯的人。網路上出現了一千筆麗莎．穆勒的名字，但是都不是她。然而，當我同時鍵入我自己的名字和麗莎．穆勒時，卻得到了非常不同的結果。搜尋引擎給了我一個網址——盲目的英國司法——還有一小段引用自相關素材的文字。

……毫無疑問地，另一名出庭律師英格麗．路易斯在處理麗莎．穆勒的審判上，雙手也沾滿了鮮血，她無情地漠視……等同於失職行為，儘管我們知道那永遠不會……

一陣暈眩襲來，讓我閉上了眼睛。這就像偷聽到別人評論你一樣，只不過這是全球性的規模。世界上的任何一個人都可以點擊這個連結，看到我被指控的失職行為，而我卻沒有回覆或者為自己辯護的權利。

盲目的英國司法網站下載速度很快，也許是因為網站設計得不夠起眼的關係。網頁頂端有一個亮黃色的標示，上面宣誓著「關注每一次的審判不公，直到我們的聲音被聽見為止」。頁面上的其他部分則是論壇，用來作為討論麗莎．穆勒案件的登錄頁面。

歡迎來訪的網友，請登入或註冊。

你可以無須登入就瀏覽論壇，但是不能張貼任何資料。如需更多資訊，請看常見問題。

本論壇上所提供的媒體報導，都僅供參考之用。任何張貼在本論壇上的資料，都屬於會員的個人責任。

我們無意要人認同或者暗示別人要認同這些資訊。

張貼者的資訊需要符合主題，毀謗或中傷的言論將會立即遭到移除，我們不會容忍濫用。

請遵從版主的言論，並詳讀規則！

盲目的英國司法論壇《審判不公的指控》蓋·藍斯伯瑞、麗莎·穆勒和一宗未受懲罰的性犯罪

主題／始於	回覆／閱讀	最後張貼時間
蓋·藍斯伯瑞，麗莎·穆勒：案情概述 始於 Durbs《1 2》	48 則回覆 209 次閱讀	2019年3月3日，03:08:41 AM 來自 IAmTheLaw 我就是法律
法庭上的偏見：朗恩·坎特維爾法官和他的偏見史 始於 Durbs《1 2 3》	98 則回覆 1409 次閱讀	2019年9月30日，10:42:39 PM 來自 Durbs
不利於蓋·藍斯伯儒的證據 始於 Durbs《1 2……6》	98 則回覆 249 次閱讀	2019年1月14日，08:31:06 AM 來自 Durbs
麗莎·穆勒以及接下來發生的事 始於 Durbs《1 2……4》	66 則回覆 340 次閱讀	2019年2月22日，01:48:12 PM 來自 費莉希蒂·布魯西爾
謊言、霸凌和失職：蓋·藍斯伯瑞的辯護 始於 Durbs《1 2 3》	51 則回覆 218 次閱讀	2019年1月14日，08:31:06 AM 來自 正義的版主

我回到上一頁，發現這並不是論壇上比較熱門的話題之一。那些惡名昭彰的大案子，例如傑瑞米．班伯的農場血案，就吸引了上萬人的貼文和觀看。我回到蓋．藍斯伯瑞的帖子，開始點擊附屬貼文，然後在大部分的情況下只瀏覽了第一則和最後一則的貼文。那個代號「Durbs」的人是主要的貼文者，而且會頻繁地回答自己的問題，好讓對話可以持續下去。這個論壇的管理井然有序，所以最新的貼文都排列在第一頁——如果你想要吸引隨意點擊進來瀏覽的用戶，那麼你就必須持續不斷地更新資料。

Durbs很顯然對那個案子以及涉及那個案子的個人都很清楚。我讀著這些貼文，心中不祥的預感逐漸凝聚成真實的恐懼。這些貼文是一系列很強力的指控：證人受到了恐嚇和指責，關鍵性的證據被一名帶有偏見的法官指為不可採信，即便立場相反，那些律師之間也互相說笑，麗莎沒有律師代表……諸如此類的言論，如果你不知道刑事司法系統是如何運作的話，你會在震驚下對此感到一團疑雲和憤怒。麗莎之所以沒有律師，是因為這個案子是刑事法庭起訴的案件。她是所謂的聲稱被害人，不過那也讓她成為了證人。由於她並沒有受審，自然就不需要法律代表。

然而，有時候，她也確實有受審。她數度被傳喚到法官面前，並且為其過去的行為受到檢驗和研判，她被發現不誠實，然後在她對控方和辯方都沒有進一步的用處時，就被扔到一邊了。

大部分的回覆都來自於隨機的用戶，多半是評論說他們不知道這個體系是如何運作的，以及這有多麼不公平，他們為麗莎和所有認識麗莎的人感到心碎。大量的預警內容出現在網友分享他們自己的故事之前，這些故事訴說著他們遭遇到沒有同情心的警察、殘酷的訴訟結果和審判，因而遺留下創傷後壓力症候群。對於那些沒有選擇法律途徑的人，他們也同樣受到了一連串的創傷：因為學校或大學站在被告人而非提告人那一邊，導致了學業的中斷，或者公司的人資單位施壓，建議提告人撤銷在工作場合受到性騷擾的告訴。工作機會未能兌現。推薦信寫得沒有誠意。當被控的肇事者毫髮無傷地揚帆航向他們的目的地時，被害人的生命卻從此走上了不同的道路。除了眼睜睜地看著一切發生，他們什麼也做不了。這個社會出現了某種基本的錯誤，權力的不平衡早已為人所熟知，以至於大家都漠視它的存在。我也同樣感到憤怒，而我也是吞噬這些女人、而非幫助這些女人的運作機器的一部分。艾黛兒是對的：法律並非面面俱到。對與錯並非只是符合法律判決的法律條款。到處都有灰色地帶。

關於坎特維爾法官的附屬貼文就比較熱門，用戶們都有他們自己關於他的故事。讓我震驚的是，這些貼文最後以一則簡短訃聞的連結畫下句點。Durbs則追加了一個評論：

死了一個哈哈

沒有人回覆。也許即便對盲目的英國司法這個網站的用戶來說，這樣的評論都太過邪惡了。

在關於被告方的貼文裡，我發現柏琳達被說成是骨子裡厭惡女人、有厭食症和階級特權的人。休・哈德維克的名字也出現在上面，貼文裡選擇性地引用了他離婚訴訟裡的一些描述。至於在提及我的討論裡，則有一系列的貼文，用了強烈而憤怒的字眼，鉅細靡遺地描述我是如何對麗莎的一名朋友進行交叉詢問。我的言行舉止大有問題（「假笑、沾沾自喜、在表演給陪審團看、傲慢」），我的外表（「廉價的睫毛膏和把頭髮挑染成金色」），我說話的方式（「輕蔑且目中無人」），以及我曾經說過的話。夾雜在Durbs發表的一大堆帖子裡，有一篇來自用戶4102的簡單回覆：

這些我早就都知道了，沒什麼值得驚訝

Durbs回覆了他一個笑臉，外加一句話

看一下你的直接留言

這意味著他們的討論在看不到的地方繼續在進行。我真希望能知道他們彼此在說什麼。

用戶4102不曾在這個論壇上發表任何言論，我在網路上搜尋了這個名字，卻只得到一些垃圾網頁。一個只出現了一次的用戶名卻引起了注意：我在這裡，我的感覺和你一樣。就這樣，雙方便建立起了聯繫。這讓我感興趣地開始看討論的動態——來自其他用戶的回覆。一長串針對麗莎·穆勒審判前後生活的貼文，最後在一名用戶的評論下結束，一名完全無意偽裝自己身分的用戶——費莉希蒂·布魯西爾。

我在無意中發現這個論壇，然後看了好幾個小時。對於我在這裡看到的一切，我真的感到很震撼。我是麗莎在學校裡的一個朋友，她發生的事情讓我很害怕，但是我對你們這樣分享這些資訊也同樣感到害怕！難道她的家人不配擁有一些隱私嗎？這是他們的悲劇。你們似乎都是好意，但是我認為你們應該撤掉這個論壇。

Durbs並未回覆。論壇也依然存在，不過，他們的帖子裡從此沒有再提過麗莎。也許是受到良心的攻擊吧。

還有一則帖子也引起了我的注意，一則用戶名為IAmTheLaw我就是法律的舊帖子。內容很短，卻很直接。

在別的地方和我碰面

我不禁猜想，別的地方是指哪裡？而這個人為什麼想要在那裡和Durbs見面？只看到部分的對話真讓人氣餒。我在點擊歷史貼文中發現，我就是法律曾經在論壇的其他部分發過帖子。總共大約有二十或三十則，大都很簡短，其中很多都附上可以連結到其他網站的網址，在那些網站上可以看到一些照片和法律文件。這些帖子是在過去三、四年之間發表的；這不是一種著了魔的行為，不像Durbs那樣。這是另一種狀況。

這是一個帶著計畫而來的人。

很幸運地，我也有一個計畫。

43

等我回到我的公寓時，我已經離開了四個晚上了——連一個星期都不到——但是，當我在安靜的上午穿過庭院時，我卻覺得自己好像已經離開了好幾個月。我從信箱裡拿出一大疊的郵件，其中包括我在警察局結束問訊後寄給自己的SIM卡。一切看起來都很陌生，即便是海倫吊掛在窗口的彩色小燈泡也是。公寓跟我和約翰．韋伯斯特離開的那晚沒有兩樣。不過，味道聞起來卻不太對勁，我檢查了廚房的櫥櫃和冰箱，扔掉已經長出綠色毛茸茸黴菌的麵包，以及一串過熟到連拿來烘焙都不再適合的香蕉。四個晚上：只要涉及購物和有效期，我的家庭生活就幾乎要失控。洗衣機裡還堆著一堆衣服，所以我又倒了一些洗滌劑，再度啟動洗衣機，希望屋子裡的霉味可以因此消散。

等到我處理好之後，我才把SIM卡裝回手機，重新開機。才一開機，手機立刻就因為收到各種訊息而開始震動。一堆通知不斷地出現在螢幕上，速度快到我都來不及閱讀：語音留言、簡訊、電子郵件，大部分都只和一件事有關。

你在哪裡？

你在哪裡？

你在哪裡？

我首先回覆了工作上的事情。接著是朋友。然後是我母親（我還打了一通電話給她，因為我沒有笨到以為一則簡訊就可以擺平）。我驚訝地發現她很容易安撫，不過那要感謝黛安娜，因為她在發送簡訊給我的那天，也同時打了電話給我母親。

「朱利斯叫她告訴我說，你有公事要處理，不要擔心你。」

「所以你就不擔心了？」

「哎喲，我當然擔心，親愛的。我一直都很擔心。做母親的都是這樣。」

「當然。」

「你能去醫院看馬克真好。」

「婚禮還是不會舉行的，媽媽。不用費心了。」

「我只是想知道而已。」

「別這樣。」

「黛安娜認為——」

「那不可能。」

我們異口同聲都笑了出來。不過她隨即變得嚴肅起來。「我相信朱利斯，不過，你自己要保重，英格麗。」

「我會的。」

「答應我。」

「我保證。」我對她說，而且我是認真的，雖然我們可能對這句話的意思有不同的理解。

倫敦很大，但奇怪的是，你需要去的地方都離家很近，我一邊想著，一邊走過運河來到康登區。我的目的地是靠近康登鎮站一條小街上的一間髒兮兮的連排小屋，一棟由維多利亞時代的住宅轉為辦公用途的建築。有三家小公司在這棟房子裡經營業務：地下室是一名婚紗設計師，地面層和一樓（英國地面層為台灣的一樓）是一間建築師事務所，頂樓則是一家很小的物流公司。我算準了要在營業時間結束時抵達，由於我事先查過地址，加上辦公室現在除了洗白的窗戶外已經空無一物，我猜想建築師應該已經搬走了。除了週三和週六之外，婚紗設計師的辦公室是不對顧客開放的，這讓頂樓看起來似乎變成了這裡唯一真的有人在工作的地方。從我在街上的位置可以看到辦公室裡亮著燈光。我靠在一面牆上，盡量讓自己看起來不會引人注目。

在我抵達後大約十分鐘，也就是五點半整的時候，一名戴著腳踏車頭盔的中年男子牽著他的腳踏車走出了那棟建築。他花了不少時間檢查著腳踏車，然後把身上的背袋調整到側背的位置，才搖搖晃晃地踩著腳踏車騎上馬路。第二個出來的是一名身穿華麗紅色大衣的女子，只見她穿著一雙平底的芭蕾舞鞋很快地走開，在人行道上完全沒有留下任何聲響。最後，一名穿著球鞋的年輕男子跳下了樓梯。他戴著一副巨大的耳機，身上穿了一件神秘博士的T恤，我猜他的額頭可能還有資訊科技支援這幾個字的刺青。我等他離開之後，才走過馬路，按了RTW物流企業的電鈴。這棟房子使用的是一種沒有攝像機的老舊對講機，這點倒是很有幫助。

對講機傳來一陣劈啪響。「找誰？」

「嗨，馬丁在嗎？」

「他剛走了。」

「可惡。」我說道。馬丁是這家公司的資訊科技專門人員，這是我在搜尋這家公司的網站時得知的。「這樣吧，我告訴過他，我會拿東西過來給他。因為信箱塞不下，我又不想把它留在樓梯上。你可以開門讓我進來嗎？」

一陣沉默。大門突然發出一陣蜂鳴響，我立刻推開了大門。我發現自己處在一道空蕩蕩的走廊，就在建築師辦公室外面的一個區域。在我上樓的時候，除了頭頂上的日光燈泡所發出的嗡嗡聲，建築物裡什麼聲音也沒有。一樓的門全部都緊閉著。我爬上另一層樓的樓梯，開始謹慎了起來。二樓的兩扇門都微微敞開著。其中一扇上標示了前台，因此我走上前去，輕輕地敲了敲門。

「你可以把你要留給他的東西放在門邊的桌子上。我會確定他收得到。」她的聲音很輕卻很尖銳，讓我感到背上的寒毛直豎：我認得這個聲音。我慢慢地推開門，往裡面瞄了一眼，只見她坐在另一頭的桌子後面，背對著我。那不是一間太大的房間，不過卻還塞了另外兩張桌子在裡面，兩張上面都堆滿了文件盒和文件夾。電腦看起來很老舊，地毯也很破爛。看來，RTW 物流（公司搬遷和國際船運專家）並沒有在後勤部門浪費任何的心思。

「很感謝你。」

她半轉過身，不過並沒有和我視線相對。「沒什麼，真的。我會告訴他你來過了。」

我按照她的指示把箱子放到桌上。「是黛絲嗎？」

大部分的人在聽到自己的名字時都會四下顧盼。但是她沒有。她只是直視著面前發灰且凹損的老式電腦，什麼也沒說。

「我不是來把什麼東西留給馬丁的，我是來找你的。」

她把雙手平放在桌面上，左右手各放在鍵盤的兩邊。「很抱歉。我不明白。我想我不認識你，我希望你離開。」

「你確實認識我。」我站在靠近我的那張桌子邊緣，雙手交叉在胸口。「事實上，你還對我很有意見。我是英格麗．路易斯。」

她把手壓在桌面上，手指瞬間都發白了。「你得走了。」

「你能看著我嗎，黛絲？」

她緩緩地轉過身，很吃力地抬起目光迎向我。我眼裡所見的是一名瘦小的女子，頭髮梳在腦後綁成了一個馬尾。她的皮膚沒有血色，也許是處於震驚，也許她大部分的時候看起來就是如此。一輛摩托車在外面的街上呼嘯而過，引擎聲反彈在建築物上，震耳欲聾，完全拜那些老舊窗戶上的單層玻璃所賜。我等到聲音消散了才開口。

「你上過教區會堂的那堂自衛課。」

「你很厲害。」

我記起她了，靦腆的笑容，在那樣的場合裡搽著粉紅色的口紅，不過並不適合她。當時她的頭髮是散落在臉上的。

我來這裡是為了想要建立多一點的自信。

「你說你叫做蘿拉。」

「我騙你的。」她不帶感情的說。

「你跟蹤我到那裡。」

「我已經跟蹤你好幾星期了。」

「為什麼？」我歪著頭問。「為什麼要冒著被抓到的風險？你一定知道那樣做很危險。」

她聳聳肩。「我想要見你，我猜。我想要測試你。」

「你想要和我面對面，看看我是否記得曾經在蓋・藍斯伯瑞的審判裡交叉詢問過你。」

她畏縮了一下。「你在哪裡我都可以認得出你，但你卻一點也不記得我。為了預防你認出我來，我還假裝發抖。不過你並沒有認出我來。」

「坦白說，你變了。」我說。「當時你戴著眼鏡，而且你……」

「胖，你可以說我很胖。」

現在的她瘦到脆弱的程度。我想，我必須要凌駕過她，而我又比她高。況且我離門也比較近。儘管黛絲・伊佛帶著百分之百的厭惡看著我，我也沒有理由感到害怕。

她的情緒是我可以利用的武器，就像我經常在交叉詢問的時候煽動被告的脾氣一樣。人們在忘記要謹慎的時候，就會現出原形。我露出同情的表情。

「你一定對我沒有認出你來感到很失望。」

「我不應該感到驚訝的。不管你在哪裡，我都可以認出你。我猜，你很習慣毀了別人。這裡多一個、那裡多一個，你也不會注意到。」

「我沒有那種習慣。」

「不，你靠著那樣做往上爬。你記得當我在證人席上的時候，你做了什麼嗎？你暗示了什麼嗎？你暗示我愛上了麗莎。」

「我從來沒有說過那種話。」

「噢，當然沒有。你那麼聰明，怎麼會說那種話。你讓我看起來像個傻瓜。你暗示我嫉妒蓋。你讓陪審團以為我捏造了所有的事，就是為了報復他。」

「我很遺憾。那一定很難承受。我對你那麼強硬。」

「麗莎在法庭上應該受到傾聽。她應該被人相信。」

「麗莎對發生的事撒謊。當她說了謊，陪審團就不能判定蓋有罪。」

「你扭曲了她的話。她喝醉了，而他佔了她的便宜。她不知道自己在做什麼。」

「她不認為那是強暴，直到你告訴她那是。」

「去你的，」她憤怒地說。「我不要聽你幫你自己找理由。」

「你想要什麼？」

「正義。」她很乾脆地說。「麗莎從來沒有得到過正義。」

「那就是你為什麼開始在盲目的英國司法論壇上發帖子的原因嗎？」

她瞪著我。「我——什麼？」

「Durbs德伯家，不是嗎？我喜歡這個暱稱。我猜，你應該研究過湯瑪斯・哈代。來自德伯家的黛絲姑娘。很殘酷的一本書，不過，那很適合。」

「那不是——。我沒有研究過那本書。」

「麗莎呢？那是你對她的暱稱嗎？」從她臉上的表情來看，我知道我說中了。「好吧。我現在知道你為什麼選這個暱稱了。」

「不要再提起她的名字。說都不要說。」黛絲從椅子上跳起來，雙手在身體兩側緊緊握著拳頭。她全身都在顫抖。「你不能再提起她。在你做了那樣的事之後，你不可以再提到她。」

「發生在麗莎身上的事是個悲劇。」我慢慢地說。「但是，她的死不是因為我。」

「噢，當然不是。你沒有做錯什麼。你只是在盡你的職責而已。」

「我甚至不知道她死了。」我抗議道。「那是幾個月之後才發生的。」

「你根本不想知道，不是嗎？你從來都沒有再想到過她。或我。」她的眼裡溢滿淚水，臉孔也因為強忍著淚水而顫抖。「你想要幹嘛？」

「我不是來威脅你的。我只是想了解你都做了什麼，又為什麼要那樣做。另外，我想要知道誰是那個IAmTheLaw我就是法律，以及他們要你做什麼。」

她恢復了正常的呼吸。「你不應該問起他。」

「他？你見過他了？他的真名是什麼？」

她扭動了一下，差點失去平衡。她看也沒看，就伸出了手想要扶住桌面，至少在我看來是這樣。然而，她的手卻不偏不倚地碰到了桌上的文具架，抓起了裡面的某個東西：一把鋒利的美工刀。

「你在幹嘛？」我想，這實在是個愚蠢的問題；我可以清楚地看見她在做什麼。

「你不應該來這裡的。」

要我對我事業開始之初所做過的某件事負責實在很不公平，我在心裡想著，同時感到一陣疲憊。「我們都會犯錯，黛絲。我對我犯過的錯感到很遺憾。不要把這變成你的另一個錯誤。如果你在你的辦公室傷了我或殺了我，你覺得你會發生什麼事？你要怎麼解釋才能開脫得了？如果你必須逃跑的話，你又能去哪裡？」

「去你的。」她的眼光越過我，臉上出現笑容。「好吧，看看那是誰。」

當我轉過頭看向門口時，我的心止不住劇烈的跳動，因為如果她感到高興的話，那對我來說可不是什麼好消息。

這是我所沒有預料到的，然而，鑑於我所知道以及我所害怕的一切，也許我應該早就要預料到了。

站在門口的是高瘦的約翰・韋伯斯特，他的兩手插在身上那件長外套的口袋裡。面無表情。

「你想要知道誰是『我就是法律』，」黛絲說道。「現在你自己可以看到了。」

那就是我開始感到絕望的一刻。

44

「你在講什麼鬼話？」約翰的目光緊緊盯著她。「別聽她說，英格麗。她在唬弄你。」

「她怎麼知道你是誰，約翰？」

「我不知道。」

「那你是怎麼知道我在這裡的？」

他聳聳肩。「你重新開機了。我應該知道我會找到你。」

我不知道要相信誰。我只知道黛絲站的位置比約翰離我更近，而我也知道我應該要怕她。黛絲翻了個白眼。「你應該大方承認。沒必要再耍她了。」然後她轉而對我說：「約翰一直都在幫我們。」

「她在說謊。」他的聲音不帶一絲感情，然而，當我看著他時，卻可以看到他的眼睛裡正燃燒著熊熊的怒意。「我知道她是誰，不過，那只是因為我和你一樣，一直都在追蹤那個審判案。你要我幫你找黛絲，英格麗。我們在同一個時間來到了同一個地點，只不過我們的方法不同。」

「你不會相信他的話吧，會嗎？他從一開始就參與了。」黛絲得意洋洋地說著。這就是她一直想要的──她一直都在等待這一刻。她不只想要置我於死地。她要先讓我知道，我一直都在被耍。「他告訴我們，他可以讓你去做任何他想做的事。我承認，由於我知道他過去對你做過什麼──他對你的生活所做過的事，所以我有點懷疑──我以為你絕對不會再落入他的圈套。可是，你真的很愚蠢，不是嗎？」

「不要聽她的。聽我說。」他的聲音聽起來很急切。「你必須要相信我，英格麗，這樣我才能把你弄出這裡。」

「他不會幫你的。他會殺了你。」她咧嘴笑道。「或者我會殺了你，如果他讓我這麼做的話。」

「沒有誰會傷害誰。」約翰不動聲色地說。「你得把你那把蠢刀放下來，而英格麗和我則會離開這裡。」

「你改變心意了嗎？」她向我靠近一步。「我沒有。就算你能在我殺她之前阻止我，我也會在她漂亮的臉蛋上留下一些痕跡。我們可以看看等你臉上有疤之後，他是不是還會喜歡你，英格麗。我們可以看看到時候陪審團是不是還會聽你的。」

「到我這邊來，英格麗。」

我沒有辦法這麼做。

黛絲笑了笑。「太遲了，不過你總算搞清楚了。那是我一直都無法了解的，英格麗。就算你很絕望，你還是寧可相信他？」

「你很清楚不能相信她。」約翰聽起來開始有點惱火了。

「沒錯，英格麗，不要理我。再相信他一次。」她大笑著說。「看看結果會是怎樣。」

他作勢要朝她走過去，這讓她首度畏縮了一下，只見她往後退，轉而把刀子指向他，而不是我。我看著她心想，我可以做點什麼。如果她現在全神貫注在他身上的話，也許我可以從桌上拿個什麼東西來打她。桌燈看起來很適合、重量也夠，不過電線會影響到我能把電燈丟出多遠。

這是你唯一的機會，我這樣想著，但是這看起來不是什麼好機會。我得想其他的方法。

我腦子裡在想的主要是：不能就這樣結束。我不想就這樣死掉。

因為，如果她說的是實話，那我就得在逃出這裡之前先躲過約翰·韋伯斯特。

他嘆了口氣。「我不知道你在玩什麼把戲，但是我不會加入的。現在，你可以在我好好問你之下說出實話，或者，你可以在我傷害你的時候尖叫。我真的不在乎你會選哪一個，不過，我懷疑你可能會有你的偏好。」

「他是說真的。」我告訴她。

黛絲翻翻白眼。「他不會那樣對我的。他不敢。」

他一直都靠在門框上，卻突然毫無預警地衝向前準備抓住她。黛絲本能地跳開，腳跟卻勾到了地上的破地毯。只見她往後搖晃，這回是真的失去了平衡，在她摔倒的那一瞬間，時間彷彿停止了一般。她的身體彎曲，雙臂張開，但是四周什麼可以讓她抓住的東西都沒有。

這是個意外。我發誓這是個意外。

她撞到她身後那扇高大的窗戶，單薄的玻璃被撞得粉碎，她企圖抓住窗框上老舊又腐爛的橫木，但是她的手卻滑掉了。在她從我眼前消失之前，我應該來得及朝她踏出兩步，然而衝力和地心引力卻將她往後拖向空中。她無聲無息地跌入了空氣裡。接著只聽到巨大的聲響傳來，我真希望我沒有聽到那樣的聲音。

遠處的樓下有人在尖叫，我企圖走到破碎的窗口，但韋伯斯特卻抓住了我。

「不要過去。拜託你好好待在後面。你不需要被人看到你在這裡。我們需要他們以為她掉下去的時候，辦公室裡沒有人。後面有一條路——你可以出去，然後離開。」

「黛絲——」

「當然他媽的死了。」他聳聳肩。「誰在乎呢？你沒死。現在拿著你的東西快點離開。我要把這地方擦乾淨。」

「我們殺了她。」我似乎無法呼吸。

「不是。她是從窗戶摔下去的，英格麗。沒有人推她。沒有人讓她跳下去。」

「如果我們沒有來這裡的話……」

「我不知道你幹嘛難過，」韋伯斯特語氣平淡地說。「她本來是個問題，現在不是了。」

「她對你來說是個問題。特別是她說你一直都和她站在同一邊，如果這是實話的話。」

她一直都很清楚他是誰。她看到他的時候一點都不驚訝。

「拜託，英格麗。振作一點。」我發現她的死並沒有對他造成絲毫的困擾。「這不重要。快走。」

「我認為你想要她閉嘴，」我輕聲地說。「我想，你很怕我會聽她的，而不聽你的。」

他翻翻白眼，有點煩躁。「聽著，我們可以改天再好好討論這件事。現在，我們得趕快離開。他們會認為這是個意外——或者自殺。也許我會留張紙條。天知道如果你在這種這麼壓抑的地方工作，你會想要殺了自己。你得告訴我你碰過了什麼東西，還有你是從哪條路來到這裡的，這樣我們才可以幫你編出一個可以掩護你的故事。」

「我不要你的幫助。」我轉過身，從他身邊跑開，一路衝下樓梯，深怕他會跟在我後面——但是他讓我走了。他不需要追我。只要他想的話，他隨時都可以追蹤到我。

等到我踏出那棟建築，來到一個丟滿菸蒂的灰色小院子裡時，我才試著讓自己鎮定下來。院子的門通往一條狹窄的巷弄，可以一路連接到外面的大街。我用正常的步伐走出小巷，隨意地回頭望向黛絲辦公室的方向。已經有一群人聚集在那棟房子前面了。一團東西卡在了建築外的欄杆上：她甚至沒有掉落在人行道上，這讓我的胃裡湧起一股不安。

我往前走，不慌不忙、全神貫注地經過地鐵車站，彷彿我就和其他人一樣，正在下班回家的路上，而不是正在逃離一個怪物。

45

在我目睹黛絲·伊佛死亡的時候，天空已經開始下雨，等到我抵達艾黛兒的公寓時，我已經全身濕透了。沒能哭出來讓我的喉嚨發痛；我還在極度的震驚之中，但是我一直沒有哭泣。我太憤怒，也太害怕。

「英格麗，你發生什麼事了？」見到艾黛兒穿著她的慢跑褲和寬鬆的套頭衫，頭髮上還沾著某種免洗髮膠，準備舒服地蜷曲在沙發上追劇，過一個正常的夜晚時，我覺得一切似乎是那麼的不真實。那種生活——正常、沒有困擾、寧靜的生活——彷彿在月亮的另一端，超出了我所能觸及的範圍。我無法想像自己看起來是什麼模樣，不過，當她看到我時，她上下打量我的眼神裡寫滿了震驚。「快點。你不能一整晚都站在那裡。進來取暖。你看起來很糟糕。」

「我可以站在這裡。他會知道我在這裡。他會來這裡找我。」我的牙齒不停地在打顫。

「誰？韋伯斯特？」

我點點頭。

「他又在追你了嗎？」

「他從來沒有停止過。」我筋疲力竭地靠在牆上。「他在我家找不到我時，就會來這裡。我覺得自己像個傻瓜。」

「他做了什麼？」

「一個女人在我面前死了。她企圖要告訴我說，他和她共謀要對我在那場強暴案的審判中所做的事來懲罰我。他嚇到她，而她從窗戶掉了下去。」

「噢，我的天。」艾黛兒掩住了嘴。「你看到了？」

「他很高興她死了。而且我也確定是他攻擊了馬克。」

「你認為那也是他幹的？」

「還會有誰？」

她伸出手環抱著我，我閉上眼睛，她頭髮上的椰子味撲鼻而入。「我好累，艾黛兒，但是我不能待在這裡。我不想讓你置於險境。」

「那我們要怎麼做？」她往後退開一步，雙手交叉在胸前，我強悍的保護者正套著一雙毛茸茸的拖鞋看著我。

「除了在我離開後把門鎖好之外，你什麼都不用做。無論如何都不要開門。把所有的窗戶也都上鎖。隨時帶著手機，以防你需要打電話給999。」

艾黛兒吞了吞口水：這對她來說突然變得真實了起來，而我只感到滿心的愧疚。不過，她很快就振作了起來。「那你呢?你要怎麼做?」

「我要報警。」

警察在四十五分鐘後才出現，開著一輛Golf，獨自前來。當亞當把車子停靠在我等候他的巴士亭旁邊時，臉上的神情一片陰沉。

我打開乘客側的車門坐上車。

「謝謝你來。」

「怎麼回事？」他的語氣嚴峻到了最高點。「你為什麼不能在電話裡告訴我？還有，過去幾天你到底去哪裡了？」

「我離開了。」我不敢看他；我知道他感到惱怒並沒有錯。「想讓自己腦子清楚一點。」

「離開？那是什麼意思？你去了哪裡？我以為——好吧，我想過各種可能。」

「我去了哪裡並不重要。我只是需要離開而已。」

他很明顯地在控制自己的脾氣。「好吧。你不需要告訴我每一件事。不過，你可能會想要回答這個問題——你為什麼不告訴我你會消失？我都快要瘋了。」

「我很抱歉。我覺得我最好不要和任何人提及此事。我一直沒有和任何人聯絡，直到我今天早上回來為止。」

「所以我不是你第一個聯絡的人。」

我咬了咬下唇。「我還沒準備好要和你談。」

「我以為發生了什麼事。我想不出你為什麼不打電話給我的任何理由。」

這句話裡暗示了一個問題：難道你不在乎我嗎？此刻，我選擇忽視這個問題。「如果任何人要找我的話，他們就會從你先下手。我不能冒這個險。我沒有計畫要這麼做，我只是臨時起意而已。」

「好吧。」他看著擋風玻璃的外面，調整自己的情緒。「現在有什麼問題？」

「我需要離開這裡。」

「為什麼？」

「約翰．韋伯斯特在找我。」

這句話真的讓他笑了出來。「還有什麼新鮮事嗎？」

「我明白。」我顫抖著把頭埋進膝蓋裡。「如果你帶我離開這裡的話，我會把一切都告訴你。」

他眼裡的笑意瞬間消散。「你是真的很害怕，是嗎？」

「是的。」

「我們只是今天晚上要待在別的地方，還是——」

「我不知道。我不知道。」

「我家？」

「不。」我想都沒想就脫口而出。「他會去那裡找我的。我猜他知道你住在哪裡。」

不只是這樣。在沒有向亞當．納許解釋我還愛著我的前未婚夫的情況下，我不能和他獨處，而在我對他解釋了之後，我們又會被困在一間小公寓裡，不知道何時才能離開。我已經經歷了超過我應該經歷的尷尬情境，特別是最近，而和他一起窘迫地被困在他的公寓裡就真的太超過了。我喜歡亞當，不過，當我試著記起親吻他的那一刻，卻覺得那好像是上輩子的事了。

「我可以帶你離開倫敦。到一棟安全的房子去。反正我也一直想這麼做。」他停了一下。「我一直都在等弄清事情的全貌才告訴你，不過你知道警方還在對薇琪的死進行調查。他們做了很多功課，好確認你的生命受到了真的、而且無法想像的威脅。從他們告訴我的來看，這件事背後好像牽涉了很多人，不過，在這些人全部都被關起來以前，你還是有危險的。」

「那麼，今晚你的名單上可以劃掉一個人了。」

「什麼？發生了什麼事？」

「我會告訴你的。我會把所有的事都告訴你。不過，我們可以走了嗎？」

「我需要打個電話。」他擔心地看著我。「而你也許也需要帶點行李。衣服、盥洗用品——」

「不行。我們誰都不會回我的公寓去。沒有那些東西我不會有問題的。」

「讓我打這個電話，」他緩緩地說。「然後我們就可以上路。在路上，你可以把一切都告訴我。」

「死掉的這名女子叫做黛絲．伊佛。」

他專注地在聽我說話。我們在倫敦的車流裡穿梭，倫敦此時的交通出人意料地擁擠。紅色的車尾燈在我們前方蛇行遠去。

「這件事發生在她工作的辦公室裡，是今晚發生的。我去那裡想和她談一談。我想，是要去質問她吧。」我困難地嚥下口水。「我離開的時候，把串連我們的那個審判案仔細地思考了一下——我、柏琳達，朗恩．坎特維爾。我發現了一個關注司法不公的網路論壇——名字叫做盲目的英國司法。黛絲．伊佛是麗莎．穆勒最好的朋友。她就是那個鼓勵麗莎把那天晚上發生的事情報警的人。我也對她做過交叉詢問。當時我並不太友善。」我猶豫了一下。「如果是現在的話，我的做法就會不一樣。總之，黛絲一直都沒有忘記這件事。她覺得有罪惡感，而且很丟臉。我想，她對於發生在她朋友身上的事，仍然感到很沮喪。一般人感到難過的時候，通常都會發洩出來。而她發洩的對象是我。你說得沒錯，確實有一群人牽涉其中。我想其中一個就是班・山普森，我告訴過你，我在鷹架事件之後看到他，在聖殿和自我防衛課上都看到過他，但是我一直無法追蹤到他，而我也沒有機會問黛絲。她告訴我約翰也是他們其中一個。那就是他為什麼要殺她的原因。她原本已經要退出這場遊戲了。」

「約翰・韋伯斯特是殺害你的這個陰謀的一部分，」亞當說道。「這個班也是。」

「她是那麼說的，我也是那樣想的。我在那個論壇上發現了韋伯斯特。他的用戶名叫做『我就是法律』，我猜那應該是為了諷刺吧。我認為班是用戶4102。但是我覺得他們在真實的生活裡彼此並不認識。黛絲跟蹤我到那堂自我防衛課上，但是班並不知道她在那裡，也不知道我會去上課。如果他們有什麼陰謀的話，那全部都是在網路上進行的。」

「我就是法律。無恥的混蛋。」亞當搖搖頭。「我告訴過你不要相信韋伯斯特。」

「不要再提了。」

「我只是很高興你沒有受傷。」他把目光從我身上移開，想著我所說的話。「我們還沒有追蹤到柏琳達死時出現在監視器上的那個流浪漢，不是嗎？我想那就是約翰・韋伯斯特。你一看到他就認出他來了。」

我差點就要告訴他我們找到了喬治，但是瞬間又好好思考了一下。韋伯斯特找到了喬治，然後讓我見到他，好像我可以相信那個可憐的傢伙所說的話一樣。我不知道他是不是真的說了實話。約翰有可能說服他說任何事情。而就在我企圖要讓喬治多說一點的時候，他就保持緘默了。

如果需要的話，約翰．韋伯斯特絕對有能耐幫自己找到一個替身。他絕對可以弄傷喬治讓他變得跛腳，以符合柏琳達被殺的監視器影像裡那個遊民的模樣。而且他絕對有殺人的本事。

他已經事先要求喬治隨便給我一串嫌疑犯的人選，好讓我可以永無止境地追著跑，而我也落入了這個圈套——我重重地落入了這個圈套，以至於我甚至不敢告訴亞當或任何人關於喬治的事，以及我是如何和他一起合謀質問了喬治。

我的主要問題是，我還不確定亞當會怎麼看待喬治的事，以及我在綁架喬治這件事上所扮演的角色，所以我決定閉口不提這件事。當時站在路邊的是不是約翰，一點都不重要。

亞當轉過頭來看著我。「你確定這個黛絲死了？」

「我很確定。她從窗口摔下去了。」

他認真地想了一下我說的話，然後圈起嘴唇，彷彿吹了一聲無聲的口哨。「你報警了嗎？」

「沒有。我沒有留在那裡。我只是逃跑了。」

「你準備對韋伯斯特提出不利的證據嗎？」

「是的。而他也知道。他對她發了脾氣。她拿了一把美工刀在威脅我——」看到亞當暗自詛咒了一聲，讓我停了一下。「我可以勸說她來讓自己脫身的。」

「我相信你可以。這不是你第一次必須處理那種情況，不是嗎？」

「對。」我沉默了一會兒，他也不再說話。我猜，我們雙雙都想起了艾瑪．西頓在那間陰暗的洗手間裡所發生的事，她是約翰．韋伯斯特的第一個被害人。「總而言之，黛絲、約翰還有班都涉及這個陰謀。我想，也許你可以很容易就找出班的真實身分，如果我把他們在網路上討論的那個連結給你的話。」

「這個想法很好。」他說道。「你很厲害，英格麗。我無法想像你花了多大力氣，才能靠自己一個人查到這些。」

「因為我有很強的動機。」我冷淡地說。

接下來的幾哩路上他都很沉默，只在一個加油站停了車，買了一些食物和咖啡。我原本想說不餓，但終究還是吃了，完全沒有心思品嚐味道。在那之後，我稍微感到好了一點，咖啡也讓我幾乎闔上的眼睛又開始睜大起來。

車開到高速公路上時，天氣變得更糟了。擋風玻璃上的雨刷儘管已經開到了全速，卻還是比不上雨水落下的速度。強風在大雨中為車子吹開了一條路，卻也和車子進行著使勁的拉扯。

「我們到底要去哪裡？」

「漢普郡。」

「那是很大的一個郡。你要不要把範圍縮小一點？」

「你不需要知道它在哪裡。只要我知道就可以了。」他雖然這麼說，不過還是給了我一個熱誠的笑容。「那比我們官方的避難所都要好很多。也安全很多。我不想賭約翰・韋伯斯特是不是知道警方所有的據點，不過，他一定不知道這個地方。」

「很好。」

「我很高興我們這麼做。只有等到他們全數落網之後，你才能夠免除危險。我們不能讓你冒任何風險。」

在路面消失在我們車輪底下的同時，雨刷規律的嗒嗒聲，讓我得到了一點舒緩，也讓我的思緒跟著飄散。事實上，儘管我喝了咖啡，但是有那麼一小段的時間裡，我還真的打了瞌睡。當我醒來時，發現我們已經在一條鄉間道路上了。

「我們在哪裡？」

「還有兩分鐘就到了。」

除了飛濺的雨水和車窗外閃過的樹枝，以及銀白色的車燈之外，四周似乎什麼也看不到。我們行駛在一條小路上，而兩邊的灌木叢讓這條原本已經很窄的路更狹窄了。

「你還好嗎？」

「還好。」我的聲音像耳語一樣。

車速慢了下來，他往前靠，似乎在尋找什麼東西。兩道巨大的門柱矗立在車子左邊，他從門柱中間開過去，然後把車停住。

「我得把大門關上。」

他說著下了車，我可以聽到他推門時金屬所發出的尖銳摩擦聲。我往前傾，這樣我就可以在側後視鏡裡看到他。只見他停了下來看了看手機，在螢幕上敲了一段簡短的訊息。等他回到車上時，我揚了揚眉毛。

「開著沒問題嗎？」

「什麼？」

「你的手機。」他在倫敦的時候拿了我的手機，並且移除了SIM卡。

「別擔心。」他伸出手，拇指輕輕沿著我的臉頰滑過。我不舒服地挪開了幾吋。他放下了手，眉頭緊鎖，不過他沒多說什麼，只吐出了一句：「這是拋棄式的。我不會冒險的。」

我想，我需要和他談談馬克的事。我需要對亞當誠實。他值得我這樣對他。

「約翰．韋伯斯特——」

「——在我們說話的時候，他也許已經被拘留了。」

他再度踩下油門，車子在風雨中的山坡路上留下了深深的輪胎痕跡。道路兩邊的樹林彷彿無止境地往兩旁延伸，枯葉也在我們的前方飛舞。一直等到車子開到山谷底下時，路況才開始好轉——當一座狹窄的拱橋出現在視線裡時，我才發現我們來到了一個河谷。拱橋的長度並沒有比車子長多少，不過亞當還是開得很慢，一吋一吋地往前進，不時夾雜著低聲的詛咒。我從車窗往下看，只見橋下的河水在強力往下沖刷的同時，撞擊出一層層的白色泡沫，這讓我想起了我在布萊頓看到過的天氣警報。

「他們說會有洪水。」

「什麼？」

「沒事。」當車子終於通過橋面，在一個轉彎加速前進時，我曲起雙膝，雙手抱著膝蓋好讓自己舒服一點。一棟方形的喬治時代建築矗立在眼前，房子本身並不大，不過卻很整潔，房子前面是一片草地，後面則是一片亂七八糟的附屬建築。黑暗之中，刷了白漆的房子似乎在黑色樹林的斜坡背景下熠熠發光。

「好美。」

「是嗎？」亞當看了我一眼，笑著說。「開了這麼久才到，還好不是個糟糕的地方。」

他沿著房子小心地把車開到屋後一座空蕩蕩的大庭院。亞當輕輕地拍了拍我的膝蓋，想必是我的臉上寫滿了欣賞的神情。

「不會有事的。」沒等我回答，他就下了車，逕自走到後車廂，拿了我的袋子就穿過了庭院。在他來得及敲門之前，門已經打開了。一名滿頭銀髮的男子站在門口，對亞當點了點頭。我坐在車裡看著他對男子說了幾句話之後，兩個人同時轉過頭來看著車子。

我沒有理由不下車，除非是我不想下車，而我也不知道原因為何。

亞當把我的袋子交給了銀髮男子，男子轉過身，把我的袋子放到了他身後的走廊裡。

我很害怕，而我沒有理由要感到害怕。

亞當朝著車子跑回來，雨水不停地打在他的臉上，讓他皺緊了眉頭。「來吧。」他困惑地對我做出了一個嘴型，隨即，我聽到身後響起了一陣引擎的咆哮聲。車燈照亮了Golf內部，以及亞當驚恐的臉。車子在逼近我的時候完全無意減速下來。

快離開，我的腦子裡響起一個聲音，我想都沒想就照做了。

車鑰匙還吊掛在鑰匙孔上，我立刻跳到駕駛座上發動車子，踩下油門加速往右開去，試圖快轉避開後面的車，但是已經太晚了。我後面的那輛車撞上Golf的車尾，Golf打轉著偏離了原本的位置，瞬間失去了平衡。儘管我踩了剎車，但是車子依然衝過庭院，撞上一棟附屬建築厚厚的石牆，石牆堵住了擋風玻璃，而亞當就在石牆的正前面。他完全沒有時間做出反應。我猜，在他意識到發生什麼事的時候，雖然他試著想要閃開，卻還是慢了一步。

車子重重地撞在石牆上，留下了一道嚴重的金屬刮痕，安全氣墊爆了開來，而我也昏厥了過去。

46

幾秒鐘之後，就只有幾秒，我眨眨眼睛回到一種暈眩的意識狀態，但是我的世界卻徹底改變了。消了氣的安全氣囊塞滿車內，一股刺鼻的化學味刺激著我的鼻孔。我的耳朵嗡嗡作響，嘴裡也嚐到了一股血腥味。我把一隻手放到臉上，發現手染成了紅色。不過，在安全氣囊讓我全身的骨頭免於撞碎在方向盤上的情況下，流鼻血就沒什麼好抱怨的了。我的脖子和手臂流竄著一陣刺癢，預告著稍後即將來臨的疼痛。我試著要把安全氣囊撥開，每一個動作都彷彿在水底一樣。擋風玻璃已經碎裂成了一團白霧。透過眼前一個拳頭大小的縫隙，我可以看到車燈依然亮著。我意識模糊地往左邊傾靠，想看看除了面前的那道牆壁以外，是否還可以看到其他的東西，然後，我看到了，我記起來了。

「亞當！」我奮力地碰到門把，用力推開了車門，讓自己從車裡滑到庭院裡的鵝卵石上。我跌跌撞撞地繞到車門旁邊，在驚嚇中停下了腳步，我必須撐著車門才能夠不摔倒在地上。

他已經摔了下來，但是並沒有跌落在地上。Golf把他釘在了牆上，引擎蓋壓進了他的胸口。有那麼一瞬間的時間，我以為他死了，因為他完全不動，臉色慘白。他的雙手頂住了引擎蓋，整個頭往後傾斜，雙眼緊閉。就在我站在那裡的時候，他的睫毛突然顫動了一下，然後發出了一聲呻吟。

「出來。」

我看了看四周，只看到那名曾經幫亞當開門的銀髮男子。他手裡握著一把獵槍，槍口指著Golf後面的那輛車。那是一輛很大的黑色賓士SUV——難怪那輛Golf對它的重量和速度都毫無招架之力。此外，當我企圖想要閃開的那個駕駛是約翰．韋伯斯特的時候，我也完全沒有致勝的機會。

韋伯斯特看起來相對鎮定，儘管他正坐在一輛佈滿粉碎的擋風玻璃、車頭撞爛了的車上。

「抱歉，英格麗。我希望你沒有受傷。我以為開車的人是亞當，不是你。如果我早知道是你的話，我就會讓你先離開。」

「不要和她講話。出來。」那名男子往前靠近。他握著槍，看似槍法造詣非凡的樣子，而我可以在約翰的眼睛裡看到他正在算計。

「小心他的手。」我對著銀髮男子說道，他也點了點頭。

然後他對著約翰說：「慢慢從車上下來。把你的手放在我可以看得到的地方。如果你不按照我說的去做，我就開槍。我現在開始數到三、一、二。」

我想，他隨時準備要說出三了，而約翰一定也這麼想。

「好吧。但是我得先解開安全帶。」他放下一隻手，解開了安全帶，然後讓自己下車，站到車子外面。「可憐的亞當。運氣也太差了，不是嗎？」

亞當皺著眉頭沒有回答，那讓我的心都揪了起來。他需要幫助，而且要盡快。

「轉過去，把你的手放在車頂上。手臂和雙腿都張開來。」銀髮男子在韋伯斯特照做的時候看向我。「你得去搜他的身。」

我往前踏出一步。約翰穿著他慣有的裝扮：一件黑色的外套、牛仔褲和一件柔軟的喀什米爾套頭衫。在我檢查他每一個口袋，然後拍打他的手臂、雙腿和後背的時候，他卻嘮叨不停地提出一連串的建議。我真的不想碰他，但是我別無選擇。

「你應該要檢查我的鞋子。一般人都會把武器藏在那裡。不要退縮了。你不想因為尷尬而錯過任何一個地方。你可以檢查我的胯下。」

「我沒有尷尬，」我從緊咬的牙關裡迸出一句話。「我很憤怒。」

「我是來幫你的。」

「我不需要你幫我。」

「你需要的。」

「你是怎麼到這裡的？」

他一臉無聊的樣子。「我跟蹤你。真的沒那麼困難，也沒那麼有趣。我得要遠遠跟著，才不會被那位警察先生發現。你犯了一個大錯，英格麗。這是個陷阱。你需要離開這裡。」

「這是為你而設的陷阱。」

「我到這裡之前就知道了。」他壓低了聲音。「你不能信任他們。你也不應該聽黛絲的話。你聽信了一個陌生人的話，而沒有聽我的，這讓我有點受傷。」

「不要理他。」銀髮男子說道。

我往後退開。「我沒有找到什麼東西。」

「好。」他開始下令，等著韋伯斯特一個接一個命令地服從。我懷疑他是不是一名警官——

也許退休了。或者曾經是軍人。「雙手放在頭頂上。轉過來面對我。動作不要太快。好。朝我走過來。停。夠近了。」男子往後退開，讓自己和約翰之間保持一定的距離。「現在走向那棟建築。」

他指的是院子左邊一棟石頭蓋成的穀倉。約翰看著穀倉，皺了皺眉。

「你知道嗎，我不想進去那裡。而且我覺得如果我拒絕進去的話，你也不會殺了我。」

「你說對了。我不會。我要把你交給警察，讓他們來處置你。」男子聳聳肩。「如果你堅持不進去的話，我也不介意對你開槍。不過不會致命的，只要你及時得到治療的話。」

約翰緊繃著嘴，不過還是點了點頭。男子說那句話的方式，絕對讓人相信他會那麼做。

「英格麗，」男子說道。「門的右邊有一個燈的開關。可以麻煩你先進去把燈打開嗎？」那扇開著的門看起來像黑洞一樣很吸引人，也很安全。我穿過那扇門，聞到一股灰塵和馬匹很久以前留下來的味道。黑暗中有東西在移動，一隻快速移動的小動物。我顫抖地找著開關，在蜘蛛網和冷冰冰的石頭之間摸索著，直到我的手指碰到開關為止。

建築裡的燈瞬間亮了，沿著建築內部一路亮到底。那是一間馬廄：被石頭隔成了十間畜欄。

「繼續走。」隨著男子的聲音從外面傳來，韋伯斯特走進了馬廄裡。我暗自在想，他自始至終都太溫順了。太服從了。這不像他。

「快走。」

「你要我走去哪裡？」

「進去你面前那間畜欄。」

我站在馬廄後方，遠離約翰可以觸及的範圍。在他消失在我的視線之前，他對我笑了一笑。

「我想，半個小時之內，或者更短的時間內，你就會希望你有聽我的話。」

「走到最裡面去。」男子聲音嚴厲地說。「面對牆壁。不要轉過來，直到我說可以為止。」

我聽到約翰嘆了口氣。「實在沒有必要這樣。」

「閉嘴。」男子關上畜欄的門，然後把插銷閂上。畜欄的門分成上下兩半，一旦上面的門關上並且閂起來之後，約翰就會被困在裡面。每一間畜欄裡都沒有窗戶，不過，隔間的石牆並沒有一路屏蔽到屋頂。我指了指上面。

「他不能從最上面逃出去嗎？」

「那是十呎高的牆。而且馬廄只有一扇門可以出去。就算他出得了畜欄，也會像被壓在玻璃底下的蜘蛛，直到我們回來處理他。」男子對我笑了笑。「我一點都不擔心。他只需要乖乖待在那裡，直到警察抵達為止。現在我們去幫你朋友吧。」

他再三檢查了插銷，確定都已經閂緊了，才把我帶了出去，並且把燈都關掉。馬廄裡陷入一片黑暗。約翰如果打算逃出去的話，漆黑的環境也會讓他無計可施。

Golf的大燈在冰冷潮濕的庭院裡依然亮得刺眼：亞當也依然無力地被釘在石牆上。事故現場和剛才沒有兩樣，唯獨他的狀況看起來越來越糟了。

他沒有時間了。

我轉向銀髮男子。「你打算怎麼做？抱歉，我不知道你叫什麼名字。」

「我是克里斯多福。」他伸出他的手，我也握了一下，感覺很不真實。上流社會的習慣真的很難改變。「我要報警，然後幫亞當叫輛救護車。」

「我想我們等不了救護車來到這裡。我們現在就得把車子移開。」

克里斯多福一臉懷疑的模樣。「那樣做的話，我們可能會造成更多的傷害，反而沒有幫助。我來打電話給他們──」

「沒有時間了。他不能呼吸，他快要窒息了。如果你的肋骨不能擴張的話，你的肺就不能正常運作。那樣死就太恐怖了。」

「好吧。不過，如果賓士車不能發動的話，我們就會有問題。我也許可以用Land Rover把它拖走，但是這裡沒有什麼空間可以停得下Land Rover。」

「盡你所能吧。」

克里斯多福往賓士車走去，我則跑向亞當。

我盡可能地湊近他，此時，汗水已經浸濕了他的頭髮，我可以看到他眼裡的恐懼。他的皮膚蒼白如蠟，嘴唇發紫。我想，他的身體裡面已經沒有足夠的氧氣了，我試著對他擠出一絲笑容。「我們會盡最大的能耐。很快就可以把你弄出來了。」

「英格麗……」

賓士車的引擎開始嗡嗡作響，我彎下身，好聽清楚他要說什麼。「你要說什麼？」

他把頭貼靠在石牆上，從左邊轉到了右邊。他虛弱到讓人害怕，我不禁把手覆蓋在他的手上。他沒有多少時間了。

在一陣摩擦聲和一片車輛的廢氣之中，卡在Golf車尾的賓士車脫離了Golf。Golf的劇烈震動讓亞當緊緊咬住了下唇。他從胸口深處發出一聲低沉的聲響，我嚥了嚥口水，心裡充滿了恐懼。我們弄得他更痛了，但是我們別無選擇；他需要呼吸。

克里斯多福把車子倒出了四、五呎的距離，然後熄火下車。

「請你快點。」我不由自主地脫口而出。克里斯多福點了點頭。

「沒事的。快好了。」

他費了點勁才讓自己塞進Golf裡。只見他有條不紊地把殘餘的擋風玻璃都敲開，讓他可以清楚地看見外面。他轉動車鑰匙，企圖發動引擎，而車子只是動也不動地停在原地。他又試了一次，這回，引擎發出一聲咳嗽般的聲響，但隨即就又停了。

「我們可以把車子往後推。」我試著保持聲音的穩定。「如果你把手煞車放下來的話，我們可以一起推推看。我們只需要讓車子移動一點點就可以了。」

亞當發出一聲呻吟。克里斯多福沒有理睬我，逕自做著最後一次的嘗試，結果還是沒有用，不管怎麼試都不會有用的。就在我感到絕望之際，引擎突然發動了。引擎聲聽起來很嚇人，但是無所謂，它不需要聽起來多悅耳，它只需要能讓車子動就可以了。

車檔不斷地在摩擦，最後，殘破變形的引擎蓋終於挪開了幾吋。所幸，我一直都扶住了亞當，因為一旦失去了車子的支撐，他立刻就會撐不住地沿著牆壁往下滑。雖然我無法讓他站直，不過，至少在他往下滑進車子空出來的空間時，我可以減緩他下滑的速度。

「亞當？」

他的胸口在吸氣和呼氣之間起伏，他皺著眉，強忍著肋骨的巨痛。在兩輛車的重量都撞擊在他身上的情況下，他的肋骨一定挫傷了，有一邊甚至還可能骨折了。他的體內可能有些創傷。他得去醫院。

「慢慢來。」我對亞當說道，試著讓自己的聲音聽起來夠自信。「你會沒事的。一切都會沒事的。」

馬廄突然傳來一陣砰砰巨響，穩定而有節奏地，讓人聽了抓狂。

「你確定……他被鎖起來了嗎？」亞當問。

「確定。」克里斯多福的語氣聽起來幾乎很高興。「他哪裡也去不了。現在，我們先把你弄進屋子裡吧。」

47

仔細想想，氧氣就是一堆化學物質。在移除了胸口的壓力並且恢復正常呼吸之後的十五分鐘左右，亞當已經完全不一樣了。他把雙臂掛在我們的肩膀上，讓我們攙著他走進屋內，房子裡充斥著老舊的防水長筒靴以及上了蠟的夾克氣味。那些夾克就吊掛在成排的鉤子上。我在廚房駐足，四下環顧。一只鑄鐵的雅家爐散發出大量的熱氣。廚房的空間很大；放在正中央的桌子旁邊，圍繞了九張或十張破舊的椅子。暗黃色的牆壁上，老舊的石膏已經發泡凸了起來。室內堆滿了看似沒有用的陳年舊物，很明顯不是幾個月內可以累積起來的成果：鍋碗瓢盆、報章雜誌、一台舊收音機、果醬模子、塞滿各式各樣瓷器的櫥櫃、一只停擺的時鐘、一疊疊的信件和卡片、乾掉的花、被風吹落而且已經變了顏色的蘋果，還有沾滿白毛的貓床。儘管如此，廚房看起來還是很舒適、很有家庭的味道，和庭院裡的恐怖彷若兩個截然不同的世界。

「我們應該待在這裡嗎？」我滿懷希望地問。

「我想他需要躺下來。起居室裡有一張沙發。」克里斯多福回答我。

他帶領我們走過一條狹窄幽暗的通道，來到位於房子前半部的一間石板砌成的方形門廳，門廳中央擺了一張圓桌。主要的樓梯位在大廳後方，面向著平常不使用的前門。

「右邊那扇門。」克里斯多福有點吃力地說。亞當的重量幾乎都壓在了他的身上。

我推開那扇門，映入眼簾的是一間有著長沙發和古董傢俱的簡陋起居室。房間裡有一股酸鹹的味道，聞起來像是沒有清空的菸灰缸，而且寒氣逼人。

「我可以把火點著。」在亞當倒在一張破舊的綠色天鵝絨沙發上時，克里斯多福提議道。

「好主意。」我也冷到全身發抖。

「你可以喝點東西。角落有一個托盤。在這種情況下，白蘭地通常都可以讓人振奮起來，我相信亞當應該也會想來一杯。」

「你想要什麼嗎？」

「我要喝威士忌。」他對我笑笑。「我們值得來杯威士忌，你不認為嗎？」

我確實也這麼想。我走過去，倒了幾杯酒，不確定應該在那些厚重的玻璃杯裡倒多少。托盤裡沒有調酒用的其他飲料。在這棟房子裡，我們都喝純酒，這個想法讓我忍著不敢偷笑出來。這種歇斯底里是震驚後遺症浮上檯面了吧。

在屋外的院子裡，約翰・韋伯斯特正被鎖在一片漆黑、沒有暖氣的馬廄裡。

「我們得打電話給警察。」我說。

「我現在就打。」克里斯多福蹲在爐火邊，毫不在意地用赤裸的手撥著木頭，好讓火焰可以燃燒起來，看來應該是每天生火的經驗使然。「這得要花點時間才會熊熊燃燒起來，不過現在的火勢應該還可以。」

「謝謝你。」

「沒事的。」他背對著爐火而站。「你做得很好。我很佩服。」

「不要低估她。」亞當說著，伸出手來牽起我的手。

「我絕對不會的。」克里斯多福把眼光從亞當身上移向我，然後又回到亞當，不過他心裡得出了什麼結論，只有他自己知道。「我等一下再回來。」

我蹲到亞當旁邊。「你還好嗎？」

「每一秒都在改善中。」他把我拉過去親吻了我，彷彿要證明他所說的話。他的嘴裡散發著酒精的味道。我的頭髮纏繞在他的指縫之間，那一刻，我真希望馬克留在加拿大沒有回來，這樣，我就可以給亞當一個公平的機會。一如過往，我還是得讓他失望，但是，現在似乎不是這麼做的時候。

「好吧，我同意你有比較好了。」當我可以再度開口時，我這麼告訴他。

他吞了幾口白蘭地，皺了皺眉。「喝這個就對了。」

「你喜歡就好。那不是我會選擇的。我寧可來杯茶。」

我站起身，開始在房間裡踱步，看著掛在牆上的畫。每一幅畫都因為蒙上厚厚的一層灰塵而變得模糊不清，不過還是可以看得出狀況都還很好。一張桌上擺滿了一系列的小鼻煙壺。整棟房子給人一種某戶人家在這裡居住了好幾個世代的感覺。

「克里斯多福住在這裡嗎？」

「我想是吧。」

「真可惜。這麼大的房子只住了一個人。他沒有結婚嗎？」

「我不知道。你可以自己問他。」亞當皺著眉挺起身。「你可以坐下來嗎？你讓我頭都暈了。」

我在一張擺滿相框的桌子前面停下了腳步。相框之間佈滿灰塵，彷彿有好長一段時間都沒有人在乎是不是要打掃乾淨。銀色相框裡有一張張已經變成棕褐色的夫妻照片，看起來年代已經十分久遠。還有一張年輕的克里斯多福在婚禮中的照片，儘管髮型老派，卻無損那張俊美的臉龐。他的妻子很嬌小細緻，看起來很年輕。最前面的馬蹄形銀色相框裡有一張照片：一名十幾歲的女孩，有著一張漂亮的圓臉，傾靠在一頭豎起耳朵的栗子色小馬旁邊。這張照片有一種說不出來的感覺吸引了我的注意。我拿起相框想要仔細看，立刻就聽到克里斯多福回來的聲音。

「我打過電話給他們，他們已經在路上了。我也叫了一輛救護車來幫你檢查一下，亞當。」

「我不需要救護車。我很好。」

克里斯多福咕噥了一聲，似乎不認同亞當的話。「不用期待立刻就會有回應。我們所在之處太偏遠了。」他說著看了看我。「你還好嗎？」

「嗯，我很好。」我舉起酒杯。「這有很大的幫助。」

「坐吧。」他笑著說，就像一個親切大方的主人，彷彿一切都很正常一樣。

我在一張高邊扶手椅坐了下來，注視著爐火。火焰已經燃燒到了煙囪，我可以感覺得到溫暖的跡象。房間裡的空氣實在太冰冷，我以為要花好幾個小時的時間，才可能讓室內溫暖起來。

「他還好好地被關在裡面嗎？」亞當再度問克里斯多福，後者點了點頭。

「我不打算靠近他去把他綁起來，不過我很有把握他跑不掉的。」

「這整件事你知道多少？」我問克里斯多福。「你知道約翰．韋伯斯特是誰嗎？」

克里斯多福看著亞當。「我知道你要來，因為亞當有告訴我。我知道另一個傢伙並沒有受到邀請。他好像是個很危險的人物，所以我得好好處置他。」

「他是把英格麗當成目標的一群人之一，還有其他幾名在幾年前都曾經參與過一件強暴審判案的律師也都被當成了目標。」亞當告訴他。「英格麗發現了一個網站的連結，人們可以在那個網站上討論誤判或審判不公的事，那個網站叫做『盲目的司法』。」

克里斯多福聳聳肩。「沒聽說過。」

「被你關在馬廄裡的那傢伙似乎操縱了一些受過委屈的人，利用他們來恐嚇英格麗。」

「他那樣做有什麼好處？」

「恐懼。」我回答他。「他要我害怕。那就是他得到快樂的方式。他和一般人不一樣——他想要操弄我。他想要找出我的臨界點，然後讓我失控。」

「聽起來像個弄蛇的人。」

「他是一個殺人的惡魔。」亞當冷冷地說。「你不能相信他。你不能讓自己背對著他，一秒鐘都不可以。他殺了一個他的同謀——一個叫做黛絲的女人。」

克里斯多福眨了眨眼睛。這似乎讓他花了一點時間才能往下接話。「即便他們一起合作？」

「她對他來說沒有用了。」

「他沒有謀殺她。」我雖然不願意為約翰．韋伯斯特辯護，但是為了公平起見，我不得不。「她是摔下去的。那是個意外。」

亞當繼續往下說，彷彿我沒有說過什麼一樣。「他還殺了一個英格麗的同事。把她推到路上的卡車底下。而且讓這件事看起來像是一個叫做喬治的遊民幹的，不過，事實上他才是兇手。」

「噢。」克里斯多福說道。

「你得把他交給警察——他很聰明。他一直都在操弄英格麗——還有我，如果我得老實說的話——已經好幾個星期了。」

「而他又跟蹤你到這裡。為什麼？」

「他很迷戀英格麗。他想要殺了她。」

「不，他想救我。」我轉動著手裡的玻璃杯，慢慢地說道。「而我沒有聽信他。信任錯人似乎是我的習慣。」

在亞當皺著眉、一手扶住胸口往前靠之前，空氣裡出現了極短暫的一陣沉默。「英格麗，我的愛，我不知道你在說什麼。」

「我們抵達這裡的時候，我並不想下車，」我說。「我很害怕。我不清楚為什麼——因為什麼也沒有發生。我的每一根直覺都在告訴我我置身於危險之中，而我花了一些時間才明白了原因。」

「有可能是因為我們後面的那個變態嗎？」亞當的眼神有著困惑。「你聽著，你經歷了很糟糕的一天。充滿驚嚇的一天。你當然會感到緊張不安。但是你現在安全了。」

老實說，他的態度真的很誠懇，而如果當下只有我們兩個人的話，我也許會感到很安心。

「一直到我看到克里斯多福的時候，我才嚇到了。我不認識他，但是我知道我曾經在哪裡見過他。」我轉過去面對著克里斯多福。「你在監視器的影像裡。你是那個在柏琳達死後，高舉手機拍下她屍體的人。」

「我想，我可以理解你的沮喪，」克里斯多福說道。「不過，這麼說就太誇張了。」

我再度看著他的頭型，他的鼻子和嘴巴之間的距離，還有幾乎就要連到那截鬆弛脖子的短下巴。絕對不會有誤。

不可能。

「英格麗，」亞當說道。「克里斯多福在幫我們。他是朋友。你可以相信他。」

「我不確定。而我也不確定你是不是知道，亞當。我想，你可能真的是站在我這一邊的。不過，我一直在聽你對克里斯多福講述著我所知道的事，這樣一來，他就不會說溜嘴了——你說的那些細節都是他不應該在乎的，例如網站的名稱、黛絲的死，以及我相信她和約翰是同謀的事。你一定很擔心，如果是我來對克里斯多福說的話，他可能會不小心說錯什麼。你那樣做的結果，卻讓你自己說溜了嘴。」

他全身僵直動都沒有動。「你在說什麼？」

「你怎麼會知道喬治的名字？」

亞當開口想要回答我，但是卻又闔上了嘴。

「你甚至不應該知道他的存在。警方從來沒有追蹤到他。我知道我沒有告訴你我見過他，而約翰更不可能告訴你他找到了喬治，所以，你是怎麼知道的？」

他搖搖頭。「我——我可能是聽你提起過。」

「不。」我半笑著說。「我很清楚我絕對沒有對你提過他的名字，因為我很擔心，不知道你會怎麼看待我讓韋伯斯特綁架他的事情。」

亞當看起來一副不知所措的樣子。

「你的問題就在於，你總是做得太過。」我繼續說道。「你不想把任何事交給運氣。你讓喬治站在路邊，因為你無法百分之百確定我會把柏琳達發生的事和約翰·韋伯斯特扯上關係，而你又需要他來當嫌犯。我不知道你是如何計畫讓我一定可以看得到監視器——你很幸運，因為我把我的傘借給了她，所以那讓你的計畫提前發生了。我猜，鷹架事件應該是要讓我以為我才是真正的目標。每一次，我都被你玩弄在股掌之間。當我感覺受到威脅時，我就打電話給你，而那正是你想要的——你利用那些電話來製造出那個電話留言，讓約翰·韋伯斯特重新捲進來。每當你覺得事情進展得太慢時，你就再一次把風險提高。」

「不。」亞當靠回沙發。「這太荒謬了。」

「我床上的血跡是很聰明的做法。你需要擺脫艾莉森·巴斯維爾，因為你想要成為我唯一會打電話求救的警察。你陷害我，讓我看起來像是會幻想和說謊的人。當然，那讓我比以前更害怕、也更需要幫助。當我需要幫助的時候，你總是會把我引到錯誤的方向。我讓你進到我的生活裡，而我也讓約翰·韋伯斯特進入我家，就在你最希望他出現在我家的時候。你以為你可以說服我我錯了，對此，我並不感到驚訝。我一直坐在這裡想著，這一路以來，我到底是怎樣的一個白痴。」

「你是什麼意思？」他的聲音裡很明顯地可以聽出受到了傷害。

「你等不及去看蓋·藍斯伯瑞的父母，因為我可以掩護你。你想要知道蓋在哪裡，因為他也在你的名單上，然而他卻消失了——你沒有辦法追蹤到他。在那之後，你對無法聯繫得上他感到很生氣。你掩飾不了你的沮喪，所以，你就假裝你是在控制自己對我的感情。我得承認，那確實把我搞昏頭了。」

「英格麗，這太瘋狂了。」他看起來大受打擊。「我以為你和我——我以為這是真的。我知道你很害怕，但是你怎麼能這麼殘酷？我永遠、永遠也不會傷害你。」

「這很有說服力，亞當，不過不用費心了。這不單只是一個懷疑，或者一種感覺，或是有人長得很像我在半秒鐘的影片裡看到的人。你不應該知道喬治的事，而你卻知道了。這沒有辦法解釋。這是一個鐵一般的事實。」

他的神情突然出現了改變，受傷和誠懇瞬間消失無蹤。取而代之的是一種充滿心機的憤怒。他看起來和我曾經信任過、喜歡過，以及考慮過要愛他的那個人判若兩人。「那又怎麼樣？這麼看起來，你似乎寧可沒有選擇。你打算怎麼辦？」我盯著地板，彷彿無計可施，我的肩膀下垂，就像個已經放棄希望的人。然後，我把酒杯裡的酒直接潑向克里斯多福的臉。他完全沒有預料到我的舉動，從他所發出的聲音，以及雙手掩面的反應看起來，大部分的白蘭地應該潑到了他的眼睛。我從他身邊跑過，朝著房間門口跑去。我在一個不知道是哪裡的地方，沒有車子，沒有手機，但是我著實有我可以想得到的最佳武器——如果我可以跑得到馬廄，把約翰．韋伯斯特放出來的話。他曾經保證過，我會乞求他的幫助，而他說得沒錯；我完全準備好要求他了，如果那是他想要我做的。

如果我能跑得到門口的話，這就是一個完美的計畫，但是，亞當似乎從他的撞擊中恢復得有點太好了，而這是我今晚第二度慢了一步。他爬著離開了沙發，在我即將碰到門把之際抓住了我的腳踝。我往前一摔，頭撞在了門上，等到我恢復過來時，他已經跪在了我的背上。

「我……我不能呼吸……」

「那太糟糕了。」他一邊說著，一邊向我重重地壓過來，我掙扎著想要活下來，但是一片黑暗很快地遮住了我的視野，直到我無法再抵抗。

誠如我所說的，氧氣就是一堆化學物質，但是，只有在你完全用盡的時候，你才會了解到這點。

48

我在一輛車的後座眨著眼恢復了意識——從引擎的咆哮聲和剛性的懸吊系統判斷，我猜這是克里斯多福提到過的Land Rover。我的雙手被綁住，頭上也被某種質感粗糙的東西蓋住。我聞到一股難以言喻的惡臭，好像爛掉的馬鈴薯。當我動了動身體想要測試雙手究竟被綁得有多緊時，有人把我的頭按到了我的膝蓋之間。

「不要動。」那是亞當的聲音，只不過聽起來很冷酷，不帶一絲感情，完全就是個陌生人。

「她醒了嗎？」另一個聲音聽起來比較遠，我猜應該是克里斯多福。我猜他應該在開車。

「對。」

對話暫停了一會兒。然後克里斯多福才說：「很好。」

「我們要去哪裡？」我問。

我後頸上的那隻手加重了力道。「閉嘴。」

我按照他所說的不再說話，轉而在引擎聲中聽著動靜。我想，我們現在應該在一條沒有鋪設好的道路上。距離房子五分鐘的地方嗎？十分鐘？我很難判斷自己陷入半昏迷當中有多久，以及在那段時間內發生了什麼事。

車子轉向右邊，彈落在一個軌道上，然後加速繼續前進。我猜克里斯多福正在開車，而他認得這條路，因為他在轉彎時活像個拉力賽車手。我開始覺得暈車。所以當車子終於停下來時，我幾乎感到鬆了一口氣。

克里斯多福熄掉引擎，在突如其來的安靜中，我可以聽到洪水的沖激聲就在附近。

「我們在哪裡？你要做什麼？」

亞當沒有回答我，只是打開車門把我拽了出去。我站在他旁邊，顫抖著，我可以感覺到靴子底下的鵝卵石。冷風從河流裡刮起陣陣的水花，弄濕了我的衣服。

「快點。」亞當拉著我的手臂，這回算是溫柔了一些，引導我走到一條道路上。我可以聽到鑰匙在鎖孔裡摩擦的聲音，以及門開時咕噥的滿意聲。他把我推進裡面，拉開罩在我頭上的東西，我才得以環顧周圍的環境。

一開始，除了手電筒的光線以外，我什麼也看不見。空氣裡瀰漫著灰塵，讓我忍不住咳嗽，並且用手掩住了自己的嘴。這是一棟老舊的建築，室內空蕩蕩的，沒有任何傢俱，棲息在屋頂的鼠類和鳥類在屋子裡留下了惡臭，也在視線所及的地方留下了發白的斑斑屎跡。冷風從木頭裂縫竄進屋裡，我也可以感覺到河流在我腳下湍流而過。屋子的角落擺了一塊巨大的圓石，還有一些生了鏽的機器。

「這是什麼地方？水磨坊？」

「曾經是。很久沒人使用了。」克里斯多福神情冷酷地說。「你知道你為什麼在這裡嗎？」

「不確定，」我回答他。「雖然我大概可以猜到。」

「你說。」

「我想，你應該花了一點時間在『盲目的司法』那個網站上，儘管你說你從來沒有聽說過。

我猜，你在看到關於麗莎・穆勒的帖子時，你聯絡過她的朋友黛絲・伊佛。你搜尋我的名字，然後發現有人和你一樣恨我。」

「我為什麼要恨你？」

「因為你把你女兒的死怪罪於我。」我深深吸了一口氣。「你是佛蘿拉・珀爾的父親。而這裡是她長大的地方。」

他目瞪口呆地看著我。「你怎麼知道的？」

「我在起居室桌上看到她的照片。我花了一點時間才認出她來。她看起來……和我認識她的時候不一樣。」那張照片是在她像病毒一樣變得世故、變瘦，以及開始和我的未婚夫上床以前拍的。

「和你殺了她的時候不一樣。」他咬牙切齒地說。

「我沒有殺她。」

「警方根本無可救藥。他們沒辦法找到足夠的證據證明是你殺了她，而他們也永遠沒有辦法讓你承認。」

「我不會承認的，因為我沒有殺她。」

「那不是真的，親愛的。我知道是你殺了她。」他靠近我一步，眼睛裡閃爍著痛苦的光芒。

「我現在想要知道真相。這是你最後的機會。」

「我沒有殺她，」我頑固地說。「我不知道你為什麼一心認為是我做的。」

他用拇指指向亞當。「他告訴了我實話。他告訴我所有關於你的事。你是怎麼傷害別人的。

那個女孩，麗莎。還有其他人。他告訴我，你把自己的房子燒燬了，就是為了要給你未婚夫一個教訓。」

「亞當，你知道那不是真的。你甚至告訴巴斯維爾警探說，是約翰．韋伯斯特燒了那棟房子。」

亞當聳了聳肩。「我並沒有立刻指控你，不是嗎？說服她、讓她認為韋伯斯特才是個威脅，並且讓她相信你正處於險境，這對我才有幫助，也是我想要的。所以，當你死了或者消失時，韋伯斯特就會是頭號嫌疑犯。」

「我不會為他所做的事承擔過錯。」我的聲音在顫抖。然後我轉向克里斯多福。「你必須相信我。是韋伯斯特縱火的。」

「約翰．韋伯斯特在佛蘿拉的死上有不在場證明。」克里斯多福聲音呆滯地說。「很合理的證明。無可動搖。」

「他可以製造假的不在場證明。他很擅長這麼做。」

克里斯多福搖搖頭。「他被逮捕了。他在一家夜店裡滋事，當警察來的時候，他還企圖打了一名警官。我相信那是故意的，但是卻很有效——他從下午就被拘禁了起來，直到隔天清醒後才回家。他不可能縱火。他們知道了之後，就轉而把你列為嫌犯。你有動機，也有辦法進到屋裡。」

「但那不是我做的——我絕對不可能那麼做。我喜歡佛蘿拉。我發現她和馬克有外遇時並不高興，但是我是在她死了之後才發現的，而如果我要把氣出在任何人身上的話，那也會是馬克。

她明知道他已經訂婚了，還要和他有牽扯，實在是太傻了——不管發生什麼，都只會讓她心碎而已——但是他是鼓勵她那麼做的人。他年紀比她大，他應該要比較有智慧一點。」

「他也必須負部分的責任。」

「你試著要殺他嗎？馬克？」

佛蘿拉的父親緩緩地點點頭。「至少，我祈求讓那樣的事發生。」

「是我。」亞當繃緊了嘴。「你瞧，我們就是這樣團結合作的。我們內部會分工。那樣的話，我們就可以有各自的不在場證明，就像約翰．韋伯斯特一樣。」

事情越來越清楚了。「你們三個人之間沒有關聯，除了你們都對我有意見之外。克里斯多福不在乎柏琳達，但是黛絲在乎。那就是你為什麼會把她的死拍攝下來的原因。這樣黛絲就可以看到了。」

克里斯多福看起來一副想吐的模樣。「那是她要求的。」

「那樣做實在太可怕了。如果你沒有拍她的話，我絕對不會在一群圍觀的行人裡注意到你。之前當我去到那棟屋子的時候，我也絕對不會認出你來。」

「那倒是讓我們省了一些麻煩，」亞當冷冷地說。「不過，到頭來你還是會來到這裡的。」

「你是個警察，」我內心掙扎著想要保持冷靜。「你不能這麼做。」

「不，我曾經是個警察。約翰．韋伯斯特剝奪了我的工作。」

「你被開除了？怎麼會？你做了什麼？」

「艾瑪．西頓曾經和我交往過一陣子。」

「在審判期間？」

他一臉不服氣的模樣。「那是自然發生的。並沒有維持太久。」

「我一直覺得奇怪。你為什麼要去洗手間找她，」我慢慢地說。「她甚至沒有尖叫。你一定很擔心她。」

「我是很擔心她。我愛她。」他的臉沉了下來。「雖然她愛的是韋伯斯特，不是我，儘管如此，我還是對她很好。而我的老闆——她並不贊同。即便艾瑪和我已經結束了關係，黛莉亞・辛哈還是很明白地讓我知道，我不適合再待在她的團隊裡。我只能轉到倫敦警察廳的其他單位。但是那樣一來，我就會離韋伯斯特太遠而無法追蹤到他，除非我違反規定。」他看起來很痛苦。「像韋伯斯特那樣的人可以為所欲為，而我們卻沒有辦法阻止他，這實在太不公平了。也許我有幾次都越線了，但那都是有充分理由的。他們應該要理解。」

「所以，當我在你辦公室附近和你碰面的時候……」

「我的前辦公室。我花了很多時間在那裡。我還有朋友——我可以請他們幫我。我可以查到我需要知道的資訊。」他帶著戒心地說。「像我這樣的人。他們會想要幫我。」

「你的前途因為韋伯斯特而結束了。」

「那是一場誤會。」他焦躁不安地動了一下。「如果韋伯斯特因為謀殺被定罪的話，一切就會改變了。我將可以恢復清白。我可以再重新加入倫敦警察廳，或者到不同的部門去。我可以重新過回我的生活。」

「藉著毀了我？」

「你只是我為了達到目的的手段而已。」他的眼睛毫無生氣，沒有一絲人類的情感，沒有憐憫。「我從韋伯斯特身上學到了很多。」

「你不能把我關在這裡太久。別人會開始找我的。」

「讓他們去找吧。他們永遠也不會找到你。」

「如果他們追蹤你的車子呢？你開車離開倫敦的時候，我就在你的車子裡。到處都有監視器。」

「車牌是偷來的。」他露出一抹假笑。「沒有什麼東西可以讓他們追蹤得到我。沒有人會看到你曾經坐在我的車裡。他們甚至不會知道要從哪裡開始找。」

「這個建築基本上是很隱密的。」克里斯多福補充說道。「只要不在我的土地範圍內，就絕對看不到這裡。沒有人會知道你在這裡。」

「所以你要把我鎖在這裡？」我渾身顫抖地說。

「不。那不是我腦子裡想的。」他說著，在角落的石磨後面彎下身，當他再度起身時，手裡多了一樣東西。一個汽油罐。「這不會讓人感到愉快，不過最終還是會結束的。」

我嚥了嚥口水。「柏琳達永遠都不知道是什麼撞到了她，那名法官也死得很快。為什麼獨獨對我這麼特別？」

「兩個理由。」亞當說道。「第一，我同意克里斯多福，他想怎麼做都可以。你的懲罰對你所犯下的罪行很適合，而那也是我和他達成的協議。第二，約翰．韋伯斯特會想要享受殺你的樂趣。把人推到馬路上或者推下陡坡對他來說都不夠有趣。如果他們能找到你的屍體，這個罪名將會由韋伯斯特來承擔，就算找不到也一樣。我很高興，克里斯多福也很高興。」他停了一下。「黛絲也應該會很高興的，但是我懷疑她會不會高興。她實在沒有什麼感受快樂的能力。」

「我可以了解她為什麼要回來找我。我也了解為什麼克里斯多福把他女兒的死怪罪到我頭上。」淚水刺痛了我的眼睛，我眨了眨眼忍住淚水；我不會哭的，現在不會。「但是我無法相信，當你打算要利用我的時候，你竟然說你會幫我。」

「你覺得遭到背叛嗎？被辜負了嗎？」他笑道。「那就是發生在韋伯斯特所有被害人身上的事。你感受到的就是他們曾經感受到的。你讓他獲釋去做了那些事——說謊、欺騙、操控別人。我很享受玩弄你的每一秒鐘，讓你以為我在乎你，以為我想要你。你實在太好騙了。」

我意識到他以為我就要心碎了，然而，那並沒有讓我為自己感到更難過，反而讓我笑了。「好吧，你假裝對我有感情確實值回票價了。打從我是個青少年開始，我就沒有像這樣被傷害過。」

「你很享受吧。」

「不。我說服自己和你出去，是因為你似乎是個好人，但是顯然不是。在開車到這裡的一整段路上，我都在想，要怎麼叫你和我保持距離。」

他的神情陰暗了下來；那刺到了他的痛處，我帶著滿意地看著他。「去你的，英格麗。」

還有一件事我必須要知道。「黛絲說約翰．韋伯斯特是你們的同謀，她是在說謊嗎？」

我看到亞當猶豫了，他在思考我是不是值得知道真相，還是要再給我一個謊言，或者在思考哪一個才會讓我傷得更重。「對，」他最後說道。「她是騙你的。我們不想讓你知道你應該要相信他。你那時候應該要聽他的話，但是你自己也說了——你又錯了。」

「我準備好了。」克里斯多福從另一個角落發出聲音。汽油味在他說話的同時傳來，我屏住了呼吸，真心感到害怕。

「你不能這樣做。」

「這很公平，」克里斯多福一邊說，一邊把汽油倒在木頭地板上。「你應該要經歷佛蘿拉所經歷過的痛苦。你需要感到害怕。你需要知道尖叫求救卻沒有人聽得到是什麼滋味。」

他往門口退去，一邊潑灑著汽油。亞當已經到了門口。他對眼前發生的事完全不為所動。我知道再怎麼哀求他也沒有意義，因此，我把眼光鎖在克里斯多福身上。也許他會改變主意，即便事已至此。他不是惡魔。

就在我這麼想的時候，他站直了身子。「房子外面也都是汽油。稍早我知道你要來的時候，我就已經把外面的地上都灑上汽油了。你無處可去。不過這會很快的。要讓這個地方燃燒起來不需要太久的時間。」他停了下來，臉上寫滿悲傷。「然後你就會被火吞噬。」

49

在他們兩人把門在他們身後鎖上，將我一個人獨自留在黑暗中之後，空氣中出現了很短暫的靜默，隨即，我聽到屋外響起了翻找東西的聲音。我想像著克里斯多福點燃汽油，以及汽油被點燃那一瞬間的轟隆聲。我無須想像那股燃燒的煙味。這座老舊的水磨坊是一座蓋在河邊搖搖欲墜的木頭建築。從前，水流會轉動建築物側面的水車，來研磨在這片土地上收成的麥子，不過，這些設備應該在幾十年前就已經年久失修了。我抬頭往上看，試著想看清楚我是否可以爬到另一層樓找到出口，然而，眼前能看到的只是一片漆黑。

濃煙已經開始聚集在我身邊。我咳嗽了幾聲，然後又咳了幾聲。

如果我夠幸運的話，濃煙會在大火燒到我之前先把我嗆死。

這聽起來實在不像是一種運氣。我開始轉動雙手，企圖想要弄鬆緊捆住手上的繩子。我不知道是他們兩人之中哪一個綁的，不過他們綁得實在太嚴謹了；繩子在我的手腕上繞了五、六圈。這不是那種鬆軟的麻繩，而是某種紮實的尼龍登山繩，因此沒有辦法完全拉緊。我拉扯半天的結果，只是讓我的手腕磨破了一層皮而已。

火舌已經開始竄入磨坊的木板縫隙，在越燒越高的同時，尋找著更多的汽油痕跡。火光讓原本漆黑一團的室內出現了一點能見度，這對我來說是一件好事，但是，我所看到的景象卻對我的處境沒有什麼幫助。我試著尋找尖銳的東西，即便是破碎的玻璃都好——任何可以讓我割斷繩索的東西——然而，除了一些木頭碎屑和生鏽的釘子之外，放眼所及什麼可以派上用場的東西都沒有。一個理性的聲音冷冷地在我腦子裡低聲響起，就算我的雙手恢復自由，我有什麼計畫？火勢現在已經延燒到了磨坊的每一面，除了河流轟隆流經的那一面以外。如果大火把牆壁燒得差不多的話，也許我可以趁機衝出去，不過，前提是克里斯多福不會等在屋外確定我逃不出去。

這些想法都只是在浪費我的時間。我已經沒有時間了，火舌爬上克里斯多福灑在地板上的汽油軌跡，彷彿在證明我的想法。我往後退開，試著擋住迎面而來的熱氣。已經越來越難呼吸了。

我告訴自己趕快思考。想想磨坊是如何運作的？

答案立刻就出現了。磨坊利用的是河流。磨坊內外應該都有機械裝置，以及讓水力可以通到擺放在磨坊裡的石磨的管道。

我蹲到磨坊後面的牆壁旁邊，這裡是唯一還沒有遭到火舌吞噬的部分。冷空氣從靠近地面的某個地方竄進來。我開始拖開堆積在地上的雜物，直到我可以看到一個夠大的洞口，當水車還在河裡的時候，這裡應該就是裝置那些機械設備的地方。我帶著絕望引發的力量，以及在瓦礫堆裡找到的一根生鏽了的短鋼條，把洞口邊的木板條扯開，直到洞口擴大到可以讓我的頭和肩膀穿過為止。我小心翼翼地從洞口往外看。在正常的情況下，河流應該會在洞口下幾呎的地方，河水也會在兩邊的河岸之間順流而下。不過現在，河水已經高漲到了我伸手可及的位置。河水看起來很髒，夾帶著很多從遠處上游沖刷下來的殘骸碎片：粗大的樹枝在激流中衝撞而過。只有瘋了的人才會考慮要跳到河裡去。

除非他們沒有選擇。當我拚了命在挖洞的時候，我身後的熱流溫度已經越來越高了。我的皮膚因為發燙的溫度而繃緊。我回頭望去，眼前的火勢讓我屏住了呼吸。大火已經竄燒到了磨坊的另一層樓，幾乎把整座老舊的木屋都團團圍住了。整座建築在大火中被燒得劈啪作響。如果大火和濃煙沒有要了我的命，那麼，房子的崩塌也會。

佛蘿拉一定曾經害怕到了極點。

這個念頭重重地撞擊了我，正如克里斯多福所希望的那樣。但是，我沒有縱火，而我也不想像他女兒那樣死去。我知道跳進河裡無疑就是自殺，但那至少還是出於我自己的選擇。

一陣哐啷聲讓我抬起頭往上看：在大火吞噬掉支撐二樓地板的樑柱之後，我頭頂上的三塊地板已經開始搖搖欲墜了。地板開始往下凹陷，帶動了一堆石頭和其他的瓦礫宛如瀑布般地傾瀉而下，散落在我附近的地板上。

再不行動就來不及了。

我脫掉靴子，蠕動地鑽過洞口，不聽我腦子裡那個恐慌的小聲音告訴我再等一等，也許其他可以逃出去的方法就會出現，跳下去實在太愚蠢、也太危險了……

慢慢來在這種時候沒有什麼意義。我瞬間就跳進了洪流裡。

對於河水的冰冷和速度，我已經有了心理準備。我所沒有預期到的是，那股寒意會將我肺裡所有的空氣都掏盡，也讓我的肌肉因為痙攣而僵住。不管我的手有沒有被綁住，游泳都是不可能的事。我氣喘吁吁地掙扎著讓頭保持在水面上，任憑河水把我沖離熊熊燃燒的水磨坊。雖然，我可以接受如果自己是這樣死掉的死法，不過，這也沒有好到哪裡去。河流可能會要了我的命，但是至少它沒有惡意。它只是讓自己傾流到大海裡，順道夾帶了龐大的雨水、泥石和它在上游所造成的破壞。

一陣水花打在我的臉上，水裡不知名的東西撞到了我的腿，讓我完全沒入了水裡，雖然只是幾秒鐘，卻讓人幾乎無法承受。河底積滿了障礙物，強烈的水流也讓我完全無法站起來。就在我喘不過氣來的時候，激流把我往下沖向了一堆淤泥。

「游泳，英格麗，游泳。」我看到我的祖母在對我微笑，看到她對我張開雙臂，好讓我可以撥開水面投入她的懷抱，也投入安全的懷抱。但是她已經死了，而且眼前的水也不像我們丹麥家附近的湖水那樣澄清湛藍，兩旁更沒有乾燥的土地，加上我的雙手也被綁住了。我無法游泳，也沒辦法浮起來。一切都結束了。就在我這樣想的時候，河水把我衝撞到一個浮在水面的硬物上。本能讓我抓住了它：我發現那是一根碩大的樹枝，它的浮力讓我得以把頭探出水面，並且藉由保持這樣的姿勢，讓空氣可以進入我的體內，也讓我發現自己仍然還有求生的意志。

我攀在樹枝上，等待著冷水對我造成的衝擊褪去，等待著我內心裡的恐慌平靜下來。這根樹枝大概有九呎長，而且很堅固。也許，我可以用它來作為煞車。如果我能夠讓它卡住河岸，也許我可以抓住什麼更穩固的東西。我泡在水裡轉過頭，看看前方有什麼可以利用的機會，卻震驚地發現我即將要經過那棟農莊附近的拱橋下了。樹枝突然被水流沖到一邊，卡在了橋下一道拱形的橋墩中間，因而沒有隨著河水繼續順流而下。這讓我有了一點時間在河水把我沖離樹枝，將我推向橋梁另一端之前，去尋找——結果功敗垂成——橋墩石牆上的把手。

這實在是一場災難——不過也不是。橋底下的地形和剛才截然不同，傾斜的河岸讓河流伸展開來，因而減緩了河水的流速，不像一開始那樣因為河道狹窄而造成河水的湍急。半淹沒在水裡的樹木和灌木叢，讓我知道沒有發生洪水時，河岸的位置在哪裡，那也意味著我知道哪裡的水位比較淺。我半浮在水裡，腳在河水裡踢蹬著，好讓自己往河流左邊靠近，然後開始使盡力氣試著讓雙腳可以站穩。

河水的衝力太過強大。河床摩擦著我的腳，在我的腳上留下了瘀青。想要站起來——甚至只是在水裡停下來——似乎都是不可能做到的事。樹枝刷過我的頭髮和臉頰，讓我只能潛到水面下，當我再度探出水面時，發現自己來到了一棵樹枝低垂於水面的樹下。儘管水流的力量讓我無法站穩看清周遭，不過，我依然舉起雙手，並且感覺到有一根樹枝滑進了雙手之間。這回，我手腕之間的繩索倒是幫了一個大忙。繩結比我自己的握力要強很多，所以，當水流拖著我的身體移動時，無疑只是讓我沿著樹枝滑動。我吊掛在樹枝上，疲憊和寒冷讓我無法再思及要做什麼進一步的努力。我模模糊糊地告訴自己，我要等待，等到我比較容易移動時，或者等到黎明時分，在天光下可以看清四周時再說。

或者等到我終於失溫為止。而那又是另一種可能性了。

喔，天啊，你得試試，我絕望地鞭策著自己。否則你還不如待在水磨坊裡，按他們希望的那樣被燒死就算了。

我知道我應該要試著從水裡脫困，但是這並不重要。問題是我做不到。最後，我在身旁的河岸邊發現一處凹陷，讓我可以把一隻腳卡住，這樣我就可以在不斷捶打在我身上的河水裡保持直立，這算是很大的一個進展。看不見的各種東西在水裡不停地撞擊著我，我轉向下游的方向，縮起肩膀頂著那些讓我全身瘀青、在水裡不斷流過的不知名漂流物。我閉上眼睛。我需要休息一下，讓自己重新恢復力氣，如此，我才能夠在準備好的情況下再試著移動。我只需要讓自己不要睡著就好。

一道光讓我回過神來：不是天光，而是一道發自我頭頂上的人為的光線。我瞇起眼睛往上看，卻什麼也沒看到，然後那道光線就又消失了。我想那也許是我的想像，這讓我瞬間感到無比的淒涼。我全身麻痺，重得像鉛塊一樣。我無法把自己從吊掛的樹枝上解放下來。不管怎麼看，我都卡在了這裡。

一道吶喊聲讓我再度抬起了頭。只見有幾道光朝著我在晃動，而且幾乎更靠近地面：有人在跑動。就在我這麼想的時候，我附近響起了水花四濺、以及東西在水裡掠過的聲音，緊接著有一雙手臂抱住了我，把我舉了起來。

「我抓住你了。沒事了。你可以鬆手了。」

我發現自己一直期待著約翰・韋伯斯特會來救我，不過，這並不是他。

「我——我沒辦法。」

他在我的頭頂上大喊。「史杜威，這裡。」

那幾道搖晃的燈光朝著我們投射過來，而且比剛才更近了，最後形成了一道道手電筒的光束，而光束的另一端，是神情嚴肅、身上的黑色夾克印著警察的人。一名男子在水面上探出身體，抓住那棵讓我不至於被水沖走、功不可沒的樹。

「她被綁住了，」我身後的男子說道，他的牙齒因為寒冷而在格格作響。「老兄，你可以割斷她的繩子嗎？」

「沒問題。」

不過，那顯然大有問題，我不停地顫抖，讓他們在我肩膀上套上繩索，按照他們告訴我的去做，最後，繩子才終於在男子的詛咒聲中被鋸子鋸斷。

「來吧，親愛的。讓我們帶你離開這裡。」河岸上的警官開始拖拉著繩索，我身後的男子引導我往他們的方向前進，並且盡可能地靠近我，用他的身體幫我擋住水裡可能造成傷害的瓦礫碎片。地面開始出現在我的腳下，兩名男子上前來抓住我，俐落地把我拖出水面。我跌跌撞撞地踩在泥濘的草地上，隨即雙腿發軟地癱倒在地，我身體的每一吋都在發痛。從來沒有任何東西可以像此刻我腳下踏實的地面讓我感到如此的神奇美好。

過了一會兒之後，我才意識到有人彎身在我上方，身上的水滴得我到處都是。

「英格麗？你還好嗎？對不起，那麼久才來救你，因為我們到處都找不到你。我們甚至得靠無人機才能發現你。」

那是曾經和我一起在河裡的那名男子——一個我可以立刻就認出來的人，現在我可以清楚地看見他的臉，那個出現在自我防衛課上的班，那個我要求韋伯斯特和亞當去找的人——那個不存在的人。班，在他那一身濕透的衣服上，正套著一件印有警察字樣的防刺背心。我的目光橫移到他身旁穿著高顯示度背心、手裡握著一具警察無線電、臉上掛著抱歉笑容的女子。

「海倫？」

「沒事的，」我那個過分友善的鄰居聲音裡散發著自信和專業。「你現在安全了。我們找到你了。」

事情有輕重緩急。我可以晚一點再來讚賞他們是怎麼懵過我的。

「有個人——約翰．韋伯斯特，」我試著開口。「他——他在馬廄裡——」

海倫搖了搖頭。「沒有，他沒有在那裡。」

「他是我們為什麼出現在這裡的原因，」班接口說道。「他打電話給我，告訴我說你很危險，大概在一個小時以前。他打到我的私人手機。」他說得好像這實在太不可思議，然而，那就是無所不能的約翰．韋伯斯特。

「還有亞當——」

「我們到那棟農莊的時候，他和他的同黨正在那裡。」海倫告訴我，我腦子裡立刻浮現他們兩個人在爐火邊喝著白蘭地，恭喜彼此完美地達成任務的畫面。不過，海倫接下來的話讓我重新考慮了那個場景。「你的朋友韋伯斯特把他們留給了我們處置。」

「他傷害他們了嗎？」

我眼前的兩人同時點點頭。

「他們被送到醫院去了，」班說道。「之後，他們會被送往最近的拘留所。」

「太——好了。」

「太好了是因為他傷了他們，還是因為他們被逮捕了？」

「是因為一切都沒事了。那約翰在哪裡？他——你們也逮捕他了嗎？」

「事實上，我們不知道他在哪裡。」班回答我。

「不過我們會找到他的。」海倫聽起來很有自信。

而我也很有自信地知道她錯了。

50

誠如我所預期的，法庭裡擠滿了人，即便這只是一場例行的聽證會。這個案子不是一般的案子，被告也是。一名不光彩的前警官：這讓媒體大感興趣，更遑論再加上一名因為女兒的死而傷痛到幾乎發瘋的父親。我們回到了老貝利，對我來說，隨著柏琳達的死，這裡成了一切的開端，我們會在這裡聽取那兩個人因為謀殺她而遭到定罪。

海倫在公眾旁聽席幫我預留了一個位子，這樣我就可以先和珍妮佛．高德探長一起待在法庭外面。我知道裡面會發生什麼事：檢察官和被告的出庭律師在聽證會前的慣常討論，被告律師應該已經在牢房裡接受過來自他們客戶的最後指示了。而我也知道要期待什麼：大部分的指控都會被判有罪，不過不會是全部。

那兩個人會並肩站在被告席上，被告席的工作人員則會站在他們的側面。辯護律師和控方會先清點證人的人數，並且估算審判大概需要的時間，然後在他們必須把審判日期定下來之前，釐清基本的行政程序。根據目前積壓在法庭裡待審的案件看起來，至少要等上好幾個月，才能審理到薇琪的謀殺案。想到這裡，我感到不寒而慄。

高德探長人很好，願意陪同我坐在法庭外面。這個案子裡發生過的大部分謀殺事件，都在她的團隊掌握之中，而他們就是調查坎特維爾法官之死的團隊。雖然法官的死被設計得像是一場意外，不過，警方卻將之視為謀殺案而在暗中進行調查，而亞當的車子曾經被目擊過出現在那個區域，只是裝了偽造的車牌。他把車子停在樹林邊緣，遠離了正式的停車場，只是他的運氣太差，一名遛狗的人行經那裡，對他把車子停在那裡感到不爽，因此抄下了他的車牌號碼。更倒霉的是，當警方在追蹤那些假車牌的原始車輛上遇到困難時，一名鄰居的高品質攝像機正好拍下了亞當行竊的經過，也拍到了他開車離去的畫面。那意味著警方可以設定他出現在犯罪現場附近，但是警方也不禁要懷疑他為什麼要謀殺朗・坎特維爾。就在他們監視他，企圖找出他和那宗謀殺案的關聯時，他們開始擔心我的安危。而那也啟動了牽涉到海倫、班和竊聽裝置的監視行動。每個人都知道他假扮警察，從巴斯維爾警員到高德探長的每一個人——除了我。這場調查最終把柏琳達的案子，以及馬克遭到攻擊的事件都涵蓋了進去。不過，高德探長還是默默地堅持把薇琪遭到謀殺的檔案放在她自己的桌上。

「你希望她也可以得到正義的伸張，不是嗎？」我對著身邊的高德探長說道，而她只是點點頭，無須問我指的是誰。

海倫推開門，探進大廳。「傳達員已經去請法官了。」

「我們可以進去了嗎？」珍妮佛問我，於是我跟在她身後穿過了幾道門。我在海倫旁邊坐下，她輕輕用手肘推了推我，想讓我安心。

「不會有事的。檢察官要我告訴你會發生哪些事。」

「不需要，」我對她笑了笑。「我很清楚這些過程。」

「我也是這樣告訴她的。」

我看向被告席，亞當就坐在克里斯多福旁邊，雙手交叉在胸口。這是他第一次看起來那麼沒有自信。自從他們發現我不僅沒死，還活得好好的，並且準備對他們提出不利的證據時，他們就完全配合了警方的調查。

亞當轉過頭去，他側臉上的一道紫色疤痕以及覆蓋在空洞眼窩上的眼罩，讓我看得倒吸了一口氣，顯然是約翰．韋伯斯特的傑作。

「韋伯斯特以為你死了，」海倫曾經告訴我。「他把憤怒發洩在他們兩個身上。特別是亞當，這你了解的。」

我不想對約翰．韋伯斯特心存感激。我不希望亞當被傷成那樣。但是如果不是韋伯斯特召來了警察，我早就死在了河裡，吊掛在樹枝上，讓河水把我的血液降到冰點。

「全體起立。」

我們全都站起來，法官走了進來，在他的座位上落坐：一名有著紅潤膚色和一對精明眼睛的法官，不過我並不認識他。

「被告請起立。」法庭裡的書記官操著穩定的語調說道，被告也隨之站起身來。

「你的名字是亞當．納許嗎？」

「是的。」

「你的名字是克里斯多福．珀爾嗎？」

「是的。」

「請坐。」

檢察官站起身來，抖了抖她長袍上的皺褶。她的嗓門很大，我聽著她向法官介紹著自己和她的對手。

「可以傳訊被告嗎？」法官透過眼鏡看著被告方，後者站起身表示同意。

亞當的臉慘白得像一張紙。

書記官站了起來。這是被遵循了好幾個世紀的儀式，當控訴的罪名包含謀殺的時候，這句話仍然散發著昔日在黎明時分於監獄庭院裡執行絞刑的寒意。

「被告請起立。」

他們雙雙站起身。

「亞當．納許，在第一項罪名裡，你被指控謀殺，而詳細的罪行是，你在二〇一九年九月二十九日那天，謀殺朗恩．坎特維爾。你認罪還是不認罪？」

「認罪。」他毫不猶豫地回答。即便我們都預期到這個答案，但是法庭裡仍然響起了一片吸氣聲。我的手掌也汗濕了。

「認罪。」克里斯多福倒吸了一口氣地說。書記官把起訴書唸了一遍，含括了每一項指控。檢察官選擇不用任何輕微的罪行來指控他們；這是孤注一擲的謀殺，而且是蓄意謀殺。

當薇琪的謀殺在法庭上被逐字唸出時，我低下了頭。

「無罪。」亞當的語氣既強烈又絕對，一副毫無疑問的樣子。

「無罪。」輪到克里斯多福時，他也這麼說。

坐在我身邊的珍妮佛．高德嘆了一口氣。這一聲低聲的嘆息差點就淹沒在法庭裡響起的一片好奇聲裡。

檢察官在傳訊最後站了起來。「儘管我們對其他罪名提出了申訴，不過，我們還是希望就第三項罪名，尋求對兩名被告進行審判。」

「當然。」法官愉快地回應。

「我已經和我的律師朋友們談過，我們估計這場審判需要兩週的時間。」

這場極具戲劇性的申訴至此轉變成相關人員在審判日期上的小爭執，我不太專注地聽著，一邊思索著剛才發生的事。

「請被告起立，」法官最後說道，被告跟著站起來。亞當比克里斯多福高，不過，在拘押期間，兩人顯然都瘦了不少，看起來似乎受到了很大的訴訟程序壓力。「誠如你們所聽到的，你們的審判將於二〇二〇年四月十三日在這個法庭舉行。你們要還押候審。審判的結果會對你們所承認的罪行提出判決。現在請隨法警離開。」

在他們離開法庭前往拘押室之前，亞當轉過頭來直視著我。我發現他一直都知道我在那裡。除了憎恨，他的臉上沒有任何表情。被告席的法警輕輕推了推他，他才開始低著頭走下台階。他看起來像是受到了很大的挫敗。監獄生活對他來說不會好過的。

「請各位離席。謝謝。」隨著法官的話結束，法庭裡出現一陣騷動，出庭律師、警察和民眾都湧向出口，好讓下一場聽證會的其他相關人員進來。法庭的事務繼續運作著。這場悲劇只是上千起悲劇中的一起，每一宗悲劇都有不同的故事，都承載著各自不同的悲慟。

「你為什麼認為他們不會承認犯下薇琪的謀殺案？」我們一走出法庭，我就問珍妮佛。「那不會對他們的判決造成任何的不同。那只是表示我們得進行一場審判而已。」

「亞當有不在場證明，這是拜你之賜，而克里斯多福則否認他知道任何事情。我猜，那可能是第三個同謀幹的。」

「黛絲，」我想起她用美工刀威脅我的模樣。她對於訴諸暴力已經有所準備，而且她一直都對我感到憤怒。韋伯斯特曾經說過，那宗謀殺看起來很個人。「也許她主動來找我，結果對我不在家感到很氣餒。我知道她想見我。她後來還跟蹤我到那堂自衛課上。」

「就是班．瓊斯在場的那堂課嗎？」

「就是那堂。」

珍妮佛．高德笑了出來。「你知道嗎，我是在他的第一份工作上認識他的。那就是我永遠也做不了臥底的原因。當他發現你在那裡的時候，他一定嚇到差點失禁。」

「我想也許是吧。」我懊悔地說。他出現在那裡完全是巧合，只是為了幫另一位警官凱特，不過凱特和我的案子完全沒有關係。當我看到班在那裡的時候，他已經沒有機會體面地撤離了，不過，他在掩飾他的行蹤上倒是做得很好，他給了教堂一個假名，而且告訴凱特如果我有後續動作的話，千萬要讓我感到安心。之後，他就待在了辦公室裡不再出現，讓海倫繼續留意我的動靜。「你也知道，他們的監視行動都沒有發揮效用。韋伯斯特發現了他們的竊聽裝置。那一定讓他們感到了很大的挫折。」

珍妮佛點點頭。「謀殺發生之後，他們就給我通風報信了，所以我知道有竊聽裝置這回事。只是很遺憾地，薇琪死的那天，沒有人聽到或者錄到了什麼。」

不只是遺憾吧。根本就是一場災難。但是我當時不在那裡，而監聽的規則就是要嚴格保護民眾的隱私。他們一直在監視亞當，也試著在保護我，沒有人會想到薇琪也會陷入危險。

探長轉身前去和檢察官談話，看看她是否希望他們在審判日之前做些什麼，而我也試著往正面想。無論審判的結果是有罪還是無罪，亞當都會在監獄裡待上很長一段時間。

就這樣了。

51

只不過，當然，不是這樣。

一開始的時候，我擔心約翰．韋伯斯特。警方向我保證，如果他再出現的話，他們一定會警告我，但是我知道他不會回到他原本的生活，然後從他離開的地方再開始。我在人群裡、在公共交通上，也在法院裡看到他，而每一次最後都證明那只是個陌生人。我在腦子裡聽到他的聲音在嘲笑我。我無法接受他已經離開了，而我知道他會在我沒有預期的情況下回來。

我不想讓人認為我老是想到他。事實上，他應該會對他在我腦子裡只佔了那麼小的一部分感到失望。我更擔心的是另一個人。我曾經到巴恩斯，去看正在父母家休養的馬克。他們看到我都很高興，我們也像朋友一樣地聊天。

朋友。只是朋友。

當我們道別時，他在前門停下腳步。

「都結束了嗎？」

「希望如此。」我那麼回答他，但是我不確定我是不是對的。我感到有事情會要發生，某一件恐怖的事情。我很緊張，而且依然困惑。

我什麼也做不了，任何事都做不了。

我只能等待一切都成為過去。

我可以躲起來。

我和自己交戰了一個星期之後，拿起了電話。

「英格麗？」馬克的聲音聽起來很愉快。「有什麼事嗎？」

「你現在覺得怎麼樣？」

「差不多恢復正常了。沒有什麼後遺症。」

「很好。我很高興。」

「就這樣？健康調查？」他好像覺得很好笑。「是我母親叫你打來的嗎？」

「絕對不是。你記得你曾經說過，如果我需要保鑣的話，你可以自願幫我嗎？」

「記憶猶新。」

「嗯，我想我也許需要你。」

「隨時聽候你差遣。」

「今天下午可以嗎？」

驅車前往克羅伊登的路程很緩慢，不過我並不介意。我向艾黛兒借了她的 Fiat 500，然後在途中載上馬克。他把乘客座推到底，好伸展他那一雙長腿。

「我們其實可以開我的車。」

「但是你不知道我們要去哪裡。」

「那倒是真的。你可以告訴我。」

「首先，我也不確定地址——等我看到的時候才會知道。第二，我想要開車。」我看著他的側面。「這是我的戰鬥，馬克。我只是希望你在這裡當我的後盾。」

「我知道了。聽你的吧。」一分鐘之後。「我們要去哪裡？」

「一棟房子。」

「你要買房？」

我大笑。「不是。絕對不是。」

「我很好奇。」

「你很快就會知道了。」我再度看了他一眼。「謝謝你和我一起來。我很感激。」

「我的榮幸，真的。」他清了清喉嚨說道。「媽告訴我醫院的事。關於你出現，然後讓她回家的事。我上次見到你的時候並不知道這件事。她沒有告訴我。她說，她不想提起關於醫院的事，以免讓我難過。」

我笑了笑。「她很保護你。真貼心。」

「那很讓人抓狂。」他停了一下。「不過，謝謝你對她那麼好。」

「你不需要對我說謝謝。」

「你為什麼去醫院？」

我可以感覺到臉頰開始發熱，並且暗自希望只要我不看他的話，他就不會注意到。「我不知道。我沒辦法在離開警察局之後直接回家。我需要確定你沒事。」

「護士還因為我有可愛的未婚妻而恭喜我。」

「啊。」我咬咬下唇。「我得說服他們，這樣他們才會讓我進去看你。」

「當然。而且當你趴在我身上哭的時候，那也一定是使用了方法派演技。」

「我沒有！」

「我有兩個消息來源。」

「你母親根本不是可靠的消息來源。」我酸溜溜地說。

「她沒有說你哭的事。是警察，還有一名護士。兩個人都用了同樣的字眼：『焦慮不安』。」

「好吧，我是很難過。我討厭你受到傷害。我覺得那都是我的錯。」

「那是你難過的唯一原因嗎？你認為那是你的錯？」

我們在大排長龍的紅綠燈前停了下來，這讓我可以好好地注視他。他也正在看著我。我們誰都沒有說話，也沒有把目光移開，直到後面的車子喇叭聲突然大響，我才記起來我應該要前進了。他沒有逼我回答，但是這個問題依然存在我們之間。

我雖然還記得我和韋伯斯特開著廂型車走過的這條路，但是並沒有全然記得很清楚。因此，有段路程我只是沮喪又毫無目的地往前開，尋找著我能認得的任何標記。

「這裡還真有魅力。」當我在位於一家磁磚批發商和木材廠之間的死巷裡三點調頭時，馬克評論道。

「閉嘴。我在找一個東西。你注意看看四周有沒有成堆的水泥管。」

最後，在我看著不同方向的時候，是馬克發現了一堆水泥管。

「那是你要找的嗎？」

「正是。我就知道我為什麼要你一起來。」

他聞言大笑，不過他一開始有點遲疑，讓我以為我是不是說錯話了。

那些屋子和我上次看到的狀況一模一樣，雖然在大白天裡，它們看起來更顯頹廢：不僅充滿濕氣，屋頂上的磁磚也剝落了一大堆。我停好車，四下環顧了一番。沒有人經過。沒有車停在附近。這裡只有我們兩人。

「就是這個地方？」

「就是這裡。」

「你以前來過嗎？」

「來過一次。」

如果馬克還有其他問題的話，他也沒有再問下去。我們走到排屋最後面，我試著推開大門。我們和喬治離開的時候，韋伯斯特把鎖也一起帶走了。屋子後方的花園已經佈滿野草和垃圾，白天的光線讓我可以好好地看清楚這裡：一座翻過來的浴缸、一個櫥櫃門搖搖欲墜的櫃子，還有一具爬滿雜草的梯子。後門的金屬板依然鬆吊在原來的地方，一如當日被約翰鬆掉螺絲時那樣，所以，我就不需要鼓起勇氣從窗子爬進去，然後踩在那個水槽裡了。

「天啊。這個地方還真糟糕。」

「走吧。」我深深吸了一口氣，然後閃身而入。

我立刻就知道還有其他人在屋子裡。寂靜之中，那個人無聲地宣告著自己的存在，空氣感也不一樣。我揚起手警告馬克，然後才走向廚房。水槽是乾的，沒有食物碎屑或用過的盤子，也完全沒有曾經有人待在這裡過的跡象；我幾乎要懷疑我自己。我站在走廊裡傾聽著，然而，除了我身後馬克緩慢而穩定的呼吸聲之外，什麼也沒有聽到。通往前面房間的門是打開的。光線投射在鐵窗的邊緣，足以讓我看清喬治曾經躺過的光禿禿的地板。

我慢慢地、小心翼翼地推開門，好看清楚房間裡的其他地方。

他就站在那裡，雙手插在口袋裡，身上穿著外套，腳邊躺了一只袋子。他的臉上帶著笑容，但是眼裡卻沒有一絲笑意。他故作冷靜，但是身上的每一處都緊繃著，準備隨時拔腿就跑。

「你怎麼知道我在這裡？」

「人是可以預料的。他們會去他們知道的地方。」

他笑了出來。「那是我教你的。」

「你教了我很多。」

「如果你晚來五分鐘的話，你就會錯過我了。」馬克出現在我身後，讓韋伯斯特揚起了眉毛。「所以你又出現了，是嗎？英格麗，你今天真是讓人大感驚訝。不要告訴我，接下來我會看到警察出現。」

雖然他說得很不經意，不過他確實在擔心這點，我知道。

「我欠你一次，因為你幫了我。就當我沒有向警察通風報信是我對你的回報吧。」

「好吧。」

「不過有個條件。從現在開始，你不要再來打擾我。我是認真的。如果你再回來打擾我的話，無論你用什麼方式——電話、明信片，就算只是眨眨眼——我都會通知警察，把我所知道關於你的事都告訴他們。」我雙手握拳插在口袋裡，想要藉此得到足夠的勇氣。「你和我們其他人不是住在同一個時空。即便你對於你所做的事有著很充分的理由，你所表現出來的方式卻完全缺乏正常的人類情感。坐牢無法讓你學到任何教訓。那完全改變不了你。不過，你不會喜歡監獄的——這點我很了解你。所以，我想你會照我所說的去做。」

他聳聳肩。「也許吧。」

「你得不要再惹麻煩。不要再犯罪。從這件事記取教訓，然後到別的地方去，很遠很遠的地方。把你的魅力和你的才能用在好的地方，不要用在壞的地方，然後看看結果會怎樣。」

「我喜歡我的生活。」約翰・韋伯斯特回應我。

「我很懷疑。」我看著他，就像一名看著動物屍體的屠夫，正在決定要從哪裡先割下第一刀一樣。「這個形象——喀什米爾套頭衫、昂貴的外套，這樣的姿態——全都是假的。你所穿的也許都是偷來的。你靠著哄騙脆弱無助的人，用他們的錢和他們的愛來過日子。你向來都予取予求，從來都不考慮別人的結果會怎麼樣，但是，一路以來，你自己得到的結果也不怎樣，不是嗎？看看現在的你，窩在一處破爛的廢墟裡。你什麼都沒有。你有的只是一個犯罪紀錄，所以，每次你的名字出現在一起詐欺案的調查時，他們就會知道你就是他們要找的人，而不再去尋找其他的嫌疑犯。你打算把無助的人當作獵物，藉以維生，直到你老到動作變遲鈍，不能再耍你慣有的把戲為止，然而，在那之後呢？沒有存款，沒有養老金，沒有工作，沒有房子，沒有資產，沒有人愛你——」

「夠了。你已經講得夠清楚了。」

他動了一下，彷彿打算走向我，但馬克在我身後開了口。

「不要動。」

「我已經不再怕你了，」我平淡地說。「我太了解你了。我只是為你感到遺憾。」這是我能對他說的話裡，最讓人惱火的一句了。他把頭往後傾斜，全然氣餒的模樣。「喔，我的天啊，饒了我吧。」

「我只想對你說這些。你知道要怎麼做。消失吧。這點你很在行的。」

我早該知道韋伯斯特不會那麼容易就放棄。他瞇起眼睛。「他們有查出是誰殺了你的小朋友薇琪的嗎？」

「你都知道些什麼？」

「喔，不是我。不過，我也不認為是亞當．納許幹的。你應該花點時間去查清楚誰殺了她，還有為什麼要殺她。」

「黛絲絕對有殺人的能耐。你自己也說過。」

「啊，可是黛絲並不恨她。但是她死的方式卻充滿了恨意。」

「也許是某個恨我的人呢？」

「誰會恨你呢，英格麗？」韋伯斯特斜著身體，目光越過了我。「你呢，馬克？你過了一段悲慘的時光，並且把可憐的小佛蘿拉的死怪罪在英格麗頭上。把你的情緒發洩在某人身上，一定讓你大大地鬆了一口氣吧。很遺憾的是，你不能對英格麗發洩，不過，薇琪倒是很好的替身。」

我嘆了口氣。「你永遠都不會罷手，是嗎？那不是馬克做的。」

「你怎麼知道？。」

因為我了解他。因為我從來就不應該懷疑他。「我就是知道，」我告訴他。「他和你相反。他很誠實，很直接。如果他對我生氣的話，他絕對無法隱藏他的情緒。我是說，他無法隱藏他把佛蘿拉的死怪罪在我頭上的事實。那就是我們分手的原因。」

「事實上，」馬克在我身後說道。「我們分手是因為當我說我沒有和她上床時，你並不相信我。」

我轉頭看著他。「我只是希望你承認而已，不過如此。你向來都對我很坦誠。」

「我沒有辦法承認我沒做過的事。」

「警察有讓我看過你發給她的簡訊——」我停了一下，搖搖頭。「聽著，那不重要。從來都不重要。我不會再就她的事情和你爭辯了。你的壓力太大了。我們經歷過太多太多。我想我是昏頭了，而且我相信我很害怕——」

「我從來就沒有發過任何簡訊給她。」馬克完全聚焦在我身上，彷彿韋伯斯特根本不存在一樣。「從來沒有。除了工作以外，我沒有和她說過其他的話。她只是我的員工，如此而已。」

人永遠都不會改變。你可以預測他們會做什麼，以及他們會如何表現，只要你了解他們的話。你可以利用這點來對付他們。

約翰．韋伯斯特早就知道我討厭馬克欺騙我。他知道這比其他事情都讓我更加無法原諒。

我轉過身去注視約翰，只見他開始在笑。

「喔，英格麗。我真希望你可以看到自己現在的表情。你花了多久的時間才發現自己錯了？」

「太久了，」我咬牙切齒地說。「你做了什麼？」

韋伯斯特還在微笑；他正在享受眼前的這一幕。「我從來都不喜歡你，馬克。我從來都不認為你適合英格麗。我試過所有的方法要除掉你。沒有一樣成功。沒有什麼事能讓你放棄她。有一天，我注意到那個昏了頭的小前台，以及沒有人在場時，她是怎麼看著你的。我開始發簡訊給她。不是什麼嚇人的內容，也沒有太咄咄逼人。就只是電子郵件和簡訊而已。」

「你幹了什麼事？」馬克的冷靜開始消失。

「讓事情加溫的事。她人很好。照片內容和其他方面都很直接。一開始很有品味，也很小心——然後就越來越開放，在我小小的鼓勵之下。或者我應該說是你的鼓勵。那晚她去你家恐怕是我安排的。我叫她脫掉她的衣服，在床上等我。我給了她一把鑰匙，這樣她就可以自己開門進去，當然，我也有你家的警報系統密碼。有段時間我常常出現在你家。」

我一定是發出了什麼聲音，因為馬克突然抓住了我的手腕。「讓他說完。」

「我以為你會回家，然後看到她在那裡，英格麗，或者你的未婚夫會在回到家之後上她。她是個很漂亮的女孩——誰能抵抗得了呢？不管怎麼樣，你們一定會分手。」他嘆了口氣。「那場火災不應該發生的。我想，那個愚蠢的小母牛點了幾根蠟燭，其中一根燒到了臥室裡的百葉窗。整棟房子就那樣燒起來了。就像你所知道的，我不在那裡，不過，我確實覺得這件事我也難辭其咎。」

「你是這麼想的嗎？」馬克臉色蒼白，他的聲音裡有某種成分讓我想要逃跑。

韋伯斯特攤開雙手又闔上。「你們兩個從現在開始可以過著幸福快樂的日子了。不用謝我了，不過我希望你們記得，如果我沒有選擇告訴你們真相的話，你們兩個是不會有共同的未來的。」

「那不是真的，」我突然發現他在玩最後一個把戲。「你說的這些改變不了任何事。你無法控制我們——讓我們兩個復合不是你的選擇。我愛馬克，而且我從來沒有停止愛他。在我應該要相信他的時候，我並沒有相信他。那是我的錯。但是我已經學到教訓了，而那和你毫無關係。」

他討厭輸，我可以看得出來。他的臉色因為憤怒而緊繃，他正在思考要說什麼才能傷害到我。馬克站到我身邊來支持我或者威脅韋伯斯特，或者兩者皆有。

「你們還真配得上彼此。」約翰不屑地說道。「我還以為你比他好，英格麗，不過我錯了。」

「出去，」我說。「現在就走。到此為止。」

韋伯斯特撿起地上的袋子，一把挎在他的肩膀上。他看看我，再看看馬克，帶著怒意地搖了搖頭，然後走了出去。後門響起了重重的甩門聲。這完全像個發脾氣的青少年之舉，而不是他期待中戲劇性的離場，不過，我想那不重要。他走了，只剩下我們兩個人。

馬克首先恢復過來。「所以，我們現在要怎麼樣？」

「我……不知道。」我不敢看他。

「英格麗。忘了他吧。」他把我轉向他，他的眼睛裡寫滿溫柔，一如我過去曾經看到的那樣。「對不起。我很抱歉指控了你傷害佛蘿拉。我很抱歉我沒有冷靜地選擇待在你身邊。我讓你失望了，而在我離開的那一秒，我就知道了。我只是自尊心太強而不願意承認。」

「當時你也沒辦法做什麼。」

「你也是。」他閉上眼睛一會兒。「當我知道你經歷了些什麼之後，我內心的傲慢告訴我說，你應該要相信我的。我跑到千里之外去住，但是每一天都會想到你。我回來之後不知道自己是不是應該和你聯絡。當你邀請我去你的公寓時，在見到你的那一秒鐘，我覺得自己的心彷彿被狠狠地踹了一下。我決定無論做什麼，都要讓你回到我身邊。即便那會要了我的命。」他笑了笑。「不過，你瞧，我活下來了。」

「馬克——」

我沒有機會說什麼，因為他已經吻上了我的唇，帶著濃烈的欣喜、決心和希望，讓我連氣都喘不過來。過了好一會兒，我們才想起來，我們還處在一條破舊街道上的一幢破爛小屋裡，而這條街道遠遠位於克羅伊登邊緣某個不繁華的地帶。於是我們拍拍身上的灰塵，十指相扣地走出小屋，卻發現約翰·韋伯斯特把我們的車偷走了。

52

除非每個人都感到開心，否則，你不會擁有快樂的結局，而我並不開心。

讓我說得清楚一點：能夠和馬克重修舊好讓我感到很滿足。這是自從約翰・韋伯斯特開始擾亂我們的生活以來，我們第一次可以在沒有陰影的遮蔽下在一起。約翰已經消失了，顯然永遠地消失了。我對他的了解讓我相信，他對我們最後一次見面的表現一定感到很後悔。在他準備好站在聚光燈底下以前，我就先一步拉開了布簾，給了他一個驚喜。他可以應付得了憤怒和恐懼，但是絕對接受不了嘲笑。我想，當他說他不會再回來時，他應該是認真的。

而即使他又回來的話，我也不再怕他了。

不是他，讓我無法感到快樂的原因是，我經常會發現自己在想薇琪，以及她是如何死在我的公寓裡，還有約翰說過關於她被殺的事。當我在公寓裡的時候，她的鬼魂似乎一直跟在我的身後，無聲地想要獲取我的注意，站在我的手肘邊，等著我發現她就在那裡。

當我打電話給珍妮佛・高德的時候，她帶著歉意告訴我沒有什麼新的發現。

「我們一直在為法庭的審判整理資料。檢察官認為值得一試，不過如果被告方表現得很好的話，她也沒有抱著太大的希望。她的皮膚和衣服上雖然混有第三方的DNA，但是卻不足以拿來進行測試。」

「如果不是他們的話呢？」

電話那頭出現一陣沉默，然後才接續道：「你有什麼沒有告訴我的嗎？」

「沒有。沒什麼，真的。我只是在想她的個人生活。」我的老朋友哈利怎麼樣了？

「我查過了。」她遲疑了一下，衡量著她是否應該要告訴我更多。「每一個和我談過的人都很合作。」

我試著從探長的語調裡讀出些什麼——她意指哈利的故事並不能說服她，她在暗示她想要知道更多——但是卻沒有人告訴她什麼。

一想起薇琪那張甜美又帶著希望的面容，我就徹夜難眠，儘管馬克佔據了我三分之二的床墊，在我身邊躺成了大字形呼呼大睡，我也只能瞪著天花板輾轉到天明。我在腦子裡不停地反覆思考，想著薇琪死之前和她死之後，以及她死的那天都發生了什麼事。

「你得要弄清楚。」一天傍晚，馬克沒來由地說道。

「什麼？」

「薇琪。」他正在炒蔬菜，熱油發出的滋滋聲意味著我們現在無法交談。等到油聲消失了之後，他才說：「在你弄清楚發生了什麼事之前，你沒有辦法繼續過你的生活，雖然我喜歡這個地方，不過等我的生命到了某一個階段的時候，我會想要住在比較溫暖的地方。」

「馬克——」

「你需要知道，不是嗎？」他走過室內，雙臂環抱著我。「那就把真相找出來吧。」

我依偎著他，思考著他的話。他說得沒錯。我必須要知道。

過了一兩天之後，我去見了珍妮佛．高德。她看起來很疲憊，頭髮梳在腦後綁成了馬尾，長時間的工作讓她的襯衫都皺成了一團。

「我還是沒有任何的消息。」她一開口就這麼說。

「我知道。這樣吧，我知道這個問題很奇怪，不過，你還保留著案發當天搜查我公寓的紀錄，以及你們從我公寓裡拿走的東西嗎？」

「當然。」

「我可以看一下嗎？」

她讓我坐在她辦公桌旁等著，然後逕自離開去拿那些東西。我看到她在拿回來之前先翻看了一下，試著想弄清楚我想要知道什麼。我想，這個案子困擾著她，就像這個案子讓我感到很沮喪一樣。

等她把檔案夾交給我之後，我逐字逐句謹慎地把資料讀完。他們已經盡力條列出每一樣物品，包括一個撐開在垃圾桶旁邊的披薩盒子，以及薇琪買的那些東西的收據。

「你在找什麼？」珍妮佛一直看著我閱讀著那些資料，幾乎就要按捺不住她的性子。

「他們有可能漏掉什麼沒說嗎？」

「例如？」

「例如我在出門工作前留給薇琪的字條。當時我不想叫醒她。」

「手寫的嗎？絕對沒有。如果有的話，我們一定會注意到的。」

「也許被她丟到垃圾桶了。」

「我們把垃圾桶裡的東西也都拿走了。」

「當然。」

「紙條上寫了什麼？」

「沒什麼，」我回答她，可想而知她對我這麼說做出了什麼表情。「我保證當我可以告訴你的時候，我一定會說的。我得先釐清幾件事。」

我依稀記得，我寫了關於哈利的幾句話，而我不想去考量那代表著什麼。

不過，當然，我必須要考量。

二月的一個週六下午，我來到位於克拉珀姆的一條後街，在一座乾淨小屋的大門上敲了幾下。房屋的窗戶被層層疊疊的箱子擋住；住在裡面的人正準備要搬家。大門打開時，我露出了微笑。

「還好你還在，我真幸運。我不知道你要搬家。」

薇琪把一隻手放在肚子上。「我知道自己懷孕的時候，我們覺得這樣做比較好。」

「懷孕？我的天。還真快。」我再一次看了看她，發現她的身材多了點圓潤。如果她沒有把我的注意力吸引到她身上的話，我是絕對不會發現的。

「謝謝你。」薇琪高興地說。「這是蜜月寶寶。」

「蜜月時也沒有什麼可以做的。」哈利在她身後說道，只見她翻了翻白眼，彷彿這句話她已經聽過了。

「你好嗎？」我問他。

「還可以，還可以。」不過，他看起來很疲倦，而在那一身曬成古銅色的皮膚下，他的體重似乎掉了不少。他的頭髮稀疏到誇張的程度。比起十月底在他的訂婚派對上，他現在看起來比當時老了十歲。「你來得正好。我們週一就要搬家了。」

「你們要搬去哪裡？」

「諾福克最棒的房子。」薇琪喜形於色地說。「超級大。等我們的寶寶大一點的時候，有超多的空間可以讓他在裡面跑來跑去。或者她。我們決定不要先知道孩子的性別。」

「重點是那不是雙胞胎。」哈利說著，語氣裡的情感似乎有點過多了。

「重點是他或她健康就好了。」薇琪說完笑了一下，以減緩她話裡的不愉快。我覺得她變成熟了，不過，也並未成熟太多。

「總之，你怎麼會來呢，英格麗？」

「我只是想來和哈利說幾句話，」我回答她。「私下說，如果可以的話。」

「這麼神秘。」她說著轉身走開，回到那間小客廳，開始把墊子放到打包用的整理箱裡，低聲地哼著歌。

「進來，進來。我幫你泡杯茶。」哈利推著我進到廚房裡，只見廚房裡堆滿一疊疊的盤子、打包紙箱和氣泡紙。

「我不會待太久的。」

「有什麼事嗎？」

我走到廚房門邊，輕輕把門關上。沒有什麼必要拐彎抹角。「你有告訴警察，你和你的鄰居薇琪有外遇嗎？」

「是的。當我聽到她死——死了的時候，我就立刻和他們聯絡了。他們可以保——保密。」我注意到他在顫抖，連話都說得結結巴巴。「你是怎——怎麼知道的？」

「她告訴我的。」

「什麼時候？」

「在你的訂婚派對上。她死的前一天晚上。」我很同情他。「那不是人盡皆知的事。我不認為她有告訴過別人。」

「沒錯。」他往後靠在廚房流理台上。「好吧。我不想把自己的生活弄複雜了。特別是現在。」

「是啊。那就太糟糕了。」

我的語氣讓他突然抬起頭來，不過，他還能控制得住自己，讓自己壓低了聲音。「你以為我不想念她嗎？你以為她走了對我的打擊不大嗎？我甚至沒有辦法哀悼她，以免薇琪注意到有什麼不對勁。」

「你沒有告訴薇琪。」

「當然沒有。」

「你現在為什麼不告訴她？」

他看起來很困惑。「我為什麼要告訴她？告訴她沒有什麼好處。」

「你寧可繼續騙她。」

「我不喜歡說謊。但是每個人都得做自己必須做的事。」

我緩緩地點點頭。「我想你也許就是這樣看待這件事的吧。對你來說，保守這段外遇的秘密一定很重要。」

哈利瞇起眼睛。「你這麼說是什麼意思？」

「你認得這個嗎？」我把戴在手上的手環給他看，那只我曾經遺失過、但是卻被韋伯斯特找到的銀色手環。

他聳聳肩。「沒什麼印象。」

「我打電話給你辦派對的那家酒吧。他們在清掃的時候發現了這只手環。酒保記得它，因為你把它拿走了，說你會親自交還給我，不過那讓薇琪很不高興，結果你們發生了爭吵。酒保覺得用那樣的方式結束訂婚派對之夜實在太令人難過了。」

「我記得有那件事。」他皺起眉頭。「不過，說實在的，我早就忘了。」

「我想，你是真的想把它交還給我。我想，你到我的公寓去——因為你知道我住在哪裡。而且離你當時的辦公室也不遠——而你也打算把手環留在那裡給我，但是你發現在公寓裡的人是薇琪，而不是我。」

「不。」

「我想，你原本預期開門的人會是我，所以，看到她的出現讓你感到很驚訝。」

他看起來就像隨時要嘔吐出來的樣子。

「我想你們吵架了，」我繼續往下說。「也許她說她打算告訴薇琪，你一直都和她上床，或者她想要繼續這段關係，而你卻想要結束，又或者你想要繼續和她見面，即便你就要結婚了。總之，你們發生了爭吵。事情越演越烈。你們其中一個拿起一把刀——我廚房裡的某一把刀。我想可能是你吧，因為你在拿刀的時候，手環掉了。掉進了烤麵包機裡。警察在搜索公寓的時候沒有發現，之後幾週裡，我也沒有發現，所以我一直都沒有把手環和你、或者訂婚派對，甚至薇琪的死聯想在一起。」

他帶著沉默的悲哀看著我。眼睛裡一片晦暗和空洞。

「你很掙扎。那就是一場意外……儘管她被刺了四十二刀，還爬過起居室想要逃離你。事情就是這樣的，不是嗎？我說對了嗎？」

哈利嚥了嚥口水。「幾乎說對了。」

「我哪裡說錯了？」

「我參加了一場會議，一整天都在開會。在巴黎。那天晚上十點才回來，搭歐洲之星回來的。警察看過我的車票，也看過監視器。我不在那裡。」

「那是誰——」

哈利把一根手指放到他毫無血色的嘴唇上。「我把手環……給了她。她說她會把它放進你的信箱。她說她很樂意那麼做。我們就是那樣結束了那段爭吵的。因為我說她可以把手環拿去還給你。」

我想像著他的未婚妻薇琪去到我的公寓，某個鄰居幫她開了外面那道大門。也許她透過窗戶看到了薇琪，也許她敲了門，發現來應門的人是薇琪。

你在這裡幹嘛？你昨晚過得愉快嗎？

然後她走進我的公寓，坐在沙發上——也許談論著那場派對和她的戒指，以及他們的蜜月——而我留給薇琪的那張紙條就在她面前。我還很清楚地記得我用黑筆寫的那張紙條：

不要打電話給哈利！他配不上你。

在那樣的情形下，薇琪一定會注意到她未婚夫的名字。我知道她有理由嫉妒。

我知道她的脾氣很烈。

那是什麼意思？你要解釋嗎？你說你不能解釋是什麼意思？你為什麼要哭？

也許她到那裡是打算和我吵架，準備把前一天晚上壓抑住的敵意都發洩出來，結果卻以另一種方式發現到她最大的惡夢。

告訴我我想知道的。他一直都和你在一起，一直都對我不忠嗎？

她緊緊握著手環。走過公寓。你怎麼可以這樣？你怎麼可以這樣？她伸手拿起掛在廚房、隨時可以被使用的刀子。

殺了那個對她完美婚姻和她完美生活帶來威脅的女人。

「你打算怎麼做？」哈利的聲音低得有如耳語。「你打算告訴警方嗎？」

我猶豫著。沒有具體的證據。她把她的足跡掩飾得很好，她拿走了刀子，沒有留下可辨識的指紋或者頭髮。我是唯一可以說出手環掉在烤麵包機裡的人。亞當不可能當主要證人，即便他準備好要作證，而約翰也已經離開了。這會是我和她的辯論。皇家檢控署未必會在這樣的基礎上成案。

不過我會是個可靠的證人，而且還有記得那場訂婚派對、手環和那場爭吵的酒吧員工也可以提供證詞。哈利甚至也可能提供不利於她的證據，如果警方可以說服他的話。

我認為他曾經很愛可憐的小薇琪。

「孩子……」哈利支支吾吾地說。「孩子怎麼辦？」

「如果她傷害了孩子呢，哈利？你承擔得起這個風險嗎？」

他的眼裡充滿淚水，但是他並沒有回答我。

「我不能，你知道，」我輕輕地說。「我必須試著保住你和孩子的安全。我不能假裝薇琪沒有死。她身上的傷簡直是一場浩劫——」

「不要說了。」他猛然地轉開身。「薇琪最近已經變好很多了。」

「她現在很快樂，因為她得到了她想要的。但是，你和孩子並不安全，哈利。而且這樣做是不對的。」

「她必須要面對她自己。你不認為那樣的懲罰就足夠了嗎？」

我沒有回答他，因為我的答案只會是否定的。

我走出廚房，看到薇琪站在起居室門口。她低頭看著我手上的手環，然後把目光挪到我的臉上。

「你得到你想要的了嗎？」她語氣愉快地問我，而我知道她是有罪的。

「我想是吧。」

她慢慢地點點頭。我沒有再多說什麼離開了那間屋子，在我拿出手機打給高德探長時，我能感覺到胃裡的結綳得越來越緊了。

我相信薇琪犯下了一宗恐怖又邪惡的罪行，而她應該受到什麼懲罰，並非由我來決定。

我會相信司法，不像亞當·納許和他的那些同謀一樣。我會告訴警方我所知道的一切，以及我所懷疑的一切。我會讓他們去調查薇琪。我會給他們一個機會，去找到足以讓她的餘生都在監獄裡度過的證據。

我常常想到死亡，也常常想到真相。我還會想到證據。

證據比真相重要。

證據就是一切。

我相信法律和證據，因為說到底，證據才是最重要的。

Storytella **148**

替身律師

The Killing KInd

替身律師/珍.凱西作 ; 李麗　譯. -- 初版. -- 臺北市 : 春天出版國際文化有限公司, 2023.01
面 ;　公分. -- (storytella ; 148)
譯自 : The Killing Kind
ISBN 978-957-741-617-9(平裝)

873.57　　111018431

ISBN 978-957-741-617-9
Printed in Taiwan

作　者　珍・凱西
譯　者　李麗峯
總編輯　莊宜勳
主　編　鍾靈

出版者　春天出版國際文化有限公司
地　址　台北市大安區忠孝東路四段303號4樓之1
電　話　02-7733-4070
傳　眞　02-7733-4069
E－mail　bookspring@bookspring.com.tw
網　址　http://www.bookspring.com.tw
部落格　http://blog.pixnet.net/bookspring
郵政帳號　19705538
戶　名　春天出版國際文化有限公司
法律顧問　蕭顯忠律師事務所
出版日期　二〇二三年一月初版

定　價　540元

總經銷　楨德圖書事業有限公司
地　址　新北市新店區中興路二段196號8樓
電　話　02-8919-3186
傳　眞　02-8914-5524
香港總代理　一代匯集
地　址　九龍旺角塘尾道64號 龍駒企業大廈10 B&D室
電　話　852-2783-8102
傳　眞　852-2396-0050